Margot S. Baumann

Das Erbe der Bretagne

amazon publishing

Das Buch

Amélie Monfort findet an einem sonnigen Tag im Mai ein altes Tagebuch in ihrem Briefkasten. Wer legte es dorthin und wozu? Sie beginnt darin zu lesen und identifiziert sich immer stärker mit der unbekannten Tagebuchschreiberin und deren Schicksal kurz vor dem Zweiten Weltkrieg. Die Einträge aus der Vergangenheit beginnen, ihr Leben zu bestimmen. Doch wer ist die Verfasserin, und was hat sie mit Amélie zu tun?

Als eines Tages der Maler Matthieu Kaldera vor ihrer Tür steht und das Tagebuch zurückfordert, verspüren beide sofort, dass zwischen ihnen ein Band besteht. Sie begeben sich auf die gemeinsame Suche nach der Wahrheit und merken dabei, dass ihr Schicksal auf verschiedenste Weise miteinander verknüpft ist.

Die Autorin

Margot S. Baumanns Laufbahn als Geschichtenerzählerin begann in der zweiten Klasse, als sie ihrer damaligen Lehrerin erklärte, ihre Eltern hätten sie Fahrenden abgekauft.

Heute schreibt sie klassische Lyrik, Psychothriller und Romane über Liebe, Verrat, Geheimnisse und Sehnsuchtsorte. Für ihre Werke erhielt sie nationale und internationale Preise. Sie mag raue Küsten, schroffe Felswände, Musik, Hunde, das Leben im Allgemeinen, ihre Familie und träumt von einem Cottage am Meer. Die Autorin ist Mitglied des Berner Schriftstellervereins. Sie lebt und arbeitet im Kanton Bern (Schweiz).

Mehr Infos finden Sie auf www.margotsbaumann.com.

MARGOT S.
BAUMANN

Das Erbe der Bretagne

ROMAN

amazon publishing

Deutsche Erstveröffentlichung bei
Amazon Publishing, Amazon Media EU S.à r.l.
5 Rue Plaetis, L-2338, Luxembourg
Mai 2016

Umschlaggestaltung: bürosüd° München, www.buerosued.de
Umschlagmotiv: © www.buerosued.de
Lektorat, Korrektorat und Satz:
Verlag Lutz Garnies, Haar bei München
www.vlg.de
Printed in Germany
By Amazon Distribution GmbH
Amazonstraße 1
04347 Leipzig, Germany

ISBN 978-1-503-93709-3

www.amazon.de/amazonpublishing

In memoriam
Hans-Peter Baumann

Das Buch, da alle Heimlichkeit innenliegt,
ist der Mensch.
Jakob Böhme (1575–1624)

Prolog
1938

»Dreckiger Bastard! Das wirst du mir büßen!«

Wie Hagelschläge prasselten die Hiebe auf ihn nieder. Er versuchte, sein Gesicht wegzudrehen, um den Fäusten weniger Angriffsfläche zu bieten. Vergeblich. Zwei Männer hielten ihn fest, drehten ihm die Arme auf den Rücken, während der dritte mit verzerrter Miene auf ihn einprügelte. Er hörte, wie seine Nase mit einem Knacken brach, schmeckte Blut auf den Lippen. Ein erneuter Fausthieb traf ihn in den Magen. Mit einem Zischen entwich die Luft aus seinen Lungen, und ihm wurde schwarz vor Augen. Seine Knie sackten ein, doch sie rissen ihn brutal wieder auf die Füße.

»Verfluchter Herumtreiber! Meine Mutter hatte recht, sie sind von dir!«

Blind vor Wut hämmerte sein Gegenüber auf ihn ein. Vernichtung, Tilgung, Auslöschung, stand in seinen Augen.

Ich werde sterben, schoss es ihm durch den Kopf. Ein Heimatloser weniger, wen juckte das schon? Er fühlte, wie ihm die Sinne schwanden, doch bevor er auf den Boden aufschlug, hörte er ihre Stimme in seinem Kopf:

»Wie ist das Meer in deiner Heimat, Liebster?«

»Es kennt keine Grenzen, macht keine Unterschiede zwischen Arm und Reich. Es ist wie eine liebende Mutter; nährt ihre

Kinder, straft sie, wenn sie ihr nicht gehorchen. Das Meer ist tief wie die Ewigkeit und unendlich wie die Zeit. Wenn es am frühen Morgen den Himmel küsst, hat es genau die Farbe deiner Augen.«

»Und was werden wir tun, wenn wir irgendwann dort sind?«

»Leben, mein Herz, endlich leben!«

I
Heute

»Amélie, bitte, ich muss mich konzentrieren! Ich weiß nicht, von wem das Paket stammt.«

Fabrice warf ihr einen genervten Blick zu, der sie augenblicklich in ihre Kindheit zurückkatapultierte. So hatte sie ihr Vater jedes Mal angesehen, wenn sie ihn beim Verfassen einer Predigt gestört hatte.

»Dann halt nicht«, murmelte sie verdrossen, ging ins Wohnzimmer und setzte sich aufs Sofa. Sie betrachtete das in braunes Packpapier eingeschlagene Päckchen neugierig. Ihre Adresse war in einer energischen Handschrift direkt auf das Einschlagpapier geschrieben. Die Buchstaben waren etwas verwischt, als sei das Material nass geworden; einen Absender konnte sie nicht entdecken. Auch der Poststempel brachte keine weiteren Erkenntnisse, da er fehlte.

Sie runzelte die Stirn. Wieso klebte jemand Briefmarken auf ein Paket, ließ es dann aber nicht von der Post befördern? Die Wertzeichen waren älteren Datums, Amélie kannte die aktuelle Kollektion der Post, da sie für Fabrice erst kürzlich einen ganzen Satz davon gekauft hatte. Er war Anwalt und musste ständig irgendwelche Urkunden per Post verschicken.

Sie lebte mit ihm und Zoé seit zwei Jahren in diesem wunderbaren Haus am Boulevard Katerine Wylie in Concarneau.

»Noch!«, ging es Amélie durch den Kopf, denn Zoé war nach Paris gezogen. Sie hatte sich in einen Musiker verliebt, der hier die Ferien verbracht hatte, und war ihm in die Hauptstadt nachgereist. Und nach den liebestrunkenen E-Mails und SMS zu schließen, die sie regelmäßig erreichten, würde ihre Freundin auch nicht mehr zurückkommen.

Fabrice und Zoé waren Geschwister. Und als ihre Freundin sie vor zwei Jahren gefragt hatte, ob sie mit ihnen eine Wohngemeinschaft gründen wolle, hatte sie freudig zugestimmt. Ein Drittel der Miete war für jeden erschwinglich, allein hätte sich keiner von ihnen dieses Anwesen leisten können. Doch schon vor Zoés überstürztem Weggang hatte Amélie manchmal das Gefühl gehabt, dass eine Wohngemeinschaft für sie nicht das Richtige war. Sie brauchte ein gewisses Maß an Freiheit. Und die bestand nicht darin, in ihrem zugewiesenen Zimmer zu hocken, wenn sie allein sein wollte. Fabrice ging ihr mit seiner Besserwisserei und seinem Ordnungsfimmel oft auf die Nerven. Seit Zoé weg war, noch mehr als sonst. Doch sie liebte das Haus mit dem verwilderten Garten direkt am Meer. Daher suchten sie zurzeit auch wieder einen dritten Mitbewohner. Am liebsten wäre ihr natürlich eine Frau gewesen. Mit zwei Männern wollte sie sich nicht unbedingt das Bad teilen. Aber die Suche gestaltete sich schwieriger als angenommen. Ein paar Interessenten, darunter auch mehrere Frauen, waren zwar vorbeigekommen und hatten sich das Haus von Fabrice zeigen lassen, aber keine hatte angebissen. Und mit Schrecken dachte Amélie daran, was passieren würde, wenn sie nicht bald jemanden fanden. Denn dann müsste sie vermutlich zurück zu ihrer Mutter ziehen. Und das war das Schlimmste, was sie sich vorstellen konnte!

Zudem gab es noch eine Sache, die ihr zu schaffen machte. Zoé hatte oft mit einem Zwinkern angedeutet, dass Fabrice ein wenig in sie verliebt sei, und langsam kam Amélie zum selben

Schluss. Zuerst waren es bloß Kleinigkeiten gewesen, die diese Annahme untermauerten: ein längerer Blick, eine unabsichtliche Berührung. Doch mit der Zeit wurden seine Avancen immer unmissverständlicher. Höchstwahrscheinlich widmete er sich deshalb der Suche nach einer neuen Mieterin nicht mit der nötigen Hingabe. Offensichtlich kam es ihm zupass, dass sie im Moment nur zu zweit in dem Haus wohnten. Als sie ein Teenager gewesen war, hatte sie zwar eine Weile für den großen Bruder ihrer Freundin geschwärmt, aber das war lange vorbei. Trotz all seiner Vorzüge konnte sie sich ein Liebesverhältnis mit ihm nicht vorstellen.

Amélie seufzte und betrachtete erneut das Päckchen in ihrer Hand. Es war flach in der Form eines Buches. Hatte sie sich etwas im Internet bestellt? Den neusten Bestseller vielleicht? Aber das Paket sah nicht aus, als hätte es eine Firma verschickt.

Sie löste sorgfältig das Klebeband und hielt ein paar Sekunden später ein abgegriffenes Buch in der Hand. Es besaß einen braun gesprenkelten Einband. Als sie es aufschlug, erblickte sie eng in einer altmodischen, nahezu unleserlichen Handschrift vollgeschriebene Seiten.

Sie runzelte die Stirn. Wer schickte ihr denn so etwas? Sie nahm das Packpapier zur Hand und inspizierte es nochmals. Nichts. Kein Absender, kein Begleitschreiben, keine Notiz – das war ja eigenartig.

Aus Fabrice' Zimmer hörte sie das gleichmäßige Klappern seiner Computertastatur. Von ihrem Mitbewohner stammte das Präsent also nicht. Wer also hatte es ihr in den Briefkasten gelegt? Und warum? Ihr Geburtstag war doch erst im November, und im Moment schien die Maisonne ins Wohnzimmer. Es wurde immer mysteriöser.

Amélie winkelte ihre Beine an und schlug das Buch wieder auf. Die Schrift stammte höchstwahrscheinlich von einer Frau. Das gerundete Schriftbild sah untrüglich weiblich aus, jedoch entsprach die Handschrift nicht derjenigen auf dem Packpapier. Die Seiten wellten sich, als ob sie lange Zeit einer hohen Feuchtigkeit ausgesetzt gewesen waren. Vielleicht in einem Keller? Sie schnupperte daran. Nein, es roch nicht nach Moder. War es womöglich ein Tagebuch? Aber auf der ersten Seite stand kein Datum. Sie schürzte die Lippen. Vermutlich handelte es sich lediglich um ein Haushaltsbuch, wie es in früherer Zeit üblich gewesen war. Oder um Back- und Kochrezepte. Irgendeine Hausfrau hatte in dem Buch die Zubereitung von Schweinsfüßen in Aspik verewigt.

Sie schmunzelte, stand auf und ging in die Küche, um sich einen Espresso zu machen. Schnell schloss sie die Tür, als die Maschine zu röcheln anfing. Fabrice konnte keinen Lärm ertragen, wenn er in seine Akten vertieft war. Nachdem die Tasse gefüllt war, setzte sie sich wieder aufs Sofa, und während sie den schwarzen Mokka schlürfte, versuchte sie den ersten Satz zu entschlüsseln.

Als die Herbststürme übers Land fegten, tauchte er eines Tages auf, klopfte an die Tür, als wäre er dazu berechtigt, und bot seine Dienste an.

Also keine Rezepte. Anscheinend eine Geschichte über einen Fremden. Wie aufregend! Sie kuschelte sich tiefer in die Sofakissen. Sie hatte schon immer ein Faible für Außenseiter gehabt.

Der Verwalter gab ihm die Kammer über dem Pferdestall. Nichts weiter als ein Bretterverschlag, aber immer noch besser, als im Wald zu schlafen.

Er hat pechschwarzes Haar, braune Augen und noch alle Zähne. Er gefällt mir, obwohl ich mich ein wenig vor ihm fürchte. Sein Name ist …

»Was liest du denn da?«

Sie zuckte zusammen und ließ das Buch fallen.

»Himmel, hast du mich erschreckt!«, stieß sie hervor und war froh, dass sie den Espresso schon ausgetrunken hatte, obwohl sie die Tasse immer noch in der Hand hielt. Sie stellte sie auf den Couchtisch und hob das Buch vom Boden auf.

»Das ist das Buch, das ich vorhin im Briefkasten gefunden habe«, erklärte sie. »Wie gesagt, ich habe keine Ahnung, wer der Absender ist«, fügte sie hinzu, als sie sah, wie er es skeptisch musterte.

»Scheint schon alt zu sein«, bemerkte er. »Rechtlich gesehen, bist du jetzt die Besitzerin und kannst es veräußern. Ein Antiquariat zahlt dir vermutlich einen guten Preis dafür.«

Sie sah ihn verwirrt an. Wieso sollte sie es denn verkaufen? Aus irgendeinem Grund hatte sie das Buch schließlich erhalten. Irgendjemand, den es noch herauszufinden galt, wollte anscheinend, dass sie es las, obwohl sie sich wirklich nicht erklären konnte, warum. Aber natürlich interessierte sich Fabrice nicht für dieses Geheimnis, sondern mehr dafür, wem das Ding juristisch gehörte. Amélie verdrehte die Augen. Das war so typisch!

Offenbar handelte es sich bei dem Fremden in der Geschichte um einen Gelegenheitsarbeiter, von denen es in der Bretagne zu Anfang des 20. Jahrhunderts viele gegeben hatte. Diese waren von Dorf zu Dorf, von Küste zu Küste gezogen und hatten ihre Dienste jedem angeboten, der sie gebrauchen konnte: Fischern, Bauern, Herrschaftshäusern. Und vielleicht auch in der Konservenfabrik ihrer Familie. Ihr Onkel führte die Firma im Departement Finistère bereits in der vierten Generation. Und wäre ihre Mutter ein Junge gewesen, hätte sie die Fabrik geerbt. Doch zu der Zeit traute man Mädchen nichts zu, deshalb fiel die Firmenleitung deren jüngerem Bruder zu.

»Zuerst werde ich es lesen und danach entscheiden, was ich damit mache«, entgegnete Amélie entschlossen, nahm Fabrice das Buch aus der Hand und wickelte es sorgfältig wieder in das braune Packpapier. »Und jetzt sollten wir uns auf den Weg machen. Ansonsten sind die Regale im Supermarkt leer gekauft. Du bist heute übrigens mit Bezahlen dran!«

2

Sonntag, 28. November 1937

Am ersten Advent überraschte ich Vincent am Brunnen hinter den Ställen. Mit nacktem Oberkörper stand er dort, hatte sich eben gewaschen und schüttelte nun das eiskalte Wasser aus seinen Haaren. Seine Haut dampfte in der kalten Luft. Ein schmaler Streifen dunklen Flaums führte meinen Blick von seinem muskulösen Bauch bis zum Bund seiner Hose hinab. Vor Schreck ließ ich meine Handtasche fallen, meine Geldbörse öffnete sich, und mein gesamtes Kleingeld ergoss sich über das Kopfsteinpflaster.

Vincent drehte sich um und warf mir einen amüsierten Blick zu. Mit einer fließenden Bewegung griff er nach seinem verwaschenen Leinenhemd, das er über den Brunnenstock geworfen hatte, und zog es an. Ich raffte schnell die Münzen zusammen und ging gesenkten Kopfes an ihm vorbei. Heiße Röte schoss mir ins Gesicht, als ich sein Lachen hörte. Was muss er von mir denken?

»Was tust du da? Es ist mitten in der Nacht!«

Amélie blinzelte. Fabrice fuhr sich durch die Haare und unterdrückte ein Gähnen. Ein Bein seiner Pyjamahose war hochgerutscht und zeigte seine behaarte Wade.

Amélie fröstelte. Sie saß lediglich im Nachthemd im Wohnzimmer und hatte, während sie in dem ominösen Buch las, komplett die Zeit vergessen. Im Laufe des Samstags hatte sie nicht mehr daran gedacht, war aber mitten in der Nacht aufgewacht und hatte sich an ihr Geschenk erinnert. Die Neugier, was darin stand, hatte sie nicht mehr schlafen lassen, und seit geraumer Zeit quälte sie sich nun durch die unleserlichen Zeilen. Über dem dritten Eintrag stand oben rechts ein Datum. Also war es doch ein Tagebuch! November 1937. Der Zweite Weltkrieg lag damals schon in der Luft, zehn Monate später würde die größte Tragödie der Menschheit über Europa hereinbrechen. Ob der Fremde und die Schreiberin diese überlebt hatten?

Die Geschichte nahm sie gefangen. Dieser Vincent schien die Verfasserin ziemlich zu verwirren. Kein Wunder, wenn er halb nackt herumlief. Amélie schluckte. Sie hatte das Bild seines entblößten Oberkörpers regelrecht vor ihrem geistigen Auge, und auch die Gefühle, die sein Anblick bei der Schreiberin ausgelöst haben musste, konnte sie durchaus nachvollziehen.

»Alles in Ordnung?« Fabrice trat hinter sie, begann ihre Schultern zu massieren und linste auf das Tagebuch.

Diese Vertraulichkeiten, die er sich immer öfter herausnahm, seit Zoé nicht mehr bei ihnen wohnte, waren Amélie unangenehm. Deshalb stand sie schnell vom Sofa auf und schlug das Buch zu.

»Alles bestens«, erwiderte sie mit einem gequälten Lächeln.

Fabrice zuckte lediglich die Schultern und schlurfte kopfschüttelnd in die Küche. Sie hörte, wie die Kühlschranktür klirrte. Plötzlich fühlte sie sich müde und ausgelaugt, als hätte sie den ganzen Tag in der Konservenfabrik am Fließband gestanden, wie sie es als Teenager oftmals während der Schulferien getan hatte, um etwas Taschengeld zu verdienen. Zum Glück war morgen Sonntag, und sie konnte ausschlafen. Als sie einen Blick zur Uhr an der gegenüberliegenden Wand warf, standen die Zeiger auf halb zwei.

Amélie knabberte lustlos an einem Stück Baguette. Die ganze restliche Nacht hatten sie wirre Träume heimgesucht, und um neun war sie erwacht, zerschlagen und müde.

»Unglaublich!«, rief Fabrice plötzlich empört und schlug mit der Hand auf die Sonntagszeitung. »Hör dir das an: Der Europäische Gerichtshof hat …«

Sie verzog den Mund. Was ging sie der Europäische Gerichtshof an? Sie hätte mit ihm lieber über dieses merkwürdige Tagebuch gesprochen. Aber er hatte nur mit den Augen gerollt, als sie vorhin die Sprache darauf gebracht hatte.

Sie betrachtete ihn über den Tisch hinweg. Alle ihre Freundinnen beneideten sie, dass sie mit ihm hier in dem großen Haus wohnte. Das Verhalten ihrer Geschlechtsgenossinnen änderte sich augenblicklich, sobald Fabrice Ollivier den Raum betrat. Es war, als würde eine regelrechte Woge Östrogen ausgeschüttet, auf der das weibliche Geschlecht dann um die Wette surfte. Am Anfang hatte sie dieses Spektakel belustigt, aber mit der Zeit ging ihr der Tumult nur noch auf die Nerven. Doch sie konnte ihre Geschlechtsgenossinnen verstehen. Fabrice war der Inbegriff des modernen, erfolgreichen Mannes. Groß, gut gebaut, die richtige Mischung aus Geschäftsmann und Sportler. Und wenn er wollte, konnte er auch äußerst charmant sein. Eine Liaison wäre daher sicher nicht abwegig. Und ihre Mutter würde sich vor Freude überschlagen, wenn sie ein Paar wären. Fabrice stammte aus einer reichen Familie und galt allgemein als gute Partie. Aber manchmal hatte Amélie das Gefühl, dass sich unter seiner perfekten Fassade Kälte verbarg. Als würde er sich selbst genügen und andere Menschen weder brauchen noch akzeptieren. Ja, sie regelrecht verachten. Des Weiteren gab er ihr oft das Gefühl, dass er sie nicht ernst nahm. Nein, das würde nie mit ihnen klappen! Hoffentlich fanden sie bald eine neue Mitbewohnerin, sonst müsste sie, Amélie, eben die Konsequenzen ziehen und ausziehen. Sosehr sie dies auch bedauerte.

»Du hörst mir ja gar nicht zu«, konstatierte Fabrice beleidigt.

»Doch, doch«, erwiderte sie und legte das angebissene Baguette auf ihren Teller. »Europäischer Gerichtshof, unglaublich … Du hast recht, wie können die nur!«

»Ja, nicht wahr?«

Er legte die Zeitung beiseite, leerte seine Kaffeetasse und stand auf. »Ich muss los. Was hast du denn heute vor?«

»Vielleicht besuche ich meine Mutter«, erklärte sie und räumte das Geschirr in die Küche. »Oder ich gehe eine Runde joggen.«

Fabrice schaute sie zweifelnd an. Er bedrängte sie stets, sich sportlich mehr zu betätigen. Aber sie war ein richtiger Sportmuffel und genoss es, wenn sie in ihrer Freizeit einfach die Füße hochlegen konnte. Als Angestellte in einem Werbebüro, in dem es von morgens bis abends vor Geschäftigkeit brodelte, waren ihr diese ruhigen Minuten so kostbar wie ihm das Gesetz-App auf seinem Smartphone. Aber es war so ein schöner Tag, vielleicht raffte sie sich tatsächlich zu einem kurzen Dauerlauf auf.

Er griff nach seinem Sakko und verließ das Haus. Wenige Minuten später hörte sie, wie er vom Vorplatz fuhr.

Sie nahm ihre Kaffeetasse, ging pfeifend in die Küche und holte sich einen weiteren Espresso.

Die Maisonne funkelte durch die zerzauste Zeder hinter Amélie und verlieh dem Himmel ein noch intensiveres Blau als sonst. Vom Meer her wehte eine laue Brise und ließ die Nadeln miteinander flüstern. Die Holzbank am Pointe du Cabellou, dem äußersten Punk der Landzunge, die weit ins Meer hinausragte, war normalerweise hart umkämpft, denn sie bot einen fantastischen Blick auf die Bucht mit dem weißen Sandstrand und den ungewöhnlichen rosafarbenen Steinformationen. Doch heute war sie merkwürdigerweise verwaist. Weit und breit war kein Spaziergänger auszumachen.

Amélie setzte sich mit einem genüsslichen Seufzer hin und streckte die Beine aus. Obwohl sie sich fest vorgenommen hatte, mindestens eine Stunde zu laufen, hatte sie im letzten Moment gekniffen und die Joggingausrüstung gegen eine leichte Hose und ein verwaschenes T-Shirt getauscht. Aber niemand war hier, um sie deswegen zu rügen. Außer ihrem schlechten Gewissen, das sich jedoch nicht wirklich lautstark zu Wort meldete.

Sie wühlte in ihrem Rucksack nach der Wasserflasche und zog gleichzeitig das braune Tagebuch hervor. Sie hatte erst ein paar Absätze entziffern können, und ihre Neugier, was mit der Frau und diesem Vincent noch geschehen würde, bescherte ihr feuchte Hände, als würde es wichtig sein, dass sie herausbekam, was in der Zeit passiert war.

Sie fröstelte plötzlich in der warmen Frühlingssonne. Der Schrei einer vorbeifliegenden Möwe verursachte ihr eine Gänsehaut. War das der Schlafmangel? Sie atmete zweimal tief durch, und das beklemmende Gefühl verflüchtigte sich. Dann beugte sie sich wieder über das Tagebuch. Leider wurde bis jetzt nirgends erwähnt, wie dieser Vincent mit Nachnamen hieß, und auch über die Frau, die in der Ichform erzählte, waren die Informationen nur rudimentär.

Amélie vermutete, dass sie noch jung sein musste. Vielleicht in ihrem Alter? Zur damaligen Zeit ein Grund, sich von vorbeiziehenden Tagelöhnern fernzuhalten, sofern die Schreiberin ihren guten Ruf nicht verlieren wollte. Doch sie konnte die Neugier der Frau verstehen. Ihr wäre es vermutlich nicht anders ergangen. Ein geheimnisvoller, gut aussehender Fremder mit dunklem Haar und Kohleaugen, das war doch die pure Versuchung!

Sie seufzte. Wenn sie nur die Schrift besser entziffern

könnte. In einem vorhergehenden Absatz hatte sie von goldenen Socken gelesen, bis sie schließlich gemerkt hatte, dass die Frau eigentlich von goldenen Locken sprach.

Amélie schmunzelte, blätterte nochmals zurück und las die letzten Zeilen ein weiteres Mal.

Donnerstag, 2. Dezember 1937

Belle und ich schwärmten immer für Männer mit goldenen Locken. In unseren Träumen hatte der Prinz stets blondes Haar. Aber das stimmt nicht. Nicht mehr. Wenn ich heute träume, sind es Rabenhaare. Schwarz und glänzend wie nasse Kohle! Quentin hat sich schon gewundert, dass ich so unruhig schlafe.

Amélie ließ das Buch verblüfft sinken. Quentin? Schlafen? Sie runzelte die Stirn. Hieß das etwa, dass die junge Frau verheiratet war?

»Hoppla«, stieß sie hervor. »Pass bloß auf, das ist gefährliches Terrain.«

Und wer war Belle? Eine Freundin? Der Drang, mit jemandem über das Gelesene zu diskutieren, wurde übermächtig. Doch mit wem? Fabrice hatte ihr deutlich gezeigt, dass ihn das ominöse Buch nicht interessierte. Zoé schmachtete ihren Lover in Paris an, Colette, ihre Arbeitskollegin im Werbebüro, war für drei Wochen auf einer Fahrradtour in der Provence. Amélie wusste nicht, wen sie sonst ins Vertrauen ziehen konnte. Ob sie mit ihrer Mutter über das Tagebuch sprechen sollte? Aber Hyacinthe Monfort war eine Pastorenwitwe und dementsprechend voller moralischer Prinzipien. Sie hatte ihrer einzigen Tochter nie verziehen, dass diese in einer »wilden Kommune« lebte. Vermutlich stellte sie sich vor, dass Amélie sich zu einer zweiten Messalina verwandelt hatte und entfesselte Orgien abhielt. Immerhin genoss Fabrice ihr Wohlwollen, weil er aus einer betuchten bretonischen Familie stammte. Und wie gesagt: Offenbar hegte ihre Mutter den heimlichen Wunsch, dass aus ihnen ein Paar würde. Hatte sie ihn womöglich zu seinen Annäherungsversuchen ermutigt?

Amélie schnaubte ärgerlich. Was würde ihre moralingesäuerte Mutter zu dieser Geschichte sagen? Vermutlich, dass sie Teufelswerk sei und sicher ansteckend wirke, auch wenn sie schon seit beinahe hundert Jahren zu Ende war. Nein, ihre Mutter war die falsche Person für Aurora, wie sie die Verfasserin insgeheim nannte. Die Ichschreiberin erinnerte sie ein wenig an Dornröschen. Wie die Göttin der Morgenröte war auch sie an einem sonnigen Morgen in ihr Leben getreten, daher der romantische Name.

Amélie schreckte auf, als sie einen Regentropfen auf ihrem nackten Arm spürte, und blickte hoch. Der Himmel hatte sich mit tief sitzenden grauen Wolken überzogen. Sie war so in das Buch vertieft gewesen, dass sie den Wetterumschwung nicht bemerkt hatte. Hastig raffte sie ihre Sachen zusammen, verstaute das Tagebuch in ihrem Rucksack und lief den schmalen Küstenpfad hinunter. Ein heller Blitz, auf den ein ohrenbetäubender Donner folgte, ließ sie erzittern. Dann öffnete der Himmel seine Schleusen, und in Sekundenschnelle war sie bis auf die Haut durchnässt. Obwohl es zumindest in puncto Trockenbleiben nichts mehr nützte, rannte Amélie die ganze Strecke bis nach Hause. Als sie schwer atmend vor ihrem Haus im Rucksack nach dem Hausschlüssel wühlte, bemerkte sie im Augenwinkel eine Bewegung. Sie wischte sich den Regen aus dem Gesicht und starrte verblüfft auf einen Raben, der in Nachbars Garten im Apfelbaum saß. Das Tier fixierte sie mit seinen dunklen Knopfaugen, schüttelte dann sein Gefieder, das wie Kohle glänzte. Rabenhaare! Dann breitete der Vogel seine Flügel aus, stieß sich ab und verschwand hinter den grauen Schleiern des herabströmenden Regens.

3

»Du hast was?« Matthieu riss die Augen auf und starrte seinen Großvater entsetzt an.

»Verschenkt«, wiederholte dieser lächelnd, nahm seine Brille ab und begann sie mit einer Ecke seines karierten Hemdes zu putzen.

Matthieu fixierte ihn einen Moment und fuhr sich dann mit beiden Händen durch die schwarzen Haare, sodass sie nach allen Richtungen abstanden und ihm das Aussehen eines ärgerlichen Igels verliehen.

»Ich fasse es nicht, Nonno«, sagte er daraufhin mit einem resignierten Kopfschütteln. »Wie kannst du es weggeben? Es ist schließlich ein Teil unserer Familie. Ein Teil von mir«, fügte er leise hinzu und setzte sich neben seinen Großvater auf die sonnengewärmte Holzbank vor dessen Haus.

Im Grunde erwartete er jedoch keine Antwort, denn wenn Ignacio Kaldera sich etwas vorgenommen hatte, führte er es aus, egal, wie logisch oder töricht es war. Das hatte Matthieu durch die Jahre, die er nun schon bei seinem Großvater lebte, seit seine Eltern gestorben waren, gelernt. Starrköpfigkeit war ein Charakterzug, den die Kalderas zwar nicht erfunden, aber sicher bis zur Perfektion vervollkommnet hatten. Er nahm sich da selbst nicht aus.

Ignacio zog seine abgegriffene Pfeife aus der Westentasche

und zündete sie umständlich an. Seine Hände waren durch die jahrzehntelange körperliche Arbeit ungelenk geworden. Aber er verwahrte sich stolz gegen jede Hilfe, deshalb versuchte Matthieu erst gar nicht, sie ihm anzubieten. Nach einer halben Ewigkeit glühte der Tabak endlich, und mit einem zufriedenen Seufzer lehnte sich Ignacio zurück und genoss die sonnenwarme Mauer der strohgedeckten Chaumière, die er sich in den Siebzigerjahren des vorigen Jahrhunderts gekauft hatte. Das reetgedeckte kleine Granithaus mit der blau gestrichenen Tür und den Fensterläden in derselben Farbe erinnerte Matthieu immer an ein Hexenhäuschen, doch es passte zu seinem Großvater wie die Faust aufs Auge.

»Sie weiß nichts von der Vergangenheit«, murmelte dieser, die Pfeife zwischen den Zähnen, sodass Matthieu sich zu ihm hinüberbeugen musste, um ihn zu verstehen. »Nichts ist so qualvoll, als wenn dir die Vergangenheit fehlt, mein Junge. Mag sie auch erfüllt von Schrecken sein, so wie unsere. Wir wissen immerhin, wo wir herkommen und letztendlich hingehen.« Er zeigte mit dem Daumen zum Himmel und zwinkerte seinem Enkel dabei zu.

Dieser schüttelte den Kopf. Wie konnte sein Großvater nach diesem Leben, das alles andere als leicht gewesen war, immer noch so voller Zuversicht an Gott glauben? Nicht zum ersten Mal fragte er sich das. Doch der Tag war zu schön, um ihn mit einer religiösen Diskussion zu trüben; deshalb zuckte er lediglich mit den Achseln, und sein Großvater quittierte seine Reaktion mit einem amüsierten Schnauben.

»Du hättest mich wenigstens fragen können«, erwiderte Matthieu und hasste sich dafür, dass seine Stimme wie die eines beleidigten Kleinkindes klang.

»Und was wäre deine Antwort gewesen?«

Ignacio zog sein ausgestrecktes Bein an, stöhnte und rieb sich dann sein Knie. Matthieu wusste, dass sein Großvater das aufziehende schlechte Wetter in jedem seiner alten Knochen fühlte. Er hatte ihm immer erzählt, dass er der beste Wetterfrosch der Bretagne sei und jeden Wetterumschwung schon Tage zuvor spüre. Und er hatte sich, als er noch ein kleiner Junge gewesen war, stets vorgestellt, wie sein Großvater in einem Glas auf einer Leiter hinauf- und hinunterhüpfte. Auch jetzt amüsierte ihn der Gedanke noch wie früher, und er zog einen Mundwinkel nach oben, nur um gleich wieder ernst zu werden.

»Ich weiß nicht«, erwiderte er dann wahrheitsgemäß, »vermutlich hätte ich probiert, dich umzustimmen.«

Ignacio nickte. »Und ich hätte nicht nachgegeben. Danach hätten wir uns nur unnötig gestritten, habe ich recht? Sie muss es wissen, Junge! Es ist wichtig … und es ist Zeit.«

Matthieu runzelte die Stirn. Was meinte sein Großvater damit? War er etwa krank?

Er studierte sorgenvoll die Miene des alten Mannes: Tief eingegrabene Falten in einem sonnengegerbten Gesicht, die von einem entbehrungsreichen Leben zeugten, und doch blitzte immer noch der Schalk in den Augen auf. Und solange Ignacio noch seine stinkige Pfeife rauchte, war es mit seiner Gesundheit bestimmt zum Besten bestellt. Matthieu entspannte sich ein wenig.

»Was meinst du mit: Es ist Zeit? Läuft sie denn ab? Und wenn ja, für wen?«

Ignacio Kaldera holte ein akkurat gefaltetes weißes Taschentuch aus seiner Hosentasche und wischte sich damit die Mundwinkel ab, bevor er es wieder verstaute.

»Das wirst du bald merken«, erwiderte er unheilschwanger, und Matthieu vermeinte einen angespannten Unterton aus seiner Stimme herauszuhören. Doch als er den Kopf wandte, lächelte sein Großvater wie immer und stand dann ächzend auf.

Der kurze, heftige Regenschauer hatte den Asphalt in ein silbern schillerndes Band verwandelt. Matthieu kniff die Augen zusammen und durchsuchte das Handschuhfach nach seiner Sonnenbrille. Der Frühling hatte sich dieses Jahr wie eine kapriziöse Frau den Luxus des Zuspätkommens geleistet, aber seit einigen Tagen vehement Einzug gehalten.

In der Nähe von Trégunc versperrte eine Herde Milchkühe die schmale Straße, und er stoppte seinen Wagen. Da die Wiederkäuer anscheinend nicht gewillt waren, sich zu beeilen, schaltete er den Motor aus und stellte dafür das Radio an. Die Gruppe Police sang davon, dass jemand verlassen worden war und sich jetzt verloren fühlte. Er verzog den Mund und nickte. Wie passend! Seit Nadine ihm vor vier Wochen den Laufpass gegeben hatte, fühlte er sich ebenfalls ein wenig verloren. In seinem Gefühlsüberschwang war er davon ausgegangen, dass sie bald eine Familie gründen und dann bis in alle Ewigkeit glücklich und zufrieden in der Mühle leben würden. Himmel, wie naiv er doch gewesen war! Und wie war es möglich, dass der Mensch, der ihm, abgesehen von Nonno, am meisten bedeutete und von dem er gemeint hatte, er würde ihn bis ins Innerste kennen, ihn so hatte hintergehen können?

Er biss die Zähne zusammen. Es war unsinnig, sich weiterhin Vorwürfe zu machen, Nadine nicht früher durchschaut zu haben. Er war einfach blind gewesen, blind vor Liebe. Punkt! Zwar war ihm schon bald aufgefallen, dass seine Exfreundin einen nicht unbeträchtlichen Hang zum Luxus verspürte. Und nicht nur einmal hatte er sich gefragt, weshalb sie sich mit einem armen Schlucker wie ihm zufriedengab. Aber dass sie sich gleich dem nächsten Banker mit Sportwagen und Golfset an den Hals werfen würde, hatte ihn gleichermaßen erstaunt wie verletzt.

Nadine hatte sich anscheinend nur in die romantische Vorstellung eines Malers verliebt, die wenig mit dem realen

Matthieu Kaldera gemein hatte. Er galt zwar in Künstlerkreisen als Geheimtipp, aber das seit Jahren. Und genau das war die Krux an der ganzen Sache. Obwohl seine Bilder das Wohlwollen der Kritiker genossen und er bereits in renommierten Galerien ausgestellt hatte, war ihm bis jetzt der große Durchbruch verwehrt geblieben. Das war vermutlich der tatsächliche Grund des Scheiterns ihrer Beziehung. Der Banker war bloß der Auslöser gewesen. Nadine hatte sich ein aufregendes Leben an der Seite eines berühmten Künstlers gewünscht, aber ein bescheidenes Leben im westlichsten Zipfel der Bretagne bekommen, dem sogenannten Finistère, das die Römer bezeichnenderweise Finis Terrae, Ende der Erde, genannt hatten. Zu eintönig für eine junge, aufstrebende Schauspielerin.

Matthieu seufzte und startete den Wagen. Nichts beendete eine Liebesbeziehung schneller als enttäuschte Erwartungen. Er hupte mehrmals, bis auch die letzte Kuh merkte, dass sie sich auf falschem Terrain befand, drehte dann das Autoradio noch weiter auf und gab Gas.

4

Montag, 6. Dezember 1937

Heute hat mir Vincent geholfen, ein Vogelhäuschen in die alte Pinie zu hängen. Es war bitterkalt und meine Hände danach ganz blau gefroren; deshalb hat er sie plötzlich in die seinen genommen und darauf gepustet.

Mir wurde abwechselnd heiß und kalt. Ob vor Schreck oder vor Verlangen, will ich gar nicht wissen! Ich bin aber sicher, wenn Quentin in dem Moment in den Garten gekommen wäre, hätte er das Begehren in meinen Augen gesehen. Doch er ist mit seinem Vater nach Quimper gefahren und meine Schwiegermutter, Gott sei Dank, zu ihrer Tochter Laeticia. Dennoch, ich muss mich hüten – vor Vincent und mehr noch vor meinen eigenen Gefühlen.

Amélie klappte das Tagebuch zu. Es war so mühsam, diese Schrift zu entziffern, und sie rieb ihre müden Augen. Im Fernsehen lief ein Actionfilm, den sie auf stumm geschaltet hatte, und sie sah eine Weile der wilden Verfolgungsjagd mit mehreren explodierenden Autos zu, bevor sie das Gerät ganz ausschaltete.

Aurora war also verheiratet und hatte sich offensichtlich in den neuen Arbeiter verliebt. Ob das auf Gegenseitigkeit beruhte? Bis jetzt war hier noch nichts dergleichen niedergeschrieben. Doch wenn dieser Vincent klug war, würde er sich hüten, mit der Schwiegertochter seines Arbeitgebers etwas anzufangen.

Amélie schüttelte den Kopf. Die arme Frau! Wie musste das sein, mit jemandem unter demselben Dach zu leben, aber mit dem Falschen im Bett zu liegen? Sie warf einen Blick auf ihre Uhr. In knapp einer Stunde käme Fabrice nach Hause. Heute war sie mit Kochen dran. Und es war an der Zeit, das Abendessen vorzubereiten. Die Gefühle der Tagebuchschreiberin mussten warten.

Sie kochte nicht gern, im Gegensatz zu Fabrice und seiner Schwester. Die beiden waren richtige Künstler am Herd. Ihr schien der Aufwand bei dieser Tätigkeit jedoch größer als der Ertrag, deshalb hatte sie sich angewöhnt, Speisen zuzubereiten, die wenig Vorbereitungszeit benötigten. Ihre Aversion gegen das Kochen fußte bestimmt im Verhalten ihrer Mutter, denn die hatte während Amélies Kindheit stundenlang am Herd gestanden, als müsse sie irgendjemandem damit etwas beweisen: dicke Soßen, fettes Fleisch und Gemüse, das so zerkocht war, dass man es mit einem Strohhalm hätte schlürfen können. Sie schauderte bei der Erinnerung. Vermutlich hatte sie damals einen Knacks bekommen. Einen Kochknacks!

Sie kicherte, als sie den Salat aus dem Gemüsefach nahm und den Backofen einschaltete. Die Hähnchenschenkel würden knapp fünfundvierzig Minuten benötigen. Sie lag also optimal in der Zeit. Während sie den Salat unter fließendem Wasser wusch, dachte sie an Aurora und Vincent zurück. Was barg dieses Tagebuch noch für Geheimnisse? Und die Frage war immer noch: Weshalb hatte sie es erhalten? Wollte ihr jemand dadurch etwas mitteilen? Aber wer? Die spärlichen Hinweise, die sie inzwischen über die Verfasserin gesammelt hatte, ergaben bislang keine richtige Spur. Ein Tagelöhner namens Vincent, ein

Ehemann, genannt Quentin, eine Schwiegermutter und deren Tochter Laeticia und die Freundin Belle. Des Weiteren ein Verwalter, der Arbeitern Kammern über Pferdeställen zuwies. Ein Bauernhof? Ein Herrschaftshaus? Das traf schätzungsweise auf jedes zweite größere Anwesen Anfang des 21. Jahrhunderts in der Bretagne zu. Aurora lebte fraglos nicht bei einem armen Fischer oder Bauern, denn die hielten weder Pferde, noch hängten sie Vogelhäuschen im Winter auf, noch waren ihre Innenhöfe gepflastert.

Amélie strich mit dem Handrücken eine Strähne aus ihrem Gesicht, die sich aus dem Pferdeschwanz gelöst hatte, stellte das Sieb mit dem gewaschenen Salat aufs Abtropfbrett und trocknete sich die Hände an einem Geschirrtuch ab. Das war einfach zu wenig, um Auroras Identität herauszufinden. Und selbst wenn sie es schaffte, wusste sie immer noch nicht, wer ihr das Tagebuch in den Briefkasten gelegt hatte und weshalb.

Das Piepen der Backofenuhr riss sie aus ihren Überlegungen. Die Gartemperatur war erreicht, daher würzte sie schnell die Hähnchenschenkel, schob sie auf dem Blech in den Ofen und widmete sich dann der Salatsoße.

»Alte Geschichten, die schon längst vergangen sind«, murmelte sie, als sie Öl und Essig in eine Schüssel gab. »Bleib im Heute, Amélie!«

»Es gibt Staaten, welche das sogenannte *ius sanguinis* kennen, das heißt den Erwerb der Nationalität durch väterliche oder mütterliche Abstammung. Daneben gibt es Länder, die …«

Amélie tat ihr Bestes, Fabrice' Ausführungen zu folgen, doch irgendwann drifteten ihre Gedanken ab. Sie betrachtete ihren Mitbewohner, wie er zwischen zwei Bissen in seinen Notizen blätterte, um ihr die Neuerungen bekannt zu geben, die er während des heutigen Vortrages erfahren hatte.

Würden sie in einem Comic leben, dann schwebte über ihrem Kopf vermutlich gerade ein großes Fragezeichen. Der Gedanke erheiterte sie, und sie schaute rasch auf ihren Teller, damit Fabrice ihr Grinsen nicht bemerkte.

Er war vor einer Viertelstunde nach Hause gekommen, hatte sein Sakko achtlos über einen Stuhl geworfen und sogleich zu referieren begonnen. Als würde sie das interessieren! Sie war schließlich nicht Zoé.

»... der Erwerb des Bürgerrechts durch Abstammung wird demnach in diesem Gesetz geregelt.«

Er lehnte sich aufatmend zurück und schaute sie Beifall heischend an.

»Toll«, erwiderte sie lahm und trug ihren benutzten Teller in die Küche.

»Ja, nicht wahr?«, ertönte Fabrice' Stimme aus dem Wohnzimmer. »Hat übrigens gut geschmeckt. Hast du Lust auf Kino?« Er trat ebenfalls in die Küche und stellte die leere Salatschüssel neben den Herd. »Mir wäre nach etwas Action.«

Amélie zuckte mit den Schultern. Eigentlich widerstrebte es ihr, noch auszugehen. Der Wolkenbruch vom Nachmittag hatte sich in einen stetigen Nieselregen verwandelt, und am liebsten hätte sie sich auf dem Sofa in eine Decke gekuschelt und einen Liebesfilm angeschaut. Zudem wollte sie nicht zwei Stunden auf engstem Raum neben Fabrice sitzen.

Dieser schaute sie gespannt an. »Na komm schon, Am! Seit sich mein Schwesterherz verdrückt hat, gehst du kaum noch aus. Oder ist es wegen mir?«

Er runzelte konsterniert die Stirn. Und auf einmal kam sich Amélie wie die größte Zicke vor. Obwohl ihr Fabrice oft auf die Nerven fiel, im Grunde war er doch ein anständiger Kerl.

»Na gut«, sagte sie lachend. »Von mir aus.«

Mittwoch, 8. Dezember 1937

Ich träumte von fließendem Wasser. Kühl umspülte es meinen Leib, meine Brüste, floss zwischen meinen nackten Schenkeln hindurch und liebkoste meine Scham, bis ich keuchte. Im Wasser spiegelte sich sein Gesicht. Dunkle Augen, schwarze Haare und ein Lächeln, das mir das Herz wärmt.

Ich streckte meine Hand aus, wollte es berühren, doch es zerfloss unter meinen Fingern. Bleib!, schrie ich, bleib bei mir! Verlass mich nicht! Doch das Antlitz löste sich auf wie der Nebel am Morgen über den Wiesen. Zurück blieb nur ich. Eine Hülle, leer und hohl, die nur noch funktioniert wie eine seelenlose Puppe. Wie soll ich das nur ertragen?

Amélie spürte etwas Feuchtes auf ihrer Wange. Als sie blinzelte, fielen Tränen auf die beschriebenen Seiten, und sie erwachte wie aus einem Traum. Verblüfft starrte sie auf die geschriebenen Zeilen, die sie derart berührt hatten, dass sie weinen musste. Weshalb ergriffen sie diese Sätze nur so? Sie kannte die Personen aus dem Tagebuch doch gar nicht. Und vermutlich waren sie schon lange nicht mehr am Leben. Bestimmt nicht mehr, denn wenn Aurora und Vincent im Jahr 1937 beispielsweise zwanzig gewesen waren, müssten sie heute über hundert sein. Also, weswegen beschäftigte sie das Schicksal von Aurora dermaßen?

Weil auch du unglücklich bist, sagte eine leise Stimme in ihrem Kopf. Amélie schloss für einen Moment die Augen. Nun, das stimmte so nicht. Sie war nicht wirklich unglücklich. Sie hatte schließlich einen coolen Job, wohnte in einem schönen Haus, war gesund und … Sie schluckte. War es das? Sehnte sie sich nach Liebe? Nach einem Menschen, der sie in die Arme zog und ihr ins Ohr flüsterte, dass sie etwas ganz Besonderes sei?

Mit zitternden Fingern steckte sie ein Lesezeichen zwischen die Seiten und legte das Tagebuch dann auf den Nachttisch. Ihr war kalt. Sie zog die Bettdecke bis zum Kinn hinauf und starrte eine Weile an die Decke. Als sie die Hand nach dem Lichtschalter ausstreckte, fiel ihr Blick auf die Digitalanzeige ihres Weckers: halb zwei.

5

Der Kunde starrte auf das Bild *Die zwei Engel*, als würde er auf eine Erleuchtung warten, schürzte dann die Lippen und bewegte den Kopf sachte hin und her, als müsste er abwägen, ob es ihm gefiel oder nicht.

Matthieu bemühte sich, nicht nervös mit den Füßen zu scharren. Obwohl ihn öfters Kunden direkt im Atelier aufsuchten, um ein Bild anzusehen oder im besten Fall gleich eins zu kaufen, war es doch immer wieder ein aufregender Moment. Vor allem jetzt. Er brauchte dringend Geld! Die Strom- und Wasserrechnungen waren fällig. Des Weiteren musste er neue Leinwand und Farben ordern, und ab und zu wollte er schließlich auch etwas essen.

»Gefällt mir«, sagte der ältere Herr mit der runden Nickelbrille und dem zweireihigen Anzug endlich, und Matthieu atmete leise aus. »Doch, wirklich gut. Aber fünftausend?« Er kniff die Augen zusammen und beugte sich nach vorn, um das Preisschild nochmals zu studieren. »Ein stolzer Preis, Monsieur Kaldera. Finden Sie nicht?«

Matthieu hob die Augenbrauen.

»Zugegeben«, sagte er dann und stellte sich neben sein Werk, das zwei ineinander verschlungene Körper zeigte, die über einem dunklen Abgrund schwebten. Er hatte das Bild direkt nach der Trennung von Nadine gemalt, und die Farbe war kaum trocken. Er hing nicht an dem Gemälde, wie er es manchmal bei Bildern tat, die ihm nahegingen und in einem separaten Zimmer lagerten, weil er sie nicht verkaufen wollte. Dieses hier spiegelte lediglich seine damalige Gefühlswelt wider. Und weil er sich vorgenommen hatte, alles, was ihn noch mit Nadine verband, loszuwerden, brannte er darauf, das Gemälde an den Mann zu bringen. Ganz zu schweigen davon, dass sein Geldbeutel nach den fünftausend Euro lechzte.

»Sehen Sie es als Kapitalanlage an, Monsieur Le Roux. Irgendwann wird ein echter Kaldera Ihnen Tausende einbringen.«

Er lächelte gewinnend und drückte sich innerlich beide Daumen.

»In der Tat«, meinte der ältere Herr. »Man liest ja so einiges über Sie in den einschlägigen Magazinen.« Er warf nochmals einen kurzen Blick auf die zwei Engel, zuckte dann mit den Schultern, als müsste er es sich vor sich selbst rechtfertigen, und streckte Matthieu die Hand entgegen. »Einverstanden. Fünftausend … und ich nehme es gleich mit.«

Zorro jagte hinter dem Stock her, als würde sein Leben davon abhängen. Die Ohren des braunen Setters schlackerten wild im aufkommenden Wind. Mit einem Sprung hechtete er auf den abgebrochenen Ast, warf ihn mit dem Maul in die Luft und fing ihn geschickt wieder auf. Dann trottete er mit hoch erhobenem Kopf auf Matthieu zu und legte ihm das Stück Holz schwanzwedelnd vor die Füße.

»Braver Junge«, sagte dieser und kraulte den Hund liebevoll hinter den Ohren. »Wenn wir nach Hause fahren, machen wir einen Abstecher zum Metzger. Für dich ein getrocknetes Schweineohr und für mich das größte Steak, das der Mann im Laden hat! Ist dir das recht?«

Zorro hechelte zustimmend und rannte erneut los, als

Matthieu ihm den Stock ein weiteres Mal warf. Er lächelte. Hund sollte man sein! Die kennen keine Probleme: fressen, schlafen, Stöckchen hinterherrennen, ganz einfach.

Er setzte sich auf die roh gezimmerte Holzbank, die unter einer verkrüppelten Fichte stand, und lehnte sich zurück. Er mochte diesen Teil der Bretagne. Liebliche Flusslandschaften wechselten mit dramatischen Küsten und schroffen Klippen ab. Und diese klaren Farben! Eine Mischung aus erstaunlicher Helligkeit und starken Kontrasten. Nichts war atemberaubender, als wenn sich die Gelb- und Grüntöne der Heidelandschaft mit dem besonderen Blau des Meeres mischten. Wo, wenn nicht hier im Finistère, sollte ein Maler leben und arbeiten? Er konnte nachvollziehen, dass eine Gruppe französischer Maler um Paul Gauguin am Ende des 19. Jahrhunderts die Schule für angehende Maler in Pont-Aven gegründet hatten.

In den letzten Jahren hatten die Touristen diesen wildromantischen Teil Frankreichs entdeckt. Sie waren leider ein notwendiges Übel, brachten sie der Region doch Geld und Arbeitsplätze. Aber sie gingen Matthieu manchmal auf die Nerven, denn er liebte die Einsamkeit. Er wohnte so abgeschieden, dass er, wenn er wollte, wochenlang mit keinem Menschen reden musste, konnte aber trotzdem in leidlich kurzer Zeit in Quimper, Brest oder Rennes sein, wenn es das Geschäft erforderte. Paris war mit dem Auto in fünfeinhalb Stunden zu erreichen und, wenn es eilte, mit dem Flugzeug in einer. Vielleicht war seine Affinität zu diesem Landstrich aber auch der Vergangenheit seiner Familie geschuldet. Die Kalderas kamen ursprünglich aus Italien, zogen dann eine Zeit lang in Frankreich umher, bis sie sich schließlich in der Bretagne niederließen. Sein Großvater konnte sich noch gut erinnern, wie hart das Leben als Tagelöhner gewesen war. Nicht überall sah man diese Leute gern. Doch das war lange her. Und selbst Nonno sagte oft, dass man nicht in der Vergangenheit verharren dürfe.

Trotzdem war es wichtig, sie zu kennen, damit man nicht vergaß und sich das Unglück nicht wiederholte. Hatte sein Großvater deshalb das Buch weggegeben?

Matthieu fröstelte plötzlich. Er stand auf, schloss den Reißverschluss seines Anoraks und pfiff nach Zorro. Vielleicht sollte er diese junge Frau aufsuchen und ihr erklären, was damals geschehen war. Aber weckte er damit nicht schlafende Hunde? Wie auf Kommando sprang Zorro hinter einem Busch hervor und rieb seine dreckige Schnauze liebevoll an Matthieus Jeans ab.

»Toll«, knurrte er, fuhr dem Setter dabei aber lächelnd über den Kopf.

»Manchmal ist Unwissenheit besser als die schmerzliche Wahrheit«, hatte Nonno immer gesagt, wenn Matthieu ihn auf diese Geschichte ansprach. Wann hatte sein Großvater seine Meinung geändert? Und warum griff er jetzt, nach so langer Zeit, in das Leben dieser jungen Frau ein? Er hätte diese Möglichkeit doch schon viel früher gehabt. War wirklich alles in Ordnung mit ihm? Matthieu hatte einmal gelesen, dass manche Menschen versuchten, so etwas wie reinen Tisch zu machen, wenn sie ihr Ende nahen spürten. War es das? Bei dem Gedanken fuhr ihm ein kalter Schauer über den Rücken, und er machte schnell das Mano-cornuta-Zeichen gegen etwaiges Unglück, das er mit solchen Überlegungen heraufbeschwor. Ob er seinen Großvater direkt darauf ansprechen sollte? Aber wie er ihn kannte, würde dieser ihn lediglich mit einer kryptischen Antwort abspeisen. Manchmal beschlich ihn die Ahnung, dass Ignacio Kaldera geistig nicht mehr ganz auf der Höhe war. Und diese Gegebenheit schmerzte ihn mehr als alles andere auf der Welt. Denn schließlich hatte er nur noch ihn. Er war seine Familie. Wenn er starb, würde er ganz allein sein. Der letzte Kaldera. Und obwohl Matthieu schon achtundzwanzig Jahre alt war und eigentlich als Erwachsener galt, trieb ihm dieser Gedanke die Tränen in die Augen. Mit einer schnellen Bewegung wischte er sich mit dem Jackenärmel darüber. Fabelhaft, jetzt fing er auch noch an zu flennen, wenngleich heute doch quasi ein Glückstag war, schließlich hatte er fünftausend Mücken bar auf die Hand bekommen. Das musste doch gefeiert werden!

Er ging zu seinem Wagen zurück und verbannte alle trüben Gedanken im hintersten Winkel seines Verstandes. Er würde sich jetzt dieses Steak kaufen, dazu eine besondere Flasche Wein trinken und danach mit einem neuen Bild anfangen, denn eine bestimmte Idee geisterte schon seit einigen Tagen in seinem Kopf herum.

6

»Wie wär's denn mit Nelken?«

Die junge Blumenverkäuferin schaute Fabrice fragend an, doch dieser schüttelte den Kopf.

»Mag sie nicht«, erwiderte er. »Sie sagt, das seien Friedhofsblumen.«

Er rollte mit den Augen, und die Verkäuferin kicherte.

»Dann vielleicht Narzissen?« Sie zeigte auf einen Kübel mit weißen und gelben Blumen.

Er nickte. »Gute Idee, die nehme ich. Gegen die kann sie kaum etwas vorbringen, oder?«

Er zwinkerte, und die Verkäuferin stimmte ihm errötend zu. Fabrice stellte seinen Aktenkoffer auf den Tresen des Blumengeschäfts und holte seine Geldbörse hervor.

Amélie benahm sich in letzter Zeit merkwürdig. Sie wirkte abwesend und schleppte immer dieses lächerliche Tagebuch mit sich herum, als seien darin die Zehn Gebote eingetragen. Vergangene Nacht hatte er sie sogar leise weinen gehört. Das sah ihr gar nicht ähnlich, üblicherweise war sie die fröhlichste Person, die er kannte. Ein Grund, weshalb er sich in sie verliebt hatte.

Er seufzte. Manchmal war sie für ihn ein Buch mit sieben Siegeln. In seinem Leben war alles wohlgeordnet, ihres hingegen glich mehr einem unaufgeräumten Kinderzimmer. Sie war oft etwas sprunghaft, schnell zu begeistern und dann maßlos enttäuscht, wenn sich die Personen und Dinge anders als gewünscht entpuppten. Doch wenn er ehrlich war, reizte ihn gerade das an ihr. Unter ihrer Oberfläche brodelte eine unbändige Lebenslust, die sie kaum zügeln konnte. Diese Charaktereigenschaft faszinierte ihn, weil sie überhaupt nicht der seinen entsprach. So als seien sie Nord- und Südpol. Und Gegensätze ziehen sich bekanntlich an. Aber im Grunde müsste er sein Werben etwas zurückstufen, denn in der nächsten Zeit würde sich entscheiden, ob ihn sein Chef zum Juniorteilhaber der Kanzlei beförderte. Das war sein wichtigstes Ziel im Moment. Deshalb strengte Fabrice sich besonders an, seinem Vorgesetzten alles recht zu machen. Das Fortbildungsseminar am Sonntag zum Beispiel. Das kostete Kraft und Energie, und er wünschte sich in solchen Augenblicken, dass Amélie ihn dabei unterstützte – als seine Freundin. Doch das war noch Zukunftsmusik. Aber sobald er seine Beförderung in der Tasche hatte, würde er sich ihr erklären. Zurzeit wirkte sie etwas gedankenverloren, als würde sie in einer anderen Welt leben. Oder vermisste sie Zoé dermaßen? Vielleicht wäre es besser, wenn er mit seiner Liebeserklärung noch ein wenig wartete.

Fabrice runzelte die Stirn. Er liebte Amélie. Sie schien ihm die ideale Partnerin zu sein. Eine, die ihn bewunderte, weil ihn manchmal, trotz seiner Fähigkeiten und seines guten Aussehens, der Selbstzweifel überrollte. Und in diesen Momenten benötigte er Bestätigung. Die suchte er aber nicht, wie einige seiner Anwaltskollegen, in flüchtigen Abenteuern. Nein, er wünschte sich ein Zuhause und eine Frau, die ihm rückhaltlos vertraute und zur Seite stand. So hatte er sich eine Beziehung immer vorgestellt. War das altmodisch? Und wenn ja, war das etwa schlimm?

»Nein, ist es nicht!«, stieß er ärgerlich hervor.

»Bitte?« Die Blumenverkäuferin schaute ihn verblüfft an.

»Nichts«, erwiderte er schnell, nahm den Strauß Narzissen in dem durchsichtigen Zellophan entgegen und verabschiedete sich mit einem Kopfnicken von der lächelnden Verkäuferin. Dabei registrierte er, dass auf dem Kassenzettel eine Telefonnummer stand.

7

»Gib mir doch bitte mal die Schwarz-Weiß-Fotos.« Jean-Pierre schnippte ein paarmal mit den Fingern und streckte fordernd die Hand aus. Amélie reichte ihrem Chef gedankenverloren die Fotomappe, dieser griff daneben, und die Unterlagen segelten zu Boden.

»Mince, pass doch auf!«, rief er aufgebracht und riss sie damit aus ihrer Lethargie. Sie sprang vom Stuhl auf und bückte sich hastig nach den durcheinandergeratenen Fotos.

»Entschuldige«, erwiderte sie kleinlaut und fuhr sich mit einer müden Bewegung über die Stirn. »Ich schlafe in letzter Zeit schlecht.«

Jean-Pierre Tessier schaute seine Angestellte stirnrunzelnd an. »Du siehst auch beschissen aus«, entgegnete er direkt. »Brütest du etwas aus? Wenn ja, dann geh besser nach Hause. Ich kann es mir nicht leisten, dass du die anderen ansteckst. Gerade jetzt brauchen wir jeden Mann … und jede Frau«, fügte er hinzu und wedelte mit der Hand, als müsste er ein lästiges Insekt vertreiben.

Amélie nickte. Ihr Chef war für seine brüskierende Offenheit bekannt. Aber wenn er ihr riet, nach Hause zu gehen, konnte sie davon ausgehen, dass er sich wirklich um sie sorgte.

Es war Mittwoch. Seit vergangenem Samstag hatte sie keine Nacht mehr durchgeschlafen. Manchmal erwachte sie wie in Trance auf dem Wohnzimmersofa, das aufgeschlagene Tagebuch auf den Knien, nicht wissend, wie sie hergekommen war. Das Entziffern der altmodischen Schrift bereitete ihr nach wie vor große Mühe. Aurora hatte nicht die lesefreudigste Handschrift gehabt. Und doch fesselten sie deren Einträge. Vielleicht mehr, als ihr guttat. Und es schien fast so, als würde dieses Buch ab jetzt ihre Nächte bestimmen.

»Blödsinn«, murmelte Amélie, als sie ihren Garderobenschrank aufschloss, Mantel und Handtasche herausnahm und zum Lift marschierte. Bücher hatten keine Macht über Menschen, das war ja lächerlich.

Der Wonnemonat Mai vollführte gerade einen Rückzieher; es war kalt und nass geworden. Amélie blickte skeptisch in den Nieselregen hinaus, schlug dann den Mantelkragen hoch und hastete unter ein vorstehendes Dach. Es war kurz vor drei Uhr, doch ihr Körper suggerierte ihr, dass es Zeit wäre, endlich ins Bett zu gehen und sich eine Mütze Schlaf zu gönnen. Sie unterdrückte ein Gähnen. Normalerweise schlief sie wie eine Tote. Doch seit ihren nächtlichen Ausflügen aufs Sofa war es damit vorbei. Kurz überlegte sie, sich ein Taxi zu leisten, doch ihre angeborene Sparsamkeit trieb sie zur Bushaltestelle, und während sie auf den nächsten Bus wartete, grübelte sie über die vergangenen Tage nach.

Seit es in ihrem Briefkasten aufgetaucht war, hatte sie jede Nacht in diesem ominösen Tagebuch gelesen, um endlich herauszufinden, wie die Geschichte zwischen Aurora und ihrem Fremden endete. Beinahe so, als würde es ihr die Verfasserin befehlen.

Amélie stieß die Luft aus und schüttelte den Kopf. Schlafmangel, eindeutig! Wäre sie nicht so müde, würde sie nicht solche verrückten Dinge denken. Sie beschloss, nach Hause zu fahren, sich ein warmes Bad zu gönnen und dann einfach zu schlafen – so lange wie möglich.

»Krank? Du Arme.«

Fabrice griff über den Esstisch, legte seine Hand auf Amélies Arm und tätschelte ihn, als wäre er der Bauch eines Welpen. Gleichzeitig versuchte er, ihr nicht zu nahe zu kommen, vermutlich aus Angst, sich Viren einzufangen.

Sie hatte die vergangenen Stunden herrlich geschlafen. Traumlos, ohne Schlafwandeln aufs Wohnzimmersofa, um mehr über die dubiose Icherzählerin herauszufinden. Krank fühlte sie sich überhaupt nicht. Aber es war eine wunderbare Entschuldigung dafür, dass sie an ihrem Kochtag bloß zwei Tiefkühlpizzen in den Ofen geschoben hatte.

»Keine Angst«, erwiderte sie und biss herzhaft in ein Pizzastück, das verführerisch nach Origano, Tomaten und Käse duftete. »Ich bin nicht erkältet. Trotzdem werde ich den Rest der Woche zu Hause bleiben. Jean-Pierre wird mich zwar umbringen, aber ich habe noch so viele Überstunden, dass er mich kaum deswegen vor die Tür setzt. Schließlich bin ich seinem eigenen Vorschlag gefolgt.«

Fabrice nickte und goss sich nochmals von dem dunkelroten Bardolino ein, der nach seiner Meinung besser zu einer Pizza passte als der weiße Muscadet aus der Region, den sie normalerweise konsumierten. Amélie war das egal, sie trank sowieso kaum Alkohol.

»Am, sag mal«, begann Fabrice und räusperte sich mehrmals. »Wir hatten doch mal darüber diskutiert, diesen Sommer nach Madeira zu fliegen. Du, Zoé und ich. Wollen wir das eventuell mal angehen?«

Amélie runzelte die Stirn. Sie mochte es nicht, wenn er ihren Namen amputierte und sie Am nannte. Sie kam sich dabei wie eine Sprechpause vor. Deshalb fiel ihre Antwort auch schroffer aus, als sie vorgehabt hatte.

»Ich denke, das hat sich mit Zoés Weggang erledigt. Denn ich fliege ganz sicher nicht mit dir allein in den Urlaub, Fab!«

8

Amélie Monfort, Zoé Ollivier, Fabrice Ollivier, Boulevard Katerine Wylie 36, 29900 Concarneau.

Matthieu starrte die Adresse eine Zeit lang sinnend an. Drei Namen, davon zwei identisch. Lebte die Frau mit einem Paar zusammen? Vielleicht gehörte das Haus diesen Olliviers, und die kleine Monfort wohnte da zur Untermiete. Er kannte die Gegend natürlich. Ein Quartier mit bester Aussicht auf das Meer, mit gepflegten Vorgärten und malerischen Villen aus dem frühen 20. Jahrhundert. Eine der teureren Wohnlagen in Concarneau, die Frau war also nicht arm.

Unvermittelt wurde er wütend und schloss seinen Laptop so energisch, dass dieser empört piepste. Die hatte sicher keine Probleme! Immer schön behütet, immer genug zu essen, eine angesehene Familie ohne Sorgen! Und sein Urgroßvater? Großvater? Ja, selbst seine Eltern noch? Die hatten von der Hand in den Mund gelebt, jahrelang geackert und kaum etwas auf die hohe Kante legen können. Ganz zu schweigen davon, dass Nonno und dessen Vater früher in der Bretagne herumziehen mussten, weil man Tagelöhner zu der Zeit schlechter behandelte als räudige Hunde! Und jetzt hatte diese Schnepfe, nebst allem anderen, auch noch das Tagebuch. Vermutlich hatte sie es bereits weggeworfen, denn was sollte sie damit anfangen? Es war alt, abgegriffen und dem Dämchen bestimmt zu eklig, als dass sie darin gelesen hätte. Wenn sie es denn überhaupt fertigbrachte, denn die Schrift war alles andere als leicht zu lesen. Perlen vor die Säue!

Er raufte sich die Haare. Was war bloß in Nonno gefahren, dieser Frau das Einzige zu schenken, das die Kalderas mit ihrer Vergangenheit verband? Er hätte das Buch auch gleich verbrennen können!

Matthieu stieß ärgerlich den Stuhl zurück und stand auf. Ruhelos ging er im Wohnzimmer auf und ab. Ob er das Tagebuch einfach zurückfordern sollte? Aber wie? An der Tür klingeln und sagen: »Rück das Ding raus, es gehört dir nicht!« Schlechte Idee, vermutlich würde sie gleich die Polizei holen, und dann? Nein, er schüttelte den Kopf. Er musste sich etwas anderes ausdenken.

Sein Blick fiel auf Zorro, der es sich unter dem Tisch gemütlich gemacht hatte und leise schnarchte. Der Boulevard Katerine Wylie zog sich an der Küste entlang. Ein beliebter Spazierweg für Touristen. Ein Wanderer mit Hund würde dort nicht auffallen. Vielleicht hatte er Glück, und er traf die Frau in ihrem Garten an, sofern sie sich selbst darum kümmerte und keinen Gärtner engagiert hatte. Auf dem Luftbild im Internet hatte er gesehen, dass sich eine ausgedehnte Grünfläche um das Grundstück zog. Und eben hatte es aufgehört zu regnen, vereinzelte Sonnenstrahlen stahlen sich durch die graue Wolkendecke.

»Zorro, beweg deine müden Knochen, wir fahren zum Strand!«

Matthieu fuhr langsam an dem Haus vorbei, in dem die junge Frau wohnte. Obwohl er wusste, wie sie hieß, scheute er sich, sie mit ihrem Namen anzusprechen – selbst in Gedanken. Er wollte keine Verbindung mit ihr, sie nicht näher kennen und in seine Welt lassen. Sie war eine von den anderen; eine aus der Familie, die an dem Unglück der Seinen schuld war. Und obwohl sie vermutlich nicht einmal davon wusste, wollte er nichts mit ihr zu tun haben. Das Einzige, was Matthieu von der jungen Frau brauchte, war das Tagebuch.

Das Haus mit der Nummer 36 war ein zweistöckiges Haus mit einem hübschen Erker, das anscheinend gerade renoviert worden war. Auf dem Vorplatz stand noch eine halb gefüllte Mulde mit Bauschutt, von Bauarbeitern war jedoch nichts zu sehen. Die Fassade war in einem hellen Gelb gestrichen, Türen und Fensterrahmen bestanden aus weißem Holz. Ein naturbelassener Kiesweg führte zu einer kleinen Laube, in der Gartenstühle und ein Kugelgrill standen. Der Garten war etwas verwildert, wenn auch nicht übermäßig. Die ausladenden Rhododendronsträucher hätten einen Schnitt vertragen können. Ein einzelner Parkplatz befand sich vor dem Haus, er war leer. Auch sonst war niemand zu erblicken.

Matthieu sah auf die Digitaluhr seines Wagens. Kurz vor Mittag. Wenn er Glück hatte, kam sie zum Mittagessen nach Hause, und er könnte einen Blick auf sie werfen. Obwohl er sich geschworen hatte, sie nicht weiter zu beachten, war er doch neugierig, wie sie aussah, schließlich war sie eine Nachfahrin von …

Ein Hupen ließ ihn zusammenzucken. Hinter ihm erhob sich ein mächtiger Kühlergrill, der sich beim genaueren Hinsehen als Lastwagen entpuppte. Matthieu gab Gas, setzte den Blinker und fuhr rechter Hand auf einen Parkplatz am Boulevard. Er hob entschuldigend die Achseln, als der Lkw-Fahrer kopfschüttelnd an ihm vorbeifuhr, und stieg aus.

Zorro stemmte sich sofort in die Leine, als er aus der Hundebox gesprungen war, und Matthieu kugelte sich beinahe die Schulter aus. Der Hund war Freilauf gewöhnt. Aber am Strand durfte er ihn nicht ohne Leine laufen lassen.

»Blödes Vieh!«, schimpfte er und ruckte an der Leine. »Bleibst du Fuß?«

»Warum strangulieren Sie den Hund denn nicht gleich? Erspart Ihnen weiteren Ärger.«

Matthieu drehte sich verblüfft nach der Stimme um. Hinter ihm stand eine hübsche Blondine, deren blaue Augen ihn eiskalt musterten. Sie trug eine volle Einkaufstasche und eine Zeitung unter dem Arm.

»Wie?«, stammelte er und versuchte, Zorro daran zu hindern, aus seinem Halsband zu schlüpfen. Der Hund gebärdete sich wie ein Berserker, als hätte er gerade beschlossen, seine gesamte Erziehung in der Welpenschule hinter sich zu lassen und sich einem Rudel wilder Wölfe anzuschließen.

»Zorro, nun halt doch mal still!«

Matthieu griff beherzt nach dem Halsband und klemmte sich den Setter kurzerhand zwischen die Beine, was reichlich lächerlich aussehen musste, denn die Blondine hob spöttisch eine Augenbraue.

»Normalerweise benimmt er sich nicht so einfältig«, versuchte er sich zu rechtfertigen. »Aber …«

»Komm mal her, du.«

Die Blondine stellte ihre Einkaufstasche auf den Gehsteig, ging in die Hocke und streckte Zorro ihren Handrücken hin. Dieser schnüffelte neugierig daran und begann dann mit dem Schwanz zu wedeln. Matthieu ließ ihm ein wenig Leine, und Zorro legte sich vor der Fremden auf den Rücken und ließ sich von ihr den Bauch kraulen.

»Sie haben ihn wohl noch nicht lange, was?«, wandte sie sich mit spitzem Tonfall an Matthieu und blickte ihn dabei tadelnd von unten herauf an.

»Doch«, erwiderte er. »Seit er ein Welpe ist. Und wir hatten immer Hunde«, rechtfertigte er sich. Aus einem unerklärlichen Grund war es ihm plötzlich wichtig, dass die junge Frau keinen schlechten Eindruck von ihm bekam.

»Tatsächlich?«, stellte sie in spöttischem Tonfall fest und

erhob sich wieder. Zorro sprang ebenfalls auf und strich ihr schmeichelnd um die Beine. So viel zur Treue eines Hundes.

»Nun, dann sollten Sie eigentlich wissen, wie man mit ihnen umgeht.«

Sie griff nach ihrer Einkaufstasche, tätschelte nochmals Zorros Kopf, nickte Matthieu flüchtig zu und überquerte dann die Straße.

»Toll gemacht, du Held!«, wandte er sich an Zorro, der sich hinsetzte, hechelnd zu ihm aufsah und dabei den Staub vom Parkplatz wedelte. »Am Ende sperren sie mich noch wegen Tierquälerei ein.«

Er klaubte ein Leckerli aus seiner Hosentasche und warf es seinem Hund zu; dabei bemerkte er eine Bewegung aus dem Augenwinkel, drehte den Kopf und sah gerade noch, wie sich die Haustür an der Nummer 36 schloss.

9

Amélie stellte die Einkaufstasche auf den Küchentisch und sah die Post durch. Ein Reisebüro hatte ihnen einen Sommerkatalog zugeschickt. Auf dem Cover prangte eine Palme, die sich in einem sanften Winkel über ein türkisfarbenes Meer neigte.

Sie seufzte. Hoffentlich hatte sie Fabrice gestern Abend deutlich zu verstehen gegeben, dass sie nicht daran dachte, mit ihm zu verreisen. Hundegebell weckte ihre Aufmerksamkeit, und sie sah aus dem Küchenfenster. Der gut gebaute Mann mit dem Setter stand immer noch auf der gegenüberliegenden Straßenseite und versuchte, seinen Schützling in den Kofferraum eines Autos zu bugsieren. Das Tier schien dazu jedoch absolut keine Lust zu haben und bellte seinen Herrn herausfordernd an. Amélie konnte es nicht ausstehen, wenn Leute Tiere quälen, hatte aber sofort gemerkt, dass der dunkelhaarige Mann keiner von dieser Sorte Mensch, sondern seinem lebhaften Jagdhund schlichtweg nicht gewachsen war. Schmunzelnd sah sie zu, wie er schließlich den Hund mit ein paar Leckerlis überlistete, indem er sie in die offene Hundebox warf und das Tier hinterhersprang.

»Tja, Verfressenheit kommt vor Knast«, murmelte sie, wandte sich ab und begann, ihre Einkäufe im Kühlschrank zu verstauen.

Sie hatte ihren Chef am Morgen angerufen und gebeten,

sie für den Rest der Woche zu entschuldigen. Zähneknirschend hatte Jean-Pierre zugestimmt, ihr aber inständig nahegelegt, bis nächste Woche wieder fit zu werden. Eine Präsentation für ihren wichtigsten Kunden stand bevor, und Amélies Mitarbeit sei dabei unabdingbar. Als ob sie das vergessen hätte! Sie schnaubte. Es wäre ihr auch lieber, sie könnte die Nächte durchschlafen und würde sich nicht jeden Morgen wie ein ausgewrungenes Handtuch fühlen. Heute war Donnerstag, das Tagebuch hatte sie letzten Samstag erhalten, und seitdem war sie jede Nacht pünktlich um halb zwei aufgewacht und hatte in dem Buch gelesen. Manchmal im Bett, manchmal auf dem Sofa. Wie in Trance. Es war unheimlich und verstörend. Selbst Fabrice hatte aufgehört, sich darüber lustig zu machen, sondern schlug ihr einen Besuch bei einem Psychologen vor oder mindestens bei ihrem Hausarzt. Amélie glaubte nicht an Übersinnliches. Aber je länger das Schlafwandeln anhielt, desto unsicherer wurde sie. Ob sich eine unheimliche Macht ihrer bemächtigt hatte? Sollte sie, anstatt einen Psychologen aufzusuchen, nicht lieber mit einem Pfarrer reden? Ihr Vater hätte sicher Rat gewusst.

»Was geht mir da nur durch den Kopf?«, stieß sie hervor, stellte die Kaffeemaschine an und machte sich einen Espresso. Dann setzte sie sich ins Wohnzimmer und schlug die Tageszeitung auf. Nach ein paar vergeblichen Versuchen, sich auf die Aktualitäten zu konzentrieren, legte sie die Zeitung auf den Couchtisch und starrte zum Fenster hinaus. Der Mai hatte sich doch wieder an seinen guten Ruf erinnert und glänzte mit angenehmen Temperaturen und Sonnenschein. Ein Spaziergang würde ihr guttun und die schwermütigen Gedanken vertreiben.

Als sie das Haus verließ, warf sie einen Blick auf die gegenüberliegende Straßenseite. Der Mann mit dem Setter war verschwunden. Unerklärlicherweise fühlte sie einen kleinen Stich der Enttäuschung. Obwohl das Zusammentreffen mit dem Fremden zu Anfang wenig erfreulich gewesen war, hatten sie seine dunklen Augen fasziniert und seine vergeblichen Versuche, sich ihr gegenüber zu rechtfertigen, amüsiert.

Amélie schlug den Weg zum Zentrum ein. Die Ebbe hatte eingesetzt, daher ging sie die gemauerte Treppe vom Boulevard hinunter zum Strand und stapfte durch den schweren nassen Sand. Der Wind frischte auf und trieb Wolkenfetzen über die Bucht. Sie wickelte die Strickjacke enger um ihren Körper. Dann blieb sie stehen und genoss die Brise auf ihrem Gesicht, die nach Jod und Salz schmeckte. Über ihr kreisten Möwen und stießen heisere Schreie aus. Am Wochenende herrschte hier reger Ausflugsverkehr, aber an einem gewöhnlichen Wochentag hatte sie den Strand praktisch für sich allein. Die Saison hatte noch nicht begonnen, daher waren auch nur wenige Touristen unterwegs; außer einem Hundebesitzer, der einen übergewichtigen Dackel ausführte, begegnete sie keinem Menschen. Nach einer halben Stunde setzte sie sich auf einen kleinen Felsen und drehte ihr Gesicht in die Sonne. Der milchige Dunst über der Bucht löste sich langsam auf, es würde ein strahlend schöner Frühlingstag werden.

Amélie zog das Tagebuch aus ihrer Handtasche und schlug es auf. Sofort griff der Wind nach den beschriebenen Seiten, als würde er eine Tanzpartnerin suchen, und sie hielt sie vorsichtig mit beiden Händen fest.

Samstag, 11. Dezember 1937

In zwei Wochen ist Weihnachten. Wie ich dieses Fest verabscheue! Die zahlreiche Verwandtschaft wird einfallen, sich mit Gesottenem und Gebratenem vollstopfen und dem Trunk ergeben. Meine Schwiegermutter ist schon ganz aus dem Häuschen und jagt das Gesinde durchs Haus. Ein Glück für mich; so merkt sie nicht, was mit mir los ist. Ich kann nicht mehr schlafen, nicht mehr essen, ständig fällt mir etwas aus der Hand. Ich weiß nicht, was das ist, aber es fühlt sich zugleich schrecklich und gut an. Als würde ich auf etwas warten, auf etwas ganz Großes, etwas, das mein bisheriges Leben verändert.

Vincent hat mich heute Morgen hinter dem Pferdestall geküsst. Er hat kein Wort gesagt, hat mich einfach nur angesehen und dann in seine Arme gezogen. Er roch nach frischem Schweiß und nachtwarmem Mann. Meine Beine gaben nach, und er musste mich an die Stallmauer drücken, sonst wäre ich hingefallen. Unter seinem Hemd konnte ich seine Muskeln spüren. Sie sind hart wie Stein, ganz anders als das weiche Fleisch von Quentin. Hätte der Hund nicht plötzlich gebellt, ich weiß nicht, was noch geschehen wäre.

Belle hält mich für verrückt und predigt mir laufend, was passiert, wenn sie uns erwischen. Aber ich kann nicht anders!

Amélie atmete tief durch. Das musste ja so kommen! Sie hätte darauf gewettet, dass sich Aurora in den Kerl verliebt. Ob das ein gutes Ende nahm? Vermutlich nicht, wie alle Liebesgeschichten, in denen mehr als zwei Personen mitspielten. Vielleicht sollte sie nicht mehr weiterlesen. Träume waren so viel schöner als die Realität. Am Ende gäbe es bestimmt Tränen und Kummer, das war so sicher wie das Amen in der Kirche. Und sie wünschte sich für Aurora ein gutes Ende. So, wie man es seiner besten Freundin wünscht. Freundin?

Sie schüttelte energisch den Kopf. »Wie dumm ist das denn?«, murmelte sie dann. »Jetzt sehe ich Aurora schon als meine Freundin an? Ich brauche dringend Urlaub!«

Amélie schrie auf. Eine feuchte Schnauze hatte sich unter ihren Ellbogen geschoben, und zwei haselnussbraune Augen sahen sie schmachtend von unten herauf an.

»Meine Güte, hast du mich erschreckt!«

Sie strich dem braunen Setter liebevoll über das weiche Fell. Was für ein schönes Tier, er glich doch tatsächlich …

»Zorro, komm her! Verdammt … Zorro!«

Der gut gebaute Mann mit den Kohleaugen stürzte hinter der Kaimauer hervor und fiel Amélie fast vor die Füße. Ein Ruck ging durch seinen Körper, als er sie erkannte. Und da waren, nebst Überraschung, noch andere Gefühlsregungen in seinem Gesicht zu lesen: Hochmut, Ärger, Abscheu? Aber das bildete sie sich bestimmt nur ein. Sie kannten sich doch gar nicht. Und ihr Zusammentreffen vorhin war zwar unerquicklich gewesen, hatte aber doch sicher keine dieser Emotionen in ihrem Gegenüber hervorgerufen. Ihre Nerven waren überreizt, sie musste sich endlich zusammenreißen.

»Hallo«, sagte sie und verstaute das Tagebuch geschwind wieder in ihrer Handtasche. »Es ist untersagt, Hunde am Strand frei laufen zu lassen. Wissen Sie das nicht? Kleiner Tipp, es gibt exzellente Kurse für Hundehalter.«

Der Fremde knurrte etwas Unverständliches, und sie zog belustigt einen Mundwinkel nach oben. Sie musterte ihn genauer. Seine dunklen Haare fielen ihm bis auf den Kragen, er hatte ein markantes Kinn, volle Lippen und trug einen Dreitagebart. Sie merkte plötzlich, dass sie ihn anstarrte, und wandte sich hastig ab.

»Sie geben Fremden wohl gerne gute Ratschläge«, spöttelte er und setzte sich ungefragt neben Amélie auf den Felsen; gleichzeitig versuchte er, den quirligen Jagdhund anzuleinen.

Sie wandte den Kopf. »Zorro also«, stellte sie fest und kraulte dem Tier die seidenweichen Ohren. Dabei berührten sich ihre Hände, und beide zuckten erschrocken zurück.

Der Fremde räusperte sich.

»Zorro ist spanisch und bedeutet Fuchs.« Er packte den Hund beim Schlafittchen und flüsterte ihm ins Ohr: »Passender Name, Freundchen, genauso verschlagen wie ein Rotschwanz.« Dann drückte er dem Hund einen Kuss auf den

Kopf. »Aber ihm kann man einfach nicht böse sein, trotz seines wilden Temperaments.«

Amélie lachte. »Hund sollte man sein.«

Der Fremde warf ihr einen schnellen Blick zu und lächelte dann.

»Ja, das habe ich mir auch schon oft überlegt.« Er streckte ihr die Hand entgegen. »Matthieu Kaldera.«

»Amélie Monfort.«

Sein Händedruck war kurz. Als wäre es ihm unangenehm, sie zu berühren. Er zog seine Hand schnell zurück und betrachtete diese dann mit gerunzelter Stirn, so als müsste er sich entscheiden, ob er sie nicht an seiner verwaschenen, mit Farbspritzern übersäten Jeans abwischen sollte.

Amélie hob die Augenbrauen. Kaldera? Farbe? Irgendwo in ihrem Kopf surrte ein Rädchen, doch sie konnte die Erinnerung nicht greifen.

»Sie müssen nicht arbeiten?«, unterbrach ihre neue Bekanntschaft ihre Gedanken.

»Nein«, erwiderte sie, »ich bin krankgeschrieben.«

»Verstehe, was fehlt Ihnen denn?«

Amélie kratzte mit dem Fingernagel eine gelbe Flechte vom Felsen. Sie zuckte mit den Schultern. Weshalb sollte sie einem Fremden erzählen, wieso sie nicht arbeitete? Das ging wirklich niemanden etwas an. Gleichwohl erklärte sie: »Eigentlich nichts. Vermutlich zu viel Stress.«

Matthieu Kaldera nickte, schwieg aber.

»Seltsamer Typ«, ging es ihr durch den Kopf. Nach seinem Aussehen zu urteilen, hatte sie ihn in die Kategorie »kühner Südländer, der auf ein Abenteuer aus ist« eingeordnet. Aber im Moment sah es vielmehr so aus, als hätte er Lust, so schnell wie möglich zu verschwinden.

»Und Sie?«, gab sie die Frage zurück.

»Ich kann mir meine Zeit einteilen«, erwiderte er vage,

offensichtlich nicht darauf erpicht, mehr von sich preiszugeben.

Amélie atmete tief durch. Nun denn, sie musste sowieso zurück.

»Also dann«, sie griff nach ihrer Handtasche und stand auf, »noch viel Vergnügen beim Gassigehen. Und nicht vergessen, es gibt ganz tolle Kurse für Hund und Herrchen.«

Matthieu lächelte gequält, blieb jedoch sitzen und strich sich die Haare aus der Stirn. Amélie hatte das Gefühl, dass er noch etwas sagen wollte. Doch als ein paar Sekunden verstrichen und er nicht reagierte, drehte sie sich um und machte sich auf den Rückweg.

10

»Idiot!« Matthieu schlug sich mit der flachen Hand an die Stirn. Das Tagebuch war zum Greifen nahe gewesen, doch er hatte die Gelegenheit ungenutzt verstreichen lassen. Amélie Monfort hätte kaum etwas ausrichten können, wenn er es aus ihrer Handtasche stibitzt hätte. Niemand wäre verletzt worden und die Sache damit erledigt. Doch eine jähe Scheu hatte ihn ergriffen, nachdem er sich vom Schreck erholt hatte, sie nochmals zu treffen. Sie kam ihm plötzlich sehr verletzlich vor, wie sie dort auf dem Felsen gesessen hatte. Und als wäre das alles noch nicht genug, hatte er sich ihr mit seinem richtigen Namen vorgestellt. Wie dämlich konnte man eigentlich noch sein?

»Und du warst auch keine große Hilfe«, wandte er sich zähneknirschend an Zorro, der sich im nassen Sand suhlte. »Übrigens ist die Dame eine nervtötende Besserwisserin. Ich und einen Hundekurs? Ha!«

Die Kalderas hatten ihr ganzes Leben lang Hunde gehalten. Früher, als sie noch im Land umherzogen, zum Schutz ihrer wenigen Habe, und danach, als sie sesshaft geworden waren, zur Abschreckung unliebsamer Mitmenschen. Nicht alle mochten Tagelöhner in ihrer Nachbarschaft. Obwohl Matthieu diese Geschichten nur von Nonnos Erzählungen kannte, fühlte er sich ob Amélies Kritik in seiner Ehre gekränkt. Und was war das überhaupt für eine Sache mit ihrer Krankheit? Er hatte deutlich gespürt, dass sie ihm nicht sagen wollte, was wirklich dahintersteckte. Ob es etwas Ernstes war? Vielleicht hätte er ihr mehr über sich selbst erzählen sollen, um ihr Vertrauen zu gewinnen. Schließlich kannte sie ihn nicht, wusste nichts von der Verbindung, und je mehr sie ihm vertraute, desto leichter würde es sein, ihr das Tagebuch abzunehmen.

Er war über alle Maßen erleichtert, dass es noch in ihrem Besitz war, und hatte sein Glück kaum fassen können, als er sah, dass sie es sogar dabei hatte. Doch warum nahm sie ein antikes Tagebuch mit auf einen Spaziergang am Strand? Hatte sie es gelesen? Hatte sie eventuell sogar die Verbindung herstellen können? Matthieu schüttelte den Kopf, nein, das war nicht möglich, der Text offenbarte sein Geheimnis nicht. Man musste die Hintergründe kennen, um ihn zu entschlüsseln, und als er ihr seinen Namen genannt hatte, hatte sie nicht reagiert.

»Komm, wir fahren nach Hause!«

Zorro sprang auf und lief dann brav neben seinem Herrn her. Ab und zu hob er zwar den Kopf, wenn eine Möwe schrie, aber er machte keine Anstalten mehr auszubüxen.

Matthieu dachte erneut an Amélie Monfort. Obwohl er sich fest vorgenommen hatte, sie nicht zu mögen, fand er sie anziehend. Sie hatte ein herzliches Lachen, das ihn an jemand erinnerte, und einen wundervollen Mund, der geradezu prädestiniert zum Küssen war. Er schluckte. Himmel, was kamen ihm da nur für Gedanken? Um an das Tagebuch zu gelangen, brauchte er seinen Verstand im Kopf und nicht einen Meter weiter unten in der Hose. Außerdem hatte er sich geschworen, das Debakel mit Nadine nicht zu wiederholen. Er war für die Liebe einfach nicht geschaffen und sollte besser allein bleiben.

Als er mit seinem Wagen in den Feldweg einbog, der zur Mühle führte, erspähte er seinen Großvater, der ihm, auf einen Stock gestützt, entgegenkam. Matthieu hielt an und kurbelte das Fenster hinunter.

»Nonno? Wolltest du mich besuchen?«

Ignacio Kaldera nickte. Aus der Hundebox im Kofferraum drang freudiges Gebell.

»Hast du schon gegessen? Wenn nicht, koche ich uns eine Fischsuppe, einverstanden?«

Während sein Großvater ins Auto stieg, überlegte Matthieu, ob er ihm von seinem Ausflug erzählen sollte. Vermutlich wäre Ignacio nicht sehr glücklich darüber, dass sein Enkel sich seinem Willen widersetzte und das Tagebuch zurückwollte. Irgendeine Idee musste hinter seinem Tun schließlich stecken. Aber welche?

Er warf seinem Großvater einen raschen Seitenblick zu. Dieser hatte seine Hände über dem Spazierstock gefaltet und sah lächelnd zum Fenster hinaus. Waren seine Falten tiefer geworden? Seine Haut blasser? Atmete er schwerer? Was, wenn er plötzlich krank wurde? Er hatte zwar ein Telefon in seinem Häuschen, hatte sich aber vehement gegen ein Handy gewehrt. Und selbst so einen Unfallknopf, mit dem alte Leute den Notruf drücken konnten, wollte er sich nicht anschaffen. Er war, wie sein Enkel und die Kalderas vor ihm, stur wie ein Esel. Matthieu besuchte ihn zwar fast täglich. Aber wenn wirklich etwas Schlimmes passieren sollte, konnten Minuten über Leben und Tod entscheiden.

»Nonno, hast du es dir überlegt? Ich meine, dass du zu mir ziehst?«

Ignacio drehte den Kopf und sah seinen Enkel schmunzelnd an. »Überlegt schon, Caro. Aber ich denke, das wird nicht nötig sein.«

Matthieu biss sich auf die Lippen. »Nötig oder nicht«, erwiderte er und stoppte etwas abrupt vor dem Hauseingang. »Es wäre mir wirklich lieber, wenn du nicht allein in deinem Haus lebst. Wir …«

Ignacio hob die Hand. »Lass gut sein. Ich weiß dein Angebot zu schätzen, mit mir altem Zausel Tisch und Bett zu teilen. Aber nein, ich lehne dankend ab.«

»Von Bett war nie die Rede«, knurrte Matthieu, stieg aus und öffnete die Heckklappe, um Zorro aus der Box zu befreien. »Aber ich verstehe schon: alte Männer und ihr Eigensinn!«

Sein Großvater kletterte währenddessen kichernd aus dem Wagen, streckte stöhnend den Rücken durch und ging zur Haustür.

»Komm, Caro, lass uns jetzt nicht streiten. Hast du noch von dem süffigen Roten? Ich denke, jetzt wäre ein guter Zeitpunkt, um sich ein Gläschen zu gönnen.«

II

»Jemand zu Hause?«

Fabrice lugte durch den Türspalt und lauschte. Im Korridor roch es nach Erdbeermarmelade, und ihm lief das Wasser im Mund zusammen. Hyacinthe Monforts selbst gemachte Konfitüre war eine Offenbarung.

»Hyacinthe? Ich bin's, Fabrice, wo steckst du denn?«

Das alte Pastorenhaus in der Rue Jules Ferry war kein Pfarrhaus im eigentlichen Sinne. Das aus grauem Naturstein erbaute Gebäude mit den für die Bretagne typischen blau gestrichenen Türen- und Fensterrahmen hieß so, weil Gilles Montfort, Amélies Vater, es für sich als Altersresidenz erworben hatte. Leider hatte der pensionierte Pfarrer, der in Concarneau überaus geschätzt und beliebt gewesen war, das Schmuckstück nicht lange genießen können. Denn knapp zwei Jahre nach seinem Eintritt in den Ruhestand verstarb er unerwartet. Seine Witwe wohnte jedoch immer noch in dem entzückenden Haus mit Blick auf den Hafen, wie auch Amélie, ihr einziges Kind, bis sie mit ihm und seiner Schwester zusammengezogen war.

»Fabrice? Bist du es? Ich bin hier oben!«

Er hörte ein Rumpeln aus dem ersten Stock, danach einen hohen Schrei und Türenschlagen. Mit zwei, drei Schritten lief er die Treppe hinauf und stürzte in Hyacinthes Schlafzimmer. Die gepflegte Frau in den Fünfzigern stand, eine Hand auf ihre ausladende Brust gepresst, kreidebleich neben dem Kleiderschrank und sah ihn mit schreckgeweiteten Augen an.

»Eine Spinne!«, stieß sie hervor, und Fabrice atmete erleichtert aus. »Keine Ahnung, was den Herrn in seiner Weisheit dazu veranlasst hat, solche ekligen Tiere zu erschaffen. Aber er wird sich schon seinen Teil gedacht haben.«

Sie schüttelte sich, durchquerte das Zimmer und bot ihm ihre gepuderte Wange dar. Er küsste sie pflichtschuldig, und Maiglöckchenduft stieg ihm dabei in die Nase.

Amélie spottete regelmäßig darüber, dass eine Frau, die Hyacinthe hieß, am liebsten Parfüm mit diesem Duft benutzte. Sie spottete oft über ihre Mutter, mit der sie sich nicht gut verstand. Er fragte sich, wieso. Hyacinthe Monfort war zwar ein wenig eigen, aber ansonsten die Liebenswürdigkeit in Person. Eben die typische Pastorenfrau, die ihre Tage damit verbrachte, Gutes zu tun und den jährlichen Kirchenbasar zu organisieren. Weshalb sich Mutter und Tochter nicht grün waren, hatte er nie verstanden, und Amélie wollte ihn dahin gehend auch nicht aufklären.

»Was führt dich zu mir, mein Lieber?«, fragte die ältere Frau, strich sich den Rock ihres klassischen dunkelblauen Deuxpièces glatt und wies mit der Hand zur Tür. »Einen Aperitif?«

Obwohl es erst kurz nach elf Uhr war, stimmte Fabrice zu. Die Sache, die er mit ihr besprechen wollte, war etwas heikel, ein wenig Alkohol konnte dabei sicher nicht schaden.

Sie gingen zusammen die Treppe hinunter ins Wohnzimmer mit der geblümten Polstergarnitur und dem Heiligenbild oberhalb des Kamins. In dem Zimmer war es stickig, und er zerrte am Knoten seiner Krawatte. Hyacinthe schien von seinem Unbehagen nichts zu bemerken. Sie plauderte übers Wetter, den verspäteten Frühling und holte dabei aus einer Glasvitrine in der Ecke zwei kleine Aperitifgläser. Dann ging sie in die Küche. Er hörte, wie sie die Kühlschranktür öffnete, danach ein Rascheln. Mit einer Schale Gebäck in der einen, einer Flasche in der anderen Hand trat sie kurze Zeit später wieder ins Wohnzimmer. Der eisgekühlte Likör schmeckte nach Kirschen, Orangenschalen und Kräutern. Fabrice nippte an seinem Glas, fasste sich schließlich ein Herz und erzählte ihr die Sache mit dem alten Tagebuch aus dem letzten Jahrhundert.

Hyacinthes Kopf schnellte bei seinen Worten in die Höhe, und ihre dunklen Brauen zogen sich zusammen, bis sie über ihrer Nase beinahe eine horizontale Linie bildeten. Wie immer verblüffte ihn, wie wenig sie und Amélie sich glichen. Seine Mitbewohnerin war blond mit blauen Augen und kam mehr nach ihrem Vater. Hyacinthe dagegen war eine typische Bretonin mit dunklen Augen und Haaren, durch die sich aber bereits einzelne graue Strähnen zogen. Er stockte einen Moment in seinem Bericht, darauf gefasst, dass sie ihn unterbrechen würde, doch als sie ihn nur mit schmalen Augen musterte, sprach er zögernd weiter. Nachdem er geendet hatte, atmete sie einmal tief durch.

»Hast du es gelesen?«, fragte sie scharf.

Fabrice schaute sie verwundert an. Wusste sie vielleicht, wer ihrer Tochter dieses vermaledeite Tagebuch in den Briefkasten gelegt hatte?

»Nein, habe ich nicht. Es interessiert mich auch nicht! Wieso? Weißt du etwas darüber?« Sie schüttelte stumm den Kopf, und er fuhr fort. »Ich möchte einfach, dass Amélie wieder die ist, die sie früher war. Es ist ja nicht nur dieses Tagebuch, sie …« Er brach ab und hob resigniert die Schultern. »Sie ist so ganz anders geworden, seit Zoé weg ist. Ich habe immer gehofft, dass sie mir irgendwann die gleichen Gefühle entgegenbringt wie ich ihr. Vielleicht gerade dann, wenn meine Schwester nicht mehr im Haus wohnt. Aber seit letzter Woche bin ich mir nicht mehr sicher, ob …«

»Du musst es vernichten!«, stieß Hyacinthe plötzlich hervor, und Fabrice zuckte bei der Vehemenz ihrer Worte zusammen. »Es ist Teufelswerk und wird meine Tochter in den Abgrund stürzen. Verbrenn es! Schnell!«

12

»War ja klar, dass du lieber mit deinem Musikus verreisen willst«, murmelte Amélie und löschte Zoés E-Mail. Es hätte sie auch erstaunt, wenn sich ihre Freundin in ihrem Liebesrausch noch an die Diskussion bezüglich Madeira erinnert hätte.

Sie hob den Kopf und blickte über ihren Laptop hinweg aus dem Fenster. In einiger Entfernung glitt ein Katamaran übers Meer. Das gelbweiße Segel hob sich scharf vom azurblauen Himmel und dem um Nuancen dunkleren Meer ab; die Menschen darauf waren nur als schwarze Pünktchen auszumachen.

Die vergangene Stunde hatte sie über den verschiedenen Urlaubsprospekten gebrütet, eher lustlos und auch nur, weil sie Fabrice versprochen hatte, nochmals über einen gemeinsamen Urlaub nachzudenken. Doch Zoés abschlägige Antwort für eine Reise zu dritt besiegelte Amélies Nein endgültig. Im Grunde brauchten sie doch gar nicht wegzufahren, schließlich strömten im Sommer Massen von Touristen genau in diesen Teil Frankreichs, um sich zu erholen. Mit ihren Eltern war sie nie in den Urlaub gefahren, deshalb kannte sie die Bretagne, wie sie sich zu ihrer Schande eingestehen musste, gar nicht richtig. Außer dem Departement Finistère, in dem sie aufgewachsen war und das durch ein paar Schulausflüge Gestalt angenommen hatte, war sie noch nirgends gewesen. Sie wäre liebend gern einmal nach Josselin gefahren. Die an den Ufern des Oust gelegene Stadt war eine wichtige Etappe der Route des Ducs, der Straße der Herzöge. Das dortige Schloss aus dem 11. Jahrhundert befindet sich auch heute noch im Besitz der Familie Rohan, einer der ältesten der Bretagne. Oder nach Saint-Malo mit seinem historischen Stadtkern an der Smaragdküste bis hinauf zur Bucht des Mont-Saint-Michel an der Grenze zur Normandie. Es gab so viele fantastische Sehenswürdigkeiten in ihrer Heimat, die sie noch nie aufgesucht hatte. Wie abenteuerlich musste es sein, einfach ein paar Kleider einzupacken und loszufahren und dort, wo es schön war, anzuhalten und die Schönheiten der Gegend zu entdecken? Doch mit Fabrice konnte sie so etwas unmöglich unternehmen. Er würde einen solchen Vorschlag sicher falsch interpretieren und noch mehr auf Freiersfüßen wandeln.

Amélie stand auf, ging in die Küche und betrachtete einen Moment die Kaffeemaschine. Sie sollte weniger Kaffee trinken, schon seit dem Morgen war sie nervös und unkonzentriert, als stände ihr eine wichtige Prüfung bevor. Also wandte sie sich bedauernd von der Maschine ab und goss sich stattdessen ein Glas Wasser ein. Sie trat damit ans Küchenfenster, nippte daran und sah auf die Promenade hinaus. Es war kurz nach Mittag. Einige Familien hatten es sich auf den Sitzbänken entlang der Uferpromenade gemütlich gemacht, aßen belegte Brote oder fotografierten ihre Kinder, die am Strand im Sand buddelten. Gegen zwei Uhr erreichte der Wasserstand seinen tiefsten Punkt, es gab aber schon jetzt eine Menge Muscheln für die Kleinen einzusammeln. In Concarneau kam die Flut gemächlich, die Eltern mussten sich um ihre Sprösslinge nicht sorgen. Erst wenn die Flut am späteren Abend ihren höchsten Stand erreichte, schlugen die Wellen bis an die Mauern der Promenade, und der Strand verschwand im Meer. Als ein braunhaariger Hund hinter einem Felsen hervorsprang, reckte Amélie den

Kopf. Doch es war kein Setter, und sie schüttelte erheitert den Kopf. Zorro und sein Meister waren sicher schon längst wieder zu Hause, wo immer das auch sein mochte.

Der attraktive Mann ging ihr nicht mehr aus dem Kopf. Sie hatte das unbestimmte Gefühl, ihn schon einmal getroffen zu haben. Doch sie kam nicht darauf, wann und wo. Bei einem Anlass der Kanzlei, zu der Fabrice Zoé und sie eingeladen hatte? Wohl kaum, dafür sah der Fremde irgendwie zu unkonventionell aus. Sie konnte sich ihn nicht in Anzug und Krawatte vorstellen. Er schien eher der natürliche Typ zu sein. In seinem Blick hatten Ferne und Abenteuer gelegen.

Amélie grinste. Auf was für Ideen sie nur kam? Lag das an den Urlaubsprospekten? Bei dem Gedanken furchte sie die Stirn, trank das Glas Wasser aus, stellte es in die Spüle und ging zurück ins Wohnzimmer. Es half alles nichts, sie musste Fabrice endlich klar machen, dass aus ihnen kein Paar werden würde.

Das Bœuf à la bretonne war ein bisschen zäh geraten. Fabrice kaute mit stoischer Miene auf einem Bissen Rindfleisch herum und spülte ihn dann mit einem Schluck Wein hinunter. Es war ein Kreuz; obwohl sie sich genau an das Rezept ihrer Mutter gehalten hatte, schmeckte das traditionelle Gericht aus der Region alles andere als köstlich. Sie hatte einfach kein Talent zum Kochen und würde es nie haben! Als sie ihm noch einen Nachschlag anbot, schüttelte er entsetzt den Kopf, und Amélie unterdrückte ein Grinsen. Vielleicht schmeckte ihm ja der Pflaumenkuchen zum Dessert besser, den hatte sie in weiser Voraussicht beim Bäcker gekauft. Das Gericht fungierte quasi als Galgenmahlzeit, denn sie hatte sich entschlossen, heute endlich Klartext mit ihm zu reden: Entweder sie suchten sich jetzt sofort einen neuen Mitbewohner, oder sie würde ausziehen. Wenn sie auch noch nicht genau wusste, wohin. Doch wie sollte sie das Thema am besten anschneiden?

Fabrice legte Gabel und Messer auf seinen Teller, ohne aufgegessen zu haben, und schenkte sich noch ein Glas Wein ein. Amélie schüttelte den Kopf, als er sie fragend ansah. Sie trank selten mehr als ein Glas. Dann stand er auf und trug seinen Teller in die Küche. Sie folgte ihm und öffnete die Geschirrspülmaschine.

»Fabrice …«, begann sie.

»Ich zünde mal den Kamin an«, unterbrach er sie und eilte zurück ins Wohnzimmer.

»Jetzt? Es ist Mai!« Sie schaute ihm verwundert nach. Draußen herrschten noch an die zwanzig Grad, obwohl sich die Sonne langsam dem Horizont näherte.

Er nickte. »Es gibt doch nichts Gemütlicheres als ein prasselndes Kaminfeuer. Wir schauen uns gemeinsam einen Film an und trinken den Wein aus, einverstanden?«

Er blickte sie Beifall heischend an.

»Wenn du möchtest«, erwiderte sie gedehnt und stellte dabei das Geschirr in die Maschine. Vielleicht war das klärende Gespräch auf dem Sofa leichter als in der Küche zwischen Tür und Angel. Sie hörte, wie er sich am Kamin zu schaffen machte. Seit wann hatte er denn so romantische Anwandlungen? Normalerweise zog er sich nach dem Abendessen in sein Zimmer zurück und arbeitete mindestens noch zwei Stunden an irgendwelchen Akten, die er sich aus der Kanzlei mitgebracht hatte. Er würde ihr doch jetzt keine Liebeserklärung machen wollen? Himmel, das hätte ihr gerade noch gefehlt! Sie atmete einmal tief durch und folgte ihm ins Wohnzimmer.

13

»Weißt du was, Zorro? Dein Herrchen ist ein richtiger Feigling.«

Der Setter schaute ihn mit glänzenden Augen an und wedelte dann zustimmend mit dem Schwanz. Matthieu grinste, gab Wasser an das Trockenfutter und stellte den Napf auf den Boden. Der Hund stürzte sich hungrig auf sein Abendessen. Durch die offene Küchentür hörte man die Vögel zwitschern, die die letzten Sonnenstrahlen zur Brautwerbung nutzten. Matthieu nahm sich ein Bier aus dem Kühlschrank, trat auf seine Terrasse hinaus und sah gerade noch, wie das helle Hinterteil eines flüchtenden Rehs im Unterholz verschwand. Die umgebaute Mühle aus dem 19. Jahrhundert lag an einem kleinen Teich, der vom Flüsschen Moros gespeist wurde und dessen Wasser vordem das Mühlrad am Laufen gehalten hatte. Er hatte das Anwesen vor drei Jahren günstig erwerben können, da der baufälligen Mühle und dem dazugehörenden Haus der Abbruch drohte. Auf dem weitläufigen Grundstück, das nur wenige Kilometer von Concarneau entfernt lag, fand er die Ruhe, die er zum Malen brauchte, und er wurde weder von Touristen noch sonstigen anhänglichen Nachbarn gestört. Zudem konnte Zorro frei herumlaufen. Glücklicherweise gehörten zu seinem Bekanntenkreis die Gebrüder Tannion; Gilbert war Maurer, Marcel, der Jüngere, Schreiner. Das

Gebrüderpaar hatte ihm die Mühle und das kleine Haus daneben günstig renoviert und sogar zwei Bilder als Anzahlung akzeptiert. Demzufolge hingen nun sowohl in der Schreinerei wie auch im Maurerbetrieb je ein echter Kaldera in den Büroräumen.

Matthieu öffnete das Bier mit einem geübten Schlag gegen die Kante des roh gezimmerten Gartentischs und setzte sich auf die Bank. Häufig kamen Rehe oder Reiher aufs Gelände, um am Teich zu trinken oder auf der Jagd nach Fischen. Einmal hatte er sogar einen Falken auf einer nahen Pinie gesichtet. Nonno hatte ihn schon oft dafür gerügt, dass er den Garten verwildern ließ. Seiner Meinung nach müsste »mal gründlich aufgeräumt werden«, wie er jedes Mal kopfschüttelnd brummte, wenn er ihn besuchte. Doch Matthieu mochte den Dschungel rund ums Haus. Die Natur reguliert sich von selbst, wenn man sie in Ruhe lässt. Die blühenden Frühlingsblumen und Sträucher entlang des Teichs gaben ihm recht. Im Grunde war das Anwesen aber zu groß für eine Person, weshalb es nur logisch gewesen wäre, wenn sein Großvater zu ihm ziehen würde. Doch einen Kaldera von etwas zu überzeugen, das er nicht für nötig hielt, war in etwa so Erfolg versprechend, wie die Queen zu einem Tattoo zu überreden.

Das Schmatzen in der Küche verstummte, und Zorro gesellte sich zu ihm auf die Terrasse. Das Tier ließ sich zu seinen Füßen nieder, leckte zuerst ausgiebig seine Pfoten und legte sich dann mit einem zufriedenen Hunderülpser auf die Seite.

Zorro hatte Amélie Monfort sofort gemocht, das hatte er heute Morgen deutlich gesehen. Hunde besitzen einen untrüglichen Instinkt für Menschen, die ihnen wohlgesinnt sind. Ganz anders bei Nadine; sie hatte stets die Nase gerümpft, wenn der Hund ihr zu nahe kam, und sich über die herumliegenden Hundehaare geärgert. Demonstrativ hatte sie einen Kleiderroller gezückt, sobald sie in die Mühle trat. Matthieu nahm einen großen Schluck Bier und vertrieb die Erinnerung an seine Exfreundin. Manche Leute waren eben nicht kompatibel, und was ihm zu Anfang an ihr gefallen hatte, ging ihm später auf die Nerven. Umgekehrt vermutlich auch, sonst wäre es schließlich nicht zum Bruch gekommen. Gegensätze ziehen sich zwar an, überstehen aber nur selten den Alltag.

Zorro entfuhr ein leiser Furz. Matthieu verzog das Gesicht und wedelte mit der Hand. Diese Amélie ging ihm nicht aus dem Kopf. So ein spitzzüngiges, überhebliches Frauenzimmer! Wie kam sie dazu, ihm Vorhaltungen über Hundeerziehung zu machen? Obwohl er sich nicht für mundfaul hielt, war ihm keine passende Retourkutsche eingefallen. Jetzt, ja, jetzt kamen ihm tausend schlagfertige Antworten in den Sinn. Ob er sie anrufen sollte? Aber aus welchem Grund? Und wenn jemand anderes an den Apparat ging? Was sollte er sagen? *Geben Sie mir mal Ihre Mitbewohnerin, ich habe nämlich noch ein Hühnchen mit ihr zu rupfen!*

Matthieu schüttelte grinsend den Kopf, bückte sich und strich Zorro über die seidige Flanke. Der Hund streckte sich wohlig, ohne jedoch die Augen zu öffnen. Doch wie kam er jetzt an das Tagebuch? Ein weiteres Zusammentreffen mit der jungen Frau war unabdingbar, sie würde es ihm wohl kaum mit der Post schicken. Vor allem, da sie ja nicht wusste, dass es ihn gab. Er musste sich einen plausiblen Grund ausdenken, sie aufzusuchen. Aber welchen?

Sie hatte gesagt, dass sie krankgeschrieben war, würde also vermutlich morgen zu Hause sein. Plötzlich kam ihm eine Idee, und ein Lächeln glitt über sein Gesicht. Natürlich, das würde bestimmt funktionieren!

14

Richard Gere, für den Amélie sonst so schwärmte, vermochte ihre Unrast nicht zu besänftigen. Nur mit halber Aufmerksamkeit folgte sie dem Film mit dem bekannten Schauspieler. Sie fand einfach keinen Einstieg in das Gespräch mit Fabrice. Zudem war ihr heiß. Ein Schweißtropfen lief zwischen ihren Brüsten hinab, und sie schüttelte sich. Ihr Mitbewohner drückte auf den Pausenknopf und sah sie mit leicht geneigtem Kopf an.

»Ist etwas?«, fragte er und griff nach seinem Glas Wein.

Sie zuckte mit den Achseln. *Sag was*, versuchte sie sich zu motivieren. Doch plötzlich war sie zu feige und antwortete deshalb nur: »Nein, eigentlich nicht. Ich bin bloß so unruhig.«

»Ist es wegen dieses Tagebuches?«

Sie blickte ihn erstaunt an. Das war das erste Mal, dass er es erwähnte. Wie ungewöhnlich, vor ein paar Tagen hatte er ihr noch unmissverständlich zu verstehen gegeben, dass es ihn nicht interessierte.

»Keine Ahnung«, sagte sie und stand auf. Sie hatte Durst. In der Küche ließ sie sich ein Glas Wasser einlaufen und trank es in hastigen Schlucken.

»Möchtest du darüber reden?«, hörte sie Fabrice aus dem Wohnzimmer fragen. »Wo hast du es eigentlich versteckt?« Er lachte.

Amélie runzelte die Stirn. Versteckt? Wie kam er denn darauf? Es befand sich immer noch in ihrer Handtasche, die sie mit an den Strand genommen hatte. Sie trat wieder ins Wohnzimmer. Die Luft war stickig, deshalb öffnete sie ein Fenster und sog tief die frische Luft ein, die nach Meer und Algen roch. Sie hörte das Schlagen der Wellen an die Uferpromenade. In der Ferne fuhr ein Schiff vorbei, die Umrisse waren nicht auszumachen, lediglich die beleuchteten Bullaugen schimmerten durch die Dunkelheit.

»Es liegt in meiner Handtasche«, beantwortete sie seine Frage, ohne sich umzudrehen. »Ich habe es heute mit an den Strand genommen und wollte ein wenig darin lesen. Leider ist die Schrift alles andere als einfach zu entziffern. Es handelt sich um eine Liebesgeschichte, so viel habe ich mittlerweile herausgefunden.«

Sie spürte Fabrice' Blick in ihrem Rücken und wandte sich um. In seinen Augen las sie Interesse und noch etwas, das sie nicht deuten konnte.

»Hol es doch mal«, schlug er vor, »vielleicht kann ich dir helfen, es zu entziffern. Im Decodieren unleserlicher Handschriften bin ich geübt. Du weißt ja, was mein Chef für eine Sauklaue hat.«

Er lachte wieder, aber es klang nicht fröhlich. Amélie schürzte die Lippen. Was war denn mit ihm los? Plötzlich wirkte er wie ein vollkommen Fremder auf sie. Es war zwar immer noch Fabrice Ollivier, der gut aussehende aufstrebende Anwalt, Bruder ihrer besten Freundin und seit zwei Jahren ihr Wohnpartner, aber kannte sie diesen Mann auf dem Sofa denn wirklich? Welche Träume, Ängste und Hoffnungen hegte er? Die Erkenntnis, dass sie eigentlich gar nicht wusste, was ihn bewegte, ließ sie frösteln, und sie schlang die Arme um ihren Oberkörper. Vielleicht war sie tatsächlich krank, brütete etwas aus, und es wäre klüger, sofort ins Bett zu gehen.

»Nun?«

Seine Stimme holte sie in die Gegenwart zurück. Was hatte sie bloß für verrückte Gedanken? Das kam davon, wenn sie mehr als ein Glas Wein trank. Natürlich saß kein Fremder auf dem teuren Ledersofa. Sie schalt sich eine Närrin.

»Klar, warum nicht?«, sagte sie, durchquerte das Zimmer und trat vor die Garderobe, an der ihre Handtasche hing. Sie zog das Tagebuch heraus, strich mit der flachen Hand über den Einband und ging zurück ins Wohnzimmer. Dann setzte sie sich neben Fabrice, der sein Glas Wein schnell auf den gläsernen Couchtisch stellte.

»Also«, setzte sie an und öffnete das braun gesprenkelte Buch. »Die Geschichte beginnt 1937. Eine Frau, ich nenne sie Aurora, weil ihr Name bis jetzt noch nicht genannt wurde, verliebt sich in einen Fremden, obwohl sie verheiratet ist.« Sie warf Fabrice einen schnellen Blick zu, der ihr mit einem spöttischen Zug um den Mund aufmerksam lauschte. Natürlich, das hatte sie befürchtet, diese Art Geschichte forderte seinen Zynismus heraus. Wie dumm von ihr, zu glauben, dass ihn Auroras Leben tatsächlich interessierte. Sie klappte das Tagebuch wieder zu und legte es auf ihren Schoß.

»Ist das alles?«, fragte er.

Sie nickte. »Mehr weiß ich bis jetzt nicht.« Sie erhob sich.

»Warte, Amélie, lass mich doch einen Blick hineinwerfen.«

Sie zögerte. Benahm sie sich albern? Er hatte schließlich keine abfälligen Bemerkungen darüber gemacht. Vielleicht tat sie ihm unrecht und interpretierte sein Verhalten ganz falsch. Sie setzte sich wieder, hielt das Tagebuch aber fest umklammert. Es widerstrebte ihr, es aus den Händen zu geben.

Fabrice streckte die Hand aus. »Ich probier's mal, einverstanden?«

Sie kaute an ihrer Unterlippe, atmete dann tief durch und reichte ihm das Tagebuch.

»Sei aber bitte vorsichtig, es fällt beinahe auseinander.«

»Natürlich.« Er betrachtete das antike Stück eine Weile, bevor er es an der Stelle aufschlug, die Amélie mit ihrem Lesezeichen markiert hatte. Er überflog die geschriebenen Zeilen kurz, räusperte sich dann und begann langsam und zuweilen stockend vorzulesen.

Dienstag, 14. Dezember 1937

Wie soll ich mein Leben nur weiterleben? Es ist so eine große Lüge! Ein Ding der Unmöglichkeit! Ich wusste nicht, zu welchen Gefühlen ich fähig bin, bis ich Vincent traf. Es ist ein Rausch, ein Sog, ein Sturm! Als würden Brecher gegen die Küste schlagen, und ich bin der Kreidefels, der immer bröckliger wird. Es kann sich nur noch um Stunden handeln, bis ich zerberste und vom Wasser verschlungen werde. Nichts wird von mir übrig bleiben.

Ich weiß, dass ich mit dem Feuer spiele, aber ich kann mich nicht dagegen wehren. Ein Blick aus seinen Kohleaugen, und ich würde mir am liebsten die Kleider vom Leib reißen. Es ist nicht die Frage, ob ich mich ihm hingebe, sondern nur, wann. Lass es bitte bald geschehen, Schicksal, sonst verbrenne ich!

»Wow!« Fabrice räusperte sich mehrmals. »Das ist ja starker Tobak. Kein Wunder, dass du durcheinander bist.« Er brach ab. »Es geht dir doch nicht ähnlich, oder?«

Amélie lachte, bevor ihr bewusst wurde, dass er nicht scherzte, sondern es bitterernst meinte.

»Blödsinn!«, rief sie belustigt und schüttelte den Kopf. »Ich kann mir nur in etwa vorstellen, wie das ausgehen wird. Du nicht? Vielleicht fürchte ich mich einfach nur vor der letzten Seite. Du weißt ja, wie sehr ich Happy Ends mag.«

Sie hob entschuldigend die Schultern, streckte dann die Hand nach dem Tagebuch aus, doch Fabrice erhob sich und wanderte damit im Zimmer umher. Seine Augenbrauen waren zusammengezogen und gaben ihm ein finsteres Aussehen.

»Dieses Buch«, begann er und hob es mit einer Hand in die Höhe, »tut dir nicht gut! Irgendjemand hat es dir gegeben, um dich zu verwirren. Aus welchem Grund, ist mir nicht klar. Und wenn ich herausfinde, wer es gewesen ist, werde ich ihn verklagen. Mir fällt schon etwas ein, darauf kannst du wetten!«

Sprachlos beobachtete Amélie, wie Fabrice wetternd durchs Zimmer lief. War er betrunken? Natürlich hatte ihr jemand das Tagebuch mit einer bestimmten Absicht, die sie noch nicht kannte, in den Briefkasten gelegt. Aber er tat geradezu so, als sei das Ding verflucht. Oder sie um den Verstand bringen sollte. So ein Schwachsinn!

»Hör auf!«, sagte sie amüsiert und stand ebenfalls auf. »Das ist doch Unsinn. Jetzt geht die Fantasie aber mit dir durch. Gib mir das Tagebuch, ich lege es in meine Nachttischschublade, und wir vergessen das Ganze.«

Sie ging zwei Schritte auf ihn zu, doch Fabrice wich vor ihr zurück.

»Nein!«, schrie er, und Amélie zuckte zusammen. »Ich werde die Sache jetzt beenden … auf meine Art!«

Dann drehte er sich um und warf das Tagebuch in die lodernden Flammen des Kaminfeuers.

15

Ob sie ihn für verrückt halten würde? Die Idee, die Matthieu gestern Abend auf der Terrasse gehabt hatte und die ihm beim Biertrinken noch so wunderbar einleuchtend erschienen war, mutete im hellen Vormittagslicht reichlich albern an. Doch nun war er schon mal hier, also würde er einen Versuch starten, mehr als Nein sagen konnte sie schließlich nicht.

In der Zufahrt ihres Hauses stand ein teures Cabriolet, das in der Morgensonne glänzte. »Die fährt ja einen protzigen Schlitten«, dachte er mürrisch. Laut seinem Großvater hatte ihre Familie aber schon immer gerne gezeigt, was sie hatte. Nun, ihm konnte das eigentlich egal sein, er würde sie heute hoffentlich zum letzten Mal treffen. Obwohl er sich keinen richtigen Plan zurechtgelegt hatte, um an das Tagebuch zu kommen, vertraute er auf sein Glück. Er würde sie zunächst direkt danach fragen und es zurückverlangen und, wenn sie sich störrisch gab, etwas auf die Tränendrüse drücken und von Familienerinnerungen palavern. Im Grunde stimmte das sogar, denn das Tagebuch war das letzte Zeugnis einer Epoche, die längst vergangen war und das Schicksal der Kalderas unwiderruflich in eine Richtung gelenkt hatte.

Zorro schaute sehnsüchtig über seine Schulter zum Meer hinunter, stemmte sich in die Leine und folgte ihm nur widerwillig zum Haus. Das Tier hatte es nicht fassen können, dass sie nicht den Weg zum Strand eingeschlagen hatten. Wenn ein Hund schmollen könnte, sähe er vermutlich genauso aus wie Zorro gerade. Matthieu schmunzelte. Da sich Amélie Monfort gestern so prächtig mit dem Setter verstanden hatte, hielt er es für eine gute Idee, ihn dabeizuhaben. Wenn sein Charme versagte, würden vielleicht Zorros treue Hundeaugen ihr Herz erweichen.

Vor der weiß gestrichenen Holztür blieb er einen Moment stehen, um sich zu sammeln, und drückte dann auf den Klingelknopf. Ein melodiöser Dreiklang drang gedämpft an sein Ohr. Zum selben Zeitpunkt riss jemand die Tür auf, und Zorro fing vor Schreck an zu bellen.

»Was?«

Ein hochgewachsener Typ in Anzug und Krawatte stand ihm gegenüber und funkelte ihn ärgerlich an. Unter dessen Arm klemmte eine schwarze Ledermappe. Er schien sich in aller Eile angezogen zu haben, denn ein Zipfel seines Hemdes lugte über seinen Hosenbund. Er schaute rasch an sich hinunter und stopfte ihn dann in die Anzugshose.

»Ich …«, begann Matthieu und hatte einen Augenblick vollkommen vergessen, weshalb er überhaupt hier war, dann streckte er den Rücken durch und räusperte sich. »Ist Madame Monfort zu sprechen?«

Die Augen des Mannes wurden schmal, und er musterte ihn von Kopf bis Fuß. War das die eine Hälfte des Paares? Fabrice irgendwas? Sehr sympathisch schien der Kerl nicht zu sein, und Matthieu hoffte für dessen Partnerin, dass er Vorzüge aufwies, die seine mangelnde Freundlichkeit aufwogen. In Anbetracht dessen aber, dass er selbst kein Glück in seiner Partnerwahl hatte, sollte er womöglich nicht mit Steinen werfen.

»Wer will das wissen?«, raunzte der geschniegelte Lackaffe. Ein lauernder Unterton hatte sich in seine Worte geschlichen. Er wurde Matthieu immer unsympathischer. Zorro schien es ähnlich zu gehen, denn der Hund begann leise zu knurren, und er fasste die Hundeleine kürzer.

»Halten Sie bloß dieses Monstrum in Schach!«, zischte sein Gegenüber und sah dann auf seine Uhr. »Nun? Ich habe nicht den ganzen Tag Zeit!«

»Kaldera«, stellte sich Matthieu vor. »Ich bin Maler und plane, Concarneaus schönste Häuser in Öl zu verewigen. Und Ihres scheint mir ein geeignetes Motiv zu sein. Darüber möchte ich mit Madame Monfort sprechen, denn ich müsste natürlich eine Zeit lang meine Staffelei in Ihrem Garten aufstellen.«

Der Mann glotzte ihn an, als hätte er ihn eben gebeten, ihm eine Niere zu spenden; dann brach er in schallendes Gelächter aus.

»So ein Schwachsinn!«, stieß er schließlich hervor und zog die Tür hinter sich ins Schloss. Dann quetschte er sich mit verkniffenem Gesicht an ihm und dem grollenden Zorro vorbei, zog einen Autoschlüssel aus seinem Sakko und drückte auf den Entsperrmechanismus. Die Lichter des Cabriolets leuchteten ein Mal auf, und ein kurzes Piepen war zu hören. Bevor er in den Wagen stieg, drehte er sich noch einmal um.

»Sie kommen zu spät. Madame Monfort wohnt hier nicht mehr. Suchen Sie sich ein anderes Sujet!«

16

»Also von mir hast du diese Sprunghaftigkeit nicht!« Hyacinthe schüttelte den Kopf und schnaubte ärgerlich. »Was würde nur dein lieber Vater, Gott hab ihn selig, dazu sagen?«

Über der Nasenwurzel ihrer Mutter hatte sich eine steile Furche gebildet. Und immer, wenn sie sich aufregte, strichen ihre Hände über ihren Rock, um nicht vorhandene Knitterfalten zu glätten.

Ja, was hätte Papa dazu gesagt? Amélie atmete tief durch. Nichts, wollte sie erwidern, er hätte mich in den Arm genommen, meine Entscheidung akzeptiert und mich unterstützt. Doch sie schwieg. Was hätte es genützt, ihren verstorbenen Vater ins Spiel zu bringen? Der Gedanke an ihn trieb ihr die Tränen in die Augen. Jetzt nur nicht weinen! Ihre Mutter hätte das als Schuldeingeständnis gewertet.

»Mama, bitte«, sagte sie müde. »Ich kann nicht länger mit Fabrice zusammenwohnen. Jetzt, da Zoé weg ist, nimmt er sich Freiheiten heraus, die ich nicht akzeptieren will. Gerade von dir hätte ich dahin gehend etwas mehr Verständnis erwartet. Er hat … nun ja, egal. Es geht einfach nicht mehr.«

»Meine Güte, Kind!«, rief ihre Mutter. »Ihr habt euch gestritten, na und? Man diskutiert darüber und versöhnt sich wieder. Ich bin sicher, dass er in dich verliebt ist. Bald wird er Teilhaber der Kanzlei. Eine glänzende Karriere steht ihm bevor.

Du wirst deine Arbeit aufgeben können, wenn erst mal Kinder da sind, und ein angenehmes Leben führen. Das wirft man doch nicht einfach so weg!«

Amélie schnaubte empört. »Und was ich fühle, das interessiert wohl keinen, oder? Ich bin absolut nicht in Fabrice verliebt, so gern du das auch haben möchtest.«

»Ach nein?«, erwiderte ihre Mutter süffisant. »Und was hast du mir vor noch gar nicht langer Zeit von ihm vorgeschwärmt? Und stundenlang die Unterschrift Amélie Ollivier geübt?«

»Da war ich dreizehn, Mutter. In dem Alter ist es normal, dass man für den großen Bruder seiner besten Freundin schwärmt. Das ist aber zehn Jahre her.«

Amélie schloss die Augen. Es war sinnlos, mit ihrer Mutter darüber zu diskutieren. Wie konnte sie nur annehmen, dass sie ihre Partei ergriff? Hyacinthe vergötterte Fabrice und hatte sich sicher schon als Brautmutter in Zartrosa gesehen.

»Ruf ihn an!«, befahl ihre Mutter plötzlich. Sie stand auf, holte das schnurlose Telefon von dem kleinen Sekretär neben der Tür und hielt es ihrer Tochter fordernd vor die Nase. »Entschuldige dich und sag ihm, dass es dir leidtut!«

Amélie reckte trotzig das Kinn.

»Das werde ich ganz bestimmt nicht tun!«, erwiderte sie scharf. »Ich werde nicht zu Kreuze kriechen. *Er* hat sich unmöglich benommen und nicht ich. Wenn schon, muss er sich bei mir entschuldigen! Das ändert aber nichts an der Sache: Ich ziehe aus, und damit basta!«

»Was bist du nur so dickköpfig!« Ihre Mutter kniff die Lippen zusammen und funkelte sie böse an. »Schon als Kind konnte man dich kaum zur Räson bringen. Womit habe ich nur so eine Tochter verdient?«

Amélie ließ den Kopf hängen. Jetzt fing *das* wieder an! Launenhaft, unbeherrscht, bockig. Die Adjektive waren austauschbar, begleiteten sie aber seit ihrer Kindheit. Ihre Mutter hatte ihr oft zu verstehen gegeben, dass sie leider nicht die Tochter war, die sie sich gewünscht hatte. Und wie immer fühlte sie sich deswegen schuldig. Die mühsam zurückgehaltenen Tränen verschleierten ihren Blick, was Hyacinthe dazu veranlasste, sich neben sie aufs Sofa zu setzen.

»Amélie«, begann sie etwas sanfter und legte ihre sorgfältig manikürte Hand auf Amélies Arm. »Sei doch vernünftig. In der Liebe muss man eben Kompromisse eingehen. Stolz ist kein guter Ratgeber. Also spring über deinen Schatten und ruf ihn an. Ich bin sicher, wenn du nur etwas nachdenkst und die Vor- und Nachteile abwägst, wirst du einsehen, welch gute Partie er ist. Es ist nur zu deinem Besten.«

In der kleinen Zweizimmerwohnung in der Rue Saint-Jacques roch es muffig. Amélie öffnete das Fenster und atmete tief durch. Der Himmel hatte sich bezogen. Im Westen ballten sich dunkle Wolken über der Bucht, und in der Ferne grollte leiser Donner. Frühlingsgewitter waren in der Bretagne alltäglich. Sie liebte sie, danach sah die Welt immer ein Stückchen sauberer aus. Wenn es mit ihrem Leben doch nur auch so wäre.

Sie wandte sich ab, dabei fiel ihr Blick auf die Orchidee neben der Fensterbank. Colette würde sie umbringen, wenn sie die blühende Pflanze verdorren ließ. Daher trug sie die Blume mit den filigranen violetten Blüten in die Küche und stellte sie in ein Gefäß mit warmem Wasser. Danach ging sie zurück ins Wohnzimmer und ließ sich seufzend auf die blaue Couch fallen.

Sie hatte eigentlich vorgehabt, eine Weile bei ihrer Mutter zu bleiben, um sich darüber klar zu werden, wie es jetzt weitergehen sollte. Keine gute Idee. Hyacinthe hatte sie wie ein ungezogenes Kind behandelt. Zuerst mit Gezeter und, als das nichts nützte, mit Schmeicheleien. Doch Amélie war hart geblieben. Dann, als ihre Mutter gemerkt hatte, dass ihre Worte verpufften, hatte sie selbst zum Hörer gegriffen, Fabrice in der Kanzlei angerufen und sich für das unmögliche Verhalten ihrer Tochter entschuldigt. Was war bloß ihn sie gefahren? Die vergangenen Jahre hatte sie Amélie immer wieder auf deren ungehörige Wohnsituation angesprochen, und jetzt trieb sie sie quasi in eine wilde Ehe. Waren denn alle verrückt geworden? Ohne Abschiedsgruß hatte Amélie daraufhin ihr Elternhaus verlassen.

Colette hatte sicher nichts dagegen, wenn sie ein paar Tage in ihrem Apartment logierte. Ihre Freundin war noch mehr als zwei Wochen unterwegs, und bis dahin würde Amélie fraglos eine neue Wohnung gefunden haben. Hoffentlich!

Sie betrachtete grübelnd den dunklen Bildschirm des Fernsehers an der gegenüberliegenden Wand, in dem sich das geöffnete Fenster spiegelte. Obwohl sie ihre Flucht nicht bereute, kamen ihr plötzlich Zweifel. Hatte sie überreagiert? Ihre Mutter meinte es sicher gut. Auch wenn Amélie ihr den Wunsch nach einer Verbindung mit Fabrice nicht erfüllen konnte. Aber in einem Punkt hatte Hyacinthe recht, sie hätte mit ihm sprechen müssen. Doch als er das Tagebuch in die Flammen warf, war sie dermaßen entsetzt gewesen, dass sie rot gesehen hatte. Sie schüttelte den Kopf. Was war nur mit ihm los? Normalerweise hatte er doch den größten Respekt vor dem Eigentum anderer. Woher also sein Wunsch, das Tagebuch zu zerstören? Das ergab überhaupt keinen Sinn.

Auf dem Wohnzimmertisch lagen ihre Handtasche, daneben eine rasch gepackte Reisetasche, in der sie nur das Nötigste verstaut hatte. Amélie stand auf, griff nach ihrem Beutel und zog das angekohlte Tagebuch heraus. Der Umschlag hatte stark gelitten, die beschriebenen Seiten im Innern jedoch waren, Gott sei Dank, nur ein bisschen angesengt. Sie schaute sich in der Wohnung um, trat dann zum Zeitungsständer, bückte sich und zog die Tageszeitung der vergangenen Woche hervor. Vorsichtig schlug sie das ramponierte Tagebuch darin ein und befestigte die Ecken mit Klebestreifen, die sie in Colettes Schreibtisch fand. Immerhin fiel es so nicht auseinander. Dann setzte sie sich wieder aufs Sofa und suchte die Stelle, die Fabrice ihr gestern vorgelesen hatte.

17

Die Croissants dufteten verführerisch. Zorro hockte mit sabberndem Maul neben dem Küchentisch und starrte die Papiertüte sehnsuchtsvoll an.

»Denk erst gar nicht daran«, wandte sich Matthieu an den Hund, holte dann Butter, Konfitüre und Orangensaft aus dem Kühlschrank und setzte sich an den Tisch. Auf der Heimfahrt hatte er beim Bäcker angehalten und sich mit frischen Backwaren eingedeckt.

Er war verwirrt. Weshalb wohnte Amélie nicht mehr im Haus am Meer? Gestern war sie doch noch darin verschwunden. Hatte ihn der Anzugträger vielleicht belogen? Doch wieso sollte er das tun? Seiner verkniffenen Miene nach zu urteilen, hatte er ihm jedoch die Wahrheit gesagt, also musste etwas vorgefallen sein. Streit? Aber verlässt man eine Wohngemeinschaft einfach so, weil man sich über herumliegende Socken oder Haare im Waschbecken ärgert? Nun, im Grunde konnte ihm egal sein, wieso sie nicht mehr dort wohnte. Ihn interessierte vielmehr, wo sie sich im Moment herumtrieb.

Er biss herzhaft in das noch warme Croissant. Köstlich! Es ging doch nichts über ein spätes Frühstück. Draußen fielen die ersten Regentropfen, verwandelten den Teich zunehmend in einen aufgewühlten Spiegel, und die Vögel verstummten. Obwohl Regentage für seine Arbeit alles andere als vorteilhaft waren – das Licht zum Malen litt darunter –, mochte er dieses Wetter. Und der stete Westwind ließ Regenzellen sowieso nie lange an Ort und Stelle. Meist waren diese Frühlingsschauer kurz und heftig, und danach schien die Sonne umso strahlender.

Wohin konnte Amélie gegangen sein? Soweit er wusste, lebte ihre Mutter noch in Concarneau. Eine Pastorenwitwe. War sie zu ihr gezogen? Und wenn ja, hatte sie das Tagebuch mitgenommen, oder lag es noch im Haus am Boulevard? Oder hatte sie sich an ihren Onkel, den Fabrikbesitzer, gewandt? Auf seinem imposanten Anwesen, das mehr einem Schloss als einem Haus glich, würde sicher ein Zimmer frei sein. Sein kurzfristig gezimmerter Plan, das Tagebuch wieder in seinen Besitz zu bekommen, war wie eine Seifenblase geplatzt. Was sollte er jetzt tun?

Das Klingeln seines Handys riss ihn aus seinen Gedanken.

»Nonno? Alles in Ordnung?« Matthieu lächelte, als er die Antwort seines Großvaters hörte. »Verstehe. Nein, das macht mir keine Mühe. Ich kann im Moment sowieso nicht arbeiten.« Er sah auf seine Uhr. »Sagen wir in einer Stunde? Fein, bis dann.«

Er verstaute sein Mobiltelefon wieder in der Hosentasche und griff nach dem zweiten Croissant. Nach einem Blick in Zorros bettelnde Augen brach er eine Ecke davon ab und warf sie ihm zu. Der Hund schnappte geschickt nach dem Bissen und verschlang ihn, ohne zu kauen.

»Nur eine Ausnahme, mein Freund«, sagte Matthieu grinsend. »Gewöhn dich besser nicht daran.«

Verwelkte Blätter verstopften die Regenrinne des Chaumières, und das Regenwasser spritzte geradewegs in den bepflanzten Blumenkübel neben der Haustür. Die Geranien schwammen bereits im aufgeweichten Erdreich und ließen die Köpfe hängen. Matthieu stellte die kurze Aluminiumleiter an die Hauswand, steckte sich eine kleine Gartenharke in die Gesäßtasche seiner Jeans und kletterte hinauf.

»Sei bloß vorsichtig«, mahnte ihn Ignacio. »Das Strohdach ist rutschig.«

»Keine Sorge. Ich werde schon nicht runterfallen.«

Der Regen hatte aufgehört, und im Westen blinzelte bereits die Sonne zwischen der aufgerissenen Wolkendecke hervor. Matthieu hievte sich aufs Dach, hielt sich am Kamin fest und griff nach der Harke. Dann kratzte er die verrotteten Blätter aus der Regenrinne, und innerhalb kurzer Zeit versiegte der Sturzbach. Vorsichtig stieg er danach wieder die Leiter hinunter und wischte sich mit dem Jackenärmel den Schweiß von der Stirn.

»Et voilà, bis zum nächsten Mal.«

Ignacio nickte. »Danke, was würde ich bloß ohne dich tun?«

»Einen Dachdecker anrufen?«, scherzte Matthieu und stellte die Harke neben den lädierten Blumenkübel an die Wand.

Der alte Mann lächelte. »Komm rein, ein Schluck Cidre wird uns guttun. Hast du Hunger?«

Matthieu schüttelte den Kopf. »Ich habe spät gefrühstückt. Aber zu einem Glas Apfelwein sage ich nicht Nein.«

Das Innere von Ignacios Häuschen erinnerte ihn immer an ein Hexenhaus. Ein Sammelsurium von Gegenständen aus dem bewegten Leben seines Großvaters. Eine der Wände zierte ein Fischernetz, an dem getrocknete Seesterne und Muscheln befestigt waren. Die hatte Nonno in seiner Zeit als Küstenfischer gesammelt. In einer anderen Ecke hingen vergilbte Schwarz-Weiß-Fotos an der Wand, die seinen Großvater mit dessen Vater vor einem kleinen Zirkuszelt zeigten. Beide in identische Kostüme gekleidet: dunkle Strumpfhosen und gestreifte Hemden. Nonno hatte ihm erzählt, dass sie damals als »Paul und Paulino« aufgetreten waren. Sein Vater habe jongliert, und er sei sein Assistent gewesen. Noch heute war der Großvater in der Lage, gleichzeitig zwei Teller auf zwei Bambusstöcken zu drehen. Eine Fertigkeit, für die Matthieu ihn als Kind aufs Heftigste beneidet hatte. Die Versuche, selbst in die Fußstapfen seiner Künstlervorfahren zu treten, hatten Nonno viel zerschlagenes Geschirr beschert, bevor er schließlich ein Machtwort sprach und sich sein Enkel schweren Herzens vom Wunsch, ein Star im Zirkus zu werden, verabschiedete.

»Setz dich, Junge.«

Ignacio deutete auf die Essecke in der kleinen Küche, über der das Bild der mittelalterlichen Felsenburg Fort la Latte auf dem Gebiet der Gemeinde Plévenon hing. Matthieu erinnerte sich noch gut an den stürmischen Tag, als er das Bild gemalt hatte, und seinen damaligen Kampf mit den Elementen. Der Wind hatte ihm beinahe die Staffelei ins Meer geweht, und die Pinsel hatte er mit Steinen beschweren müssen, damit sie ihm nicht davonflogen. Die donnernde Brandung unterhalb der Felsenburg brüllte wie ein losgelassenes Wesen der Urzeit, und die Wolken waren wie versprengte Tiere über den Himmel gejagt. Selbst jetzt noch war die Gewalt der Natur beim Betrachten seines Werkes beinahe greifbar. Er hielt es für eines seiner besten Landschaftsbilder. Und bei dem Gedanken kam ihm seine Notlüge von heute Morgen in den Sinn. Natürlich hatte er nicht vor, Concarneaus Gebäude zu malen, das überließ er lieber anderen; diese kleine List war mehr dazu gedacht gewesen, sich Einlass in das Haus von Amélie Monfort zu verschaffen.

»Santé!«, sagte Ignacio und hielt ihm ein gefülltes Weinglas entgegen. Matthieu griff nach dem seinen, betrachtete einen Moment die goldene Farbe des Cidre und stieß dann mit seinem Großvater an.

»Nonno«, begann er, »erzähl mir von Claire.«

18

»Ich weiß wirklich nicht, was in sie gefahren ist! Sie wird sich schon wieder beruhigen, Fabrice, keine Angst. Nimmst du Zucker in deinen Tee?«

Hyacinthe stellte die Zuckerdose auf den Tisch, und als er den Kopf schüttelte, rückte sie die Schale mit dem süßen Gebäck zurecht und strich sich dann über ihren Rock.

»Und alles nur wegen dieses blöden Tagebuchs«, erwiderte er, lehnte sich in dem unbequemen Sessel zurück und nippte an seinem Tee. »Sie ist komplett ausgeflippt. Keine Ahnung, weshalb. Als würde ihr Leben von diesen vermaledeiten Zeilen abhängen.« Er schnaubte. »Warum hätte ich es eigentlich verbrennen sollen? Was steckt dahinter? Ich würde es jetzt gerne wissen.«

Hyacinthe war bei seinen Worten zusammengezuckt. »Wieso hätte?«, fragte sie alarmiert. »Ist es denn nicht verbrannt?«

Fabrice schüttelte den Kopf. »Sie hat es mit dem Feuerhaken herausgefischt. Dabei ist es aufs Parkett gefallen, und jetzt haben wir einen unschönen Brandfleck vor dem Kamin.«

Er bemerkte, wie Hyacinthes Schultern bebten. Wieso nahm sie diese Tatsache nur so mit? Es war schließlich nur ein Tagebuch aus dem letzten Jahrhundert und keine Anleitung, um Gold herzustellen. Was zum Henker verschwieg sie ihm?

Er hatte schon gestern das Gefühl gehabt, dass sie ihm etwas verheimlichte, aber nicht weiter darauf geachtet. Jetzt jedoch, nach dem gestrigen Eklat zwischen Amélie und ihm, musste er dem auf den Grund gehen. Er sah verstohlen auf seine Uhr. Wenn er nur mehr Zeit hätte. Seine Mittagspause fiel heute recht kurz aus, weil um dreizehn Uhr ein wichtiger Klient in der Kanzlei erwartet wurde.

»Nun?«, wandte er sich an Hyacinthe und stellte die Teetasse auf den Tisch. »Was hat es mit diesem Tagebuch wirklich auf sich? Und wer zum Teuf…, entschuldige, wer zum Kuckuck hat uns das Ding in den Briefkasten geworfen?«

Amélies Mutter schürzte die Lippen, erhob sich dann und trat ans Fenster. Sie schlang die Arme um ihren Körper, als wäre ihr kalt, und starrte eine Weile auf die Bucht hinaus. Lediglich das diffuse Rauschen der Wellen war zu hören, das aber vom Ticken der Standuhr über dem Kamin nahezu übertönt wurde. Er fröstelte plötzlich, ahnend, dass ihm das, was er gleich zu hören bekam, nicht sonderlich gefallen würde.

Hyacinthe drehte sich unvermittelt um. In ihrem Blick lag ein Ausdruck von Resignation, der ihn schlucken ließ.

»Du musst mir versprechen«, begann sie, und ihre Stimme klang brüchig wie altes Pergament, »dass du Amélie nie erzählen wirst, was ich dir jetzt anvertraue.« Er nickte beklommen. »Schwör es!«, befahl sie.

Er räusperte sich. Himmel, was ging hier vor? Doch er würde es nicht erfahren, wenn er Hyacinthes Wunsch nicht nachkam.

»Ich schwöre!«, sagte er feierlich und straffte die Schultern.

19

Colettes Kühlschrank glich der Wüste Gobi. Außer einer angebrochenen Tube Senf war er so leer wie das Trockengebiet in Zentralasien. Amélie würde also einkaufen müssen. Vorhin hatte sie im Tagebuch geblättert, doch sie fand nicht die nötige Ruhe, um sich den schwer lesbaren Zeilen zu widmen. Aurora und ihr feuriger Geliebter mussten eben warten.

Als sie das Haus in der Rue Saint-Jacques verließ, hatte sich das Gewitter verzogen. Das Kopfsteinpflaster glänzte vor Nässe, wie frisch poliert. Je näher sie dem Hafen kam, desto mehr Touristen flanierten in den schmalen Gassen, zogen ihre Regenjacken aus oder verstauten die Regenschirme wieder in ihren Rucksäcken. Sobald die Sonne schien, kletterten auch die Temperaturen, und nach kurzer Zeit begann Amélie in ihrer Jeansjacke zu schwitzen. Sie zog sie aus und knotete sie um ihre Hüfte. Als ihr Blick auf die Büroräumlichkeiten der Werbeagentur in der Avenue Alain le Lay fiel, beschlich sie das schlechte Gewissen. Im Grunde hätte sie wieder arbeiten können, denn krank war sie definitiv nicht. Doch sie sah sich außerstande, jetzt an ihren Arbeitsplatz zurückzukehren. Zudem war schon Nachmittag, und die Agentur schloss freitags um fünf Uhr. Es reichte vollkommen, wenn sie am Montag wieder auf der Matte stand.

»Ah, Mademoiselle Amélie, wie geht es Ihnen?« Der untersetzte Inhaber des kleinen Supermarktes an der Ecke schenkte ihr ein strahlendes Lächeln, als sie den Laden betrat, dabei blitzte sein Goldzahn auf.

»Ausgezeichnet, Monsieur Huette, und Ihnen?«

Sie trat an die Früchteauslage, warf den Avocados einen vernichtenden Blick zu, weil sie sie stets nur wegen Fabrice gekauft hatte, und griff nach einer Ananas.

»Meine Arthritis plagt mich wieder«, nuschelte der ältere Mann und stellte ächzend einen Karton auf ein Regal. »Genießen Sie Ihre Jugend, Mademoiselle, sie geht so schnell vorbei.«

Amélie grinste, füllte ihren Einkaufskorb mit einer Auswahl an Joghurts sowie Butter und Milch und langte nach einem Baguette im Gebäckregal daneben.

»Das werde ich, danke für den Ratschlag«, erwiderte sie und suchte im Gestell mit den Konfitüregläsern nach der Sorte Sauerkirsche.

Die Glocke über der Ladentür bimmelte erneut. In dem kleinen Geschäft kauften vornehmlich Einheimische ein, nur selten verirrte sich ein Tourist hier hinein. Auch den soeben eintretenden Käufer schien Monsieur Huette zu kennen, denn er kicherte über etwas, das der Kunde gesagt hatte.

Amélie mochte solche einfachen Lebensmittelgeschäfte, denn sie waren so viel persönlicher als die riesigen Supermärkte außerhalb der Stadt. Letztere waren zwar bequem mit dem Auto zu erreichen, doch ihrer Meinung nach fehlte ihnen die Seele.

»Sind die Artischocken frisch?«, fragte sie über ihre Schulter hinweg. Anstatt einer Antwort bemerkte sie, wie jemand neben sie trat. Eine gebräunte Hand mit langen, schmalen Fingern, die so gar nicht den fleischigen Pranken von Monsieur Huette ähnelte, griff nach einer Artischocke, bewegte die Blätter etwas, bis diese knirschten, und legte ihr die Knospe dann in den Einkaufskorb.

»Einwandfrei«, sagte eine tiefe Stimme.

Amélie wandte den Kopf.

»Sieh an, der Hundehalter!«, rief sie überrascht. Seltsamerweise freute sie sich darüber, den knackigen Typen von gestern wiederzusehen. Ihm schien es ähnlich zu gehen, denn er lächelte sie charmant an.

»Wollen wir uns nicht auf Amélie und Matthieu einigen?«

Sie nickte. »Einverstanden. Danke für die Begutachtung der Artischocke. Ich vertraue einfach mal deinem Urteil.«

Sie drehte sich um.

»Amélie?« Seine Stimme hielt sie zurück. »Hättest du Lust auf eine Tasse Kaffee?«

Das Restaurant L'Amiral befand sich gleich gegenüber der mit einer massiven Mauer umgebenden Altstadt, der Ville Close. Weiter vorne hielt die weiße Bimmelbahn, die müde Touristen durch Concarneau kutschierte. Amélie hätte sich womöglich ein etwas weniger frequentiertes Lokal ausgesucht. Aber auf ihren Hinweis, dass sie eher etwas essen als trinken möchte, hatte Matthieu sie ins L'Amiral geführt. Hier gebe es den besten Hummer des ganzen Finistère, hatte er behauptet, und als der Kellner ihr den köstlich duftenden Krebs mit einer Schale Bratkartoffeln servierte, mochte sie ihm diese Behauptung auch tatsächlich glauben. Er beobachtete amüsiert, wie sie sich hungrig über das Essen hermachte, während er lediglich an einem Espresso nippte. Sein temperamentvoller Setter bewache sein Haus, gab er Auskunft, als sie nach dem Hund fragte.

»Ich hoffe, du bekommst jetzt kein schlechtes Bild von mir, wenn ich so reinhaue«, erklärte sie zwischen zwei Bissen. »Aber ich habe schon eine Weile nichts Anständiges mehr gegessen.«

Matthieus Lippen kräuselten sich. »Nur zu! Ich mag es, wenn Frauen essen und nicht nur in einer Handvoll Grünzeug herumstochern.«

»Du hast nicht übertrieben, der Hummer ist göttlich! Ich weiß gar nicht, wieso ich noch nie in diesem Lokal war.«

Sie legte die Hummerzange neben den Teller, tupfte sich die Lippen mit der Serviette ab und lehnte sich zufrieden zurück.

»Dessert? Ich kann die Crème brûlée empfehlen.«

Amélie winkte lachend ab und schüttelte den Kopf.

»Ich bin satt, danke.«

Ihr Gegenüber nickte, öffnete den Mund, als wolle er etwas erwidern, sagte aber nichts und biss sich dann auf die Lippen. Er griff nach der leeren Espressotasse auf dem Tisch und drehte sie gedankenverloren zwischen den Händen.

Künstlerhände, dachte Amélie, und plötzlich fiel es ihr wie Schuppen von den Augen. Matthieu Kaldera, der Maler! Vor ein paar Jahren hatte er seine Bilder im örtlichen Kunstmuseum ausgestellt. Sie hatte die Vernissage besucht, den Künstler aber damals nicht kennengelernt. Vor allem seine Landschaftsgemälde hatten sie begeistert. Sie waren kraftvoll, dynamisch, als hätte der Maler einen Augenblick des Lebens in ihnen konserviert. Windumpeitschte Felsen, brodelndes Meer, darüber der wolkenverhangene Himmel der Bretagne. Sie hatte regelrecht die Gischt auf ihrer Haut, den Geschmack von Salz auf den Lippen gespürt und vermeint, die heiseren Schreie der Möwen zu hören. Sie erinnerte sich ebenfalls daran, dass Zoé und sie sich überlegt hatten, ein Gemälde zu kaufen. Doch Fabrice lachte nur darüber. Es wäre verrückt, hatte er gesagt, viertausend Euro für so ein Geschmiere auszugeben, und sie sollten sich das besser gleich aus dem Kopf schlagen.

Der Kellner räumte ihren Teller ab, und sie bestellte einen Cappuccino. Matthieu schien währenddessen mit seinen Gedanken weit weg zu sein. Amélie kannte keine Künstler. Ob das normal war? Verfielen die ab und zu ins Brüten? Vielleicht eine neue Idee oder sonstige Eingebung? Durfte sie ihn dabei stören, oder nahm er es ihr übel, wenn sie ihn jetzt in die Realität zurückholte? Sie beschloss, das Risiko einzugehen, schließlich hatte er sie zu einem Cafébesuch eingeladen.

Sie räusperte sich. »Was macht die Malerei?«, fragte sie und verschränkte die Hände auf dem Tisch.

»Wie?« Matthieu runzelte kurz die Stirn. »Ach, gut, danke. Interessierst du dich dafür?«

»Ein wenig«, erwiderte sie, bedankte sich beim Kellner für den Kaffee und führte die Tasse an die Lippen. »Ich selbst habe leider überhaupt kein künstlerisches Talent. Weder malen, tanzen noch singen. Ich fotografiere aber leidenschaftlich gern und habe das Texten von Werbebotschaften zu meinem Beruf gemacht.«

Sie hob entschuldigend die Achseln.

Matthieu lachte. »Immerhin! Ich bin schon überfordert, wenn ich dem Finanzamt einen Brief schreiben muss. Wir würden uns also hervorragend ergänzen!«

Sie hob die Augenbrauen und er errötete, als ihm bewusst wurde, was er gerade gesagt hatte.

»Entschuldige«, stotterte er. »Das war nur so dahergesagt. Wir passen natürlich überhaupt nicht zusammen …« Er brach ab und fuhr sich mit beiden Händen durch die Haare. »Ich meine, wir würden bestimmt zusammenpassen, aber … Oh Gott! Da komme ich jetzt ohne Blessuren nicht mehr heraus, oder?«

Amélie brach in Gelächter aus. »Nein, wohl kaum!« Sie griff nach ihrer Geldbörse und winkte dem Kellner. »Aber ich muss jetzt los, sonst zerläuft mir die Butter, daher wird dich das Fallbeil noch einmal verschonen.«

20

Der Duft von Amélies Parfüm hing noch in der Luft, während Matthieu sie durchs Fenster beobachtete, wie sie die Straße überquerte und in den engen Gassen verschwand.

Zum Kuckuck, wieso hatte er sich nicht dazu durchgerungen, sie nach dem Tagebuch zu fragen? Er hatte gehofft, dass sie es wieder in ihrer Handtasche herumtrug, doch bei einem kurzen Blick hinein, als sie darin nach ihrer Geldbörse kramte, nicht entdecken können. Und jetzt war sie weg und er genauso schlau oder, besser gesagt, so dumm wie vorher. Immerhin hatte sie ihm erzählt, dass sie in der Rue Saint-Jacques wohnte, und ihm ihre Handynummer gegeben. Seltsam, das Haus ihrer Mutter lag in der entgegengesetzten Richtung. Hatte sie bereits eine neue Wohnung gefunden? Eine neue Wohngemeinschaft? Oder gar einen neuen Partner? War sie ein Schmetterling, der von Blüte zu Blüte flatterte? Nein, so schätzte er sie eigentlich nicht ein. Und, was ihm große Sorgen bereitete, er mochte die junge Frau. Wie konnte das sein? Sie war eine Tanguy, er müsste sie an und für sich hassen!

»Noch einen Wunsch, Monsieur?« Der Kellner sah ihn mit geneigtem Kopf fragend an.

»Nein, danke«, erwiderte Matthieu, stand auf und verließ das L'Amiral gedankenverloren. Vielleicht sollte er die Sache einfach ruhen lassen, wie sein Großvater es ihm geraten hatte.

Doch das Tagebuch bedeutete ihm viel. Nonno hatte ihm daraus vorgelesen, da war er noch ein Teenager gewesen, und die Geschichte hatte Matthieu zu seinem ersten Bild inspiriert. Noch heute hing dieses Gemälde in seinem Schlafzimmer. Als Fünfzehnjähriger hatte er noch keine Ahnung von Farben, Maltechniken und Perspektiven gehabt. Aber die Zeichnung vermittelte dem Betrachter die gleichen Gefühle, die er damals beim Zeichnen verspürt hatte: Wut, Liebe, Verlust. Nein, er konnte ihr das Tagebuch nicht überlassen. Es war ein Teil von ihm, und er würde es sich holen, ganz egal, wie sympathisch Amélie ihm jetzt erschien.

Matthieu trug zuerst Leimwasser auf die Leinwand auf und fing, nachdem es angetrocknet war, mit der Grundierung an. In großzügigen Bewegungen strich er von der Bildmitte her kreisförmig nach außen, damit sich das Gewebe nicht verzog. Er grundierte immer zweimal. Eine alte Malerweisheit, die sein Lehrer an der Kunstschule den Studenten schon in der ersten Stunde eingebläut hatte. Denn ein Bild war nur so haltbar wie sein Untergrund. Danach zog er die noch feuchte Grundierung mit einem Spachtel ab und stellte die präparierte Leinwand zum Trocknen in den hinteren Teil seines Ateliers. Er schaute sich suchend um, trat dann zu einem angefangenen Bild und setzte es auf die Staffelei neben der Fensterfront.

Er liebte den Ausblick auf den Mühlteich und den dahinter liegenden Wald. Wasser und Natur ließen seine Fantasie fließen. Zudem hatte er sein Atelier so konzipiert, dass es keiner direkten Sonneneinstrahlung ausgesetzt war, die den Farben geschadet hätte. Neben der Tür in den Garten lag Zorro auf einer zerschlissenen Decke und nieste ab und zu, wenn ihm der Terpentingeruch in die Nase stieg. Wie immer spürte er genau, dass sein Herrchen schlecht gelaunt war. Und damit hatte er verflucht recht!

Matthieu betrachtete das angefangene Bild mit gefurchter Stirn. Es zeigte eine stilisierte Blume in den Händen einer gesichtslosen Frau. Vor ein paar Tagen hatte es ihm noch gefallen, jetzt fand er das Motiv jedoch nichtssagend. Sollte er es übermalen? Oder am besten gleich wegwerfen? Seine angeborene Sparsamkeit riet ihm zur ersten Alternative. Obwohl er normalerweise die Impastotechnik verwendete – er mochte es, wenn die Farbe dick aufgetragen und die Pinselstriche zu sehen waren –, hatte er dieses Gemälde lasierend angefangen. Die verschiedenen Schichten gaben dem Bild mehr Transparenz und Tiefe. »Fett auf mager!«, hörte er im Geiste seinen Kunstlehrer wieder. Also würde er einfach ein komplett anderes Bild darüber kleistern. Vielleicht eine blonde Frau mit blauen Augen?

»Ach, verdammt!«

Matthieu schlug mit der flachen Hand auf den mit Farbspritzern übersäten Holztisch, auf dem seine Malutensilien lagen. Zorro zuckte zusammen, winselte leise und sah ihn dann vorwurfsvoll an.

»Entschuldige, du kannst ja nichts dafür.« Er ging in die Hocke und kraulte Zorro hinter den Ohren. Der Hund schloss genüsslich die Augen. »Ich weiß nur nicht, wie ich das Thema anschneiden soll, ohne mich komplett zum Idioten zu machen. Soll ich ihr einfach die Wahrheit sagen? Aber was, wenn sie mir das Tagebuch danach nicht mehr zurückgeben will?«

Zorro begann als Antwort zu hecheln. Matthieu krauste die Nase und wedelte mit der Hand vor seiner Nase.

»Oh, Mann, was hast du denn wieder gefressen?«

Er lachte und stand auf. Zorro wedelte mit dem Schwanz, anscheinend froh darüber, dass die Laune seines Meisters sich gebessert hatte.

»Nun denn, ein Zauderer hat noch kein Land erobert, nicht wahr?«

Als würde der Hund das Gesagte verstehen, sprang er hoffnungsvoll auf. Matthieu atmete einmal tief durch, zog sein Handy aus der Hosentasche und wählte Amélies Nummer.

21

Heiligabend, 1937

Es ist spät, schon nach Mitternacht. Im Haus schlafen alle. Quentin hat zu viel getrunken und schnarcht neben mir, als müsse er ein Sägewerk beliefern. Im ersten Stock sind die Verwandten aus Brest einquartiert, im dritten die aus Vannes. Es wäre Wahnsinn, würde ich jetzt aufstehen und …

Lieber Gott, was soll ich nur tun? Es fühlt sich an, als wäre ich in zwei Stücke gerissen! Ein Teil von mir lebt weiter als brave Schwiegertochter, liebende Ehefrau und zukünftige Mutter des Tanguy-Erben. Und der andere Teil sehnt sich danach, alle Brücken abzubrechen und mit dem Mann meines Herzens wegzulaufen. Irgendwohin, wo uns keiner kennt und wir das sein können, wofür wir geschaffen sind: Mann und Frau für immer vereint.

Ich halte es nicht mehr aus! Ich werde zu ihm gehen, jetzt! Es ist mir egal, ob sie mich erwischen, dann wäre dieses Versteckspiel immerhin endlich vorbei.

Amélie stieß die Luft aus und klappte das Tagebuch zu. Noch immer verströmte es den Geruch nach verbranntem Papier. Einige Seitenränder zerbröselten und fielen als schwarze Ascheflöckchen auf Colettes Parkettboden. Doch die Schrift war zum Glück immer noch lesbar. Aurora hatte die Einträge mittig verfasst, als hätte sie geahnt, dass ihrem Vermächtnis irgendwann Schaden zugefügt werden würde. Die Neugier darauf, ob die Tagebuchschreiberin mit ihrem nächtlichen Besuch davongekommen war und wie dieser ausgesehen hatte, wurde übermächtig, doch Amélie ergriff plötzliche Scheu vor dem Weiterlesen. Im Grunde ging sie Auroras Leben nichts an. Sie war eine Fremde, und das, was ihr damals zugestoßen war, sollte ihrer Familie vorbehalten sein. Und doch hatte ihr, Amélie, jemand das Tagebuch in den Briefkasten gelegt. Weshalb? Hatte sie etwas mit Aurora gemeinsam? Tanguy. Der Name ließ eine ferne Erinnerung in ihr aufsteigen, doch sie konnte sie nicht fassen.

Das Klingeln ihres Handys riss sie aus ihren Gedanken. Fabrice? Ihre Mutter? Mit beiden wollte sie im Moment nicht sprechen. Doch die Nummer auf dem Display war ihr nicht bekannt.

»Hallo?«

»Amélie? Hier Matthieu.«

Ein Lächeln schlich sich in ihr Gesicht. So bald hatte sie seinen Anruf nicht erwartet, obwohl sie darauf gehofft hatte. Der Maler mit dem wunderschönen Setter ging ihr nicht mehr aus dem Kopf. Er war ihr ausgesprochen sympathisch, wenngleich er sich manchmal etwas seltsam benahm und sie zuweilen musterte, als ob er sie abschätzen müsse. Aber womöglich hatten alle Maler diesen Blick drauf. Erschien sie ihm vielleicht als ein potenzielles Motiv? Bei dem Gedanken, wie er sie malen würde, unter Umständen sogar als Akt, wurde ihr Mund trocken, und sie spürte, wie ihr das Blut in die Wangen schoss. Himmel, was ging ihr denn da durch den Kopf?

»Matthieu, salut, was verschafft mir die Ehre?«

»Also … ich wollte dich fragen, ob du Lust hättest, mein Atelier zu besichtigen. Du sagtest doch, dass dich die Malerei interessiert. Und …« Er brach ab, als ein wütendes Gebell im Hintergrund ertönte. »Moment!«

Amélie hörte, wie er das Telefon hinlegte und sich entfernende Schritte, dann einen scharfen Befehl und Türenschlagen.

»Entschuldige, Zorro hat ein Reh auf der Mühlenwiese erspäht, und seine Jagdhundinstinkte sind erwacht.« Er lachte. »Also, kommst du?«

Die alte Mühle lag idyllisch zwischen hohen Bäumen an einem kleinen See. Amélie stieg von Colettes klapprigem Fahrrad und rieb sich den schmerzenden Hintern. Sie war etwas erschöpft, der Weg war länger gewesen, als sie gedacht hatte. Doch der Ausblick auf die renovierten Gebäude mit dem verwilderten Garten darum herum entschädigte sie für die Strapazen der sportlichen Herfahrt. Sie blieb stehen, holte aus ihrer Handtasche den aufklappbaren kleinen Spiegel und kontrollierte ihr Make-up. Die Fahrradtour hatte einen rosigen Schimmer auf ihren Wangen hinterlassen. Der Lippenstift saß immer noch perfekt, nur ihre Frisur hatte ein wenig gelitten. Egal, schließlich war das hier kein Rendezvous. Sie schob das Fahrrad auf das kleinere der Gebäude zu, in dem sich, nach Matthieus Aussage, seine Wohnung befand, und lehnte es an die Hauswand. Dann betätigte sie den altmodischen Türklopfer aus Messing. Gebell drang gedämpft durch die massive Holztür, kurz darauf wurde diese geöffnet, und Zorro schoss heraus, der sich bei ihrem Anblick wie ein Wilder gebärdete. Er flitzte im Kreis um sie herum und legte sich dann vor ihr auf den Rücken und zeigte seinen hellen Bauch.

»Na, du Räuber?« Amélie ging in die Hocke und kraulte dem Setter den Bauch. »Da freut sich wohl einer, mich zu sehen.«

Sie hob den Kopf und erblickte Matthieu, der lächelnd

unter dem Türsturz stand. Er trug verwaschene Jeans und ein weißes T-Shirt.

»Zwei«, sagte er, streckte ihr die Hand hin und zog sie hoch. »Willkommen.«

22

»Sieht wie ein Karussell aus.« Amélie stand mit verschränkten Armen vor dem mannshohen Gemälde, das an der Wand des Ateliers lehnte. »Und irgendwie auch wieder nicht. Es beunruhigt mich jedoch ein wenig.« Sie lachte unsicher. »Tut mir leid, ich bin keine Expertin.«

Matthieu stand hinter ihr und betrachtete über ihre Schulter hinweg ebenfalls das Ölbild in den düsteren Farben. Der Duft ihres Parfüms stieg ihm dabei in die Nase, verursachte einen Kloß in seinem Hals, und schnell trat er einen Schritt zurück.

Er räusperte sich. »Es ist in der Tat ein Karussell«, bestätigte er ihre Annahme. »Jedoch habe ich versucht, es violenter, nach seiner ursprünglichen Bedeutung, abzubilden.«

Amélie drehte sich herum und sah ihn verdutzt an.

»Ursprüngliche Bedeutung?«, fragte sie. »Ich dachte immer, das sei für Kinder erfunden worden.«

Er wandte sich ab und griff nach einem Pinsel auf dem Holztisch, den er vergessen hatte zu reinigen und der jetzt durch die angetrocknete Farbe hart wie Stein geworden war. Er drehte ihn nachdenklich in den Fingern.

Vielleicht war es keine so gute Idee gewesen, Amélie zu sich nach Hause einzuladen. Und doch war es unumgänglich, sie näher kennenzulernen, wenn er ihr das Tagebuch wieder abnehmen wollte. Allerdings lief er langsam Gefahr, sie mehr zu mögen, als ihm lieb war. Sie hatte zum Anbeißen ausgesehen, als sie vorhin, mit geröteten Wangen und zerzausten Haaren, bei ihm angekommen war. Ihre wohlgeformten Beine steckten in abgeschnittenen Jeansshorts, dazu trug sie ein eng anliegendes rosafarbenes T-Shirt und Turnschuhe. Ein ganz anderer Typ als Nadine, die sich nur in teuren Kleidern und hochhackigen Schuhen wohlfühlte. Zudem verstand sich Amélie mit Zorro, was anscheinend auf Gegenseitigkeit beruhte, denn der Hund wich ihr seit ihrer Ankunft nicht mehr von der Seite.

Sei nicht dumm!, sagte eine leise Stimme in seinem Kopf. Es gibt zwei gute Gründe, dich nicht auf sie einzulassen. Erstens ist sie eine Tanguy, und zweitens scheitern alle deine Beziehungen. Also reiß dich am Riemen!

»Matthieu?« Sie legte ihre Hand auf seinen Arm, und er zuckte zusammen.

»Ja, entschuldige.« Er legte den Pinsel wieder auf den Tisch. »Also, das ist so. Als Heinrich II. im Jahr 1559 Frankreich regierte, waren Ritterturniere an der Tagesordnung. Der König, ein begeisterter Jäger und Reiter, beteiligte sich gerne selbst an diesen Kämpfen. Während eines Turniers anlässlich der Feier des Friedensvertrags mit den Habsburgern durchbohrte jedoch ein Splitter des zerbrochenen gegnerischen Lanzenstumpfs das Visier seines Helmes und drang durchs Auge in sein Gehirn ein.« Amélie verzog den Mund, und Matthieu schmunzelte. »Trotz einer sofortigen Operation starb der König wenige Wochen später an dieser Verletzung. Darauf folgend wurden solche Turniere in Frankreich verboten. Die Ritter durften nur noch im Kreis hintereinander herjagen und nicht mehr direkt aufeinander zu reiten, um die Verletzungsgefahr so gering wie möglich zu halten. Diese neue Art des Turnierspiels wurde Ringelreiten, Ringelstechen oder eben Karussell genannt. Wenn sich heutzutage also Kinder auf Holzrössern im Kreis drehen, ist das lediglich eine abgeschwächte Form der barbarischen Ritterspiele von damals.«

Amélie schürzte die Lippen, drehte sich nochmals zu dem Gemälde um und nickte dann.

»Du hast recht«, sagte sie dann lachend. »Jetzt sehe ich es auch. Es hat etwas Wildes an sich.« Sie schüttelte den Kopf. »Unglaublich, wie du dieses Gefühl eingefangen hast. Du bist ein großartiger Künstler!«

Ihre Begeisterung schmeichelte ihm, doch er tat das Kompliment mit einer Handbewegung ab.

»Ich tue mein Bestes, Mademoiselle«, erwiderte er und deutete eine Verbeugung an. »Hast du Durst? Entschuldige, ich vergesse meine Manieren, aber ich habe nicht oft Besuch. Wir können uns auf die Terrasse setzen, einverstanden?«

Matthieu öffnete die Tür neben der Glasfront, die direkt in den rückwärtigen Teil seines Anwesens führte. Ein schmaler Pfad zog sich den Teich entlang, umrundete das Malatelier, bevor er auf die Rasenfläche des Wohnhauses mündete.

»Was für ein herrlicher Besitz!«, rief Amélie begeistert. »Als Kinder kamen wir oft hierher an den Teich zum Baden, wenn das Meer zu aufgewühlt war. Ich erinnere mich an die verfallenen Gebäude und wie sehr sie uns zu Expeditionen verlockten. Leider waren aber alle Eingänge mit Brettern vernagelt. Zum Glück, würde ich heute sagen, aber damals schimpften wir gehörig darüber, denn die überwucherten Gemäuer erschienen uns wie Märchenschlösser, die lediglich darauf warteten, von richtigen Prinzen und Prinzessinnen erobert zu werden.« Sie zwinkerte ihm schelmisch zu und ließ sich dann aufatmend auf einen der Korbstühle auf der Terrasse sinken. Sie zupfte an ihrem T-Shirt.

»Gott, ist es schwül geworden!« Sie warf einen besorgten Blick zum Himmel. »Da braut sich was zusammen.«

»Ich kann dich später in die Stadt zurückfahren«, meinte er, bevor er in die Küche trat und den Kühlschrank öffnete. »Dein Fahrrad verstauen wir einfach im Kofferraum. Ist Eistee okay?«

»Wunderbar!«, rief sie von der Terrasse her.

Er hörte, wie sie Zorro etwas zurief, dann lachte sie. Matthieu biss sich auf die Lippen. Es brachte nichts, das Unvermeidliche weiter hinauszuzögern, er musste endlich über das Tagebuch sprechen. Doch wie würde sie reagieren? Zeigte sie Verständnis für seinen Wunsch, es zurückzubekommen? Oder sträubte sie sich dagegen? Aber warum eigentlich? Es konnte ihr kaum etwas bedeuten, schließlich kannte sie die Zusammenhänge nicht, und wenn es nach ihm ging, würde sie sie auch nie erfahren. Ganz gleich, was Nonno dazu meinte. Manche Dinge blieben besser verborgen, und letztendlich war das alles schon so lange her.

Er stellte die Karaffe mit dem Eistee auf ein Tablett, schnitt eine Zitrone in Scheiben, warf sie hinein und holte zwei Gläser aus dem Geschirrschrank. Dann atmete er tief durch, nahm das Tablett und ging auf die Terrasse hinaus.

23

»Sie war krank, Madame Auffret, und wollte mich nicht anstecken; daher verbringt sie ein paar Tage hier in Colettes Wohnung. Unglücklicherweise hat sie versehentlich ein paar wichtige Akten mitgenommen, die ich heute unbedingt brauche. Ich habe aber keinen Schlüssel. Würden Sie mir daher die Wohnungstür öffnen? Ich bin auch gleich wieder weg.«

Die Lüge kam ihm ohne Zögern über die Lippen, und die ältere Frau mit dem ausladenden Busen und dem straff nach hinten gekämmten grauen Haar lächelte ihn verstehend an.

»So eine nette junge Frau, Monsieur Ollivier. Immer freundlich und zuvorkommend. Heute Morgen kam sie mir zu Hilfe, als ich …«

Dem Geplapper der alten Frau folgte Fabrice nur mit halbem Ohr, als sie gemeinsam die ausgetretenen Holzstufen zu Colettes Wohnung hinaufstiegen. Hyacinthe hatte ihm mitgeteilt, wo ihre Tochter untergekommen war, nachdem sie nicht bei ihr hatte bleiben wollen. Die Geschichte, die Amélies Mutter ihm erzählt hatte, schien ihm auf den ersten Blick etwas gar konfus zu sein und gemahnte eher an ein Schauermärchen als ein tatsächliches Geschehen. Doch je länger er darüber nachdachte, desto mehr Sinn ergaben verschiedene Dinge, die in der Vergangenheit passiert waren. Amélies unbeherrschtes Temperament, ihre Rastlosigkeit, der Hang zum häuslichen Chaos.

Waren das nicht alles untrügliche Zeichen dafür, dass Hyacinthes Geschichte den Tatsachen entsprach? Und nun dieses vermaledeite Tagebuch, das womöglich der einzige Beweis dieser haarsträubenden Ereignisse war. Nicht umsonst wollte Amélies Mutter, dass es vernichtet wurde. Sie fürchtete sich vor einem Skandal. Auch jetzt noch, obwohl die Vorfälle beinahe hundert Jahre zurücklagen. Und er? Natürlich war es nicht angenehm, eine Frau mit diesem Makel an seiner Seite zu wissen. Concarneau war ein Dorf, und das Gerede der Leute würde seiner Reputation als Anwalt und zukünftigem Teilhaber der Kanzlei schaden, wenn die Sache ans Licht käme. Aber sie lebten schließlich auch im 21. Jahrhundert, und er war bereit, großzügig darüber hinwegzusehen. Und wenn er Glück hatte, war die Sache mit der Vernichtung des Tagebuchs gegessen. Er konnte sich nämlich nicht vorstellen, dass Amélie es schon zu Ende gelesen und die richtigen Schlüsse gezogen hatte.

»So, da wären wir.«

Madame Auffret blieb schnaufend auf dem Treppenabsatz stehen und zog aus ihrer Schürze ein Schlüsselbund hervor, an dem eine Unmenge Schlüssel hingen, als sei sie ein Kerkermeister. Dessen ungeachtet griff sie, ohne zu zögern, nach einem und schloss damit Colettes Wohnung auf.

Fabrice war schon ein paarmal hier gewesen. Meist Einladungen zum Abendessen oder zum Sonntagsbrunch. Er mochte Colette nicht besonders. Sie war ihm zu vulgär, zu laut, zu risikofreudig. Es passte, dass sie Amélies beste Freundin war. Er stieß die Luft aus. Alles fügte sich plötzlich wie ein gut geöltes Zahnradgetriebe ineinander. Möglicherweise sollte er froh sein, dass Amélie die Reißleine in diesem Stadium gezogen hatte. Er würde glimpflich davonkommen. Es gab noch keine bindenden Verpflichtungen. Zwar hatte er mit dem Gedanken gespielt, ihr seine Liebe zu gestehen, und Hyacinthe ging natürlich fest davon aus, dass sie bald ein Paar sein würden.

Aber vielleicht sollte er es einfach dabei belassen und sich nach einer anderen Partnerin umsehen. Eine, die mehr zu einem aufstrebenden Anwalt passte. Doch er liebte Amélie, trotz allem. Oder gerade weil? Er würde sich darüber ein paar Gedanken machen müssen, am besten anhand einer Excel-Tabelle, die das Für und Wider auflistete. Nun denn, jetzt war er schon einmal hier. Und selbst wenn sie nicht zueinanderfanden, könnte er Hyacinthes Wunsch erfüllen und das Tagebuch vernichten. Sie hatte womöglich noch mehr zu verlieren als er.

24

»Es ist so friedlich hier.« Amélie nippte an ihrem Eistee und fuhr dabei mit dem Daumen über das beschlagene Glas. »Ich habe mal einen Film gesehen, leider ist mir der Titel entfallen, der spielte an einem ähnlichen Ort. Ein Zauberwald, in dem die Menschen mit den Tieren sprechen konnten. Ich ...«

Sie brach ab. Was musste Matthieu von ihr denken? Jetzt schwafelte sie ihm auch noch etwas von Märchenfilmen vor. Wie einfältig war das denn? Doch entgegen ihrer Befürchtung, er würde sie auslachen, nickte er ernsthaft.

»In der Tat. Manchmal fühle ich mich wirklich wie in einem verwunschenen Wald. Wenn man bedenkt, dass ich nur wenige Kilometer von der Stadt und ihrem Touristentrubel entfernt wohne. Ich würde in dem Gewimmel wahnsinnig werden!«

Er lachte und hob die Achseln, als müsse er sich dafür entschuldigen. Amélie verstand, wovon er redete. Sie liebte das Haus am Boulevard zwar, aber der ständige Verkehr an der Uferpromenade und der Lärm der Badenden am Wochenende waren nur schwer zu ertragen. Wenn es nach ihr gegangen wäre, hätte sie lieber auf einer einsamen, wind- und sturmumtosten Klippe gehaust, fern jeglicher Zivilisation. Nun, jetzt hatte sie die Möglichkeit, diesen Traum umzusetzen. Nur, wo fand man so ein Haus, und konnte sie sich so etwas überhaupt leisten? Vermutlich nicht, sie hatte nicht einmal genug Geld für ein eigenes Auto. Ob Matthieu ihr ein Zimmer vermieten würde? Sie schmunzelte und senkte den Kopf. Wohl kaum, sie kannten sich ja gar nicht.

»Amélie?«

Sie hob den Kopf und blickte in sein fragendes Gesicht.

»Bitte? Entschuldige, ich war in Gedanken.«

Sie sah, wie ihr Gegenüber schluckte. Die entspannte Stimmung war wie weggeblasen, und etwa Lauerndes lag plötzlich in der Luft. Als ein Windstoß durch den Wald fegte und die Bäume ächzen ließ, fröstelte sie trotz der schwülen Temperaturen.

Matthieu griff nach seinem Glas Eistee, trank es in einem Zug aus und stellte es dann hart auf den Tisch, sodass die Eiswürfel darin klirrten.

»Ich habe dich gerade gefragt, ob du vor Kurzem ein Tagebuch erhalten hast. Und wenn ja, ob du es mir bitte wieder zurückgeben könntest. Es gehört nämlich mir.«

Der Wolkenbruch erwischte Amélie kurz vor der Stadt. Binnen weniger Sekunden war sie tropfnass. Blitze zuckten über den grauschwarzen Himmel, gefolgt von dröhnendem Donner. Sicher keine günstige Zeit, um mit einem Drahtesel unterwegs zu sein. Sie wischte sich den Regen aus dem Gesicht und suchte Schutz unter einem ausladenden Hausdach. Die Temperatur war mindestens um zehn Grad gefallen, und in ihrem nassen T-Shirt, das ihr wie eine zweite Haut am Körper klebte, begann sie zu frieren. Sie rieb sich die nackten Arme, danach die Beine, doch das half nicht, und klappernd schlugen ihre Zähne aufeinander. Fein, jetzt würde sie sich bestimmt auch noch erkälten!

»Was für ein Mistkerl!«

Sie stieß wütend die Luft aus und drehte ihre Haare zu

einer Rolle, bis das Regenwasser heraustropfte. Alles nur Lüge, Hinterlist und Tücke! Ein abgekartetes Spiel. Das Kennenlernen am Strand, die Einladung, alles nur Mittel zum Zweck! Und dann diese haarsträubende Geschichte von seinem Großvater, der nicht mehr ganz richtig im Kopf sei und ihr das Tagebuch angeblich nur durch Zufall in den Briefkasten gelegt hatte. Was für ein Schwachsinn! Hielt er sie wirklich für so dumm, dass sie ihm das glaubte? Seit wann schrieben verwirrte Personen denn die Adresse auf einen Umschlag? Sie schüttelte den Kopf. Da steckte mehr dahinter! Und sie wäre nicht Amélie Monfort, wenn sie es nicht herausfinden würde.

Freudiges Hundegebell drang durch den strömenden Regen, und nur Sekunden später lief ein triefender Zorro schwanzwedelnd auf sie zu. Das hatte ihr gerade noch gefehlt! Ob Matthieu ihn geschickt hatte? Oder war der Hund ausgebüxt? Das Tier pflanzte sich hechelnd vor ihr auf, schüttelte sich dann ausgiebig und bescherte ihr damit eine weitere Dusche.

»Geh nach Hause, Zorro!«, befahl sie streng und wies mit dem Arm in Richtung Mühle. »Na los, ab mit dir!«

Zorro setzte sich brav an ihre Seite und schmiegte seinen Kopf an ihren nassen Schenkel. Super, jetzt musste sie nochmals zurück und den Hund abliefern. Oder sie fuhr einfach los, dann würde er sicher umkehren. Doch Zorro war ein Jagdhund, womöglich lief er dann neben ihr her, und sobald sie die Stadt erreichten, wäre das nicht ungefährlich. Sie wollte auf keinen Fall, dass das Tier verletzt wurde, selbst bei so einem miesen Herrchen.

Sie seufzte. Am besten rief sie Matthieu an, damit er den Hund hier abholen käme. Sie müsste schließlich nicht auf ihn warten. Aber vorher sollte sie Zorro irgendwo anbinden, damit er hierblieb. Doch womit? Sie hatte keine Leine dabei. Ob sie an der Haustür hinter ihr klingeln und nach einer Schnur fragen sollte? Aber was würden die Leute von ihr denken? Nein, sie schüttelte den Kopf. Am Ende würde man sie noch wegen Tierquälerei anzeigen.

Der Regen ließ langsam nach, und das Gewitter zog landeinwärts. Es roch nach feuchter Vegetation und auch ein bisschen nach nassem Hund. Amélie nieste. Toll! Sie klaubte aus ihren Shorts ein klammes Tempo hervor und schnäuzte sich die Nase. Dann hatte sie eine zündende Idee. Damit würde sie zwei Fliegen mit einer Klappe schlagen, so fern die Adresse in der Nähe lag.

Sie griff nach ihrem Handy, rief das digitale Telefonbuch auf und gab den Namen Kaldera ein. Bingo!

Amélie lächelte. Das würde Matthieu den Wind aus den Segeln nehmen!

»Na dann komm, Zorro, lass uns einen Ausflug machen!«

Sie schwang sich aufs Rad, und der Hund trottete brav neben ihr her.

25

Er hatte es vermasselt! Matthieu schüttelte grimmig den Kopf. Er wurde aus dem weiblichen Geschlecht einfach nicht schlau. Zugegeben, vermutlich hatte er sich nicht sehr feinfühlig verhalten. Doch als er während seiner Eröffnung über die Herkunft des Tagebuchs, und wem es tatsächlich gehörte, Amélies zweifelnden Gesichtsausdruck bemerkte, hatte er sich geärgert und auf ihre Gegenfragen ungehalten reagiert. Kein Wunder, dass sie danach einfach aufgestanden und wortlos gegangen war. Er hatte sich wie ein Idiot benommen!

Er starrte verdrießlich in den strömenden Regen hinaus. Sie war zweifellos geradewegs in das Unwetter hineingeraten. Von einem Transport in die Stadt hatte sie natürlich nichts mehr wissen wollen – logisch.

Es war kühl geworden, das Gewitter hatte die Schwüle bezwungen. Matthieu fröstelte; er stand dann auf, stellte Krug und Gläser zurück auf das Tablett und trug es in die Küche.

Was sollte er jetzt tun? Sie würde ihm kaum eine zweite Chance geben. Oder doch? Vielleicht wenn er sich entschuldigte und ihr Blumen brachte? Oder ein Bild? Aber warum eigentlich? Das Tagebuch gehörte ihr nicht, es war seins, egal, was Nonno damit getan hatte. Sollte er es sich mit Gewalt holen? In ihre Wohnung eindringen und es stehlen?

»Schwachsinn!«, murmelte er und gab der Kühlschranktür einen Tritt, sodass die Flaschen im Halter klirrten. Doch welche Möglichkeiten blieben ihm noch? Er zog sein Handy aus der Gesäßtasche hervor, rief Amélies Kontaktdaten auf und betrachtete eine Weile den Eintrag. War eine Kurzmitteilung zu unpersönlich? Oder feige? Vermutlich beides. Seit wann war er denn so eine Memme geworden? Wo war der Matthieu Kaldera hin, der sich nicht unterkriegen ließ und dem Leben die Stirn bot? Ganz sicher würde er sich nicht von einem hübschen Gesicht und kobaltblauen Augen in die Knie zwingen lassen. Das wäre ja noch schöner!

»Zorro, komm her, wir müssen los!« Matthieu drehte sich um. Seltsam, normalerweise schoss der Hund, sobald er die Kühlschranktür öffnete, wie eine Kugel herbei. Ob er noch draußen war? Er stieß die Terrassentür auf. »Zorro?«

Nichts, nur das Plätschern des Regens auf dem See und in der Regentonne neben dem Haus. Er runzelte die Stirn, führte dann Daumen und Zeigefinger zum Mund und pfiff. Der grelle Ton hallte über den Garten und verlor sich im Wald, doch vom Setter keine Spur.

»Na super!« Ob das Tier auf der Jagd war? Das konnte böse enden. Wildernde Hunde durfte man erschießen. Matthieu seufzte. Er hatte während seines Streits mit Amélie nicht auf den Hund geachtet, meinte aber, ihn immer an ihrer Seite gesehen zu haben.

Er fuhr sich mit beiden Händen durch die Haare und stieß die Luft aus. Natürlich, dieser Filou war der jungen Frau nachgelaufen. Sie hatte sein Hundeherz im Sturm erobert, und wen Zorro einmal mochte, den ließ er nicht mehr aus den Augen.

Matthieu lief in den Korridor, schlüpfte in seine Turnschuhe und griff nach dem Autoschlüssel.

»Blödes Vieh!«, knurrte er, hastete jedoch schnell zu seinem Wagen und fuhr mit heulenden Reifen davon. Hoffentlich war

Zorro nichts zugestoßen. Und Amélie auch nicht, fügte er in Gedanken hinzu.

Während der Fahrt in die Stadt blickte er fieberhaft von links nach rechts und hoffte inständig, nirgends ein Fahrrad im Straßengraben zu erblicken noch einen dunkelbraunen Fellkörper auf der Fahrbahn. Glücklicherweise hielt der Wolkenbruch den Verkehr in Grenzen, und er betete, dass sowohl Amélie wie auch Zorro den Weg nach Concarneau heil überstanden hatten.

In der Rue Saint-Jacques parkte er den Wagen direkt auf dem Gehsteig und rannte über die Straße. Sie hatte ihm nicht erzählt, wieso sie nicht mehr im Haus am Boulevard lebte, und er hatte sich gescheut, danach zu fragen. Schließlich ging ihn das nichts an. Dummerweise wusste er nicht, in welchem Apartment sie logierte, und er stand eine Weile ratlos vor den beschrifteten Klingelknöpfen, als unvermittelt die Tür aufgestoßen wurde und Amélies ehemaliger Mitbewohner herausstürzte. Bei seinem Anblick runzelte dieser die Stirn.

»Immer noch auf der Suche nach geeigneten Motiven?«, fragte er dann und schaute verärgert in den strömenden Regen hinaus.

»Wie? Ach, ja, genau«, erwiderte Matthieu. »Kann ich kurz mit Amélie sprechen?«, stieß er dann hastig hervor, bevor ihn der Mut verließ.

Der Mann schaute ihn verblüfft an. »Wieso wissen Sie, dass sie hier wohnt?«, fragte er lauernd. »Stellen Sie ihr etwa nach?«

Matthieu schüttelte den Kopf. »Ganz sicher nicht!«, stieß er hervor. »Sie hat nur etwas, das mir gehört und ich gern wiederhätte.«

Sein Gegenüber betrachtete ihn aus schmalen Augen, als müsste er den Wahrheitsgehalt dieser Worte abschätzen.

»Sie ist nicht da«, erwiderte er dann barsch, hielt sich seine

Aktentasche über den Kopf und sprintete über die Straße zu dem Cabriolet, das Matthieu in der Einfahrt des Hauses am Boulevard gesehen hatte.

Nicht da? Er runzelte die Stirn. Hatte er Amélie bei der Herfahrt übersehen? Oder wartete sie irgendwo besseres Wetter ab? Bei Bekannten vielleicht? Und war Zorro bei ihr?

Es gab nur eine Möglichkeit, dies herauszufinden. Er griff nach seinem Handy und wählte ihre Nummer.

26

»Das war in Saint-Malo kurz nach Kriegsende.«

Die Hand mit den gichtigen Fingern deutete auf das vergilbte Foto an der Wand, auf dem ein Mann und ein Junge in seltsamen Trikots abgebildet waren. »Man glaubt es kaum, aber wir hatten sogar ein Angebot für ein Engagement in Paris.« Der alte Mann lachte und schüttelte dabei den Kopf. »Wer weiß, was aus uns geworden wäre, wenn wir es tatsächlich angenommen hätten. Vielleicht die Starnummer im Nationalzirkus?« Er zwinkerte Amélie schelmisch zu. »Aber mein Vater wollte nicht aus der Bretagne weg. Er sagte immer, hier sei seine Heimat, obwohl wir doch ständig herumgezogen sind. Nun ja, es war ein gutes Leben.«

Amélie nickte. Sie mochte Matthieus Großvater vom ersten Augenblick an, als er die Tür geöffnet hatte. Zorro schlief tief und fest unter dem Wohnzimmertisch und zuckte ab und zu mit den Pfoten. Ihr war die Idee, den Hund hierherzubringen, mehr als logisch erschienen. Zu Matthieu wollte sie nicht mehr zurück. Und wenn sie Zorro in Colettes Wohnung mitnähme, würde die sie nach ihrer Rückkehr vermutlich umbringen, denn sie war allergisch auf Tierhaare. Zum Glück gab es nur zwei Kalderas in der Region, und die Chaumière von Ignacio war gut zu erreichen gewesen. Matthieu konnte seinen Hund später hier abholen, und alles wäre in Ordnung.

»Noch ein Glas Cidre?«, fragte dessen Großvater und holte sie damit aus ihren Gedanken.

»Nein, danke, schließlich muss ich noch fahren.«

Sie lachte, und der alte Mann nickte schmunzelnd. Er musterte sie eine Weile aufmerksam, und sie wurde unsicher. Hatte sie einen Fleck auf ihrem T-Shirt, Blätter in den Haaren? Unauffällig schaute sie an sich herunter. Ihre Kleidung war während der Fahrt zu Ignacio Kalderas Haus wieder einigermaßen getrocknet. Sie sah zwar etwas zerknittert aus, aber durchaus manierlich. Sie hob den Kopf.

»Tut mir leid, wenn ich Sie anstarre«, sagte ihr Gegenüber plötzlich. »Aber Sie sind wirklich hübsch.«

Amélie lächelte geschmeichelt. Doch bevor sie sich für das Kompliment bedanken konnte, läutete ihr Handy.

»Entschuldigen Sie bitte«, sagte sie und zog das Mobiltelefon aus ihren Shorts hervor. Als sie den Namen des Anrufenden erkannte, verzog sie den Mund. Also hatte der Schwachkopf endlich gemerkt, dass sein Hund fehlte, und die richtigen Schlüsse gezogen. Sie hatte jedoch keine Lust, mit ihm zu sprechen, daher drückte sie Matthieus Anruf weg und stellte das Gerät auf lautlos.

Der alte Mann zog eine Pfeife aus seiner Westentasche.

»Stört es Sie, wenn ich rauche?«

Amélie schüttelte den Kopf. Ihr Vater hatte ebenfalls Pfeife geraucht, und manchmal vermisste sie den Duft nach süßem Tabak geradezu.

Als sich Kaldera an den Tisch setzte, verzog er das Gesicht und rieb sich dabei verstohlen das Knie. Sie kannte diese Geste von ihrer Großmutter her. Antoinette Ferry-Bellec, die noch vor ihrem Vater verstorben war, hatte ebenfalls eine schwere Arthritis geplagt.

Amélies Erinnerungen an ihre Oma waren gespickt mit Bildern und Gerüchen: Picknicks an sonnigen Nachmittagen unter blühenden Apfelbäumen, zimtgeschwängerte Düfte in der Adventszeit und lange Abende vor dem Kamin, eine Tasse Tee in den Händen und der Stimme ihrer Großmutter lauschend, die ihr Geschichten und Legenden aus der Bretagne vorlas. Vermutlich fußte darin Amélies Schwäche für Märchen.

Oma und Enkelin hatten einander ohne Worte verstanden. Sie waren sich sehr ähnlich gewesen, was den Charakter betraf, und auch äußerlich, wie sie irgendwann feststellte, als Antoinette ihr Fotos von sich aus ihrer Jugend gezeigt hatte. Beide blond, schlank, mit dem gleichen lodernden Feuer in den Augen.

Hyacinthe hatte sich mit ihrer Mutter genauso wenig verstanden wie sich Amélie mit ihr jetzt. Vermutlich übersprang die Mutter-Tochter-Zuneigung in ihrer Familie immer eine Generation. Ihre eigene Tochter, wenn sie denn je eine hätte, würde demzufolge ein Herz und eine Seele mit Hyacinthe sein.

Zorro jaulte in seinem Traum kurz auf. Amélie kicherte, und Ignacio schmunzelte. Matthieus Gebaren hatte ihr Interesse an dem Tagebuch nur noch verstärkt, und sie wollte unbedingt wissen, aus welchem Grund sein Großvater es ihr in den Briefkasten gelegt hatte und was er damit bezweckte.

»Monsieur Kaldera«, begann sie, doch der alte Mann unterbrach sie.

»Sag doch Ignacio zu mir. Oder Nonno. Das würde mir noch besser gefallen.«

Sie lächelte unsicher. Sie wusste, dass Nonno Italienisch war und Großvater bedeutete. Und obwohl sie den älteren Mann ganz reizend fand, schien ihr diese Anrede doch unangebracht, schließlich waren sie miteinander nicht verwandt. Und sie konnte sich auch nicht vorstellen, dass Matthieu das sehr schätzen würde. Egal, sie würde den Maler wie auch dessen Großvater vermutlich nicht mehr wiedersehen, deswegen brauchte sie sich darüber nicht den Kopf zu zerbrechen.

Sie räusperte sich.

»Dein Enkel hat mir erzählt, dass du es gewesen bist, der mir das Tagebuch in den Briefkasten gelegt hat. Verrätst du mir den Grund dafür?«

Der alte Mann zog an seiner Pfeife, und bläulicher Rauch stieg zur Decke. Amélie schnupperte. Der gleiche Tabak, den ihr Vater immer geraucht hatte. Es war, als würde sie direkt in ihre Kindheit zurückkatapultiert, und sie unterdrückte ein Seufzen.

»Kennst du das Buch *Oliver Twist*?«

Sie runzelte die Stirn. Natürlich kannte sie den Roman von Charles Dickens. Die Geschichte eines Findelkindes, das im Armenhaus einer englischen Kleinstadt aufwächst, ohne etwas über seine edle Herkunft zu wissen, und später in London in die Fänge des Gauners Fagin gerät, der aus ihm einen Dieb machen will. Sie hatte das Buch mehrmals gelesen und stets weinen müssen.

»Natürlich«, erwiderte sie. »Das erste Mal las ich es während der Schulzeit. Wieso fragst du?«

»Nun«, Ignacio zog etwas heftiger an seiner Pfeife, und der Duft nach orientalischen Gewürzen wurde intensiver. »Geschichten spiegeln oft die Wirklichkeit wider«, sagte er und lehnte sich zurück.

Sie wusste nicht, was sie von dieser Aussage halten sollte. Sie war kein Findelkind, auch keine Diebin und noch weniger von edler Abstammung. Die Konservenfabrik, die ihre Familie in Concarneau gegründet hatte, war zwar recht profitabel, in früherer Zeit mehr als heute, aber niemand würde diesen Umstand als feudale Herkunft bezeichnen. Was wollte ihr der alte Mann also damit sagen?

»Ich verstehe nicht«, sagte sie daraufhin und hob verwirrt die Achseln.

»Es ist so, liebe Amélie …«

In diesem Augenblick wurde die Haustür aufgerissen, und Ignacio und sie zuckten erschrocken zusammen. Der schlummernde Zorro zuckte zusammen, sprang hoch und schlug sich den Kopf an der Tischplatte an. Im Türrahmen stand Matthieu, seine Augen waren zu schmalen Schlitzen zusammengezogen, die schwarzen Haare standen ihm wie nach einem Stromschlag nach allen Seiten hin ab.

»Raus!«, befahl er. »Du hast hier nichts verloren!«

27

Das Türchen der Kuckucksuhr sprang auf, und das Holzfigürchen schnellte heraus. Die Uhr war schon so alt, dass der geschnitzte Vogel durch die Jahre seine Stimme verloren hatte. Er öffnete zwar noch den Schnabel und nickte mit dem Kopf, doch kein Laut drang aus seinem Mund. Trotzdem zählte Matthieu das Nicken lautlos mit … vier, fünf, sechs.

Seit Amélie mit wütend zusammengepressten Lippen und hochrotem Kopf aus dem Häuschen seines Großvaters hinausgestürmt war, hatte er mit Nonno noch kein Wort gewechselt. Das Schweigen zwischen ihnen zog sich in die Länge wie zähflüssiger Leim und wurde immer qualvoller.

Matthieu würde sich entschuldigen müssen, sowohl bei ihm als auch bei Amélie. Er wusste, dass er überreagiert hatte. Doch als er ihr Fahrrad vor der Chaumière entdeckt hatte und durch das offene Fenster mitbekam, wie sein Großvater ihr vorschlug, ihn Nonno zu nennen, war bei ihm eine Sicherung durchgebrannt. Er wollte ihn mit niemandem teilen! Hatte Amélie denn nicht schon genug? Eine Mutter, Familie und das Tagebuch? Musste sie sich jetzt auch noch zwischen ihn und seinen Großvater drängen? Zorro fühlte anscheinend die Missstimmung, denn er lag mit eingezogenem Schwanz vor der Haustür, als könne er es nicht erwarten, diesen unerquicklichen Ort so schnell wie möglich zu verlassen. Oder zog es ihn zu

Amélie? Es war ja Liebe auf den ersten Blick gewesen! Matthieu schnaubte, und Ignacio hob den Kopf. Er schaute seinen Enkel mit hochgezogenen Augenbrauen stumm an.

Matthieu kannte das von früher. Wenn er als Kind eine Dummheit begangen hatte, bedachte ihn sein Großvater mit genau diesem Blick, und er beichtete ihm jede Sünde. Die bekannten und auch diejenigen, die Nonno gar nicht wissen konnte. Und auch jetzt funktionierte diese Taktik einwandfrei.

»Ja, ich weiß, meine Reaktion war übertrieben. Und es tut mir auch leid«, stieß er endlich hervor und rieb sich mit der Hand über die Stirn. »Aber …«

Er brach ab, weil er sich schämte, wie ein Fünfjähriger reagiert zu haben, dem man sein Lieblingsspielzeug wegzunehmen versucht.

Auf dem Tisch standen immer noch zwei Gläser und eine halb volle Flasche Cidre. Nonno griff nach dem Apfelwein und füllte sein Glas wieder auf, Matthieu bot er keines an, und dieser schluckte. Er hatte seinen Großvater offenbar sehr verärgert.

»Ich dachte, dass ich dich zu einem höflichen Menschen erzogen habe«, brach Ignacio endlich die Stille und nahm einen Schluck Cidre. »Anscheinend habe ich mich dahin gehend getäuscht.« Matthieu öffnete den Mund, doch sein Großvater brachte ihn mit einer Handbewegung zum Schweigen. »Ich bin noch nicht fertig!«, donnerte er. »Genau aus solcher Unversöhnlichkeit heraus sind damals diese schlimmen Dinge passiert. Und jetzt, wo du die Gelegenheit hast, endlich einen Schlussstrich darunter zu ziehen, gebärdest du dich wie ein *Bajaneg*!«

Matthieu biss sich auf die Lippen. Er hatte es verdient, als Holzkopf tituliert zu werden.

»Du wirst zu Amélie gehen, dich entschuldigen und ihr dann die ganze Geschichte erzählen, verstanden?«

Matthieu hatte seinen Großvater noch nie so erzürnt erlebt. Selbst damals nicht, als er als Teenager mit einem schlecht gebastelten Fallschirm vom Turm des Fort du Cabellou gesprungen war, weil seine Schulfreunde ihn einen Feigling genannt hatten. Außer seinem Stolz, weil das Ding natürlich nicht funktioniert hatte, hatte er glücklicherweise nichts gebrochen.

»Verstanden?«, wiederholte sein Großvater die Anordnung und beugte sich dabei mit zusammengezogenen Augenbrauen über den Tisch.

»Ist ja gut, ich gehe zu ihr«, maulte Matthieu und verdrehte dabei die Augen.

»Fein.« Ignacio lehnte sich zufrieden zurück. »Möchtest du einen Schluck Cidre?«

»Ich habe schließlich nichts Besseres zu tun, als ständig in die Stadt zu fahren!«

Matthieu brummte ärgerlich vor sich hin, während er den Wagen rückwärts in eine Parklücke in der Rue Saint-Jacques manövrierte. Ob ihm Amélie die Tür öffnen würde? Sie hatte weder auf seine Anrufe noch die Kurzmitteilungen reagiert. Doch er hatte Nonno versprochen, mit ihr zu reden, und Unangenehmes erledigte man lieber gleich, als es vor sich herzuschieben. Hoffentlich war der Cabrioletfahrer nicht anwesend, es würde auch so schon schwer genug werden, da brauchte er nicht auch noch die dummen Bemerkungen dieses Wichtigtuers.

»Du bleibst im Wagen!«, wandte er sich an Zorro, der aufgesprungen war, als er den Zündschlüssel abzog. »Strafe muss sein.«

Der Hund schaute ihn vorwurfsvoll an, und Matthieu unterdrückte ein Lachen.

Er hatte überlegt, kurz beim Blumenhändler anzuhalten, sich dann jedoch dagegen entschieden. Amélie würde diese Geste bestimmt als Heuchelei deuten, was sie in gewisser Weise auch wäre. Also wieso sich solche Mühe machen? Was er nicht bedacht hatte, war, dass er immer noch nicht wusste, in welchem Apartment sie wohnte, und etwas unschlüssig stand er erneut vor der Hausnummer 10. Er würde wohl oder übel an allen Knöpfen klingeln müssen, um es herauszufinden.

»Zu wem wollen Sie?«

Matthieu drehte sich um. Hinter ihm stand ein Mädchen mit einem Einkaufsnetz voller Bananen in der Hand. Sie hatte kleine dunkle Knopfaugen, zwei dünne Zöpfe und ein spitzes Mausgesicht. Ihre Frage hatte sich eher wie »fu wem wollen Fi?« angehört, und als sie ihn jetzt angrinste, wusste er auch, wieso. Eine immense Zahnlücke prangte in ihrem Mund, dort, wo sich später hoffentlich zwei Schneidezähne bilden würden.

»Ich suche Amélie Monfort. Kennst du sie?«

Das Mädchen runzelte die Stirn und schüttelte dann den Kopf.

»Sie ist etwa so groß.« Matthieu deutete mit seiner ausgestreckten Hand auf seine Brust. »Blonde Haare, blaue Augen, zwei Grübchen, wenn sie lächelt, fährt ein altes Fahrrad ...«

Das Gesicht der Kleinen hellte sich auf. »Ja, die kenne ich. Die wohnt bei Colette. Die ist gerade in der Provence. Zweite Klingel von oben, tschüss.«

Mit diesen Worten drehte sie sich um, hüpfte über die Straße und verschwand im Haus gegenüber.

»Tschüss!«, rief Matthieu ihr schmunzelnd hinterher und betätigte den Klingelknopf, unter dem der Name »Colette Abgrall« stand.

28

»Das kann doch nicht sein!«

Amélie schürzte die Lippen und durchsuchte ihre Handtasche schon das dritte Mal. Oder hatte sie es auf der Couch liegen lassen? Sie lief ins Wohnzimmer. Nichts. Himmel noch mal, irgendwo musste das Tagebuch doch sein! Wo hatte sie es nur hingelegt? Sie überlegte, was sie getan hatte, bevor sie zu Matthieu gefahren war. Sie hatte darin gelesen, als er sie anrief, das wusste sie noch mit Sicherheit. Nach dem Telefonanruf hatte sie geduscht, die Haare geföhnt und war mit Colettes Fahrrad zur Mühle aufgebrochen.

»Ich habe es auf den Couchtisch gelegt!«

Sie umrundete das Möbelstück. Vielleicht war es heruntergefallen. Doch auch hinter und unter dem Tischchen konnte sie es nicht entdecken. Das war mehr als seltsam. Ob jemand eingebrochen war und es gestohlen hatte? Aber die Tür war abgeschlossen gewesen. Und wer bricht schon in eine Wohnung ein, lässt dann aber den Fernseher und den Computer stehen und stiehlt ein altes Tagebuch?

Ein Gedanke stahl sich in ihre Überlegungen, der so ungeheuerlich war, dass sie fröstelte. Fabrice! Er ahnte vermutlich, dass sie bei Colette untergekommen war. Oder ihre Mutter hatte es ihm gesteckt, das wäre typisch für sie. Und er hatte das Tagebuch schon einmal zerstören wollen. War er wirklich so weit gegangen, in eine fremde Wohnung einzubrechen, um sein Vorhaben zu vollenden? Und wenn ja, was zum Henker missfiel ihm so daran? Es war schließlich kein Hexenbuch voller schwarzer Magie!

Als es klingelte, drehte sich Amélie wutentbrannt um. Wenn er jetzt vor der Tür stand, dann konnte er gehörig was erleben! Sie riss die Wohnungstür so heftig auf, dass die eingelassene getönte Glasscheibe im Kitt klirrte. Doch es war nicht Fabrice, sondern Madame Auffret, die Concierge.

»Gut, dass Sie da sind, Madame Monfort«, schnaufte sie, und ihr voluminöser Busen in der geblümten Kittelschürze wogte dabei auf und ab. »Ich war mir plötzlich nicht mehr sicher, ob ich Sie nicht hätte zuerst fragen sollen. Er sah nämlich gar nicht krank aus. Und ich habe mir gedacht, vielleicht hat er mich angeschwindelt. Er blieb aber nur ein paar Minuten, doch später hatte ich ein schlechtes Gefühl, weil …«

»Madame Auffret«, unterbrach Amélie den Wortschwall der älteren Frau. »Wovon reden Sie eigentlich? Wer ist nicht krank? Und wer ist nur kurz geblieben?« Doch insgeheim kannte sie die Antwort bereits.

»Monsieur Ollivier. Er war heute Nachmittag da und musste in die Wohnung, weil Sie angeblich wichtige Akten von ihm mitgenommen haben. Das hat er mir jedenfalls gesagt.«

Die Concierge schaute sie dabei so voller Schuldgefühle an, dass Amélie ihr nicht böse sein konnte. Fabrice war ein Meister im Verstellen. Und wenn er seinen Charme gezielt auf jemanden abfeuerte, war dieser kaum in der Lage, ihm zu widerstehen. Schon gar nicht ältere Damen in geblümten Kittelschürzen.

»Es ist schon in Ordnung, Madame Auffret. Ich hatte tatsächlich etwas, das er unbedingt wollte. Machen Sie sich deswegen keine Sorgen.«

Die Erleichterung über Amélies Bestätigung war der Concierge sichtlich anzusehen, und mit tausend Entschuldigungen über die Störung machte sie sich wieder auf den Weg ins Souterrain.

Langsam schloss Amélie die Wohnungstür. Die Wut über Fabrice' hinterlistige Aktion war einer tiefen Mutlosigkeit gewichen. Er hatte Auroras Tagebuch vermutlich schon zerstört, wenn sie auch nicht wusste, wieso er so versessen darauf war. Sie würde also nie erfahren, welche Richtung das Leben der jungen Frau genommen hatte. Tränen schossen ihr unvermittelt in die Augen. Hätte sie doch nur schneller gelesen! Das unerklärliche Gefühl, dass sie die Tagebuchschreiberin verraten hatte, bemächtigte sich ihrer, und die Tränen flossen jetzt ungehindert über ihre Wangen.

»Ist wohl nicht mein Tag heute!«, murmelte sie und strich sich mit dem Handrücken über die Augen.

Wie zur Bestätigung schellte die Klingel noch einmal, dieses Mal jedoch diejenige an der Haustür im Erdgeschoss. Colettes Wohnung verfügte über keine Gegensprechanlage, und einen kurzen Moment dachte Amélie daran, das Läuten zu ignorieren. Wer konnte es schon sein? Ihre Mutter, um sie daran zu erinnern, dass am Sonntag Muttertag war? Oder Fabrice? Ein Hausierer? Als es erneut klingelte, seufzte sie einmal tief und lief die Treppe hinunter.

»Pfefferminztee oder Instantkaffee? Mehr gibt diese Küche nicht her.«

»Ein Glas Wasser reicht vollkommen«, tönte es vom Wohnzimmer her.

Amélie äffte Matthieus Worte lautlos nach, holte jedoch ein Glas hervor und füllte es direkt am Wasserhahn. Am liebsten hätte sie ihm vorhin die Haustür vor der Nase zugeschlagen. Doch sein inständiges Bitten, ihr erklären zu dürfen, weshalb er sich so einfältig benommen hatte, hatte sie erweicht.

Und obwohl sie vermutete, dass er ihre Bekanntschaft nur gesucht hatte, um an das Tagebuch zu kommen, das angeblich seiner Familie gehörte, war sie neugierig, was er ihr zu berichten hatte. Jetzt bereute sie jedoch, ihn in die Wohnung gelassen zu haben. Sie fühlte sich ausgelaugt, sehnte sich nach einem heißen Bad, einer Tiefkühlpizza und einem seichten Fernsehfilm. Ihr Bedarf an kapriziösen Männern war für heute mehr als gedeckt.

»Hier!«

Sie stellte das Wasserglas so schwungvoll auf den Tisch, dass es überschwappte. Matthieu runzelte kurz die Stirn, zog dann ein weißes Taschentuch aus seiner Hosentasche und wischte damit die Flüssigkeit auf. Amélie hatte schon seit einer Ewigkeit niemanden mehr getroffen, der noch Stofftaschentücher benutzte. Auf alle Fälle keinen unter siebzig.

»Also«, begann sie, setzte sich an den Tisch und verschränkte die Arme vor der Brust, »ich höre.«

29

Matthieu nippte an dem Glas Wasser und überlegte sich, wie er beginnen sollte. Ihm gegenüber saß Amélie und blickte ihn erwartungsvoll an. Er räusperte sich.

»Zuerst möchte ich mich bei dir entschuldigen«, begann er. »Es gab keinen Grund, so ausfallend zu werden. Also: Es tut mir leid.«

Amélie nickte, ohne etwas zu sagen. Sie würde es ihm also nicht leicht machen, das hatte er sicher verdient.

»Es ist so«, fuhr er fort und drehte das Glas Wasser in den Händen. »Das Tagebuch, das dir mein Großvater in den Briefkasten gelegt hat, stammt von meiner Urgroßmutter. Sie schrieb es, als sie fünfundzwanzig Jahre alt gewesen ist. Ihr Name war Claire Tanguy.«

Die Strahlen der tief stehenden Sonne fielen durch das offene Fenster auf den Parkettboden. In ihrem Licht tanzten Staubpartikel einen Reigen zu einer lautlosen Melodie. Amélie starrte Matthieu mir großen Augen an. Die vergangene halbe Stunde, in der er ihr die Geschichte von Claire erzählt hatte, war sie immer stiller geworden. Zuerst hatte sie ihn mit Fragen gelöchert, doch mehr und mehr war sie ob der schrecklichen Ereignisse, die damals passiert waren, verstummt. Jetzt saß sie ihm gegenüber, als wäre sie eine leblose Schaufensterpuppe.

Er runzelte die Stirn. »Alles in Ordnung?«, fragte er besorgt. »Soll ich dir ein Glas Wasser holen?«

Sie nickte wortlos. Er stand auf, ging in die Küche und öffnete ein paar Schränke, bis er den mit dem Geschirr entdeckte. Mit einem gefüllten Glas kehrte er zurück ins Wohnzimmer und stellte es vor Amélie auf den Tisch. Sie betrachtete es eine Weile, als würde sie nicht wissen, was sie damit tun sollte. Dann griff sie danach. Ihre Hand zitterte, als sie es an die Lippen führte und in hastigen Schlucken trank.

Er setzte sich wieder und faltete die Hände auf dem Tisch.

»Du verstehst jetzt gewiss, was mir dieses Tagebuch bedeutet. Mein Großvater und ich haben sonst keine Andenken an Claire. Weder Fotos noch Briefe noch sonst irgendwas. Als Nonno jung war, so hat er mir erzählt, hat er Kontakt zu deiner Familie aufgenommen und sie um ein Foto von Claire gebeten. Sie haben gesagt, sie wüssten nicht, wovon er spräche, ihn davongejagt und mit der Polizei gedroht, sollte er je wieder einen Fuß auf die Schwelle der Konservenfabrik setzen.«

Amélie schluckte und strich sich mit einer fahrigen Bewegung eine Strähne aus dem Gesicht.

»Ich …«, begann sie und brach dann ab. Er sah, wie sie tief durchatmete. »Es tut mir so leid«, stieß sie schließlich hervor, und ihre Stimme klang belegt. »Das ist furchtbar!« Sie erhob sich und lief im Zimmer auf und ab, dabei schüttelte sie immer wieder den Kopf. Dann blieb sie abrupt stehen und blickte ihn voller Mitgefühl an. »Ich weiß gar nicht, was ich sagen soll.« Ihre Lippen zitterten. »Richte deinem Großvater bitte aus, dass ich mich für meine Familie schäme. Ich kann mir nicht vorstellen, dass er uns vergeben kann. Aber vielleicht …« Wieder stockte sie, und ihre Augen füllten sich plötzlich mit Tränen.

Matthieu sprang auf und packte mit beiden Händen ihre Schultern.

»Amélie«, sagte er und fühlte dabei, wie sie zitterte. »Das ist nicht deine Schuld, und du musst dich bestimmt nicht für etwas entschuldigen, das irgendein Dummkopf aus deiner Familie vor beinahe hundert Jahren getan hat. Nonno wollte dich mit dem Tagebuch nicht bestrafen, sondern …« Matthieu hob die Achseln. »Ehrlich gesagt, habe ich keine Ahnung, was er wirklich wollte. Er ist ein alter Mann, vielleicht wurde er sentimental und hat gedacht, dass du und ich …«

Er brach ab und ließ sie los, weil er sich bewusst wurde, dass er sie schon viel zu lange berührte.

Amélie runzelte die Stirn. »Du und ich?«, fragte sie gedehnt.

Er lächelte schief.

»Na ja, Nonno ist eben ein Romantiker. Vielleicht hat er sich gedacht, wenn es damals nicht klappte, klappt es eventuell heute. Unsere beiden Familien würden sich finden, und das Schicksal käme damit wieder ins Lot.«

»Oh!« Eine feine Röte schoss ihr in die Wangen.

»Was natürlich Quatsch ist«, beeilte er sich zu sagen. Der Gedanke war ihm nämlich eben erst durch den Kopf geschossen, und bevor er sich zurückhalten konnte, hatte er ihn auch schon herausposaunt. Himmel, wie peinlich!

Er trat einen Schritt zurück und räusperte sich.

»Sicher verstehst du jetzt, wie wichtig mir das Tagebuch ist. Ich bitte dich also inständig, es mir zurückzugeben.«

Amélie biss sich auf die Lippen und senkte den Blick. Matthieu war plötzlich unsicher, was diese Reaktion bedeutete. Nahm sie es ihm übel, dass er von einer gegenseitigen Zuneigung gesprochen hatte? Oder hatte er sie nicht überzeugen können, wie wichtig ihm das Tagebuch war? Doch sie schien ehrlich von Claires Schicksal betroffen gewesen zu sein. Weshalb also zierte sie sich jetzt?

»Amélie? Kann ich es bitte wiederhaben?« Er streckte die Hand aus.

Endlich hob sie den Kopf, und in ihrem Blick lag Bedauern.

»Es tut mir leid. Aber ich glaube, das Tagebuch gibt es nicht mehr.«

30

Fabrice betrachtete eine Weile sinnend das Haus am Boulevard, bevor ihm bewusst wurde, was damit nicht stimmte. Normalerweise brannten überall die Lichter, wenn er nach der Arbeit nach Hause kam, jetzt lag es dunkel und verlassen da. Er seufzte, zog den Zündschlüssel ab, griff nach seiner Aktentasche und stieg aus dem Wagen.

Über der Bucht standen vereinzelte Wolken am Abendhimmel, die von der untergehenden Sonne mit Rottönen vergoldet wurden. Das Meer lag ruhig und glatt unter dem noch blassen Sternenhimmel, die Brandung war nur ein Flüstern. Er atmete tief durch, drehte sich um und ging aufs Haus zu.

Der Nachmittag war anstrengend gewesen und hatte ihm kaum eine Atempause gegönnt. Ein Klient war mit dem Vertrag, den er für ihn ausgehandelt hatte, nicht zufrieden, was Überstunden bedeutete. Er hatte sich freiwillig dafür gemeldet, schließlich lag noch das prüfende Auge des Seniorpartners auf seiner Arbeit. Und je mehr er sich bemühte, desto eher kam er zu seiner Beförderung. Als er gegen achtzehn Uhr nach seinem Handy griff, um Amélie mitzuteilen, dass er später zum Abendessen kommen würde, war ihm zum ersten Mal wirklich bewusst geworden, dass sie nicht auf ihn wartete.

Er zog sein Sakko aus, hängte es über eine Stuhllehne und lockerte seine Krawatte. Um die Stille im Haus zu vertreiben, schaltete er den Fernseher ein und suchte den Musiksender *M6 Music*. Er ging ins Schlafzimmer, zog seine Kleider aus und stellte sich unter die Dusche. Während das heiße Wasser auf seinen Rücken prasselte, legte er sich eine Strategie zurecht, um Amélie zum Wiedereinzug zu bewegen. Er vermisste sie. Vielleicht war sie tatsächlich nicht die ideale Partnerin für ihn, aber das konnte er nur herausfinden, wenn sie zusammenkamen.

Nach dem Duschen zog er eine Jogginghose und ein T-Shirt an, schlug ein paar Eier in die Pfanne und setzte sich mit dem vollen Teller an den Wohnzimmertisch. Dabei fiel sein Blick auf seine Aktentasche. Er griff danach und öffnete sie. Das Tagebuch steckte zwischen diversen Unterlagen aus der Kanzlei und verströmte einen leichten Brandgeruch. Er zog es heraus, betrachtete es von allen Seiten und schlug es dann an der Stelle auf, an der er Amélie gestern vorgelesen hatte. Bevor er das Corpus Delicti zerstörte, wollte er wissen, was darin stand und weshalb Hyacinthe solche Angst davor hatte.

Silvester, 1937

Über Nacht hat es geschneit. Schnee ist so selten in der Bretagne, dass ich an einer Hand … aber was schwatze ich übers Wetter? Es gibt so viel Wichtigeres zu berichten, liebes Tagebuch! Wir haben es getan! Für einen Augenblick hat die Welt aufgehört, sich zu drehen. Ich kann es nicht glauben, nicht begreifen, dass es so sein kann! Noch immer spüre ich seine Hände auf meinem Körper, seinen warmen Atem an meinem Hals; höre die Worte, die er mir ins Ohr flüsterte. Wäre ich doch ein Dichter, der das alles in Worte fassen kann. Meine Tage sind mit Sehnsucht erfüllt, meine Nächte voller Verlangen. Aber wir müssen vorsichtig sein. Nicht auszudenken, was passiert, wenn sie uns erwischen. Deshalb werde ich dich, liebes Tagebuch, auch nicht mehr zwischen meinen Strümpfen verstecken, sondern dort, wo wir uns immer treffen, sobald sich eine Gelegenheit dazu ergibt: in der verfallenen Fischerhütte am

Strand. Der schönste Platz auf Erden! Belle wird mich decken, obwohl sie eine schlechte Lügnerin ist. Aber ich ergreife jeden Strohhalm. Liebste Belle, was würde ich ohne dich tun?

Fabrice ließ das Tagebuch sinken und schürzte die Lippen. Was war denn an diesen harmlosen Sätzen so furchtbar, dass Hyacinthe sie fürchtete wie der Teufel das Weihwasser? Er schüttelte den Kopf. Nirgends wurde der Name der Verfasserin erwähnt. Es wäre schon ein immenser Zufall, würde Amélie ihre wahre Identität herausfinden. Und selbst wenn, das wahre Ausmaß der Dinge, die damals geschehen waren, blieb im Dunkeln. Alle Beteiligten waren entweder tot oder zum Schweigen gebracht worden. Hyacinthes Angst vor einer Enthüllung war seiner Meinung nach völlig unbegründet und auch ein wenig hysterisch. Sie lebten schließlich im 21. Jahrhundert. Wen interessierte heute noch ein Seitensprung Ende der Dreißigerjahre des letzten Jahrhunderts? Aber gut. Er hatte ihr versprochen, das Tagebuch zu vernichten. Dann würde er es auch tun.

Er stand auf, räumte den leeren Teller in die Küche und machte sich dann daran, die kalte Asche aus dem Kamin zu entfernen und frisches Holz aufzuschichten.

31

»Gibt es nicht mehr? Ich verstehe nicht.« Matthieu zog seine ausgestreckte Hand zurück und runzelte die Stirn.

Amélie deutete aufs Sofa.

»Setzen wir uns lieber«, sagte sie und wich seinem Blick dabei aus. Zögerlich folgte er ihr und ließ sich neben sie nieder. »Also«, begann sie und räusperte sich dabei mehrmals. »Ich nehme an, dass Fabrice das Tagebuch gestohlen hat, um es zu verbrennen.«

So, nun war es heraus, und sie zog den Kopf zwischen die Schultern, im Wissen um das Donnerwetter, das sich gleich über sie ergießen würde. Als ihr Gegenüber jedoch stumm blieb, hob sie langsam den Kopf.

Matthieu starrte sie nur ungläubig an. Seine dunklen Augen schienen im Zwielicht beinahe schwarz. Dann ging ein Ruck durch seinen Körper, und er sprang auf. Amélie duckte sich instinktiv.

»Was faselst du denn da?«, rief er aufgebracht. »Ich verstehe kein Wort! Gestohlen, verbrannt? Willst du mich auf den Arm nehmen?« Er lief zum Fenster, blieb einen Moment davor stehen, drehte sich dann wieder um und baute sich vor ihr auf. »Amélie«, begann er, mühsam beherrscht, seine Stimme im Zaum zu halten. »Das ist kein Witz. Ich will das Tagebuch jetzt wiederhaben!«

Sie seufzte. Wieso war er nur so begriffsstutzig? War es denn ihr Fehler, dass sich Fabrice den Einlass in Colettes Wohnung erschlichen und das Tagebuch mitgenommen hatte? Sie bedauerte diesen Umstand zwar zutiefst, aber letztendlich war es doch bloß ein Tagebuch. Eventuell würde sie in den Fotos ihrer Mutter oder in denjenigen ihres Onkels ein Bild dieser Claire Tanguy finden und könnte es Ignacio und Matthieu überlassen. Das würde ihren Schmerz lindern und den Verlust erträglicher machen. Manchmal musste man sich eben damit abfinden, dass Dinge verloren gingen.

»Matthieu«, begann sie zaghaft. »Ich weiß nicht, weshalb Fabrice das Tagebuch unbedingt vernichten wollte. Er hat es ins Feuer geworfen, ich konnte es aber gerade noch retten. Danach bin ich ausgezogen. Heute Nachmittag war er hier in dieser Wohnung, die meiner Freundin Colette gehört. Er hat der Hausmeisterin vorgeflunkert, dass er wichtige Akten holen müsse. Und als ich zurückkam, war das Tagebuch weg. Es tut mir leid. Ich …«

»Ach, es tut dir leid?« Matthieus Stimme war so kalt wie der Polarwind. »Und damit, denkst du, sei die Sache erledigt?«

Sie hob die Augenbrauen. »Ich kann es kaum wieder aus dem Ärmel zaubern«, erwiderte sie spitz. »Natürlich ist es misslich, dass es zerstört wurde. Aber du kennst doch den Inhalt. Erinnere dich einfach …«

Er stieß einen Laut aus, der sie an das Knurren eines wütenden Hundes erinnerte. Mit zwei Schritten war er an ihrer Seite, packte sie am Arm und riss sie vom Sofa hoch. Sie quiekte vor Schreck.

»Au!«, rief sie entrüstet. »Lass mich sofort los, du tust mir weh!«

Matthieus Gesicht war nur noch Zentimeter von ihrem entfernt. Er starrte sie mit solchem Abscheu an, dass sie schlucken musste.

»Gut«, zischte er gefährlich leise. »Somit weißt du jetzt, wie ich mich fühle.«

Er zog sie an sich, presste seine Lippen auf die ihren, drehte sich dann um und stürmte aus der Wohnung.

Das Badewasser kühlte langsam ab, und Amélie fröstelte. Deshalb öffnete sie den Warmwasserhahn und goss auch noch etwas von Colettes teurer Badelotion ins Wasser. Der Duft nach exotischen Früchten hüllte sie erneut ein. Wohlig seufzend ließ sie sich in den feinen weißen Schaum zurückgleiten.

Wie konnte sich dieser verschrobene Maler erdreisten, sie einfach zu küssen? Sie schnaubte und betrachtete empört die Stelle an ihrem Oberarm, die sich langsam zu verfärben begann. Sie hatte eine empfindliche Haut, und ein blauer Fleck würde sie für längere Zeit begleiten. So ein Grobian! Und den hatte sie noch vor kurzer Zeit sympathisch gefunden? Lachhaft! Es verwunderte nicht, dass der Kerl wie ein Einsiedler lebte. Jede Frau, die sich mit dem einließ, musste definitiv verrückt sein.

Sie griff nach dem Badeschwamm, ließ ihn sich mit Wasser vollsaugen und drückte ihn dann genüsslich über ihren Brüsten aus. Ihre Spitzen wurden hart, und ein angenehmer Schauer rieselte durch ihren Körper. Sie fuhr sich mit der Zunge über die Lippen. Wieso nur hatte Matthieu sie geküsst? War das so ein männliches Ritual, mit dem er ihr seine Überlegenheit hatte demonstrieren wollen? Oder eine Strafe? Wenn, dann hatte die sie aber nicht sonderlich getroffen. Im Gegenteil. Obwohl der Kuss alles andere als zärtlich gewesen war, hatte er ihr gefallen. Es hatte etwas Animalisches darin gelegen, und für einen Moment hatte sie nach mehr gelechzt. Aber nur eine Sekunde, bis ihre Empörung über sein rüdes Gebaren die Oberhand gewonnen hatte. Doch er war zu schnell verschwunden, als dass sie ihm ihre Verachtung hätte ins Gesicht schleudern können. Himmel, wie sie solche Männer verabscheute! Die hielten sich doch alle für ein Geschenk der Götter an die Weiblichkeit.

Als sie erneut fröstelte, stieg sie aus der Wanne, ließ das Badewasser ablaufen und schlüpfte in Colettes himmelblauen Bademantel, der ihr mindestens drei Nummern zu groß war. Es war kurz nach zweiundzwanzig Uhr, und Amélie knurrte der Magen. Kein Wunder, seit dem Mittag hatte sie nichts mehr gegessen. Die Erinnerung an die Mahlzeit mit Matthieu im L'Amiral entlockte ihr ein weiteres Schnauben. Der Kerl beherrschte im Moment wohl ihre Gedanken. Natürlich hatte sie ein schlechtes Gewissen, dass das Familienerbstück der Kalderas wegen ihr vernichtet worden war, aber hatte sie darum gebeten, es ihr in den Briefkasten zu legen? Hätte es Ignacio behalten, wäre sie Matthieu nie begegnet und ihr Leben noch im Lot.

Sie atmete tief durch, holte sich einen Joghurt aus dem Kühlschrank und setzte sich aufs Sofa. Während sie den Becher auslöffelte, beschloss sie, morgen ihren Onkel, Didier Ferry, den Bruder ihrer Mutter, zu besuchen. Er beklagte sich sowieso die ganze Zeit, dass sie sich viel zu selten in der Konservenfabrik blicken ließ.

32

Eine dicke Motte umkreiste surrend das Windlicht auf dem Gartentisch. Das Rauschen der Baumwipfel, das Zirpen der Zikaden und das regelmäßige Pling, wenn das Insekt erneut gegen die Glasscheibe stieß, waren die einzigen nächtlichen Geräusche.

Matthieu starrte vor sich hin, rieb sich dann müde über die Augen und hob den Kopf. Im Mondlicht glänzte der Mühlteich wie ein silberner Spiegel. Himmel noch mal, was war nur in ihn gefahren, Amélie so zu behandeln? Selbst die Zerstörung des Tagebuchs, auch wenn dieser Umstand noch so schmerzlich war, rechtfertigte sein Tun nicht. Würde sie eine erneute Entschuldigung annehmen? Oder, was er für wahrscheinlicher hielt, ihn zum Teufel jagen? Er könnte es ihr nicht verdenken.

Und dann hatte er sie auch noch geküsst! Es war im Grunde bloß ein Reflex gewesen, nichts weiter. Doch die Gefühle, die dieser Kuss in ihm ausgelöst hatten, waren erschreckender als die Wut über den Verlust von Claires Tagebuch. In dem Moment hatte er Amélie gewollt, mit jeder Faser seines Körpers. Gott sei Dank war er zur Besinnung gekommen. Und er erschauerte vor dem Gedanken, was noch hätte passieren können, wenn er geblieben wäre. Was würde sein Großvater dazu sagen, wenn ihm zu Ohren kam, wie sich sein

Enkel aufgeführt hatte? Nein, Nonno durfte nicht von seinem Aussetzer erfahren! Er hatte ihm versprochen, sich mit Amélie zu vertragen. Aber ob sie ihm nach diesem Eklat noch eine Chance gab? Vermutlich nicht. Vielleicht wäre es das Beste, wenn er sie gar nicht mehr träfe. Er könnte seinem Großvater mitteilen, dass das Tagebuch vernichtet worden sei und es keinen weiteren Grund gäbe, Amélie noch einmal unter die Augen zu treten. Das Schicksal hatte entschieden. Vielleicht sollte er eine kleine Reise unternehmen. Entlang der Küste bis in die Normandie fahren. Oder noch weiter. Sich einfach treiben lassen und die Schönheiten der Landschaft genießen. Die Selbstständigkeit hatte manchmal auch ihr Gutes, wenn man vom unregelmäßigen Verdienst einmal absah. Aber er und Zorro brauchten nicht viel. Zur Not könnten sie auch im Auto nächtigen. Ja, das war eine gute Idee. Die ganze unerquickliche Situation zurücklassen und sich eine Auszeit gönnen!

»Lass uns schlafen gehen«, wandte er sich schließlich an den Setter, der zu seinen Füßen lag und ihn aufmerksam musterte. »Morgen ist ein neuer Tag.«

Etwas Kaltes berührte Matthieus nackte Schulter, und er zuckte erschrocken zusammen. Als er die Augen öffnete, blickte er direkt auf Zorros feuchte Nase.

»Geh, mach Platz!«, nuschelte er und drehte sich im Bett um. Die Sonne hatte sein Schlafzimmerfenster noch nicht erreicht, es konnte also noch nicht sechs Uhr morgens sein. Er zog die Decke über den Kopf und versuchte wieder einzuschlafen. Doch Zorro hatte andere Pläne, und nach einem kurzen Moment der Stille sprang das Tier aufs Bett und zerrte mit den Zähnen die Bettdecke weg.

»Blöder Köter!«

Matthieu rieb sich die Augen und blinzelte. Zorro saß hechelnd und, wie ihm schien, grinsend auf dem Bett.

»Ich mache dir nächstens eine Hundeklappe«, knurrte er und schwang die Beine aus dem Bett. »Dann kannst du gehen und kommen, wie dir lustig ist.«

Er schlurfte zur Terrassentür und öffnete sie. Zorro flitzte hinaus und verschwand in den Büschen, um sein Geschäft zu erledigen. Matthieu gähnte und fuhr sich mit beiden Händen durch die Haare. Hinter den Bäumen färbte sich der Himmel bereits zartrosa. Die Luft war jedoch noch kühl und roch nach feuchter Vegetation. Es versprach ein wunderbarer Tag zu werden.

In ein paar Stunden käme Violet Péron vorbei, seine Zugehfrau, die sein Haus in Ordnung hielt und ihm die Wäsche wusch. Im Grunde konnte er sich gar keine Haushaltshilfe leisten und hätte das wenige auch selbst erledigen können. Doch Violet war eine alleinstehende Witwe in den Sechzigern und benötigte die paar Euros, die sie bei ihm, seinem Großvater und noch in ein paar anderen Haushalten verdiente, um ihre Rente aufzubessern. Zudem kannte sie ihn bereits, seit er ein kleiner Junge gewesen war, und hatte ihm ein wenig als Muttersatz gedient.

Meist freute er sich auf den Samstag, wenn die ältere Frau mit Lappen, Schrubber und Kopftuch bewaffnet durch die Mühle wuselte, doch heute wäre er lieber allein gewesen. Denn Violet hatte die Gabe, seinen Gemütszustand mit einem Blick wahrzunehmen und hielt sich mit Fragen nicht zurück, wenn sie der Meinung war, dass ihm etwas auf dem Herzen lag. Und dass ihn etwas beschäftige, konstatierte sie bestimmt schon, bevor sie aus ihrem klapprigen Deux-Chevaux gestiegen war. Er seufzte. Ob er sich vor ihrer Ankunft verkrümeln sollte? Sicher das Beste, um den bohrenden Fragen und dem amüsierten Funkeln ihrer Augen zu entgehen. An Schlaf war sowieso nicht mehr zu denken.

Er ging in die Küche und bereitete Zorro sein Frühstück.

Und während er dem Hund zusah, wie dieser sein Essen verschlang, stellte er in Gedanken die Route zusammen, die ihn schlussendlich in die Normandie führen sollte.

33

Als Amélie um zehn Uhr am Quai du Moros ankam, stieg gerade eine Ladung schwatzender Touristen aus einem Kleinbus. Ihr Onkel bot ganzjährig Führungen durch seine Konservenfabrik an, die in Concarneau bereits seit 1893 ansässig war. Neben einem kleinen Museum, das die Fischerei der vergangenen Jahrhunderte in der Bretagne dokumentierte, gab es auch einen Fabrikladen, in dem willige Touristen die Köstlichkeiten des Hauses kaufen konnten. Die Fabrik belieferte Hotels und Restaurants in der Umgebung mit Thunfisch, Makrelen sowie Suppen und Fischterrinen. Die Spezialität des Unternehmens war jedoch ein Jakobsmuschel-Confit. Dazu wurden frische Jakobsmuscheln mit Butter in großen Tontöpfen eingekocht und danach in Konserven abgefüllt. Das Rezept war natürlich streng geheim und stammte angeblich aus der Gründerzeit von der rundlichen Dame in Schürze und Häubchen auf dem Schild oberhalb des Eingangs, deren Abbildung als Firmenlogo diente. Amélie hatte sie in ihrer Kindheit »Falonne la Bonne«, Falonne die Gute, getauft, weil sie ihrer damaligen Klavierlehrerin Falonne Le Dez wie aus dem Gesicht geschnitten war. Die ältere Dame hatte den Vergleich mit Humor ertragen, als Amélie sich einmal verplappert hatte.

Sie nickte Pierre, dem Pförtner, lächelnd zu, der gerade eine Gruppe Touristen begrüßte, und trat in das Gebäude. Der unverwechselbare Geruch nach frischem Fisch, Salzwasser und Gewürzen schlug ihr entgegen. Sie mochte den Duft, obwohl einige Besucher deswegen die Nase rümpften. Ihr jedoch war er seit ihrer Kindheit vertraut. Der Bruder ihrer Mutter hatte sie stets wie eine kleine Prinzessin behandelt. Selbst Vater dreier Söhne, vermisste er möglicherweise ein weibliches Wesen in seiner Kinderschar und hatte sie daher nach Strich und Faden verwöhnt. Nach ihrem Vater war er während ihrer Kindheit ihre wichtigste Bezugsperson gewesen.

»Ist er da?«, wandte sie sich an Louise, die Empfangsdame der Firma, die, genau wie ihr Onkel, auch am Samstagmorgen arbeitete. Diese hob den Kopf von ihrer Computertastatur und strahlte sie an.

»Amélie, schön, dich zu sehen!«, rief sie und nickte lächelnd. »Geh nur rein. Sein nächster Termin ist erst in einer halben Stunde.« Sie wies mit dem Kopf auf die Tür zu ihrer Linken.

Amélie klopfte kurz an und trat dann in das Büro ihres Onkels.

Didier Ferry saß an seinem Schreibtisch, spielte mit einem Kugelschreiber und starrte auf einen aufgeschlagenen Ordner vor sich.

»Sacrebleu!«, rief er grimmig. »Louise, da stimmt was nicht! Entweder ist eine Formel in dieser Tabelle falsch, oder wir haben gerade drei Millionen Konserven verkauft. Gehen wir also für heute nach Hause, besser kann's nicht mehr werden.«

Amélie kicherte, und ihr Onkel hob den Kopf. Seine düstere Miene hellte sich bei ihrem Anblick auf.

»Liebes«, sagte er lächelnd, stand auf, umrundete den Schreibtisch und drückte ihr drei Küsse auf die Wangen. »Welche Freude, dass du mich besuchst.«

»Ich bin am Boulevard ausgezogen«, platzte sie heraus, und ihr Onkel hob erstaunt die Augenbrauen.

»Aha«, erwiderte er lediglich. »Und jetzt wohnst du wieder bei deiner Mutter?«

Sie schüttelte den Kopf, griff nach dem Briefbeschwerer in Form einer Konservendose, die auf dem Pult ihres Onkels stand, und drehte ihn in den Händen.

»Sie wird wohl kaum darüber erfreut sein«, sagte dieser schmunzelnd, und Amélie grinste.

»Nein, nicht wirklich«, erwiderte sie, stellte die Dose wieder hin und setzte sich auf das Polstersofa neben der Tür, als ihr Onkel sie mit einer Handbewegung bat, Platz zu nehmen. Er gesellte sich an ihre Seite und streckte mit einem Seufzer die Beine aus.

»Kann ich dir etwas zu trinken anbieten? Kaffee, ein Glas Wasser?«

Amélie schüttelte den Kopf. Wie sollte sie beginnen? Kannte ihr Onkel die Geschichte von Claire? Und wenn ja, würde er sich ebenfalls so benehmen wie seine Vorfahren, die Ignacio Kaldera quasi von der Schwelle gejagt hatten? Doch als sie in das freundliche Gesicht ihres Onkels blickte, der sie erwartungsvoll ansah, konnte sie sich das nicht vorstellen. Ihre Mutter, ja, die hätte so eine Geschichte in der Familie sicherlich verschwiegen, aber er würde ihr bestimmt die Wahrheit sagen.

Sie straffte die Schultern. »Onkel, sagt dir der Name Claire Tanguy etwas?«

Didier Ferry runzelte die Stirn. »Claire Tanguy? Ist das eine Bekannte von dir?«

Amélie schüttelte den Kopf. »Es heißt, sie sei mit uns verwandt gewesen. Sie lebte in den Dreißigerjahren des letzten Jahrhunderts in Concarneau.«

Didier kratzte sich am Kinn. »Der Name sagt mir irgendwas, aber ich kann mich nicht erinnern, was es gewesen ist.«

Sie stieß enttäuscht die Luft aus. Es wäre ja auch zu schön gewesen.

»Meine Großmutter hieß mit ledigem Namen Tanguy. Die Tanguys haben diese Konservenfabrik, wie du weißt, Ende des 19. Jahrhunderts gegründet. Der Name ist jedoch sehr geläufig in der Bretagne«, fuhr ihr Onkel sinnend fort, ohne Amélies Frust zu bemerken. »Bist du sicher, dass sie mit uns verwandt war?« Sie nickte. »Claire, Claire…« Er schürzte die Lippen und stand dann abrupt auf. »Ich bin mir nicht sicher, aber…«

»Ja?«, fragte sie hoffnungsvoll. Ihr Onkel gab keine weitere Auskunft, durchquerte aber zielstrebig das Büro und stoppte vor der gegenüberliegenden Wand. Er stützte die Arme in die Hüften und betrachtete die gerahmten Fotos daran.

»Meine Großmutter hat uns Kindern früher oft von damals erzählt, als sie und ihr Mann die Fabrik übernehmen mussten. Und wie hart es war, den Betrieb während des Zweiten Weltkrieges aufrechtzuerhalten. Mein Großvater war gehbehindert, wurde daher nicht eingezogen, war aber kaum in der Lage, einen ganzen Tag am Band Fische auszunehmen. Wie dem auch sei. Soweit ich weiß, hatte meine Großmutter einen älteren Bruder, der jedoch im Krieg gefallen ist. Dieser hatte keine Kinder, und deshalb blieb die Fabrik im Besitz deiner Urgroßmutter und ihres Mannes. Ich erinnere mich daran, dass Großmutter selten von diesem Bruder sprach. Irgendetwas hat die Familie damals sehr erschüttert. Vielleicht gab es einen Skandal oder etwas Ähnliches. Und wie es Kindern so geht, je mehr Erwachsene etwas verschweigen, desto interessanter wird es für sie, nicht wahr?« Er drehte sich zu Amélie um und lächelte. »Gut möglich, dass sie irgendwann von einer Claire Tanguy sprach. Oder ich habe den Namen damals bei einem Gespräch aufgeschnappt. Es will mir aber nicht mehr einfallen, bei welcher Gelegenheit. Ich war ja auch noch so klein. Wieso interessierst du dich für diese Claire, Liebes?«

Amélie erhob sich.

»Ach, nur so«, erwiderte sie in gleichgültigem Ton. »Irgendjemand sprach von ihr, und ich wurde neugierig.«

Sie atmete tief durch. Sackgasse! Schade, sie hätte den Kalderas wirklich gerne eine Erinnerung an diese Claire Tanguy vorbeigebracht. Allein schon, um ihr schlechtes Gewissen zu beruhigen. Aber anscheinend gehörte diese Frau zu einer anderen Familie desselben Namens. Vielleicht hatte Ignacio sich getäuscht und bei der falschen Sippe angeklopft, um ein Foto von Claire zu bekommen. Oder, und dieser Gedanke beunruhigte sie zutiefst, war das Tagebuch nur eine Geschichte, die sich jemand ausgedacht hatte. Konnte das sein? Waren die Kalderas einer Geschichtenerzählerin auf den Leim gegangen? Oder war das Ganze möglicherweise eine große Lüge? Von Ignacios Vater selbst erfunden, um etwas zu verschleiern? Es gab damals sicher viele Gründe, weshalb eine Person ihre Abstammung vertuschen wollte.

Himmel, wie furchtbar für Matthieu! Ob sie ihm ihren Verdacht mitteilen sollte? Vermutlich keine gute Idee, denn er reagierte äußerst sensibel, was dieses Thema betraf, und würde ihre Befürchtungen, dass dies alles bloß ein Verwirrspiel sei, kaum teilen. Im Gegenteil, er würde ihr höchstwahrscheinlich kein Wort glauben und sie als verrückt abstempeln. Am besten, sie ließ dieses leidige Thema endlich fallen und kümmerte sich um ihre eigenen Probleme, von denen sie im Moment reichlich hatte.

Nachdem ihr Onkel sie für morgen Abend zum Essen eingeladen hatte, verabschiedete sie sich von ihm. Als sie die Bürotür schließen wollte, hielt seine Stimme sie jedoch zurück.

»Amélie, warte! Allenfalls weiß deine Mutter mehr über diese Claire. Da Hyacinthe ein paar Jahre älter ist als ich, kann sie sich vermutlich besser an die damaligen Personen in Concarneau und die Geschichten unserer Großmutter über ihren Bruder Quentin erinnern.«

34

In der Samstagspost lagen wieder Urlaubsprospekte. Fabrice schürzte missmutig die Lippen, warf die Werbeflyer ärgerlich auf den Küchentisch und stellte die Kaffeemaschine an.

Obwohl er heute vorgehabt hatte, am Vertrag des unzufriedenen Kunden zu arbeiten, hatte er wenig Lust, sich in die Paragrafen zu vertiefen. Ein Umstand, der so gar nicht zu ihm passte. Denn normalerweise liebte er es, knifflige Arrangements auszuarbeiten. Das war für ihn wie für andere, Kreuzworträtsel zu lösen. Und obwohl ihn Amélies samstagmorgendliche Putzaktionen zuweilen in den Wahnsinn getrieben hatten, vermisste er jetzt sogar, nebst ihrer Anwesenheit, das Röhren des Staubsaugers.

Er griff nach der Samstagszeitung, klemmte sie sich unter den Arm und ging mit dem frischen Espresso ins Wohnzimmer. Dann setzte er sich an den Tisch und studierte die Schlagzeilen. Doch bereits nach fünf Minuten ließ er die Zeitung sinken. Er wandte den Kopf und sah zum Kamin hinüber. Das Feuerholz stand noch fein säuberlich zur Pyramide geschichtet da, daneben lag das Tagebuch. Er hatte gestern, als er es gerade anzünden wollte, einen Anruf seines Chefs erhalten, der ihm noch wichtige Informationen über den neuen Vertrag vermittelte, danach hatte er nicht mehr an das Buch gedacht.

Er runzelte die Stirn, stand dann auf, ging zum Kamin hinüber, griff nach dem angekohlten Tagebuch und betrachtete es nachdenklich. Hyacinthe hatte er versprochen, es zu verbrennen. Amélie mochte das Ding jedoch aus einem unerklärlichen Grund. Er müsste sich also entscheiden, welcher der beiden Frauen seine Loyalität galt.

35

Die kleine Holztür im weiß gestrichenen Lattenzaun knarrte leise, als Amélie den Garten ihrer Mutter betrat. Sie verzog den Mund und verwünschte das Meer, dessen Brandung heute einem folgsamen Lämmchen glich. Normalerweise übertönte sie nämlich die meisten Geräusche rund um das alte Pastorenhaus. Doch heute säuselte der Wind, und das Rauschen der Wellen war bloß eine ferne Ahnung.

Sie schubste einen größeren Kiesel vor das Gartentürchen, damit es offen blieb, und linste um den ausladenden Hyazinthenstrauch mit den blassblauen Blütendolden. Durch das Panoramafenster im rückwärtigen Teil des Hauses sah sie ihre Mutter, die gerade nach ihrer Handtasche griff und im Flur verschwand. Kurz darauf hörte Amélie die Haustür ins Schloss fallen. Nach Hyacinthe Montfort konnte man die Uhr stellen. Sie ging jeden Tag um elf zum Einkaufen. Und noch während Amélie daran dachte, schlug es vom nahen Kirchturm die volle Stunde.

Sie kam sich etwas schäbig vor, wie sie hier hinter einem Strauch lauerte, um ihrer Mutter nicht zu begegnen. Aber ein Zusammentreffen würde nur unnötige Fragen aufwerfen, und darauf konnte sie verzichten. Zudem redete ihre Mutter nie über irgendwelche dunklen Punkte in der Familie – sollte es sie denn geben –, sie war schon seit jeher auf einen tadellosen familiären Ruf erpicht gewesen. Worüber man nicht sprach, existierte für Hyacinthe Monfort nicht.

Amélie wartete noch einen Moment und ging dann ums Haus herum und warf kurz einen Blick die Straße hinunter. Gerade bog ihre Mutter um die Hausecke und war verschwunden. Amélie zückte den Hausschlüssel, schloss auf und huschte dann schnell in ihr Elternhaus. Der vertraute Geruch nach Möbelpolitur und Lavendel schlug ihr entgegen. Das Haus war wie immer tadellos aufgeräumt und hätte wunderbar in einen Artikel über bretonische Wohnräume gepasst. Sie ging die Treppe hinauf in das frühere Elternschlafzimmer, in dem ihre Mutter jetzt allein schlief, und zog die Schublade der Nussbaumkommode auf, in dem die Fotoalben lagen.

Es war nicht so, dass sie das nicht gedurft hätte. Als Kind hatte sie die Familienalben oft mit ihrem Vater zusammen angesehen. Aber dass sie das jetzt heimlich tat, verursachte ihr Magenschmerzen. Zudem musste sie dringend auf die Toilette. Doch sie wollte nicht unnötig Zeit verlieren, deshalb biss sie die Zähne zusammen und stapelte die Fotoalben auf der Kommode. Sie kannte deren Inhalt auswendig, darin würde sie keine Fotos aus den Dreißigerjahren finden.

Der letzte Satz ihres Onkels ging ihr nicht mehr aus dem Kopf. Der im Krieg gefallene Bruder ihrer Urgroßmutter hatte also Quentin geheißen. War es der Quentin aus Claires Tagebuch? Amélie war sich fast sicher. Und wenn das stimmte, war Claire gemäß ihren Einträgen mit diesem Herrn verheiratet gewesen. Doch weshalb wusste ihr Onkel nichts von der Ehefrau dieses gefallenen Bruders? Wenn ihre Vermutung der Wahrheit entsprach, wäre diese immerhin seine Großtante gewesen. Hatte man ihm das verschwiegen? Und wenn ja, aus welchem Grund?

Im Büro ihres Onkels hingen die Porträts der Eigentümer der Konservenfabrik mit ihren Familien an der Wand. Sie hatte sich nie wirklich dafür interessiert. Sie kannte ihren Stammbaum gerade mal bis zu ihren Großeltern: Antoinette und Gustave Ferry-Bellec, die Eltern ihrer Mutter und ihres Onkels. Alle anderen Personen waren Schemen auf einer Lebenslinie. Sie konnte sich nur noch bruchstückhaft an ihre Großeltern mütterlicherseits erinnern, da beide gestorben waren, als sie noch klein gewesen war. Und auch Onkel Didier hatte vorhin beim Betrachten der alten Fotos in seinem Büro keine Reaktion gezeigt, dass er eine Claire darauf erkannt hätte. Kein Wunder, wenn er von dieser Dame nichts wusste. Aber einen Zusammenhang musste es geben!

Welche Namen kamen in Claires Tagebuch noch vor? Von einer Schwiegermutter hatte sie gesprochen. Hatte sie deren Namen erwähnt? Amélie dachte angestrengt nach. Sie hätte sich unbedingt Notizen machen müssen! Aber wer konnte auch ahnen, dass Fabrice ihr das Buch entwenden würde? Sie schnaubte ärgerlich. Laeticia! Amélies Gesicht hellte sich auf. Dieser Name war vorgekommen. Sie erinnerte sich daran, weil er ihr gefallen hatte. Aber wer diese Laeticia gewesen war und in welchem Zusammenhang Claire sie erwähnt hatte, wusste sie nicht mehr.

Unter den Familienalben befand sich eine ramponierte Pralinenschachtel, in der ihre Mutter lose Fotos aufbewahrte, die nicht in die Alben gepasst hatten. Amélie zog sie hervor, setzte sich im Schneidersitz auf den Boden und nahm den Deckel ab. Sie lächelte, als sie ihren Vater auf einem Foto erkannte, wie er mit ihr zusammen am Strand eine Sandburg baute. Sie musste damals etwa fünf Jahre alt gewesen sein, grinste in die Kamera und zeigte dabei eine veritable Zahnlücke. Das Foto war etwas unscharf und hatte ihrer Mutter wohl aus ästhetischen Gründen nicht genügt, um einen Platz in einem der Alben zu ergattern. Sie studierte konzentriert ein Foto nach dem anderen, aber keines war darunter, das in die

Dreißigerjahre des vergangenen Jahrhunderts gepasst hätte. Die ältesten waren vermutlich die Hochzeitsfotos ihrer Eltern. Mist! Es mussten doch irgendwo noch weitere Bilder existieren. Aber wo?

Sie legte die Fotos wieder in die Pralinenschachtel, stand auf und verstaute sie in der Kommode. Danach stapelte sie die Alben darüber, schloss die Schublade und drehte sich um. Sie betrachtete sinnend das Elternschlafzimmer. Wo würde sie selbst Fotos hinpacken, die niemanden mehr interessierten? Oder wo verstecken, wenn man sich für sie schämte? Ihre Mutter hatte den Haushalt ihrer Eltern aufgelöst. Hatte sie damals alles vernichtet, was ein schlechtes Licht auf ihre Familie warf? Doch Hyacinthe Monfort war ein kleiner Hamster und konnte nur schwer etwas wegwerfen. Gut möglich, dass sie daher alte Dokumente irgendwo aufbewahrte, wo niemand zufällig darüber stolperte. Der Dachboden!

Amélie lief in den Flur, griff nach dem kurzen Seil, das von der Decke baumelte, und zog mit einem Ruck die Treppenleiter herunter. Sie schaute schnell auf ihre Uhr. Eine halbe Stunde blieb ihr noch, dann käme ihre Mutter von ihren Einkäufen zurück.

Amélie kletterte die Leiter hinauf. Auf dem Dachboden war es warm und roch nach Staub. In einer Ecke stapelten sich ausrangierte Möbel: Stühle mit drei Beinen, eine Holztruhe, in der ihre alten Schulhefte und Bücher lagerten, und die Insektensammlung ihres Vaters. Einige wenige Möbelstücke waren mit Leintüchern abgedeckt. Erbstücke der Großeltern, die ihre Mutter erhalten hatte, aber ihrer Größe wegen nicht ins Pastorenhaus passten. Zwar kannte sie dieses Mobiliar, hatte sie als Kind doch öfters auf dem Dachboden gespielt, aber so richtig hatte sie es nie untersucht. Welches Kind interessiert sich denn auch für alte Fotos und Dokumente? Und ihrer Mutter hatte es auch nie gepasst, wenn sie hier oben gewesen war. Hyacinthe hatte eine Aversion gegen Staub und Dreck, und Amélie erinnerte sich noch gut an diverse Standpauken, wenn sie beim Spielen ihre Kleider beschmutzte. Deshalb hatte man irgendwann das Seil zur Dachbodentreppe so verkürzt, dass es nur noch Erwachsene erreichen konnten. Als sie dann größer wurde und wieder auf den Dachboden gekonnt hätte, waren ihr andere Dinge wichtiger geworden, als zwischen Spinnweben und Mäusedreck zu spielen.

Sie griff nach dem Zipfel eines Leintuches und zog es langsam herunter. Trotz aller Vorsicht wirbelte eine Staubwolke auf. Amélie nieste. Unter dem Tuch standen aufeinandergestapelte Holzstühle, deshalb wandte sie sich einem anderen Objekt zu. Diesmal hatte sie Glück. Eine massive Kommode aus dunklem Holz und mit einem durch die Jahre fleckigen Spiegel kam unter dem Leintuch zum Vorschein. Die Schubladen ließen sich nur schwer herausziehen. Vermutlich hatten der Temperaturwechsel der Jahreszeiten und die feuchte Meerluft das Holz verzogen. Doch die Schubfächer waren, außer einem verblassten geblümten Einlagepapier, das sich an den Rändern wellte, leer.

Amélie strich sich mit dem Handrücken den Schweiß von der Stirn. Lange würde sie den Toilettengang nicht mehr hinauszögern können. Zudem war sie durstig, und ihre Mutter käme spätestens in zehn Minuten zurück. Aber es blieb noch ein Schrank übrig, der sich unter einem fadenscheinigen Tuch abzeichnete. Sie musste sich beeilen, daher zog sie das Leintuch mit einem Ruck herunter. Der aufgewirbelte Staub tanzte in dem schmalen Lichtschein, der durch die Dachluke fiel, und sie unterdrückte ein weiteres Niesen. In dem altmodischen Schloss des zweitürigen Schrankes steckte ein Schlüssel. Sie drehte ihn langsam herum. Die Türen öffneten sich mit einem leichten Knarren. In dem Möbel hingen alte Kleiderbügel in den unterschiedlichsten Formen und Größen, in einer Ecke lagen vergilbte Zeitschriften, ansonsten war er jedoch leer.

»Ich hab's immerhin versucht«, murmelte sie enttäuscht, als sie die Türen wieder verschloss und das am Boden liegende Tuch aufhob. »Mehr kann ich nicht tun.«

Sie fasste das Leintuch an zwei Zipfeln und warf es über das Möbelstück. Dann ging sie in die Hocke und zupfte es auf beiden Seiten gerade; dabei fiel ihr Blick auf etwas Braunes, das unter dem Schrank lag. Sie kniete sich hin und spähte darunter. Ein alter Schuhkarton? Sie griff danach und zog ihn hervor.

36

»Den Kamelien auf der Terrasse bitte nicht zu viel Wasser geben. Die anderen grünen Dinger sind hart im Nehmen, da spielt es keine Rolle. Ich bin …«

»Nun mach aber mal einen Punkt!« Violet Péron baute ihre eins sechsundfünfzig kämpferisch vor Matthieu auf, stemmte ihre Hände in die Hüften und funkelte ihn ärgerlich von unten herauf an. »Ich habe schon Blumen versorgt, da warst du noch gar nicht auf der Welt! Das Grünzeug wird's schon überleben! Und nächsten Samstag kann ich nicht kommen, da heiratet mein Neffe.«

»Alles klar. Ich bin am Mittwoch sicher wieder zurück und werde sehen, ob es die Blümchen überlebt haben.«

Die ältere Frau schüttelte missbilligend den Kopf und stapfte davon. Matthieu sah ihr schmunzelnd hinterher. Er neckte seine Zugehfrau gerne, weil sie jedes Mal darauf ansprang wie die Katze auf den Federball. Im Grunde wussten sie jedoch beide, dass dieses Geplänkel nicht böse gemeint war.

»Nun denn, mein alter Freund«, wandte er sich schließlich an Zorro, der schwanzwedelnd zu ihm aufblickte, »lass uns gehen. Das Abenteuer ruft!«

Matthieu griff nach seiner Reisetasche und der Plastiktüte mit Zorros Fressnapf und dem Hundefutter und trat auf den

Hof hinaus. Er hätte sich eigentlich schon früher auf den Weg machen wollen. Doch unverhofft war ein gut gekleidetes Paar aus Brest aufgetaucht, das sich seine Bilder ansehen wollte. Er sei ihnen von Freunden empfohlen worden, hatten sie gesagt. Und nach einer Stunde verließen sie sein Anwesen mit einem Ölgemälde und ließen einen erklecklichen Scheck zurück. Normalerweise bevorzugte er Bargeld, aber die beiden sahen nicht wie Hochstapler aus, deswegen nickte er, als sie ihr Scheckheft gezückt hatten.

Er entriegelte den Kofferraum, verstaute sein Gepäck darin und öffnete anschließend die Klappe der Hundebox. Zorro winselte aufgeregt und sprang hinein. Der Hund liebte das Autofahren, weil er wusste, dass am Ende jedes Mal wunderbar neue Gerüche auf ihn warteten.

Matthieu klappte den Kofferraumdeckel zu, setzte sich hinters Steuer und legte den Rückwärtsgang ein. Er war in Gedanken schon auf halbem Weg in die Normandie, als ihn ein Scheppern und daraufhin ein spitzer Schrei, gefolgt von einem gotteslästerlichen Fluch, zusammenzucken ließen. Zorro jaulte auf und fing dann wie ein Irrer an zu bellen.

»Himmelherrgottnochmal, was ist denn jetzt wieder?«

Er stellte den Motor aus, sprang aus dem Wagen und lief ums Auto herum. Dahinter sah er Amélie am Boden sitzen, neben ihr ein zerbeultes Fahrrad. Sie hielt sich ihr blutendes Knie und funkelte ihn wütend an.

»Vielen Dank auch!«, rief sie aufgebracht. »Hast du keine Augen im Kopf?«

»Au!« Amélie sog scharf die Luft ein. Matthieu drückte ihr ein jodgetränktes Wattepad auf die Wunde und hielt ihr dann ein Pflaster hin.

»Zum Glück nur leicht aufgeschürft«, konstatierte er und ignorierte beflissen ihre giftige Blicke. »Es tut mir leid. Aber ich habe dich wirklich nicht gesehen«, entschuldigte er sich zum hundertsten Mal. Sie knurrte etwas Unverständliches, und er verbiss sich ein Lachen. Aber er dankte Gott dafür, dass sie von ihrem unfreiwilligen Zusammentreffen nur geringfügige Blessuren davongetragen hatte. Das Fahrrad sah weit lädierter aus und würde vermutlich auf dem Schrottplatz landen.

»Darf ich den Grund deines Besuches erfahren?«, fragte er endlich und schloss den Erste-Hilfe-Kasten wieder. Er konnte sich keinen Reim auf ihr plötzliches Auftauchen machen. So wie er sie gestern behandelt hatte, hätte er es nicht für möglich gehalten, sie nochmals wiederzusehen. Nach dem ersten Schreck, den der Unfall in ihm ausgelöst hatte, fühlte er sich jetzt auf eine eigenartige Art und Weise beschwingt. Als würde ihm gleich etwas Entscheidendes widerfahren. Doch dieses Gefühlschaos, das jeder Begegnung mit Amélie folgte, verunsicherte ihn auch. Noch nie hatte ihn eine Frau so aus dem Konzept gebracht wie diese zierliche Blondine, die mit gerunzelter Stirn auf seinem Sofa saß und das riesige Pflaster auf ihrem Knie beäugte. Als wäre sie sein Kryptonit. Nur leider war er selbst weit davon entfernt, Superman zu sein.

»Ich wollte dir etwas geben«, beantwortete sie seine Frage und stand auf. Dabei schwankte sie leicht, und er griff instinktiv nach ihrem Ellbogen, damit sie nicht stürzte.

»Sachte«, meinte er und ließ sie dann schnell los. Er räusperte sich. »Ich mache dir am besten einen Kaffee zur Stärkung.«

Er drehte sich um und marschierte in die Küche, froh darüber, ihrer Gesellschaft kurz entfliehen zu können. Er steckte das Stromkabel wieder in die Buchse, das er vor seiner Abreise herausgezogen hatte. Die Mühle war alt und größtenteils aus Holz gebaut, ein Kurzschluss während seiner Abwesenheit wäre eine Katastrophe. Bis die Feuerwehr einträfe, wäre das Gebäude vermutlich schon ein Raub der Flammen geworden. Matthieu füllte den Wassertank auf und nahm zwei Tassen aus dem Küchenschrank.

»Für mich einen Espresso bitte«, tönte es vom Wohnzimmer her. »Und hast du auch Kekse oder etwas Ähnliches? Ich bin am Verhungern!«

Als er nach kurzer Zeit mit zwei dampfenden Espressi wieder in den Salon trat, hatte Amélie ihr lädiertes Bein auf dem Sofa ausgestreckt und kraulte Zorros Nacken, der genüsslich seinen Kopf auf ihren Oberschenkel gelegt hatte.

»Er mag mich«, sagte sie lächelnd. »Dein Hund hat Geschmack.«

»In der Tat«, erwiderte er und stellte die eine Tasse auf den Couchtisch. »Tut mir leid, ich habe gerade nichts Essbares im Haus. Ich bin nämlich auf dem Sprung in die Normandie.«

Sie runzelte kurz die Stirn. »Verstehe«, meinte sie daraufhin, und ihm schien es, als bedaure sie diesen Umstand, was sein Herz schneller schlagen ließ. Aber vielleicht täuschte er sich auch.

»Du hast mir etwas mitgebracht?«, fragte er dann, um das Thema zu wechseln.

»Ja, genau!« Sie griff nach ihrer Handtasche. »Hoffentlich hat es den Sturz überlebt«, meinte sie geheimnisvoll und zwinkerte ihm dabei zu.

Matthieus Puls beschleunigte sich. Das Tagebuch? Hatte sie es wieder? War sie deswegen gekommen? Doch sogleich zerschlug sich seine Hoffnung, denn Amélie zog lediglich einen schmalen Briefumschlag aus ihrer Handtasche.

»Hier!« Sie hielt ihm das Couvert hin. »Als kleine Wiedergutmachung.«

Er stellte seine Tasse auf den Salontisch und griff mit hochgezogenen Augenbrauen nach dem Umschlag. Darin befanden sich drei verblasste Schwarz-Weiß-Fotos mit gezackten Rändern. Er zog sie heraus, betrachtete sie einzeln und drehte sie dann um. Als er die Namen auf der Rückseite las, schnappte er nach Luft.

37

Matthieu starrte sie mit weit aufgerissenen Augen an, dabei stand sein Mund offen und gab ihm ein leicht dümmliches Aussehen. Amélie schmunzelte.

»Ich fand die Bilder in einer Schachtel auf unserem Dachboden«, erklärte sie und verzog das Gesicht, als sie eine bequemere Lage für ihr schmerzendes Knie suchte.

Auf dem ersten Foto saß Claire, ein aufgeschlagenes Buch im Schoß, auf einer Veranda. Sie trug ein helles Sommerkleid mit Puffärmeln und lächelte in die Kamera. Ihr Haar war in der typischen Mode der 1930er-Jahre frisiert: ondulierte, aus der Stirn gestrichene Locken, im Nacken etwas länger. Das zweite Foto zeigte sie mit einem Mann in einem Nadelstreifenanzug, der einen Hut in der Hand hielt. Das war vermutlich ihr Ehemann, dieser Quentin Tanguy. Ihr Onkel hatte anscheinend nicht gewusst, dass der Bruder seiner Großmutter verheiratet gewesen war.

Amélie hegte den Verdacht, dass ihre Vorfahren die Ehe zwischen Claire und Quentin den nachfolgenden Generationen verschwiegen hatten. Ehebruch war zu der Zeit sicher eine Tragödie gewesen. Und die Tanguys hatten diesen schwarzen Fleck in ihrer Familienchronik dadurch getilgt, dass sie einfach nicht mehr über Claire sprachen, bis diese nach und nach in Vergessenheit geriet.

Auf dem zweiten Bild posierte das Ehepaar vor einem Rosenstrauch. Claire trug ein strenges Kostüm aus dunklem Stoff, dazu einen kecken Hut mit einer Schleife. Auf diesem Foto lächelte sie ebenfalls, wenn auch etwas verhalten. Hatte sie zu dem Zeitpunkt ihren Geliebten schon getroffen? Vermutlich nicht, die Einträge im Tagebuch begannen erst im Herbst, in der Jahreszeit blühten keine Rosen mehr. Aber sie war vermutlich schon damals unglücklich gewesen. Die dritte Fotografie zeigte sie in einem geblümten Badeanzug mit dem dazu passenden Haarband. Sie saß am Strand und schaute aufs Meer hinaus. Ihr Gesicht war nur im Halbprofil zu erkennen, jedoch schien es Amélie, dass sie traurig wirkte. Im Hintergrund stand ein kleiner Schuppen. Oder ein Badehäuschen? Es war nur schwer auszumachen.

Claire Tanguy war eine schöne Frau gewesen. Ein gewisser Schalk lag in ihren Augen, der vermittelte, dass Matthieus Urgroßmutter bestimmt einen großen Sinn für Humor gehabt haben musste. Zudem hatte Amélie das Gefühl, sie bereits zu kennen. Obwohl sie das Tagebuch nicht hatte zu Ende lesen können, was sie jetzt überaus bedauerte.

Sie musterte Matthieu eingehend und suchte in seinen Zügen Ähnlichkeit mit Claire. Es wollte ihr nicht recht gelingen. Er war eher der südländische Typ: dunkle Haare, Kohleaugen, olivefarbener Teint. Wohingegen Claire vermutlich blond gewesen war. Auch wenn das anhand der Schwarz-Weiß-Fotos nicht hundertprozentig auszumachen war. Vielleicht die Mundpartie? Oder die Linie der Augenbrauen? Aber möglicherweise war das auch bloßes Wunschdenken.

»Sie war sehr schön«, brach Matthieu schließlich die Stille. Er blickte von den Fotos auf.

Amélie nickte. »Ja, das war sie. Ich kann deinen Urgroßvater sehr gut verstehen, dass er sich in sie verliebt hat.«

Sie lächelte, obwohl sie plötzlich einen Kloß im Hals verspürte und sich eine sentimentale Kuh schimpfte. Es fehlte nicht viel, und sie würde noch zu weinen beginnen. Deshalb atmete sie tief durch. Sollte sie sich jetzt verabschieden und ihn allein lassen, damit er die Fotos in Ruhe betrachten konnte? Schließlich hatte er vor zu verreisen, und vielleicht wollte er die Bilder vorher noch seinem Großvater zeigen. Ignacio kannte seine Mutter bekanntlich nur aus den Erzählungen seines Vaters und dem Tagebuch. Zu gern hätte sie das Gesicht des alten Mannes gesehen, wenn Matthieu ihm die Fotos präsentierte. Sie konnte sich nur ansatzweise vorstellen, was das für ein Gefühl sein musste, seine Mutter nach siebenundsiebzig Jahren zum ersten Mal zu sehen. Eine Träne lief ihr über die Wange, und sie wischte sie verstohlen weg.

»Nun«, sie räusperte sich. »Ich will dich nicht länger aufhalten.« Sie setzte vorsichtig ein Bein auf den Boden und stand langsam auf. »Würdest du mich bitte in die Stadt zurückfahren? Schließlich hast du Colettes fahrenden Untersatz demoliert. Ich darf mir gar nicht vorstellen, wie sie mich deswegen ausschimpfen wird.«

Amélie griff nach ihrer Handtasche und rieb mit der Handfläche den Dreck weg, mit dem diese bei ihrem Sturz Bekanntschaft gemacht hatte.

Matthieu sprang auf. »Natürlich bringe ich dich zurück, keine Frage. Und nochmals herzlichen Dank für die Fotos. Ich kann dir gar nicht sagen, wie viel sie mir – und sicher auch meinem Großvater – bedeuten.«

Er schüttelte sinnend den Kopf und legte die drei Fotos dann sehr sorgfältig auf den Salontisch, als wären sie aus dünnem Glas und daher leicht zerbrechlich.

»Leider habe ich nur diese drei Bilder gefunden. Und das auch nur durch Zufall«, erklärte sie und humpelte zur Tür. »Zudem wären sie mir, wenn nicht Claires Name auf der Rückseite gestanden hätte, womöglich gar nicht aufgefallen.«

Matthieu nickte. »Übermittle bitte auch deiner Mutter meinen herzlichsten Dank.«

Amélie hielt es für klüger, darauf nicht zu antworten. Er brauchte nicht zu wissen, dass sie die Fotos ohne Mutters Erlaubnis mitgenommen hatte.

»Grüß bitte deinen Großvater von mir. Und ich wünsche dir viel Spaß in der Normandie.«

Sie griff nach der Türklinke. Doch bevor sie sie hinunterdrücken konnte, sprang Zorro auf und drängte sich zwischen ihre Beine. Sie taumelte und wäre gestürzt, hätte Matthieu sie nicht geistesgegenwärtig aufgefangen.

»Himmel noch mal, Zorro!«, fauchte sie. Doch ihr Ärger über das wilde Gebaren des Hundes verpuffte schlagartig, als sie in Matthieus Augen blickte. Das, was sie darin sah, verursachte ihr weiche Knie. Und nicht deshalb, weil eines davon schmerzte. Sie sah so viel Verlangen und auch eine gewisse Einsamkeit darin, dass es ihr beinahe das Herz zerriss.

Er hielt sie in seinen Armen, und es machte nicht den Anschein, als dass er sie wieder loslassen wollte. Sein Gesicht war nur noch Zentimeter von ihrem entfernt. Sie starrte hypnotisiert auf seinen Mund, der sich ihrem langsam näherte, und schloss die Augen.

Matthieus Lippen waren warm, weich und zärtlich. Ein Hauch nur, und nichts zeugte von seinem wilden Kuss in Colettes Wohnung.

Amélie lehnte sich an ihn, ließ ihre Handtasche fallen und schlang ihre Arme um seinen Hals. Sie erwiderte seinen Kuss zunächst sanft, doch dann voller Leidenschaft, bis ein Schauer durch ihren Körper rieselte. Sie wusste, dass es keine gute Idee war, was sie hier taten, schließlich stritten sie sich meistens, wenn sie sich begegneten. Doch dieses eine Mal wollte sie nicht darüber nachdenken, welche Konsequenzen ihr Handeln nach sich zog, sondern einfach nur fühlen und genießen.

Matthieu löste sich von ihr, was sie bedauerte, doch als sie die Augen aufschlug, stand in den seinen eine einzige Frage, und sie musste nur nicken.

Er hob sie auf, als wäre sie eine Feder, und trug sie durchs Wohnzimmer in den Raum dahinter. Sein Bett war gemacht. Ein großes weißes Etwas, das voller Verheißung mitten im Raum stand. An den Wänden hingen gerahmte Bilder und verliehen dem spartanisch eingerichteten Raum Farbe. Doch im Moment hatte sie keinen Blick für seine Kunst. Sie interessierte sich für die anderen Talente dieses Malers.

Seit wann kamen ihr denn so anzügliche Gedanken? Sie errötete. In der Sekunde drängte sich Zorro vor Matthieus Füße. Er stolperte, sie fielen zusammen aufs Bett und brachen in Gelächter aus.

»Zorro, geh, mach Platz!«, befahl er lachend, und der Setter trollte sich mit einem waidwunden Blick. Sie hörte, wie er sich in der Küche mit einem lauten Hundeseufzer in sein Körbchen legte.

»Das wird er uns nie verzeihen«, unkte sie todernst, und Matthieu grinste.

Er stützte sich auf einen Ellbogen und zog mit dem rechten Zeigefinger ihre Gesichtskonturen nach.

»Ich würde dich irgendwann gern malen«, sagte er dann plötzlich, senkte seine Lippen auf die ihren und enthob sie so einer Antwort.

Innerhalb kürzester Zeit entledigten sie sich gegenseitig ihrer Kleider und lagen nun nackt auf der mit weißem Satin verzierten Tagesdecke. Es war, als müssten sie sich aus einem unerklärlichen Grund beeilen. Ein Hunger lag in ihren Bewegungen, der nur durch sofortige Befriedigung gestillt werden konnte. Matthieu berührte etwas tief in ihrem Inneren, das bisher verschlossen gewesen war und jetzt mit der Gewalt eines Orkans hervorbrach und sie mitriss, als wäre sie ein Blatt im

Wind. Es war aufregend! Und sie ließ sich bewusst in diesen Strudel der Gefühle und Empfindungen fallen.

Er war schlank, ohne mager zu wirken. Seine Muskeln lagen gut definiert unter seiner gebräunten Haut. Sie strich mit den Fingerspitzen über seine Brust, ließ sie dann tiefer wandern, über seinen Bauch bis zu dem dunkel gelockten Dreieck. Er sog scharf die Luft ein und hielt ihr Handgelenk fest.

»Chérie«, stieß er gepresst hervor, »wenn du nicht willst, dass es gleich vorbei ist, musst du damit aufhören.«

Amélie schmunzelte, legte ihren Kopf auf seine Brust und streichelte seine Lenden. Matthieu stöhnte, riss sie dann ungestüm an sich und küsste sie leidenschaftlich.

Sie genoss seine harten Berührungen. Sie fühlte sich begehrenswert, ganz Frau, die Macht über diesen Mann besaß, die sie zu ihrem Vorteil nutzen konnte. Und sie würde sie nutzen! Sie würde ihm alles geben, im Gegenzug würde sie ihm alles nehmen. Es war wie ein Tanz auf einem Vulkan, noch nicht sicher, wer als Erster von ihnen beiden darin versank und verbrannte.

Als er in sie eindrang, hörte sie plötzlich die Meeresbrandung rauschen und schmeckte Salz auf ihren Lippen. Doch noch bevor sie sich darüber wundern konnte, trieb sein Tempo sie an, und sie folgte ihm, als würden sich ihre Körper schon immer kennen. Sie war nur noch Gefühl, ein Gefäß, das ihn aufnehmen und verschlingen wollte. Sein Stöhnen feuerte sie an und trieb sie selbst bis zum höchsten Gipfel, ließ sie seinen Namen rufen, bis auch der letzte Laut auf ihren Lippen erstarb und im Strudel unterging.

38

Der Wind bauschte die Vorhänge vor dem geöffneten Fenster und verlieh ihnen das Aussehen von schwingenden Petticoats. Die Nachmittagssonne warf flirrende Schatten auf den dunklen Parkettboden, die einen lautlosen Reigen tanzten. Matthieu fühlte sich großartig. Er wäre am liebsten ins Atelier gerannt und hätte ein neues Bild angefangen. Ein Bild, auf dem eine entzückende Blondine das Hauptmotiv war.

Er betrachtete Amélies Scheitel. Ihr Kopf lag in seiner Armbeuge, und ihre Wange wärmte seine Brust. Es fühlte sich richtig an. Als sei es das Natürlichste auf der Welt. Er lauschte ihren leisen Atemzügen. Schlief sie, oder wartete sie darauf, dass er etwas sagte? Durch die geöffnete Schlafzimmertür konnte er die Fotos auf dem Couchtisch im Wohnzimmer sehen. Claire. Endlich hatte sie ein Gesicht! Nach so vielen Jahren wusste er jetzt, wie seine Urgroßmutter ausgesehen hatte. Was würde Nonno dazu sagen? Matthieu freute sich wie ein kleines Kind am Weihnachtsmorgen auf seine Reaktion.

»Ich bin am Verhungern!«, murmelte Amélie plötzlich und hob den Kopf. Ihre kobaltblauen Augen wirkten schläfrig. Ob er diese Farbe wohl hinbekäme? In Gedanken mischte er bereits die Farbtöne.

»Soll ich uns eine Pizza bestellen?«, fragte er und streichelte mit seinem Daumen ihre nackte Schulter. Ihre Haut fühlte sich wie Seide an. Seine Lust erwachte aufs Neue, und er fuhr mit der anderen Hand die Linie ihrer Hüfte nach.

Amélie seufzte genüsslich, rutschte etwas höher und legte sich dann auf seine Brust, was ihm die Gelegenheit bot, ihren perfekten kleinen Hintern mit beiden Händen zu umschließen.

»Mein ewiger Dank wäre dir gewiss!«, beantwortete sie seine Frage. Dann küsste sie ihn. Das Verlangen wallte in ihm auf, doch er nahm sich zusammen. Was sollte sie von ihm denken, wenn er erneut über sie herfiel wie ein ausgehungerter Löwe? Doch anscheinend hielt sie wenig von höflicher Zurückhaltung, denn ihr Mund wanderte von seinem Hals über seine Brust abwärts, bis er aufkeuchte und sich ihrer bittersüßen Folter ergab.

Ein Winseln weckte Matthieu. Er öffnete die Augen und sah direkt in diejenigen von Zorro. Der Hund hatte seinen Kopf aufs Bett gelegt und sah ihn vorwurfsvoll an.

»Sorry, Kumpel, dich habe ich beinahe vergessen.«

Er sah auf seine Armbanduhr. Sie waren beide nach ihrem erneuten Liebesspiel eingeschlafen. Doch jetzt hatte er auch Hunger, und der Setter forderte unmissverständlich seinen Nachmittagsspaziergang.

Leise, um Amélie nicht zu wecken, stand er auf und lief nackt ins Wohnzimmer. Zorro folgte ihm bei Fuß und konnte es kaum erwarten, bis er die Terrassentür öffnete. Wie ein Blitz sauste der Hund hinaus und erleichterte sich im Garten. Derweil griff Matthieu nach dem schnurlosen Telefon und bestellte bei einer örtlichen Pizzeria eine »Pizza pour deux«. Da er nicht wusste, was Amélie mochte, orderte er lediglich eine mit Käse und Tomaten. Die Stimme am anderen Ende versprach die Lieferung in dreißig Minuten.

Matthieu ging zurück ins Schlafzimmer. Amélie lag halb auf der Seite. Ihr offenes blondes Haar umfloss ihr Gesicht wie eine Kaskade aus flüssigem Honig. Die Satindecke bedeckte ihre Mitte, eine Brust lag entblößt, ein Bein hatte sie leicht angewinkelt. Matthieus Mund wurde trocken. Kein Maler hätte sie besser positionieren können. Erotik pur!

Fieberhaft sah er sich nach einem Zeichenblock um. Im Wohnzimmer fand er einen, griff, in Ermangelung eines Kohlestifts, nach einem herumliegenden Bleistift und skizzierte mit schnellen, schwungvollen Strichen das Szenario. Er malte normalerweise keine Akte. Doch selbst ein Maler musste sich weiterentwickeln. Vor allem, wenn sich ihm so ein einzigartiges Motiv bot.

»Das wird aber nicht öffentlich ausgestellt, mein Lieber!«

Matthieu zuckte zusammen und hob den Kopf von seiner Skizze. Amélie blickte ihn mit einem schelmischen Grinsen an.

Er lachte. »Geheim und unverkäuflich«, erwiderte er, legte den Zeichenblock auf einen Stuhl und lief zum Bett.

»Ich nehme dich beim Wort.« Sie zog die Satindecke über ihre Brust und setzte sich im Bett auf. »Habe ich das vielleicht geträumt, dass du Pizza bestellen willst?«

Matthieu ließ sich auf der Bettkante nieder.

»Wird in etwa zwanzig Minuten geliefert. Wir haben also genug Zeit, uns wieder etwas schicklicher herzurichten.«

Sie schmunzelte. »Was ist mit deiner Normandiereise? Musst du nicht langsam los?«

Er runzelte die Stirn. Wollte sie ihn loswerden? Er hatte den Abstecher in den Norden gedanklich bereits ad acta gelegt und hatte nicht vor, jetzt zu verreisen. Für ihn hatten die vergangenen Stunden alles geändert. Für sie nicht? War er für sie bloß ein Abenteuer gewesen?

Er räusperte sich. »Ich möchte jetzt eigentlich nicht mehr weg«, begann er zaghaft und kam sich plötzlich wie ein dummer Junge vor. Himmel noch mal! Wo war sein Selbstvertrauen geblieben? »Das heißt … ich meine.«

Er brach ab. Schlagartig wurde ihm seine Nacktheit bewusst, und er hangelte nach seinen Boxershorts. Er biss sich auf die Lippen und schlüpfte schnell hinein, dann stand er auf. Natürlich, wie albern von ihm. Für Amélie hatte sich nichts geändert. Sie konnte ihn nicht ausstehen. Das Liebesspiel war für sie vermutlich nur ein Ausrutscher gewesen, und vielleicht bereute sie ihn schon. Eine Gelegenheit, aus dem Augenblick geboren. Was war er nur für ein romantischer Idiot!

Er wollte sich umdrehen, als er ein Rascheln hörte und Amélie nach seinem Arm griff.

»Das ist schön«, sagte sie und küsste dann die Innenseite seiner Hand. »Schließlich müssen wir Ignacio noch die Fotos zeigen.«

39

Sie fuhren über den Küstenfluss Le Minaouët, der, je nach Meeresstand, reichlich Wasser führte oder während der Ebbe die am Ufer vertäuten Boote auf die Seite kippen ließ. Ein weißer Reiher flog aus dem sumpfigen Dickicht am Rande der Fahrbahn auf und schwebte majestätisch über den Fluss. In der Hundebox im Kofferraum bellte Zorro zweimal und verstummte dann wieder. Nachdem sie die Pizza vertilgt, geduscht und mit ihm einen kurzen Spaziergang unternommen hatten, waren sie aufgebrochen, um Ignacio Claires Fotos zu zeigen.

Amélie war so aufgeregt, dass sie kaum still sitzen konnte. Sie fühlte sich großartig! Es war, als wäre sie nach einer langen Reise endlich zu Hause angekommen, und der Grund für dieses Gefühl saß neben ihr und konzentrierte sich gerade darauf, einen Traktor zu überholen. Sie legte ihre Hand auf Matthieus Oberschenkel, und er schenkte ihr ein warmes Lächeln, bevor sein Blick wieder geradeaus ging.

Sie betrachtete sein Profil. Er hätte sich rasieren sollen, obwohl ihm der Dreitagebart außerordentlich gut stand. Die dichten dunklen Haare, seine fast schwarzen Augen und die vollen Lippen. Wenn er Schauspieler wäre, würde ihm Frankreichs weibliche Bevölkerung bestimmt zu Füßen liegen. Auf einmal beneidete sie ihn um sein malerisches Talent. Sie hätte ihn auch gerne gezeichnet. Doch gegen seine Begabung waren ihre zeichnerischen Fähigkeiten ein Nichts. Vielleicht konnte sie ihn dazu überreden, ihr ein Selbstporträt anzufertigen. Ob Maler sich selbst auch nackt zeichnen? Sie unterdrückte ein Kichern. Sie hatte ihn schon bei ihrer ersten Begegnung attraktiv gefunden, nach ihren Streitereien zwar etwas weniger, aber die sexuelle Anziehungskraft zwischen ihnen hatte immer in der Luft gelegen. Wie ein sich ankündigendes Gewitter. Es war nur eine Frage der Zeit gewesen, bis sich dieses entlud. Dass es dann so erfüllend sein würde, musste ein Zeichen des Himmels sein.

Sie atmete tief durch und stellte sich vor, wie glücklich Ignacio Kaldera sein würde, wenn er Claires Fotos bekäme. Was ihm nicht vergönnt gewesen war, hatte sie geschafft: Fotografien von ihr aufzutreiben! Aber wer hatte diese in dem Karton unter dem Schrank auf dem Dachboden versteckt? Ihr Vater? Kaum, er war kein Tanguy und hatte von Claire vermutlich gar nichts gewusst. Dann musste es ihre Mutter gewesen sein. Schließlich handelte es sich bei den alten Möbelstücken um das vererbte Mobiliar ihrer Eltern. Aber wieso hatte sie das getan? War es nur ein Versehen, dass der Schuhkarton unter den Schrank gerutscht war? Doch diese Möglichkeit bezweifelte sie. Claire war gestorben, bevor Hyacinthe auf die Welt gekommen war. Sie hatte sie also nicht gekannt, aber vielleicht von ihr gehört. Zu der Zeit galt ein außereheliches Verhältnis als Schande. Hatte ihre Mutter die Bilder deshalb versteckt? Schämte sie sich deswegen? Hyacinthe hatte schon immer sehr viel Wert auf das Ansehen ihrer Familie gelegt. »Wir müssen mit gutem Beispiel vorangehen«, hatte sie ihr stets vorgebetet. »Schließlich ist dein Vater Pastor in Concarneau.« Aber wer würde ihnen denn für Ereignisse, die schon so lange zurücklagen, einen Vorwurf machen? Das war ja grotesk! Doch Amélie hatte ihre Mutter noch nie verstanden und wusste aus Erfahrung, dass diese mit ihrer gottgefälligen Art manchmal übertrieb. Und sei es nur, die Fotos von einer angeheirateten, gefallenen Frau zu verstecken. Nun, sie würde keine Erklärung finden, ohne direkt mit ihr darüber zu sprechen. Aber dazu verspürte sie nicht die geringste Lust, und im Grunde war es auch egal. Hauptsache, sie konnte Ignacio mit den Bildern seiner leiblichen Mutter eine Freude bereiten. Nur das zählte.

»Alles zu deiner Zufriedenheit?«

Sie schreckte zusammen. »Bitte?«

Matthieu warf ihr einen kurzen Blick zu. »Du starrst mich seit einer Weile an. Da dachte ich mir, ich frage besser mal nach.«

Sie lachte. »Entschuldige, ich war in Gedanken. Aber um deine Frage zu beantworten: Doch, ganz annehmbar. Obwohl du mal wieder zum Friseur gehen könntest.«

Er grinste. »Die Leute erwarten von einem Maler, dass er so aussieht. Oder würdest du ein Bild von einem Herrn in Anzug, Krawatte und Bürstenschnitt als authentisch betrachten?«

»Kommt auf die Krawatte an.«

Er lachte schallend. »Alles klar!« Er betätigte den Blinker und fuhr auf eine schmalere Straße ab.

»Matthieu, du sagtest mir doch, dass du Claires Einträge nahezu auswendig weißt. Würdest du mir verraten, was sie noch geschrieben hat?«

Seit das Tagebuch nicht mehr in ihrem Besitz war, hatte das nächtliche Schlafwandeln aufgehört. Amélie war mehr als froh darüber. Es war doch sehr unheimlich gewesen.

»Sicher, bis wohin hast du gelesen?«

Sie dachte angestrengt nach. »Ich glaube, bis zum Heiligabend 1937. Claire wollte zu Vincent gehen, deinem Urgroßvater. Ich kann sie gut verstehen. Wenn er dir ähnlich war, dann …« Sie räusperte sich und wurde rot.

Matthieu schmunzelte. »Ich nehme das mal als Kompliment. Heiligabend? Okay, dann mach dich auf etwas gefasst. Es werden aber nicht nur schöne Dinge dabei sein.«

40

Fabrice zog das schweißgetränkte T-Shirt aus und schmiss es in den Korb für die Schmutzwäsche. Er betrachtete stirnrunzelnd den übervollen Behälter. Amélie und Zoé hatten meist die Wäsche übernommen, weil er einmal ihre ganzen Dessous zu heiß gewaschen hatte. Jetzt musste er sich wohl oder übel selbst darum kümmern. Lästige Pflichten, die ihn von wichtigeren Dingen abhielten. Gerade eben hatte er den Rasen gemäht und stellte sich jetzt unter die Dusche. Am Samstag waren sie stets zusammen einkaufen gefahren, und wenn er in seinen Kühlschrank blickte, war das auch heute unabdingbar. Zudem musste er für Hyacinthe noch ein Muttertagsgeschenk besorgen. Hyacinthe hatte ihn morgen zum Mittagessen eingeladen. Eine kleine Finte ihrerseits, denn auch Amélie würde höchstwahrscheinlich anwesend sein. Einerseits freute er sich darauf, sie wiederzusehen, auf der anderen Seite beunruhigte ihn das Zusammentreffen ein wenig. Hatten sie die paar Tage ohne ihn zur Besinnung gebracht? Oder bräuchte es noch mehr Engagement, um sie zur Rückkehr zu bewegen? Er würde auf alle Fälle für beide Damen Blumen besorgen, das kam immer gut an. Und gute Argumente gehörten zu seinem Beruf, er würde sie schon herumkriegen.

Er seifte sich ein, schamponierte seine Haare und pfiff dabei ein Lied. Es würde sich bestimmt alles wieder einrenken. Nachdem er angezogen war, erstellte er eine Liste für den Einkauf. Er hielt nichts davon, einfach die Regale entlangzugehen und Dinge in das Wägelchen zu schmeißen, die er nicht benötigte. Das war uneffektiv und teuer. Außerdem brauchte er im Moment nur Einzelportionen, was sich nach dem morgigen Tag hoffentlich wieder ändern würde.

Im Wohnzimmer lag immer noch das angekohlte Tagebuch auf dem Tisch. Er hatte sich noch nicht entschieden, was er damit tun wollte. Hyacinthe verlangte, dass er es vernichtete, Amélie war es jedoch wichtig. Ob er es ihr zum Wiedereinzug schenken sollte? Zwar würde er dadurch sein Versprechen ihrer Mutter gegenüber brechen, aber schließlich wollte er nicht mit dieser zusammenleben, sondern mit ihrer Tochter.

Er stellte den Einkaufskorb auf den Boden, setzte sich an den Tisch und schlug das Tagebuch auf. Es wäre fraglos das Beste, erst die ganzen Einträge zu lesen, bevor er es Amélie zurückgab. Schließlich wollte er nicht, dass sie sich wieder unnötig aufregte. Aber möglicherweise endeten die Aufzeichnungen vor den tragischen Ereignissen, dann hätte sich Hyacinthe grundlos solche Sorgen um das Tagebuch gemacht, und er könnte es Amélie guten Gewissens überlassen.

Freitag, 21. Januar 1938

In den letzten drei Wochen bin ich vor Sehnsucht fast gestorben, weil ich Vincent nicht sehen konnte. Da die Grippe in Concarneau grassiert, fielen mehrere Matrosen aus, und sie haben die kräftigsten Männer der Konservenfabrik als Ersatz angeheuert. Morgen soll die Flotte zurückkommen! Ich bin jeden Tag zur zerfallenen Fischerhütte spaziert, um aufs Meer hinauszublicken. Manchmal hat mich Belle begleitet. Ins Tagebuch habe ich jedoch nichts geschrieben. Was auch? Schließlich ist nicht das Mindeste geschehen. Wenn Vincent nicht da ist, lebe ich nur ein Schattendasein, das aus essen, schlafen und oberflächlicher Konversation besteht.

Ach, ich würde morgen so gerne am Hafen stehen wie die anderen Fischersfrauen, um die Heimkehr ihrer Ehemänner zu erwarten. Doch der Pfarrer hat sich zum Tee angemeldet, und die brave Schwiegertochter, die immer noch keinen Erben auf die Welt gebracht hat, muss natürlich brav Ja und Amen zu allem sagen, was er ihr vorbetet. Vielleicht besprengt er meinen unfruchtbaren Leib ja mit Weihwasser! Gott wird mir verzeihen, aber ich danke ihm von Herzen, dass ich nicht schwanger bin. Denn ich wüsste nicht, von wem das Kind wäre …

41

Die Straße zu Nonnos Chaumière war schmal und links und rechts von hohen Buschhecken gesäumt. Hinter jeder Biegung konnte plötzlich ein entgegenkommender Wagen auftauchen. Daher fiel es Matthieu nicht leicht, gerade jetzt über die Tagebucheinträge zu sprechen, wenn er sich so konzentrieren musste. Er hatte Amélie zwar Claires Lebensgeschichte erzählt, aber nicht die ganze traurige Wahrheit. Dass seine Vorfahrin freiwillig in den Tod gegangen war, hatte er ihr verschwiegen. Es stand auch nicht im Tagebuch. Schließlich konnten Tote keine Einträge mehr verfassen.

Weshalb Claire Selbstmord beging, hatte weder Ignacio noch dessen Vater je herausfinden können. Nonno vermutete, dass sie womöglich an einer Kindbettdepression gelitten hatte. Sollte er Amélie das alles jetzt in zwei bis drei Minuten vor den Latz knallen? Sie sah gerade so glücklich aus. Ihre Augen glänzten voller Vorfreude, dass sie Nonno drei Bilder von Claire bringen durfte. Nein, er würde ihr das traurige Ende zu einem späteren Zeitpunkt erzählen. Oder gar nicht? Etwas daran ändern konnte man ja sowieso nicht mehr.

»Also«, begann er und schaltete einen Gang hinunter, als die Straße steil bergan führte. »Nach Heiligabend haben sich Claire und Vincent etwa drei Wochen nicht gesehen, weil mein Urgroßvater mit einem Fischkutter …«

Man hätte eine Feder auf den Fußboden fallen hören können, so still war es gerade in Nonnos Küche. Selbst Zorro regte sich nicht, als würde er instinktiv die Bedeutung dieses Augenblicks spüren. Die schwieligen Hände seines Großvaters zitterten, als er die drei Fotografien nacheinander betrachtete, auf den Tisch zurücklegte, nur um sie dann gleich wieder in die Hand zu nehmen. Auf Amélies Gesicht lag ein seliges Leuchten, und Matthieu hätte sie am liebsten in die Arme genommen und geküsst. Sie hatte einem alten Mann wohl gerade die größte Freude seines bisherigen Lebens gemacht, und dafür liebte er sie mehr als alles andere auf der Welt. Es war ihm egal, welches Argument sein Kopf diesbezüglich in die Waagschale warf und ihn einen Dummkopf schalt, so früh von Liebe zu sprechen. Nonno hatte recht gehabt, die Vergangenheit würde für immer ruhen; die Tanguys und die Kalderas hatten erneut ein Band geknüpft – der Kreis hatte sich endlich geschlossen.

»Nonno? Alles in Ordnung?«

Der alte Mann hob den Kopf. Seine Augen glänzten feucht, und Matthieu schluckte. Er hatte seinen Großvater noch nie weinen sehen. Doch es waren Freudentränen, denn auf seinen Lippen lag ein glückliches Lächeln.

»Meine Mutter«, flüsterte er mit erstickter Stimme. »Das ist meine Mutter!«

Er wandte sich Amélie zu. Auch ihre Augen glänzten verräterisch. »Ja«, sagte sie nur, »das ist sie.«

Dann schniefte sie leise und wischte sich mit dem Handrücken über die Augen. Ignacio legte die Fotos langsam auf den Tisch, stand auf und breitete beide Arme aus. Amélie sprang auf und schmiegte sich an seine Brust.

»Endlich«, sagte sein Großvater. »Endlich!«

Matthieu räusperte sich. »Nun ist es aber genug«, bemerkte er betont forsch. »Gibt es in diesem Haus denn nichts zu trinken?«

Ignacio drehte sich zu seinem Enkel um. »Du weißt ja, wo die Flaschen stehen. Hol dir selber was, du Rüpel!«

Doch in seinem Ton lag so viel Wärme, dass Matthieu breit grinste.

Amélie und sein Großvater setzten sich wieder, während Matthieu den Cidre aus dem Kühlschrank nahm und drei Gläser auf den Tisch stellte.

»Wo hast du die Fotos gefunden, ma petite?«, fragte Ignacio und konnte sich an den Bildern nicht sattsehen. »Sie war eine wunderschöne Frau, nicht wahr?«

»Wunderschön«, bestätigte Amélie. »Sie lagen auf unserem Dachboden in einer Schachtel. Ich habe sie nur zufällig entdeckt.«

Ignacio nickte. »Ich danke dir. Du hast einen alten Mann sehr glücklich gemacht.«

Amélie machte eine wegwerfende Handbewegung, doch in ihre Wangen stahl sich eine sanfte Röte. Wenn Matthieu nicht schon in sie verliebt gewesen wäre, wäre er ihr in diesem Augenblick bestimmt restlos verfallen.

»Wir können die Bilder in das Tagebuch kleben«, meinte Ignacio plötzlich, und Amélies Lächeln erstarb wie eine verlöschende Kerze. Sie warf Matthieu einen Hilfe suchenden Blick zu. Sein Großvater hob die Augenbrauen. »Ist das keine gute Idee?«, fragte er und drehte sich zu seinem Enkel um. »Dann ist alles von meiner Mutter am selben Platz.«

Matthieu öffnete die Flasche und schenkte den Cidre in die Gläser ein.

»Es ist so …«, begann er und räusperte sich dann mehrmals. »Das Tagebuch ist … Nun ja, es ist verloren gegangen.«

»Verloren?« Ignacio schüttelte verwirrt den Kopf.

»Verloren ist eigentlich nicht das richtige Wort. Ich habe versehentlich einen Eimer schwarzer Farbe darüber geschüttet. Es tut mir leid.«

Amélie und sein Großvater sahen ihn mit offenen Mündern an. Und wenn die Situation nicht so brenzlig gewesen wäre, hätte Matthieu sicher über ihre komischen Gesichter gelacht. Doch die Sache war zu ernst. Also setzte er eine zerknirschte Miene auf und nippte an seinem Glas Cidre.

»Was bist du doch für ein Tölpel!«, fuhr ihn Ignacio an. »Ich finde keine Worte! Ist es denn nicht mehr zu retten? Auch kein Teil davon?«

Seine Augenbrauen hatten sich bedrohlich zusammengezogen, und er schnaubte vor unterdrückter Wut.

»Wie gesagt, Nonno, es tut mir furchtbar leid, aber …«

»Stopp!«

Matthieu und Ignacio zuckten beide zusammen und starrten auf Amélie, die aufgesprungen war und beide Handflächen vor ihren Körper hielt, als müsste sie einen Ball abblocken.

»Es ist nicht Matthieus Schuld, dass das Tagebuch vernichtet wurde, sondern meine.«

42

»Und du willst mich wirklich nicht begleiten?« Amélie kurbelte, während sie nach Concarneau zurückfuhren, das Seitenfenster hinunter und streckte ihre Hand hinaus. »Ah, ein bisschen Kühlung!«, stöhnte sie. »In deinem Auto ist die Luft dick wie Pudding.«

Matthieu warf einen Blick in den Rückspiegel und nickte.

»Ich wäre auch froh, wenn meine alte Kiste eine Klimaanlage hätte. Und nein, danke für das Angebot, aber ich habe ein Bild im Kopf und möchte das Tageslicht noch dafür ausnutzen.« Er warf ihr einen kurzen Blick zu. »Tut mir leid, das haben Maler so an sich. Bist du mir böse?«

Amélie schüttelte den Kopf. Dann würde sie eben allein zu ihrem Onkel fahren. Sie hätte ihm Matthieu gerne vorgestellt und war jetzt ein bisschen enttäuscht darüber, dass er sie nicht begleiten wollte. Morgen musste sie den halben Tag mit ihrer Mutter verbringen, und die hatte bestimmt Fabrice zum Mittagessen eingeladen. Deshalb ersparte sie Matthieu den Vorschlag, zum Muttertagsessen mitzukommen. Schließlich wollte sie nicht als Protagonistin einer griechischen Tragödie enden.

»Ich leihe dir den Wagen, okay?«, schlug er vor. »Dann kann ich nämlich sicher sein, dass du wieder zu mir zurückkommst.«

Er zwinkerte ihr zu, und sie grinste.

»So wenig Selbstvertrauen, Monsieur Kaldera, dass Sie mich mit einer Schrottkiste bestechen müssen?«

»Ich habe wenigstens ein Auto, Mademoiselle. Im Gegensatz zu Ihnen!«

Amélie lachte. »Touché! Nun gut, danke für das Angebot. Vielleicht bringe ich dir den Wagen heute Abend ja noch zurück. Wäre dir das recht?«

Sie schenkte ihm einen verführerischen Blick und bemerkte amüsiert, dass er schluckte. Sie fühlte sich gerade herrlich verrucht. Möglicherweise steckte eine kleine Mata Hari in ihr. Ob sie Bauchtanz lernen sollte?

Obwohl Ignacio über den Verlust des Tagebuchs nicht erfreut gewesen war, hatten ihn die drei Bilder von Claire über diesen misslichen Umstand ein wenig hinweggetröstet. Gott sei Dank! Das schlechte Gewissen deswegen hatte ihr wie ein Felsbrocken im Magen gelegen. Sie rechnete es Matthieu hoch an, dass er vorhin für den Verlust des Tagebuchs hatte geradestehen wollen. Aber sie konnte nicht akzeptieren, dass er für sie log. Es waren ihr sicher eine Menge charakterliche Schwächen eigen, aber Feigheit gehörte nicht dazu. Und so hatte sie Ignacio die ganze Geschichte mit Fabrice und dem Feuer erzählt und dass er das angekohlte Tagebuch später aus Colettes Wohnung gestohlen hatte. Der alte Mann hatte ihr aufmerksam zugehört und sie dann nochmals in die Arme geschlossen. Mehr hatte er nicht dazu gesagt, und sie hoffte, dass diese Geste ihre Absolution bedeutete.

»Hast du noch Zeit für einen Spaziergang?«, fragte Matthieu. »Zorro sollte noch etwas Auslauf bekommen.«

»Klar. Wollen wir an den Strand?«

»Gute Idee!«

Er setzte den Blinker und fuhr die Avenue de Caballou entlang, an deren Ende das alte Fort lag. Amélie war schon ewig nicht mehr dort gewesen und freute sich jetzt richtig darauf, den Strandabschnitt wiederzusehen, auf dem sie als Kind mit ihren Eltern Picknicks veranstaltet hatte.

»Erzähl mir doch ein wenig über deinen Job«, sagte Matthieu. »Ich weiß nämlich überhaupt nicht, was man in einem Werbebüro so tun muss.«

Das Haus, besser gesagt der Landsitz, ihres Onkels Didier Ferry lag etwas außerhalb von Concarneau in einer bewaldeten Senke inmitten eines weitläufigen Parks an einem kleinen See. Das riesige graue Gebäude aus dem 15. Jahrhundert hatte ihre Familie Ende des 19. Jahrhunderts gekauft, renoviert und war seit damals im Familienbesitz. Hätte Amélies Mutter die Konservenfabrik übernommen, wäre ihr auch das Schloss zugefallen. Doch zum Glück vererbte sich das Unternehmen nur an die männlichen Nachkommen. So schön das Haus von außen auch anzusehen war, Amélie hätte nie in dem zugigen alten Kasten wohnen mögen. Für kurze Besuche und Sommerpicknicks eignete er sich wunderbar. Aber darin leben? Niemals! Zudem verursachte das Anwesen horrende Unterhaltskosten.

Als sie Matthieus Wagen vor dem Eingangsportal parkte, liefen ihr bereits die Zwillinge Loïc und Germain entgegen. Die beiden waren vierzehn Jahre alt und hatten nur Flausen im Kopf. Auch jetzt steckten sie die Köpfe zusammen, flüsterten sich etwas zu und grinsten Amélie fröhlich an, als diese aus dem Auto stieg.

»Cousinchen, wie schön, dich zu sehen!«, riefen sie im Chor, und sie nahm sich vor, nach dem Essen den Wagen gründlich zu inspizieren, bevor sie losfuhr.

Thierry Ferry, ihr ältester Cousin und Nachfolger ihres Onkels im elterlichen Betrieb, studierte in Brest Betriebswirtschaft und war eigentlich nur während der Semesterferien in Concarneau. Sie vermutete, dass ihm die quirlige Stadt eher entsprach als das eintönige Landleben und die erdrückende

Fürsorglichkeit seiner Mutter. Amélie verstand sich ausgezeichnet mit ihm und betrachtete ihn quasi als ihren jüngeren Bruder, den sie nie gehabt hatte.

Nach den Zwillingen kam ihr ein weiteres Pärchen entgegen, wenn auch etwas gemächlicher. Chanelle und Froufrou, die beiden ältlichen Spaniels ihrer Tante, begrüßten sie jedoch nicht weniger enthusiastisch als die Jungs, und von ihnen ging weitaus geringere Gefahr aus als von den Teenagern.

Amélie kraulte den Hunden die seidigen Ohren, lief dann die Treppe hinauf und trat durch die offene Tür in die Eingangshalle. Der Raum mit dem schwarz-weiß gefliesten Marmorboden, der hohen Decke mit den Sichtbalken und dem imposanten Kamin an der Stirnseite war dazu gedacht, die Gäste zu beeindrucken. Was er auch meist tat, wenn man die Risse im Mauerwerk, die zerschlissenen Orientteppiche und die ausgetretenen Steinstufen der Treppe in die oberen Etagen nicht bemerkte. Zudem war der Raum, selbst für seine Größe, mit Möbeln überladen, was darin fußte, dass ihre Tante nie etwas wegschmeißen konnte. Ihr Onkel beschwerte sich regelmäßig darüber, dass er sich irgendwann sicher den Hals bräche, weil er über ein kaputtes Möbelstück stolpern werde, das seine Ehefrau nicht hatte entsorgen wollen. Auf einem antiken Tischchen aus poliertem Rosenholz neben dem Eingang standen gerahmte Fotos einer Fernsehproduktion, die vor ein paar Jahren einen Historienschinken auf dem Anwesen gedreht hatte. Ein Bild war ihrer Tante Éliane besonders wichtig, zeigte es sie doch mit Gérard Depardieu im vertrauten Gespräch. Ihre Tante war sehr stolz auf ihre adelige Herkunft mütterlicherseits, die angeblich bis zum Sonnenkönig Ludwig XIV. zurückging. Ob das tatsächlich stimmte, blieb jedoch dahingestellt. Keiner in ihrer Familie fühlte sich dazu bemüßigt, diese Behauptung nachzuprüfen.

Aus dem Salon zu ihrer Linken hörte sie Stimmen, und

sie folgte den beiden Hunden, die zielstrebig auf die offene Tür zusteuerten. Der blaue Salon befand sich am nächsten zur Küche und fungierte bei den Ferrys als Speisezimmer. Es gab zwar noch einen Speisesaal, aber der war beinahe so groß wie ein Tennisplatz und reichlich ungemütlich, weshalb die Familie den Salon vorzog.

»Du musst die beiden mehr an die Kandare nehmen, Éliane!«, hörte sie ihren Onkel sagen, als sie den Raum betrat. »Die zwei tun, was ihnen beliebt. Irgendwann zünden sie uns noch das Haus an. Bei unserem mit Gerümpel vollgestellten Dachboden ist das durchaus im Bereich des Möglichen.«

»Jungenstreiche, mein Lieber«, erwiderte ihre Tante besänftigend. »Sie meinen es doch nicht böse.«

Ihr Onkel knurrte etwas Unverständliches und drehte sich dabei um.

»Amélie, da bist du ja!« Er kam mit ausgestreckten Händen auf sie zu, küsste sie auf die Wange und hakte sich dann bei ihr unter. »Ist das dein Wagen, den ich habe kommen hören? Hast du jetzt ein Auto?«

Sie schüttelte den Kopf. »Ein Freund hat ihn mir geliehen.« Sie löste sich von ihrem Onkel und küsste ihre Tante, die nach Puder und Rosen duftete, auf die Wange. »Danke für die Einladung.«

»Du bist blass, Liebes. Geht es dir gut?« Ihre Tante nippte an einem Glas Likör. »Didier, gib ihr etwas zu trinken, damit sie etwas Farbe bekommt.«

»Nur ein Glas Wasser, bitte«, erwiderte Amélie und setzte sich zu ihrer Tante auf das Sofa neben dem Esstisch, der bereits fürs Abendessen gedeckt war. »Ich muss ja noch fahren.«

43

Die brennenden Kerzen tauchten das Schlafzimmer in ein warmes Licht. Matthieu hatte das Haus eine Stunde auf den Kopf gestellt, letztendlich aber noch zwei halb heruntergebrannte Stummel gefunden. Er konnte sich nicht mehr daran erinnern, woher die stammten. Denn normalerweise war er nicht der romantische Typ und legte keinen Wert auf ein solches Ambiente. Aber plötzlich erschien ihm eine einladende Stimmung unerlässlich. Er zupfte die Satindecke zurecht und stapelte ein paar herumliegende Bücher zu einem ordentlichen Turm. Perfekt!

Dann trat er in die Küche, entkorkte den Rotwein, damit er atmen konnte, und holte die bauchigen Gläser aus dem Schrank. Er betrachtete sie kritisch, trat dann an die Spüle und schwenkte sie unter fließendem Wasser aus. Dazu summte er eine Melodie. Zorro lag hinter ihm am Boden und verfolgte jeden seiner Schritte. Er schien zu merken, dass sein Herrchen guter Stimmung war, und hoffte vermutlich auf eine Zusatzmahlzeit in Form eines getrockneten Schweineohrs oder Kauknochens. Doch Matthieu war mit seinen Gedanken bei dem Bild, das er nach seiner Rückkehr angefangen hatte. Wie ein Wilder hatte er bis vorhin daran gearbeitet, und langsam nahm Amélies Abbild Gestalt an. Er wusste, wenn ihm etwas gut gelang, noch bevor er es beendet hatte. Und dieses Bild würde eines seiner besten werden, davon war er überzeugt.

Er strich sich die vom Duschen noch feuchten Haare aus der Stirn und warf einen Blick auf die Digitalanzeige des Backofens. 22.10 Uhr. Er wusste nicht, wie lange das Abendessen bei Amélies Onkel dauerte, aber sie würde sicher bald eintreffen. Musik! Natürlich, zu Kerzen, Rotwein und dem, was danach folgte, gehörte unbedingt etwas Musik. Er atmete tief durch. Die Vorfreude auf die erste gemeinsame Nacht verursachte ihm ein leichtes Kribbeln im Bauch, und mit ungeduldigen Fingern suchte er einen Musiksender im Radio. Bei den Klängen leiser Jazzmusik drehte er sich zufrieden um und wäre dabei fast über Zorro gestolpert.

»Mon Dieu, das war knapp!«, rief er grinsend, öffnete den Schrank mit dem Hundefutter und warf seinem vierbeinigen Freund einen Kauknochen zu, den dieser geschickt auffing. Schwanzwedelnd trollte sich das Tier in sein Körbchen und widmete sich seiner unerwarteten Beute.

Nun war alles vorbereitet. Matthieu setzte sich einen Moment auf die Terrasse und betrachtete nachdenklich den nächtlichen Teich. Die Luft war lau, die Grillen zirpten, und ab und zu schrie ein Käuzchen im Wald. Wie schnell sich doch sein Leben geändert hatte. Noch vor ein paar Tagen erschien ihm der Verlust von Claires Tagebuch schlimmer, als wenn er einen Arm verloren hätte. Und auch wenn dieser Umstand immer noch schmerzte, gab es doch so viel Schönes, das daraus hervorgegangen war: Claires Fotos, die Nonno so glücklich machten, und seine eigene aufkeimende Liebe zu Amélie. Vielleicht war sie sogar die eine! Ein Begriff, den er stets etwas zynisch ins Reich der Märchen verwiesen hatte. Doch im Moment erschien ihm alles möglich, sogar, dass er ihr Prinz sein könnte.

Er lachte leise und schüttelte amüsiert den Kopf. Verliebtsein war eine mächtige Droge, die sogar ihm das Hirn vernebelte. Doch es war ihm egal. Er fühlte sich stark und unbesiegbar und in der Lage, allem und jedem die Stirn zu bieten, der sich ihm und Amélie in den Weg zu stellen beabsichtigte. Dabei dachte er an diesen Fabrice. Der Mann war ihm auf den ersten Blick unsympathisch gewesen. Und insgeheim befürchtete er, dass dessen Interesse an Amélie nicht nur freundschaftlicher Natur war. Wieso gab sich dieser Mann überhaupt solche Mühe, Claires Tagebuch zu entwenden? Hatte er einen persönlichen Bezug dazu? Wohl kaum. Aber wieso war er dann unter Vorspiegelung falscher Tatsachen in eine fremde Wohnung eingedrungen? Der Mann war Anwalt. Er musste doch wissen, dass dies einen Straftatbestand bedeutete und ihn in Teufels Küche bringen konnte. Hatte ihn eventuell jemand dazu angestiftet? Aber wer? Amélies Onkel? Nein, der wusste nichts von dem Tagebuch, das hatte sie ihm erzählt. Ihre Mutter? Anscheinend war die Pastorenwitwe sehr auf den guten Ruf ihrer Familie bedacht. Hatte sie Fabrice dazu gedrängt, das Zeugnis der Verfehlung einer angeheirateten Verwandten aus dem letzten Jahrhundert zu vernichten? Aber das war doch absurd! Kein Mensch interessierte sich heute noch dafür, was damals geschehen war, außer den Kalderas und jetzt Amélie. Den Leuten in Concarneau waren die Ereignisse von dazumal doch bestimmt Jacke wie Hose. Fürchtete Hyacinthe Monfort eventuell, dass die Kalderas mit dem Tagebuch Besitzansprüche an der Konservenfabrik ins Feld führen wollten? Auch das schien ihm weit hergeholt. Er war kein Jurist, konnte sich aber nicht vorstellen, dass ein uneheliches Kind einer angeheirateten Frau erbberechtigt war. Ob er das mal abklären sollte? Aber sein Großvater hatte eine Aversion gegen alles, was mit Paragrafen, Gerichten und der Polizei zu tun hatte. Ein Erbe aus seiner Kindheit, in der er mit seinem Vater auf den Jahrmärkten herumgezogen und des Öfteren in den Dunstkreis dieser Institutionen und

Herrschaften geraten war. Er würde ihm daher nie erlauben, etwaige Erbansprüche abklären zu lassen. Und im Grunde war es Matthieu auch egal, ob diese überhaupt bestanden. Er und sein Großvater waren mit ihrem Leben zufrieden und brauchten weder Reichtun noch irgendwelche Fabriken, die Fische in Dosen stopften.

Als er einen Wagen hörte, sprang er behände auf und lief zum Eingang. Endlich, Amélie war da! Sein Herz klopfte aufgeregt, und mit einem strahlenden Lächeln riss er die Vordertür auf.

»Das ging aber la…«

Er brach ab und riss verblüfft die Augen auf. Gleichzeitig fing Zorro, der ihm gefolgt war, leise an zu knurren.

»Matthieu, mon amour«, säuselte Nadine und strich sich dabei lasziv eine Strähne hinters Ohr. »Ich bin zurück.«

44

Der Mond warf ein silbernes Band auf die Wellen des Ozeans, als Amélie kurz nach zweiundzwanzig Uhr auf die Küstenstraße einbog und dann Richtung Mühle weiterfuhr. Als sie vorhin das Anwesen ihres Onkels verlassen hatte, musste sie zuerst eine Schnur mit leeren Konservendosen von der hinteren Stoßstange entfernen. Von den Zwillingen fehlte jede Spur. Doch unterdrücktes Gekicher aus einer dunklen Ecke des Gartens sprach für sich. Zum Glück hatten die Jungs nicht auch noch ein Schild mit der Aufschrift »frisch verheiratet« befestigt. Das behielten sie sich wohl als Überraschung für ihren nächsten Besuch vor.

Wie schon ihr Onkel, so hatte auch ihre Tante von einer Claire Tanguy noch nie etwas gehört, als sie das Thema beim Abendessen nochmals angesprochen hatte. Daher schien es Amélie unangebracht, ihnen zu erzählen, wie entsetzlich die Tanguys sich gegenüber Vincent Kaldera verhalten hatten. Ihre leicht snobistisch angehauchte Tante hätte womöglich Sympathien für die Familie ihres Mannes bekundet, und Amélie wollte keinen Streit vom Zaun brechen.

Das Abendessen war recht vergnüglich verlaufen, und man hatte ihr das Versprechen abgenommen, Matthieu beim nächsten Besuch mitzubringen. Didier und Éliane Ferry rühmten sich beide eines auserlesenen Kunstgeschmackes, und vielleicht würden sie ihm sogar ein Bild abkaufen. Im Mindesten aber hatten sie versprochen, ihn ihren Freunden zu empfehlen. Und da die Ferrys vornehmlich in Kreisen verkehrten, die nicht ganz mittellos waren, hoffte Amélie für Matthieu, dass er in der nächsten Zeit sehr beschäftigt sein würde. Das würde gleich zwei Fliegen mit einer Klappe schlagen: Er vergäße seine Normandiereise, bliebe in Concarneau bei ihr und hätte ein regelmäßiges Einkommen. Denn obwohl die Mühle recht malerisch wirkte, sah sie doch, dass er, wie auch Ignacio, finanziell nicht auf Rosen gebettet war. Eine kleine Schützenhilfe konnte daher nicht schaden.

Im Radio lief ein Liebeslied, und sie sang lauthals mit. Das Leben war herrlich! Selbst der morgige Muttertag hatte seinen Schrecken verloren. Sie würde zu Fabrice und ihrer Mutter höflich sein, sich aber auf keine Diskussionen einlassen. Am Montag ging's wieder zur Arbeit, und die Zukunft versprach, ein großes Abenteuer zu werden. Ein Abenteuer mit Matthieu!

Bevor sie zu ihrem Onkel gefahren war, hatte sie noch einen Boxenstopp in Colettes Wohnung eingelegt, um ihren Kulturbeutel und Wäsche zum Wechseln zu holen. Spontane Übernachtungen sind zwar reizvoll, aber nur mit der eigenen Zahnbürste. Vielleicht bliebe sie sogar etwas länger in der Mühle, schließlich hatte sie keine offizielle Bleibe mehr, und wenn Matthieu ihr Asyl anbot, war sie geneigt, es anzunehmen. Es würde sich alles finden, davon war sie überzeugt.

Als sie in die Einfahrt zur Mühle einbog, stand ein fremder Wagen vor dem Gebäude. Sie schürzte die Lippen. Hatte Matthieu Besuch? Er hatte nicht erwähnt, dass er jemanden erwartete, und ihre gute Laune bekam einen kleinen Dämpfer. Vielleicht ein Kunde? Aber es war schon spät. Kaufen Bildersammler um diese Zeit noch ein?

Sie stellte den Motor ab, griff nach ihrer Reisetasche auf dem Nebensitz und stieg aus dem Wagen. Durch die geöffneten Fenster sah sie flackerndes Kerzenlicht im Schlafzimmer. Für sie? Sie lächelte. Hoffentlich ging der Besuch bald wieder.

Sie überlegte, ob sie klingeln sollte oder einfach reingehen. Zwar wusste er, dass sie kommen würde, aber eventuell befand er sich gerade in einem Verkaufsgespräch und würde ihr plötzliches Auftauchen als störend empfinden. Doch im Atelier drüben brannte kein Licht. Vielleicht hatte man sich ja schon geeinigt und saß am Küchentisch bei den Formalitäten.

Sie drückte die Klinke hinunter und spähte in den Korridor. Leise Jazzmusik erklang aus dem Wohnzimmer.

»Hallo, Matthieu? Ich bin's.«

Als Antwort hörte sie ein Bellen, gleich darauf flitzte Zorro um die Ecke und sprang freudig an ihr hoch.

»Danke für die freundliche Begrüßung!« Amélie lachte, stellte die Tasche auf den Boden und kraulte dem Setter den Kopf. »Hochspringen ist aber eine schlechte Angewohnheit, Freundchen. Also sei brav und bleib bei Fuß.«

Das Tier gehorchte willig, und zusammen gingen sie in die Küche. Auf dem Tisch standen eine entkorkte Rotweinflasche und zwei Gläser. Amélie linste ins Schlafzimmer. Kein Matthieu. Wo steckte der Kerl? Gerade wollte sie noch einmal nach ihm rufen, als sie von der Terrasse her aufgeregte Stimmen hörte.

Sie ging ihnen nach und trat ins Freie. Die elegante Frau im Halbdunkel schien einem Modemagazin entsprungen zu sein. Sie trug eine taillierte Bluse, eine dunkle Röhrenjeans und überaus hübsche Riemchensandaletten, die ihren schmalen Fesseln schmeichelten. Ihr langes kastanienbraunes Haar floss in perfekten Wellen über ihre Schultern. Gerade warf sie es gekonnt von einer Seite auf die andere, als hätte sie diese Geste einstudiert, und lachte perlend über etwas, das Matthieu anscheinend zu ihr gesagt hatte. Er schien nicht ganz so guter Laune wie diese Frau zu sein, obwohl Amélie sein Gesicht nicht sehen konnte, da er ihr den Rücken zuwandte. Seine Schultern waren angespannt, und seine ganze Haltung verriet, dass ihm die Situation offensichtlich nicht behagte. War das eine Freundin von ihm? Eine alte Bekannte?

In diesem Augenblick entdeckte die Fremde Amélie, und ihre Augen weiteten sich für einen Moment. Dann setzte sie ein strahlendes Lächeln auf, schlang ihre schlanken Arme mit den goldenen Reifen an den Handgelenken um Matthieus Hals und küsste ihn mitten auf den Mund. Dieser drehte den Kopf weg. Doch bevor er etwas sagen konnte, flötete sie: »Wir zwei gehören zusammen, das ist mir klar geworden. Und weil du mich noch liebst, werde ich jetzt für immer bleiben, mon amour!«

45

Matthieu griff nach Nadines Handgelenken und wand sich aus ihrer Umarmung.

»Nadine, ich bitte dich ...«

Ein Keuchen ließ ihn herumfahren, und er zuckte erschrocken zusammen. Hinter ihnen stand Amélie und starrte ihn mit weit aufgerissenen Augen an. Ihr Gesicht war kreidebleich und eine einzige Frage. Und noch bevor er etwas sagen konnte, drehte sie sich auf dem Absatz um und stürzte davon.

»Amélie, warte!«, rief er und eilte ihr nach. Nadines Gelächter folgte ihm, und er presste wütend die Lippen aufeinander. Verflucht schlechtes Timing! Hoffentlich konnte er das Missverständnis gleich aufklären. Doch seine Hoffnung zerschlug sich augenblicklich, denn noch bevor er die Einfahrt erreichte, hörte er seinen Wagen mit kreischenden Reifen davonfahren. Großartig! Wie sollte er jetzt in die Stadt kommen? Nadine würde ihn ja kaum hinfahren.

Er griff in die Hosentasche und holte sein Handy hervor. Obwohl er nicht damit rechnete, dass Amélie in ihrer jetzigen Verfassung ans Telefon ging, musste er es versuchen. Ihre Mailbox meldete sich, und er hinterließ eine Nachricht, dass sie ihn sofort zurückrufen solle, damit er ihr erklären könne, was gerade passiert war.

»War das deine neue Gespielin?« Er drehte sich um. Nadine

stand mit verschränkten Armen unter der Tür und blickte ihn mit geneigtem Kopf spöttisch an. »Süß, wenn auch etwas gewöhnlich, nicht?«

»Ach, halt den Mund!«, knurrte er. »Was willst du überhaupt hier?«

Sie zuckte mit den Schultern. »Ich habe dich vermisst, Süßer. Und mir wurde klar, dass wir es noch einmal miteinander versuchen sollten.«

»Ist der Banker etwa entlassen worden?«

Sie zog amüsiert einen Mundwinkel nach oben.

»Im Gegenteil, er ist sogar zum Vizedirektor aufgestiegen. Was aber auch bedeutet, dass er ständig unterwegs ist. Und da ich es auch bin, sehen wir uns kaum.«

Sie trat zu Matthieu und strich ihm eine Haarsträhne aus der Stirn. Er wandte sich brüsk ab.

»Lass das! Ich bin kein Spielzeug, das man hervorholen kann, wenn einem grad langweilig ist. Zudem haben wir uns ständig gestritten. Vergessen?«

»Aber in der Zeit dazwischen haben wir uns auch prächtig amüsiert, Liebling«, schnurrte sie und zwinkerte ihm kokett zu. »Sei kein Frosch, Matthieu. Lass die Kleine laufen, und komm zu mir zurück! Ich werde auch ganz lieb sein.«

Sie griff nach seiner Hand und legte sie auf ihre Brust, dann presste sie sich an seinen Körper und versuchte ihn zu küssen.

Matthieu trat einen Schritt zurück.

»Hör damit auf, Nadine! Ich meine es ernst. Das mit uns ist vorbei!« Er wies mit dem Kopf zu ihrem Wagen. »Es ist besser, wenn du jetzt gehst. Ich wünsche dir ein schönes Leben.« Dann drehte er sich um und ging ins Haus.

»Wir sehn uns wieder!«, hörte er seine Exfreundin rufen, als er die Tür schloss. Und der Satz klang wie eine unterschwellige Drohung.

Nach der fünften Nachricht auf Amélies Mailbox gab Matthieu schließlich auf. Er fuhr sich mit beiden Händen durch die Haare und stützte sich auf die Spüle. Sie würde nicht zurückrufen, er konnte sie sogar verstehen. Wie musste das für sie ausgesehen haben? Als er sich an ihre fassungslose Miene erinnerte, bildete sich ein Kloß in seinem Hals. Er hatte ihr nichts von Nadine erzählt. Weshalb auch? Für ihn war diese Liaison beendet. Natürlich, irgendwann hätten sie bestimmt über ihre wie auch seine Vergangenheit gesprochen, wie man es üblicherweise tat. Aber dazu hatten sie noch keine Zeit gefunden. Doch wenn sie eine Zukunft haben wollten, musste diese unerquickliche Situation sofort aufgeklärt werden, das konnte nicht bis morgen warten!

Im elektronischen Telefonbuch suchte er nach der Nummer des Taxidienstes in Concarneau und bestellte sich einen Wagen zur Mühle. Dann ging er ins Schlafzimmer, löschte die Kerzen und überlegte sich, wie er Amélie Nadines Gebaren am besten verständlich machen konnte. Er stieß die Luft aus. Das würde nicht einfach werden, hoffentlich gab sie ihm wenigstens die Chance, den ganzen Schlamassel aufzuklären. Nach fünfzehn Minuten hupte ein Wagen vor dem Haus. Matthieu griff nach dem Hausschlüssel, befahl Zorro, Platz zu machen, als dieser aufsprang, und verließ entschlossen die Mühle.

46

Amélie parkte Matthieus Wagen gegenüber dem Café de l'Atlantic. Sie war eine Weile ziellos herumgefahren. Doch als sich ihre Augen mit Tränen füllten, hielt sie es für klüger anzuhalten. Colettes Wohnung schien ihr im Moment zu eng. Sie brauchte Luft und Wind auf ihrem erhitzten Gesicht und die tröstende Melodie der Brandung. Sie ging die paar Schritte zu der Holzbank unweit der Port de Plaisance, setzte sich hin und starrte auf das Meer hinaus. Aus der nahen Jugendherberge drangen Gelächter und Popmusik bis zu ihr herüber. Samstagnacht, die Jugend feierte!

Sie strich sich mit dem Handrücken über die Stirn und atmetet tief die kühle Luft ein, die nach Algen und Fisch roch. Die Lichter des Hafens spiegelten sich auf den Wellen und zerflossen in schimmernde Kaskaden. Auf der rechten Seite erhoben sich die angestrahlten trutzigen Mauern der Ville Close.

Ihr Handy vibrierte zum wiederholten Mal. Doch es war ihr unmöglich, auf Matthieus Nachrichten zu reagieren. Entschuldigungen? Rechtfertigungen? Beides würde zu schmerzhaft sein. Wie hatte sie sich nur einbilden können, dass mehr als Leidenschaft zwischen ihnen bestand? Gott, war sie dumm! Er war eben ein Künstler. Die scherten sich offensichtlich nicht um gesellschaftliche Konventionen. Sie, mit ihren bescheidenen Erfahrungen in Sachen Beziehung, war ihm ein williges Opfer gewesen. Ein bisschen Spaß und tschüss! Und diese Frau? Atemberaubend schön und weltgewandt, das hatte sie auf den ersten Blick gesehen. Sie würde dem aufstrebenden Maler als passendes Accessoire dienen und ihm Glanz verleihen. Sie hingegen war lediglich eine kleine, billige Abwechslung. Dieser Gedanke verursachte ihr einen bitteren Geschmack im Mund, und ein Schluchzer entrang sich ihrer Kehle.

Was sollte sie jetzt tun? Sie hatte immer noch seinen Wagen, sah sich aber außerstande, ihn bei der Mühle abzuliefern. Noch einmal wollte sie nicht in das abfällige Gesicht seiner Freundin blicken. Ganz zu schweigen von Matthieus hinterlistiger Visage. Plötzlich war sie unheimlich wütend auf ihn! Was glaubte dieser Idiot eigentlich, wer er war? Er platzte einfach so in ihr Leben, wirbelte es komplett durcheinander und verdrückte sich dann sang- und klanglos wieder. Aber nicht mit ihr! Verdammt, sie hatte schließlich auch ihren Stolz!

Sie wischte sich die Tränen aus dem Gesicht und stand auf. Es brachte nichts, sich im Selbstmitleid zu suhlen. Das Leben war eben kein Ponyhof, und niemand war gefeit davor, sich in Menschen zu täuschen und dadurch Schmerzen zu erleiden. Ärgerlicherweise hatte sie bei ihrer überstürzten Flucht ihre Reisetasche in der Mühle stehen lassen, worin sich auch der Schlüssel zu Colettes Wohnung befand. Zu Fabrice wollte sie nicht zurück, obwohl der größte Teil ihrer Sachen immer noch im Haus am Boulevard lagerte. Aber sie würde den Teufel tun und jetzt bei ihm klingeln. Also blieb ihr nur der Gang nach Canossa, was bedeutete, dass sie bei ihrer Mutter übernachten musste. Ein krönender Abschluss für einen beschissenen Tag!

Amélie zog ihr Handy hervor, löschte Matthieus Kurzmitteilungen und Sprachnachrichten unbesehen, schrieb ihm, dass sein Auto beim Café de l'Atlantic stehe, und schaltete das Gerät dann aus.

Das Kreischen der Möwen weckte Amélie. Sie schlug die Augen auf und starrte einen Moment verwirrt auf die Blümchentapete mit den blassblauen Rosen auf der gegenüberliegenden Wand, bis ihr bewusst wurde, dass sie in ihrem ehemaligen Bett im Pastorenhaus lag. Sie stand auf und trat ans Fenster. Die aufgehende Sonne färbte den Himmel rosa. Es konnte kaum sechs Uhr sein. Zu früh, um aufzustehen und sich für den Kirchenbesuch anzuziehen. Hyacinthe Monfort war eine eifrige Kirchgängerin geblieben, auch nach dem Tod ihres Ehemanns, und sie würde von Amélie erwarten, dass sie sie begleitete. Nun, es gab sicher Schlimmeres, als eine Stunde in der Kirche zu sitzen und sich geistige Nahrung einzuverleiben. Vielleicht tat ihr ein wenig Besinnung ganz gut und heilte sie von den Rachegelüsten, die sie gerade heimsuchten. Sie hatte geträumt, dass sie Matthieus Bilder mit einem Messer zerstörte, bevor sie sein Atelier verwüstete. Sie schüttelte den Kopf. Sie wollte nicht mehr an ihn denken, der Kerl war es nicht wert. Weder am Tag noch in der Nacht! Doch warum schmerzte ihr Herz dann so?

Sie stieß die Luft aus und legte sich wieder ins Bett. Ihre Mutter hatte gestern Nacht nur die Augenbrauen hochgezogen, als sie an ihrer Tür geklingelt und etwas von »Schlüssel verloren« gestammelt hatte. Doch sie war nicht so naiv, zu glauben, dass die Sache damit schon erledigt war, und machte sich auf das kommende Verhör beim Frühstück gefasst. In der Reisetasche, die sie in der Mühle hatte stehen lassen, befand sich leider auch das Muttertagsgeschenk: ein Bildband der Bretagne und ihrer romanischen Kirchen. Sie würde ihrer Mutter daher erklären müssen, dass sie nicht dazu gekommen sei, ein Präsent zu besorgen. Aber das war noch das Kleinste ihrer aktuellen Probleme. Vielmehr grauste ihr vor dem Wiedersehen mit Fabrice. Noch gestern Nachmittag hatte sie sich stark und unbezwingbar gefühlt. Doch in ihrem jetzigen Zustand konnte das gemeinsame Mittagessen womöglich in einem Desaster enden. Ihre Nerven waren dünn wie Seidenpapier, und sie wusste nicht, wie sie auf etwaige dumme Sprüche von Zoés großem Bruder reagieren würde; ganz zu schweigen auf die spitzen Bemerkungen ihrer Mutter.

Amélie zog die Decke über den Kopf und hoffte, man würde sie hier einfach vergessen.

47

Matthieu verbrannte sich an dem heißen Kaffee die Zunge und fluchte leise vor sich hin. Zorro lag währenddessen unter dem Küchentisch, hatte den Kopf auf seine Vorderpfoten gelegt und beobachtete ihn aufmerksam.

»Nun glotz mich nicht so an, ich hab's versucht!«, wandte er sich schließlich an den Hund, der ob des ärgerlichen Tons seines Meisters jedoch keine Miene verzog. »Zwei Stunden habe ich vor dem verdammten Haus gewartet! Mehr kann man wirklich nicht verlangen. Vermutlich ist sie gleich wieder zu diesem Anwalt gerannt, ohne mir die Chance zu geben, das Missverständnis aufzuklären. Sagt ja einiges über sie aus, nicht?«

Zorro gähnte ausgiebig, und Matthieu wurde erst jetzt bewusst, dass er sich vor seinem Hund rechtfertigte. Wunderbar!

Nachdem ihn gestern das Taxi vor dem Haus von Amélies Freundin abgesetzt hatte, hatte er geschlagene zwei Stunden davor ausgeharrt, ohne dass sie aufgetaucht war. Irgendwann hatte er eine SMS von ihr erhalten, wo sein Auto stand. Er hatte umgehend versucht, sie anzurufen, doch sie hatte ihr Handy danach offensichtlich ausgeschaltet und bis jetzt auch nicht auf seine Nachrichten reagiert. Zuerst hatte er nach ihrer Mitteilung sofort loslaufen wollen, in der Hoffnung, ihr auf der Küstenstraße zu begegnen, doch in der Annahme, dass er sie verpassen würde, weitergewartet. Bis er schließlich einsehen musste, dass sie nicht in das Haus in der Rue Saint-Jacques zurückkehren würde. Als er zu frieren begann, hatte er letztlich aufgegeben und die knappe halbe Stunde Fußmarsch angetreten, um seinen Wagen zu holen. Der Wagenschlüssel hatte auf dem Fahrersitz gelegen. Jeder Idiot hätte den Wagen stehlen können! Seine Verärgerung projizierte sich mehr und mehr von Nadine auf Amélie. Und auch wenn er wusste, wie die Situation mit seiner Exfreundin ausgesehen haben musste, gab das Amélie noch lange nicht das Recht, ihn so zu behandeln!

»Sei bloß froh, dass du kastriert bist!« Zorro legte den Kopf schräg. »Frauen machen nämlich nur Scherereien!«

Er betrachtete nachdenklich Amélies Reisetasche, die immer noch im Flur stand. Anscheinend hatte sie vorgehabt, die Nacht bei ihm zu verbringen. Mist! Er durfte sich gar nicht vorstellen, welche Freuden ihm wegen des plötzlichen Auftauchens von Nadine entgangen waren. Was sollte er jetzt mit dem Gepäckstück anfangen? Es ihr bringen? Hier lassen und sich einen Teufel darum scheren, was damit geschah?

Als er heute Morgen aufgewacht war, hatte er sich vorgenommen, seine ursprünglichen Pläne, in die Normandie zu reisen, wiederaufzunehmen. Aber das würde seine Situation nicht verbessern. Im Gegenteil: Das sah eher nach Flucht und einem Schuldgeständnis aus. Und er wollte das Missverständnis auch nicht einfach so im Raum stehen lassen. Dafür war ihm Amélie zu wichtig! Nein, eine Abreise wäre sicher das Dümmste, was er zum jetzigen Zeitpunkt tun konnte. Doch wie sollte er sie erreichen, wenn sie nicht ans Telefon ging? Zum Boulevard fahren und eine Aussprache erzwingen?

Er seufzte, wusch die Kaffeetasse unter fließendem Wasser aus und stellte sie aufs Abtropfbrett. Morgen würde Amélie wieder arbeiten, das hatte sie ihm erzählt, also wäre es vermutlich das Beste, sie im Werbebüro aufzusuchen, ihr die Reisetasche zu bringen und zu versuchen, die Sachlage darzulegen. Zugegeben, es könnte peinlich für ihn werden. Aber immerhin bliebe ihr so die Möglichkeit verwehrt, ihm aus dem Weg zu gehen. Und eventuell war ihr Ärger bis morgen auch etwas abgeflaut, und sie würde das Ganze mit der nötigen Objektivität betrachten. Ja, das war eine gute Idee!

Er pfiff nach Zorro und griff nach den Wagenschlüsseln. Ein Strandspaziergang würde ihnen beiden guttun und die trüben Gedanken verjagen. Danach wollte er weiter an Amélies Bild arbeiten. Er war schließlich ein Profi und hoffte, dass ihn das Vorgefallene nicht allzu sehr ablenkte.

48

Auf dem Wohnzimmertisch standen das gute Porzellan und die schweren Kristallgläser. Das Haus duftete nach Lammbraten mit Rosmarin, und Amélie lief trotz ihrer schlechten Laune das Wasser im Mund zusammen. Man konnte ihrer Mutter viel nachsagen, doch dass sie eine hervorragende Köchin war, musste der Neid ihr lassen.

Während Amélie versuchte, auf Geheiß ihrer Mutter aus den Stoffservietten einen Schwan zu falten, dachte sie an Matthieu. Jetzt, im Licht des neuen Tages, kamen ihr Zweifel, ob sie gestern richtig gehandelt hatte, indem sie davongelaufen war und ihm nicht die Gelegenheit gegeben hatte, sein Tun zu rechtfertigen. Denn obwohl sie der Anblick, wie er diese Frau küsste, schockiert hatte, hatte sie auch gespürt, dass da etwas nicht stimmte. Ein Mann, der eine Frau begehrt, benimmt sich anders. Er hatte seine letzte Beziehung nur kurz erwähnt und weshalb sie in die Brüche gegangen war. Zu mehr Informationen hatten sie wechselseitig keine Zeit gefunden. War diese Frau seine Ex gewesen?

Amélie stufte Matthieu immerhin als so intelligent ein, nicht zwei Damen zur selben Zeit in die Mühle zu bestellen. Dass sie über kurz oder lang auftauchen würde, hatte er schließlich gewusst. Vielleicht war es daher nur Zufall gewesen, dass sich diese Modepuppe bei ihm aufgehalten hatte.

Sie atmete tief durch und glättete die zerknitterte Stoffserviette. Wer zum Kuckuck wollte sich denn den Mund mit einem Vogel abwischen? Sie würde Matthieu nach dem Mittagessen anrufen, um zu hören, was er zu sagen hatte. Schmerz hin oder her. Sie brauchte Gewissheit! Denn nichts war schlimmer als dieses sinnlose Gegrübel.

»Kommst du mit den Servietten klar?«, rief ihre Mutter aus der Küche.

»Sicher! Ich habe gerade mein zukünftiges Hobby gefunden.«

»Köstlich, liebe Hyacinthe, du hast dich wieder einmal selbst übertroffen!«

Ihre Mutter lächelte geschmeichelt und bot Fabrice noch ein Stück Lamm an, das er aber mit einem Klopfen auf seinen Bauch zurückwies.

Obwohl Amélie ihm recht geben musste – das Essen war wirklich hervorragend –, stocherte sie nur lustlos auf ihrem Teller herum und hoffte, dass die Tafelrunde bald aufgelöst würde. Sie hatte Kopfschmerzen und wollte sich ein bisschen hinlegen. Das Wiedersehen mit Fabrice war hölzern vonstattengegangen. Sie hatten sich unter der Tür die Hand geschüttelt, weil keiner von ihnen wusste, ob die obligaten Wangenküsschen noch angebracht waren.

Er hatte ihrer Mutter, wie auch ihr, einen Blumenstrauß mitgebracht, was Hyacinthe zu einer spitzen Bemerkung über nichtexistente Muttertagsgeschenke seitens undankbarer Töchter veranlasste. Amélie hatte daraufhin nur säuerlich genickt. Es wäre kaum der passende Augenblick, um den Bildband in der Reisetasche in der Mühle zu erwähnen.

»Wie geht es deiner reizenden Schwester, Fabrice?«, fragte Hyacinthe, während sie die leeren Teller aufeinanderstapelte. »Bleibt sie jetzt tatsächlich in Paris?«

Er nickte. »Allem Anschein nach ja. Es sei die große Liebe,

hat sie gesagt.« Bei den Worten warf er Amélie einen kurzen Blick zu. Diese beschloss, den Zusatz einfach zu überhören.

»Wie ungewöhnlich das Leben manchmal sein kann«, entgegnete ihre Mutter. »Manche trifft die Liebe wie ein Blitzschlag, und andere nehmen sie nicht zur Kenntnis, auch wenn sie direkt vor ihrer Nase liegt.«

Amélie atmete tief durch. Anscheinend hatten die beiden beschlossen, den Acker gemeinsam zu pflügen. Sie musste hier raus, bevor ihr noch eine unangemessene Bemerkung entschlüpfte. Deshalb stand sie schnell auf und trug das benutzte Geschirr in die Küche. Sie hörte ihre Mutter etwas flüstern, kurz darauf folgte ihr Fabrice mit der Salatschüssel in der Hand.

»Einfach irgendwo hinstellen«, wies sie ihn an und hoffte, er würde bald verschwinden. In ihrem Kopf hämmerte es regelrecht. Hatte sie noch Aspirin in ihrer Handtasche?

»Amélie. Ich muss mit dir sprechen.«

Fabrice legte seine Hand auf ihre Schulter. Oh Gott, jetzt kommt's! Sie drehte sich um im Wunsch, die enge Küche so schnell wie möglich zu verlassen, doch er versperrte ihr den Weg.

»Tut mir leid, Fabrice, aber ich habe wahnsinnige Kopfschmerzen. Können wir das ein anderes Mal tun?«

Er betrachtete sie eine Weile mit gerunzelter Stirn und nickte dann.

»Sicher«, erwiderte er und trat beiseite. »Hoffentlich geht's dir bald besser.«

Sie verließ die Küche, ging an ihrer verblüfften Mutter vorbei die Treppe hinauf in ihr Zimmer und setzte sich aufatmend auf ihr Bett. Das war ja noch einmal gut gegangen!

49

Das schöne Wetter hatte die Leute an den Strand von Porte de Caballou gelockt. Familien, mit Decken und Picknickkörben bewaffnet, saßen zwischen den ungewöhnlichen Steinformationen im Schatten. Lachende Kinder kletterten auf die Felsen, sprangen dann fröhlich jauchzend in den feinen Sand oder suchten in den seichten Pfützen nach Meerestieren. Die besten Plätze waren bereits belegt, und er leinte Zorro an. Der verfressene Hund würde den Ausflüglern ansonsten noch ihr kaltes Hähnchen vom Teller stibitzen.

Matthieu hatte nur wenig Erinnerungen an seine früh verstorbene Mutter, deshalb feierte er diesen speziellen Tag auch nie. Doch im Moment beneidete er die fröhlichen Familien und die glücklich aussehenden Mütter. Vielleicht hätte er lieber den einsameren Sentier des Douaniers, den alten Zöllnerpfad oberhalb der Küste, wählen sollen. Doch nun war er schon mal hier, also machte er das Beste daraus. Er ließ das Gelächter und die lärmenden Kinder hinter sich und schlenderte den Strand entlang Richtung Süden. Als er sich nach einem angeschwemmten Stück Treibholz bückte, fing Zorro an zu bellen. Matthieu löste die Hundeleine, und der Setter flitzte los, obwohl sein Herrchen den Stock immer noch in der Hand hielt. Nach wenigen Sekunden bemerkte das Tier seinen Irrtum und kam in hohen Sprüngen zurückgelaufen.

»Wenigstens einer hat heute seinen Spaß«, knurrte er und warf das Holz ins flache Wasser. Zorro liebte dieses Spiel und kam nach kurzer Zeit tropfend angerannt und legte ihm den Stock auffordernd vor die Füße. Nach zehn weiteren Würfen hatte er jedoch genug, er ließ das Holz am Strand liegen und beschnüffelte lieber einen Stein, der sich bei näherem Hinsehen als tote Krabbe entpuppte. Matthieu setzte sich auf einen großen Felsen, zog Schuhe und Strümpfe aus und watete ins Meer. Das Wasser konnte kaum mehr als zwölf Grad warm sein. Trotzdem hatten sich ein paar verwegene Windsurfer in dunklen Neoprenanzügen in die Brandung gewagt. Ihre bunten Segel flitzten wie überdimensionale Schmetterlinge über die Wellen.

Er streckte sein Gesicht der Sonne entgegen und genoss den Wind in den Haaren. »Ich brauche keine Frau an meiner Seite«, dachte er trotzig. Und wenn Amélie ihm nicht die Möglichkeit gab, das Missverständnis wegen Nadine aufzuklären, hatte sie seine Zuneigung nicht verdient. Das Vorhaben, ihr die Reisetasche morgen vorbeizubringen, erschien ihm jetzt absurd. Sollte sie doch selbst sehen, wie sie wieder zu ihren Utensilien kam.

»Ach, Mist!«

Er grub seine nackten Zehen in den Sand und steckte dabei die Hände in die Hosentaschen. Dabei ertastete er sein Handy und zog es heraus. Ein Anruf in Abwesenheit. Er hatte das Klingeln nicht gehört. Die Brandung, die lauten Kinder, Zorros Gebell hatten ihn abgelenkt. Als er erkannte, wer der Anrufer gewesen war, schlug sein Herz schneller. Rasch lief er zum Felsen zurück, setzte sich auf den sonnengewärmten Stein, rieb seine eiskalten Füße aneinander und wählte die Rückruftaste.

»Ich habe wirklich nicht die geringste Ahnung, was Nadine mit ihrem Auftauchen bezweckte. Und du musst mir glauben, das mit ihr ist vorbei. Endgültig!«

»Ach, muss ich das?« Amélie schmunzelte und drückte ihm einen Kuss auf den Mund. »Dann werde ich das wohl«, fügte sie hinzu und kuschelte sich in seine Arme.

Die Erleichterung, dass sie seinen Beteuerungen Glauben schenkte, überrollte ihn wie eine warme Welle. Er hatte sie vor einer Stunde zurückgerufen. Nervös und doch voller Hoffnung hatte er sich sofort bereit erklärt, sich mit ihr zu treffen. Im Hafen hatte sie auf ihn gewartet, auf der Fahrt zurück zur Mühle jedoch kaum ein Wort gesprochen. Erst als sie bei einem Glas Eistee auf der Terrasse saßen, hatte sie ihn aufgefordert, die gestrige Szene zu erklären. Mit unbewegter Miene hatte sie daraufhin seinen Ausführungen gelauscht, eine Hand auf Zorros Kopf, den sie gedankenverloren streichelte. Anscheinend hatte er die richtigen Worte gefunden, denn nach einer Weile war sie aufgestanden, hatte sich auf seinen Schoß gesetzt und ihm tief in die Augen geschaut.

»Ich glaube dir«, hatte sie gesagt. »Und jetzt vergessen wir Madame Modemagazin und widmen uns erfreulicheren Dingen.«

Daraufhin hatten sie genau das getan und lagen nun erhitzt, aber glücklich in seinem Bett.

Matthieu wickelte eine Strähne von Amélies Haaren um seinen Finger.

»Wie geht's deinem Kopf?«, fragte er. »Sind die Schmerzen weg?« Sie hatte ihm nach ihrem Eintreffen um eine Tablette gebeten.

»Weg, wie durch Zauberhand«, sagte sie und küsste seine Brust. »Meine Mutter hat wohl recht damit, dass körperliche Betätigung Kopfschmerzen verschwinden lässt.«

Sie lachte leise.

»Vielleicht sollte ich meine Methode dahin gehend patentieren lassen«, meinte er mit einem Augenzwinkern. »Ich könnte mich sicher vor leidenden Patientinnen kaum retten.«

»Untersteh dich, du Filou! Wenn ich noch einmal eine fremde Frau bei dir erwische, dann setzt es aber was, glaub mir.«

»Und was ist mit Violet?«

Amélie schnellte hoch und funkelte ihn wütend an. Matthieu fing schallend an zu lachen und zog sie in seine Arme.

»Entschuldige, kleiner Scherz. Violet ist meine Zugehfrau und über sechzig. Von der droht keine Gefahr. Zudem kann sie mich nicht ausstehen. Das sagt sie wenigstens immer. Wobei ich ihr das nicht glaube. Du wirst sie sicher früher oder später kennenlernen.«

Besänftigt kuschelte sich Amélie wieder in seine Armbeuge.

»Das würde ich gerne«, erwiderte sie lächelnd. »Denn ich möchte alles über dich wissen und alle Leute treffen, die du kennst. Außer den attraktiven Mannequins, die können mir definitiv gestohlen bleiben!«

50

Das grüne Fährboot, das zwischen der Ville Close und dem Quartier du Passage zirkulierte, wurde bei den Einheimischen scherzhaft die kleinste Kreuzfahrt der Welt genannt, denn es brauchte nur fünf Minuten von einem Quai zum anderen.

Fabrice hatte sich entschlossen, zu Fuß ins Pastorenhaus zu gehen, weil Hyacinthe mit dem Rotwein bestimmt nicht sparen würde. Und er hatte dem süffigen Roten reichlich zugesprochen, von daher war seine Entscheidung richtig gewesen. Um vom Boulevard zum Pastorenhaus zu gelangen, konnte man entweder um den ganzen Hafen herumgehen oder die Abkürzung über die Ville Close nehmen. Dazu gehörte die kurze Fährfahrt. Doch an diesem schönen Tag drängten sich Einheimische und Touristen gleichermaßen am Quai, um einen Sitzplatz zu ergattern, und er verzog den Mund, als ihm ein korpulenter Mann in der Schlange auf den Fuß trat. Gott sei Dank fuhr das Boot alle fünf Minuten, und bald schon erreichte er auf der Insel den Hafen der mit dicken Festungsmauern umgebenen Altstadt. Von da aus führte eine Brücke auf das Festland. Ein Fußmarsch von weniger als fünfundzwanzig Minuten. Zeit, einen klaren Kopf zu bekommen.

Amélie war ihm ausgewichen. Hatte sie die Kopfschmerzen eventuell nur vorgetäuscht? Doch sie war tatsächlich etwas blass gewesen und hatte dunkle Ringe unter den Augen. Deshalb hatte er auch nicht insistiert, als sie sich vor einem Gespräch gedrückt hatte. Auch wenn er sie vermisste, auf zwei, drei weitere Tage kam es nicht an. Hyacinthe hatte seine Hoffnungen auf eine baldige Verbindung zusätzlich geschürt. Ihre Tochter, so ihr Kommentar, bräuchte zwar immer etwas länger, um sich für etwas zu entscheiden, aber letztendlich füge sie sich jeweils den Wünschen ihrer Mutter.

Fabrice runzelte die Stirn. Er war sich nicht sicher, dass Amélie sich einfach so den Wünschen ihrer Mutter fügte. Vielleicht früher, als sie noch ein Kind gewesen war. Doch als sie vor zwei Jahren aus dem Pastorenhaus ausgezogen war, hatte sie sich abzunabeln begonnen. Zudem wollte er keine Freundin, die nur das tat, was ihre Mutter von ihr verlangte. Wie stellte sich Hyacinthe das überhaupt vor? Man konnte doch niemandem befehlen, einen anderen zu lieben?

Als er das Haus betrat, wurde ihm wieder schmerzlich bewusst, wie ruhig es am Boulevard geworden war. Seit Zoé in Paris lebte, waren die wummernden Bässe, die oft durchs Haus gedröhnt waren, verstummt. Seine kleine Schwester liebte Heavy-Metal-Musik. Ein Umstand, der ihn zeit seines Lebens beinahe in den Wahnsinn getrieben hatte. Doch jetzt vermisste er sogar das Gekreische von AC/DC. Und noch schmerzlicher vermisste er Amélies helles Lachen. Ihm fehlten ihre Unordnung, ihre schlechte Laune am frühen Morgen, der Duft ihres Parfüms und sogar die halb leer gegessenen Joghurtbecher im Kühlschrank.

Warum nur hatte er mit seinem Werben so lange gewartet? Vielleicht deshalb, weil er sie lange nicht wahrgenommen hatte? Sie war immer nur die beste Freundin seiner kleinen Schwester gewesen; das schlaksige blonde Mädchen mit den wundervollen blauen Augen und den aufgeschürften Knien. Zoé und Amélie waren gleich alt, und er, fast zehn Jahre älter, hatte nie viel mit den beiden kichernden Gören anfangen können. Er konnte sich aber noch gut an Amélies schmachtende Blicke erinnern, als sie ein Teenager gewesen war. Zu der Zeit war sie anscheinend sehr in ihn verschossen gewesen.

Mit einundzwanzig hatte Zoé dann beschlossen, dass es nun an der Zeit sei, auf eigenen Füßen zu stehen, was natürlich eine eigene Wohnung implizierte, und hatte ihn angefleht, mit ihr zusammenzuziehen. Er hatte sich zuerst standhaft geweigert, mit ihr eine Wohngemeinschaft zu gründen, weil er keine Lust hatte, für sie den Babysitter zu spielen. Doch Zoé konnte sehr überzeugend sein, und irgendwann hatte er ihrem Drängen nachgegeben. Amélie war quasi als Anhängsel seiner kleinen Schwester einfach mit eingezogen. Doch trotz aller Vorbehalte hatte ihm das Zusammenleben mit den beiden gefallen. Vielleicht auch, weil sie »ihren« Mann mehr oder minder verwöhnten. Eines Tages war ihm auch aufgefallen, dass aus dem flachbrüstigen Mädchen Amélie eine schöne, an den richtigen Stellen proportionierte junge Frau geworden war. Doch er hatte seinen Empfindungen nicht getraut. Schließlich war er so viel älter als sie. Bis Zoé ihn spöttisch darauf hingewiesen hatte, dass er ihre Freundin ständig wie ein verliebtes Mondkalb angaffe. Erst zu dem Zeitpunkt wurde ihm bewusst, dass er sein Herz verloren hatte. Doch anscheinend war ihre Schwärmerei für ihn vergangen, und ob sie je wiederkommen würde, bezweifelte er mittlerweile. So spröde verhält sich keine Frau, die nicht wenigstens ein bisschen interessiert ist, trotz Hyacinthes Versicherungen.

Fabrice hatte eigentlich schon genug getrunken. Trotzdem schenkte er sich einen Cognac ein, holte das angekohlte Tagebuch von seinem Nachttisch und trat mit Schwenker und Buch hinaus in den Garten. Dann setzte er sich auf einen der hölzernen Gartenstühle und begann weiterzulesen.

Montag, 24. Januar 1938

Schon wieder sind zehn Tage vergangen, ohne dass ich zum Schreiben gekommen bin. Liebes Tagebuch, die Ereignisse überschlagen sich, und ich weiß bald nicht mehr, wo oben und wo unten ist! Doch der Reihe nach …

Mein schlimmster und zugleich schönster Albtraum ist wahr geworden: Ich bin guter Hoffnung! Meine Tage sind immer etwas unregelmäßig, deshalb habe ich mich nicht gesorgt, als die Monatsblutung ausblieb. Aber heute Morgen musste ich erbrechen, und meine Brüste spannen. Ich bin die Älteste von zehn Geschwistern und weiß, wie meine Mutter sich gefühlt hat, wenn wieder einmal etwas Kleines unterwegs war.

Guter Gott im Himmel, was soll ich jetzt tun? Ist es von Vincent oder von Quentin? Dem einen habe ich mich voller Leidenschaft hingegeben, beim anderen meine eheliche Pflicht erfüllt. Straft mich Gott jetzt wegen meines lästerlichen Tuns? Wie soll es nun weitergehen?

Ich muss Belle um Rat fragen. Sie ist die gescheiteste Person, die ich kenne, und wird mir helfen. Vielleicht schimpft sie ein bisschen mit mir, aber dann wird sie wissen, was zu tun ist.

51

»Schlimmer als ein Sack Flöhe!«

Matthieu rollte entnervt mit den Augen. Amélie kicherte, räusperte sich dann, als sie sein finsteres Gesicht registrierte, und blieb still liegen. Derweil griff er nach seinen Ölfarben und begann den Grundton für ihren Hautton abzumischen. Sie hatte einen sehr hellen Teint, besonders an den Stellen, die nicht der Sonne ausgesetzt waren. Und die kannte er mittlerweile ganz gut. Ein leichtes Schmunzeln kräuselte seine Lippen.

»Ich ahne, was dir gerade durch den Kopf geht«, spöttelte sie.

Matthieu grinste und wandte sich wieder seinen Farben zu. Er trug ungebranntes Siena, helles Ocker und ein wenig Kadmiumrot auf und mischte sie, um den Grundton zu erhalten. Dann strich er die Hälfte der Mischung an den Rand der Palette, um später darauf zurückgreifen zu können. Damit die Farbe nicht zu schnell antrocknete, gab er einen Tropfen Leinöl dazu. Um unterschiedliche Farbtontiefen zu erreichen, teilte er danach die Hauttonmischung in vier Kleckse auf und fügte jeder eine gewisse Menge Weiß hinzu: vier verschiedene Abstufungen für ein plastischeres Bild. Für die dunkleren Stellen auf Amélies Haut legte er sich gebranntes Umbra, für die Schatten, die ihre Glieder warfen, Indigo bereit. Er atmete einmal tief durch und begann, die Skizze auf der Leinwand mit Ölfarbe zu übermalen.

»Darf ich dich etwas fragen? Oder ist Sprechen auch nicht erlaubt?«

»Solange ich nicht bei deinem Gesicht angekommen bin, nur zu.« Obwohl er eigentlich lieber bei absoluter Ruhe arbeitete, nicht mal Musik konnte er beim Malen ertragen, schien es ihm doch etwas kleinlich, ihr das Sprechen zu verbieten.

»Ist es schwerer, jemanden zu malen, den du kennst, als einen Fremden?«

Matthieu hob verblüfft den Kopf. Darüber hatte er sich noch nie Gedanken gemacht. Zugegeben, er malte normalerweise Landschaften oder abstrakte Motive. Nadine hatte er aber auch auf Leinwand gebannt, und er versuchte sich zu erinnern, was er dabei gefühlt hatte.

»Nun?«

»Ich denke«, begann er nachdenklich, »es verlangt einem mehr ab, wenn man das Motiv persönlich kennt.«

»Das Motiv?« Amélie verzog den Mund.

»Du weißt, was ich meine.« Er wechselte den Pinsel und strich sich mit dem Handrücken eine Strähne aus der Stirn. »Ich habe bei Menschen ein bestimmtes Bild im Kopf«, fuhr er fort. »Das ist mit der Realität nicht unbedingt identisch. Manchmal sind die Porträtierten danach von ihrem Bild enttäuscht. Ich weiß nicht …« Er brach ab.

»Ich sicher nicht!«, entgegnete sie leidenschaftlich, und er lächelte erfreut.

Das Tageslicht wurde schwächer, bald würde es nicht mehr ausreichen. Und bei Kunstlicht malte er ungern. Er legte die Palette auf den Holztisch.

»Wir machen morgen weiter, einverstanden?«

»Ach, schon vorbei?« In ihrer Stimme schwang Enttäuschung mit.

Er nickte, trat zu der Chaiselongue und bot ihr seine Hand. Amélie hatte sich ein weißes Laken um den Körper drapiert, das gewisse Stellen freiließ und einige wenige bedeckte. Sie sah hinreißend aus, wie eine griechische Göttin. Als sie sich erhob, glitt das Laken zu Boden, und sie stand nackt vor ihm. Matthieu schluckte. Begierde wallte in ihm auf, und er zog sie stürmisch in seine Arme. Sie erwiderte seinen Kuss mit der gleichen Leidenschaft, und nach einigen Momenten lösten sie sich schwer atmend voneinander.

»Ist das normal?«, flüsterte sie an seinem Ohr. »Dieses ständige Verlangen?«

Ein Schauer rieselte durch seinen Körper, und er schüttelte stumm den Kopf. Mit beiden Händen fuhr er ihr Rückgrat hinunter bis zu ihrem kleinen, festen Po, umschloss ihn und presste ihn an seine Mitte. Sie stöhnte, als sie seine Lust spürte. Dann trat sie einen Schritt zurück und bückte sich nach dem Laken. Er runzelte die Stirn.

»Tut mir leid, aber ich muss unbedingt etwas essen. Mir ist schon ganz schlecht vor Hunger.«

Matthieu schaute ihr belustigt zu, wie sie die Rinde des reifen Camemberts abschnitt und dann genüsslich das weiche Innere verspeiste. Er brach ein Stück Baguette ab und reichte es ihr über den Küchentisch. »Hier, du Vielfraß!«

»Der Käse ist göttlich!«, sagte sie mit vollem Mund und griff nach dem Glas Cidre Brut, den er noch im Keller gefunden hatte.

»Ich weiß. Ein befreundeter Bauer verkauft ihn direkt ab Hof. Ich werde ihm dein fachmännisches Urteil gerne übermitteln.«

Sie zwinkerte ihm zu. »Ich vergesse meine Tischmanieren, tut mir leid. Aber wenn ich ausgehungert bin, fruchtet die strenge Erziehung meiner Mutter nur bedingt.«

Er schenkte Apfelwein nach. »Erzähl mir doch ein bisschen über deine Familie. Die meine kennst du ja mittlerweile beinahe besser als ich.«

Amélie zuckte mit den Achseln. »Mein Vater ist leider vor zwei Jahren gestorben. Ich vermisse ihn sehr. Mit meiner Mutter verstehe ich mich nicht so besonders. Sie ...« Sie stockte und pickte ein paar Brotkrümel von ihrem Teller. »Nun ja, wir sind sehr unterschiedlich.«

Anscheinend war das ein heikles Thema, und er drang nicht weiter in sie. Wenn es an der Zeit war, würde sie ihm sicher mehr darüber erzählen.

»Dann gibt's noch meinen Onkel Didier, der die Konservenfabrik führt. Seine Frau Éliane und ihre drei Söhne, Thierry und die Zwillinge Loïc und Germain. Das wären alle. Recht überschaubares Grüppchen.« Sie drehte ihr Glas nachdenklich in den Händen. »Wo wir gerade beim Thema ›Familie‹ sind. Weißt du, was mich verwundert? Ich war doch gestern bei meinem Onkel zum Essen und habe ihn und meine Tante nochmals nach Claire gefragt. Beide kannten sie nicht. Wie ist das möglich? Sie war schließlich die Großtante meines Onkels. Wenigstens er hätte ihren Namen doch irgendwann aufschnappen müssen?«

Matthieu hob die Achseln. »Im Grunde schon. Aber sie ist ja auch früh gestorben. Vielleicht hat man ihren Namen einfach nie mehr erwähnt.«

Amélie stellte ihr Glas mit einem Ruck auf den Tisch, sodass er erschrocken zusammenzuckte.

»Genau das ist der springende Punkt! Man hat ihren Namen nie mehr erwähnt. Als hätte man die Erinnerung an sie tilgen wollen. Findest du das nicht merkwürdig?«

»Vielleicht wollte deine Familie diese Sache einfach vergessen. Auch wenn ich, aus den dir bekannten Gründen, natürlich wenig Verständnis für ihr Vorgehen habe, damals war das sicher ein schrecklicher Skandal.«

»Ja, du hast recht. Aber es ist trotzdem ungerecht. Ihr und deiner Familie gegenüber.«

Sie starrte gedankenverloren vor sich hin, und er griff über den Tisch hinweg nach ihrer Hand.

»Wir sollten das alles hinter uns lassen, Chérie. Schau, Nonno hat jetzt seine Fotos, und wir haben uns. Die Tanguys und die Kalderas haben also doch noch zusammengefunden.«

Amélie hob den Kopf und lächelte. »Stimmt«, sagte sie, führte seine Hand an ihre Lippen und küsste sie. »Trotzdem ist es ungerecht.«

52

»Was grinst du denn die ganze Zeit so idiotisch vor dich hin? Bist du etwa verliebt?«

Amélie fühlte sich ertappt.

»Ich grinse doch gar nicht«, gab sie schnippisch zurück, legte die Fotos auf Jean-Pierres Schreibtisch und verließ dann fluchtartig sein Büro. Doch eine verräterische Röte hatte sich in ihr Gesicht geschlichen, und das Gelächter ihres Chefs folgte ihr bis zu ihrem Arbeitsplatz.

Als sie um acht Uhr die Werbeagentur betreten hatte, hatte ihr Schreibtisch sie mit einem Stapel liegen gebliebener Korrespondenz begrüßt. Jetzt war es kurz vor zehn, und sie hatte kaum die Hälfte davon geschafft. Trotzdem war sie guter Laune, was bestimmt mit der vergangenen Nacht zusammenhing. Sie lächelte bei der Erinnerung an die leidenschaftlichen Stunden. Obwohl sie kaum zum Schlafen gekommen war, fühlte sie sich ausgeruht und voller Elan. Vielleicht hatte Jean-Pierre ja recht, und sie war ein bisschen verliebt.

Sie setzte sich auf ihren Stuhl und schaute einen Moment zum Fenster hinaus. Es würde ein strahlender Tag werden, den sie lieber mit Matthieu und Zorro am Strand verbracht hätte, doch sie konnte nicht schon wieder der Arbeit fernbleiben. Schließlich würde sie die zwei heute Abend sehen. Und möglicherweise auch morgen und den Tag darauf.

»Na, wieder gesund?« Damien, der Auszubildende, stellte ihr einen Latte Macchiato und ein Croissant auf den Schreibtisch. Der schlaksige Achtzehnjährige strich sich seinen überlangen Pony aus dem Gesicht und grinste sie frech an.

»Danke. Und ja, alles wieder in Ordnung.« Sie griff nach dem Kaffee und hob die Augenbrauen. »Sonst noch was?«

Damien setzte sich auf die Ecke ihres Schreibtisches. »Ich habe dich im L'Amiral gesehen«, erklärte er und zog einen Mundwinkel nach oben. »Mit diesem Maler. So krank sahst du dabei aber nicht aus.«

Sie seufzte. Wunderbar, jetzt würde es keine zehn Minuten dauern, und die ganze Belegschaft wäre darüber informiert.

»Das war geschäftlich«, erwiderte sie in bemüht lockerem Ton. »Vielleicht ein künftiger Auftrag für … eine Broschüre.«

»Ja, klar!«, feixte Damien und stand auf. »Broschüre. Ich verstehe schon.«

»Hau bloß ab, du Witzbold!«

Sie lachte und warf dem Davoneilenden einen Bleistift hinterher. Anschließend griff sie nach einem weiteren Ordner auf ihrem Stapel und verglich die Rechnung eines Fotografen mit dessen Angebot. Doch ihre Gedanken schweiften zu Claire Tanguy zurück. Matthieu wollte die Vergangenheit ruhen lassen. Bestimmt wäre es das Beste. Aber ihr ließ die Sache einfach keine Ruhe.

Ignacio hatte ihr erzählt, dass er nach der Geburt und Claires Tod in ein Kinderheim gekommen sei. Die Tanguys hätten den Bastard anscheinend nicht aufziehen wollen. Er erinnerte sich nicht an die Zeit, denn sein Vater habe ihn noch als Baby in diesem Heim aufgespürt und mitgenommen. Vielleicht sogar geraubt. Denn er könnte sich nicht vorstellen, dass die damaligen Behörden einem Tagelöhner einfach so ein Kind überlassen hätten. Zudem besaß er keine amtlichen Unterlagen. Weder eine Geburtsurkunde noch irgendwelche Entlassungspapiere des Kinderheims. Sein Vater habe kaum jemals über dieses Kapitel in ihrem Leben gesprochen. Und irgendwann habe Ignacio es schließlich aufgegeben, danach zu fragen.

Sie spielte gedankenverloren mit einem Kugelschreiber. Wieso hatten die Tanguys gewusst, dass Claires Kind nicht von ihrem Ehemann stammte? Amélie vermutete, dass man es dem Knaben wohl angesehen haben könnte. Claire war allem Anschein nach blond gewesen. Andererseits gab es in der Familie der Tanguys doch auch schwarzhaarige Personen mit dunklen Augen, wie ihre Mutter zum Beispiel. Wieso waren sie sich damals also so sicher gewesen, dass der Knabe nicht von Quentin stammte? War das Verhältnis mit Vincent Kaldera vielleicht schon vor der Niederkunft ans Licht gekommen? Aber dann hätte man Claire doch auf keinen Fall bis zur Geburt im Schoß der Familie belassen. Zu der Zeit steckte man gefallene Frauen in ein Heim. Oder schickte sie an einen Ort, wo sie ihre Schande austrugen. Und wenn Claire und Vincent angeblich doch so verliebt ineinander gewesen waren, wieso waren sie dann nicht einfach zusammen davongelaufen?

»Schön, wenn man so viel Muße hat, um Löcher in die Luft zu starren!«

Amélie schreckte aus ihren Gedanken hoch und sah in das genervte Gesicht ihres Chefs.

»Entschuldige«, murmelte sie und widmete sich wieder ihren Unterlagen. Doch die Ungereimtheiten über Claires Schicksal wollten sich nicht aus ihrem Kopf vertreiben lassen.

Der Friedhof von Concarneau lag in der Rue Yves Le Gall und war von einer hohen Steinmauer umgeben. Jedes Schulkind war schon einmal hier gewesen, weil die Bretonen ihre Helden nicht vergessen. Auf dem eingezäunten Gelände lagen die drei alliierten Piloten begraben, die hier im Zweiten Weltkrieg im Gefecht gefallen waren: einer aus England, einer aus Neuseeland und einer aus Kanada. Jeder kannte ihre Namen, und jedes Jahr erinnerte ein Gottesdienst mit anschließender Friedhofsbegehung an die Gräueltaten des Krieges. Zudem befand sich hier das Familiengrab von Amélies Sippe. Und aus diesem Grund hatte sie die Einladung ihres Chefs zum Mittagessen ausgeschlagen, um ein wenig Ahnenforschung zu betreiben.

Der Kies knirschte unter ihren Schuhen, als sie zielstrebig zwischen den gemauerten Gräbern mit den grauen Steinkreuzen und den verwitterten Granitgrabsteinen hindurchschritt. Sie wandte sich nach rechts. Hier, nahe der Friedhofsmauer, stand das Mausoleum der Familie ihrer Mutter, in der auch ihr Vater beigesetzt worden war. Es handelte sich um eines der größten auf dem Gelände, schließlich mussten die Mitglieder der Konservenfabrikdynastie standesgemäß bestattet werden. So hatte es ihre Mutter stets formuliert. Amélie war es egal, wo sie liegen würde, wenn ihre Zeit gekommen war. Sie glaubte, wie ihr Vater es sie gelehrt hatte, an die Unsterblichkeit der Seele. Dazu brauchte sie kein Steinmonument. Aber für die Trauernden schien es ein nützlicher Weg zu sein, sich von den Toten zu verabschieden.

Ein frischer Strauß gelber Rosen stand in der festgemauerten Vase auf der schwarzen Marmorplatte, die das Grab bedeckte. Mutter oder Onkel? Sie tippte auf Erstere, denn Gelb war Hyacinthes Lieblingsfarbe.

Amélie küsste ihre Fingerspitzen und fuhr dann sanft über den eingravierten Namen ihres Vaters. Sie dachte einen Moment an sein dröhnendes Lachen, wenn er sich einen lustigen Film im Fernsehen angesehen hatte, und musste lächeln. Dann widmete sie sich den anderen Namen auf der Tafel. Ihre Großeltern mütterlicherseits Gustave und Antoinette Ferry-Bellec, deren Eltern Honoré und Laeticia Bellec-Tanguy und die Gründer der Konservenfabrik, Yvette und Gilles Tanguy. Neben Laeticia, die auch im Tagebuch auftauchte, war ein einzelner Name eingraviert: Quentin Tanguy, geboren 1911, gestorben 1940. Aber an dessen Seite, wo eigentlich Claires Name hingehörte, war der Platz leer.

Amélie schüttelte den Kopf. Wie mussten die Tanguys ihre Schwiegertochter gehasst haben, um sie nicht in der Familiengruft zu bestatten! Aber irgendwo musste sie doch liegen?

Sie drehte sich um und betrachtete nachdenklich den Friedhof. Obwohl das Gelände einigermaßen überschaubar war, wäre es doch ein Zufall, wenn sie Claires Grab jetzt fände. Und einige Grabstätten waren während des Krieges zerstört worden. Die Grabsteine zerbrochen, die Namen vergessen. Es gab nur eine Person, die ihr helfen konnte: Émile Barillec, der pensionierte alte Küster.

53

Matthieu starrte entgeistert auf das Schreiben mit dem beeindruckenden Briefkopf in Form eines aufrecht stehenden Löwen, der eine Waage in den Pranken hält. Er hörte weder das Klingeln seines Handys noch Zorros Kratzen an der Terrassentür.

Das konnte nicht wahr sein! Er schüttelte den Kopf, ließ sich schwer auf das Sofa fallen und schluckte. Das war einfach nicht möglich! Doch da stand es schwarz auf weiß:

»*… teilen wir Ihnen mit, dass infolge einer vermuteten Grundwasserverschmutzung seitens Ihres Anwesens eine polizeiliche Ermittlung eingeleitet wird.*

Sollten die Anschuldigungen zutreffen, müssen Sie mit einer Anzeige wegen Gewässerverschmutzung rechnen. Nach Art. 1 StGB §324 des Gewässerverunreinigungsgesetzes vom 15. April 1998 werden solche Vergehen mit einer Freiheitsstrafe von bis zu drei Jahren oder einer Geldstrafe in Höhe von 75 000 Euro geahndet. Bei einer rechtskräftigen Verurteilung wird sich die Kommune Concarneau zudem vorbehalten, Ihnen das Nutzungsrecht für die Zufahrt durch das Naturschutzgebiet zu Ihrem Wohnsitz zu entziehen.«

Darauf folgten noch eine erkleckliche Anzahl Paragrafen und viel juristisches Gefasel. Doch Matthieu wusste, was das hieß: Im schlimmsten Fall würde er ins Gefängnis müssen. Oder die

Mühle verlieren, denn wie sollte er zu ihr gelangen, wenn er nicht hinfahren durfte?

Er schüttelte wieder den Kopf. Grundwasserverschmutzung? Das war doch wohl ein Witz! Er hatte bei der Renovierung peinlich darauf geachtet, dass kein Dreck in den Mühlteich gelangte, und eine horrende Summe für neue Abwasserrohre ausgegeben. Wie kam diese Kanzlei nur auf so eine hirnrissige Annahme? Wollte ihn jemand anschwärzen? Aber wer und wieso?

»Nadine!«, stieß er wütend hervor. Hatte sie in dieser Art und Weise auf seine Zurückweisung reagiert? Sie war der Typ für hinterlistige Rachepläne. Aber ging sie wirklich so weit?

Ein Jaulen riss ihn aus seinen Gedanken, und automatisch öffnete er die Terrassentür, um Zorro einzulassen. Das Tier sprang freudig an ihm hoch, doch ihm war nicht nach Spielen zumute. Er ging in die Küche und stellte die Kaffeemaschine an. Und wenn es nicht Nadine war? Wer hasste ihn so, dass er ihm die Polizei auf den Hals hetzte? Kurz zuckte ein Name durch seinen Kopf: Tanguy! Nonno hatte ihm doch von deren Haltung gegenüber den Kalderas erzählt. Doch es gab keine Tanguys mehr. Amélie würde so etwas ganz bestimmt nicht tun. Ihre Mutter und ihren Onkel kannte er nicht einmal. Also wer war es gewesen?

Matthieu goss sich mit grimmiger Miene einen Kaffee ein und suchte im Speicher seines Handys die Nummer von Florian Bernicot, dem Anlagenmechaniker, der bei der Renovierung für die Sanitär- und Heizungstechnik verantwortlich gewesen war. Und während es klingelte, überlegte er sich, ob es nicht vielleicht klüger wäre, zuerst einen Anwalt anzurufen.

54

»Es könnte doch sein, dass er sich an Claire erinnert. Obwohl er damals vermutlich noch ein kleiner Junge gewesen ist. Aber es wäre durchaus möglich.«

Amélie wusch den Salat unter fließendem Wasser, trocknete sich dann die Hände an einem Handtuch ab und bemerkte erst jetzt, dass Matthieu keine Antwort gab. Er starrte auf den Buchweizenteig für die Galettes, die typischen bretonischen Fladen, als würde er sie mit Geisteskraft dazu bringen wollen, in die Pfanne zu hüpfen. Glücklicherweise hatte er sich dazu bereit erklärt, das Zubereiten zu übernehmen, wofür sie ihm mehr als dankbar war. Ein Sprichwort besagte zwar, dass die erste Galette immer der Hund bekommt, weil das Backen der dünnen, knusprigen Fladen viel Geschicklichkeit erforderte, doch wenn sie selbst sich daran versuchte, würde Zorro vermutlich einen Haufen davon vertilgen müssen.

»Ist was?« Sie strich sich eine Haarsträhne hinters Ohr, die sich aus ihrem Pferdeschwanz gelöst hatte, und holte die Salatschüssel aus dem Küchenschrank. Als Matthieu nicht reagierte, tippte sie ihn auf die Schulter. »Hallo?«

Er zuckte zusammen und setzte dann ein schiefes Lächeln auf.

»Entschuldige, ich war in Gedanken. Wer war ein kleiner Junge?«

»Émile Barillec, der alte Küster. Vielleicht erinnert er sich, wo Claires Grab liegt. Oder, was natürlich noch besser wäre, was 1938 passiert ist.«

Matthieu nickte automatisch, fettete dabei die Eisenpfanne ein und füllte eine kleine Menge Teig hinein. Dann drehte er die Pfanne so geschickt, dass die Masse gleichmäßig verteilt wurde und bald als knusprig gebackener Fladen auf einem bereitgestellten Teller landete.

Amélie seufzte. Kochende Männer waren einfach zu sexy! Doch etwas schien ihn zu beschäftigen. Er war nicht wie sonst. Ging ihm ihr Streit wegen Nadine immer noch im Kopf herum? Doch nach der gestrigen Nacht war alles wieder in Ordnung gewesen. Und heute Morgen hatte er sie mit einem innigen Kuss verabschiedet und den Worten, dass er sich sehr auf das gemeinsame Abendessen freue. Sollte sie nachhaken oder warten, bis er sich ihr erklärte? War das erneut so ein Künstlerdings? Sie erinnerte sich an das Mittagessen im L'Amiral. Schon damals schien es, als sei er eine Zeit lang in seine eigene Welt versunken gewesen. Womöglich ärgerte er sich nur, wenn sie ihn bedrängte.

»Du machst dir zu viele Gedanken wegen Claire, Amélie. Lass die alten Geschichten doch einfach ruhen. Niemandem ist gedient, wenn wir dieses Unglück jetzt wieder aufrollen.«

Er drehte sich abrupt um und trug den Teller mit den noch warmen Galettes ins Wohnzimmer. Sie starrte ihm verblüfft hinterher, griff dann nach der Salatschüssel und folgte ihm.

»Aber es ist einfach nicht in Ordnung!«, nahm sie das Gespräch wieder auf. »Wie kannst du so eine Ungerechtigkeit gutheißen? Sie ist schließlich deine Urgroßmutter! Willst du nicht, dass sie rehabilitiert wird?«

Er zuckte nur mit den Schultern, und Amélie schüttelte genervt den Kopf.

Sie setzten sich an den Tisch, doch keiner machte

Anstalten, die köstlich duftenden Fladen zu probieren. Eine unerquickliche Stille hatte sich breitgemacht, die selbst Zorro zu spüren schien. Normalerweise postierte sich der Hund, sobald Essen auf dem Tisch stand, an Matthieus Seite, immer in der Hoffnung, etwas Essbares würde herunterfallen, oder jemand erbarmte sich seines treuen Hundeblickes und fütterte ihn mit einer Leckerei. Doch dieses Mal verzog er sich in sein Körbchen und machte keinen Mucks.

Amélie wusste nicht, was sie von Matthieus momentaner Stimmung halten sollte. Sie griff nach ihrer Serviette, legte sie sich auf den Schoß und zupfte nervös daran herum, dann fasste sie sich ein Herz.

»Was ist los? Habe ich dich verärgert?«

Eine Weile sagte er nichts, und ihr Magen krampfte sich zusammen. Endlich hob er den Kopf.

»Aber nein, Chérie«, sagte er dann zu ihrer Erleichterung. »Ich habe … nun ja, es gibt Probleme mit der Mühle. Jemand hat mich angezeigt. Ich soll angeblich den Teich verschmutzt haben. Und nun droht mir ein Verfahren wegen Gewässerverschmutzung.«

Sie runzelte die Stirn. »Wie das?«

Er zuckte mit den Schultern. »Keine Ahnung. Ich habe beim Umbau peinlich darauf geachtet, dass kein Abwasser in den Teich läuft. Es handelt sich bestimmt um ein Missverständnis, das sich bald aufklären wird.«

Doch sein bemüht lockerer Tonfall strafte seine Aussage Lüge.

»Lass uns jetzt essen, das wird schon wieder.«

55

Die Sichel des abnehmenden Mondes schimmerte durch die Gazevorhänge, und die Geräusche der nachtaktiven Tiere, die durch das offene Schlafzimmerfenster hereindrangen, wirkten beruhigend; trotzdem fand Matthieu keinen Schlaf. Seine Gedanken kreisten um das amtliche Schreiben.

Ein Prozess kostete viel Geld. Auch wenn sich seine Unschuld herausstellen würde, was er nicht bezweifelte, musste er seine Anwaltskosten selbst tragen. Bei einem Freispruch nahmen sie ihm zwar die Mühle nicht weg, aber womöglich musste er sie verkaufen, um das nötige Geld aufzubringen, die Rechnungen zu begleichen. Er hatte sein gesamtes Vermögen in den Umbau gesteckt und keine Reserven mehr. So oder so eine prekäre Situation.

Er stand leise auf, um Amélie nicht zu wecken, ging in die Küche und goss sich ein Glas Wasser ein. Zorro wedelte sachte mit dem Schwanz, drehte sich dann auf die Seite und stieß einen Seufzer aus.

Zur Not könnte er natürlich bei Nonno wohnen. Aber wo sollte er malen? Die Chaumière seines Großvaters war winzig! Gerade groß genug für eine oder zwei Personen. Doch nichts für einen Maler mit seinen Leinwänden, Kübeln, Pinseln und Farben. Und auch Zorro würde sich dort bestimmt nicht wohlfühlen.

Er stützte sich mit beiden Händen auf die Spüle und schüttelte den Kopf. Irgendwie schien es, als wäre sein Leben eine Abfolge von unglücklichen Umständen. Irgendetwas lief immer schief. Gab es denn wirklich nie eine ruhige Minute?

Zwei Arme schlangen sich plötzlich um seinen Oberkörper, und Amélies schlafwarme Wange presste sich an seinen nackten Rücken.

»Kannst du nicht schlafen?«, flüsterte sie, ein Gähnen unterdrückend.

Er drehte sich um und schloss sie in die Arme. Eine Weile sagten beide nichts, genossen die Nähe des anderen, dann löste er sich aus der Umarmung.

»Ich dachte immer«, begann er und strich ihr bei den Worten eine Strähne ihrer zerzausten Haare aus dem Gesicht, »dass mir persönlicher Besitz nicht so wichtig sei. Doch wenn ich daran denke, das alles hier aufgeben zu müssen, kann ich kaum mehr atmen.« Er stieß die Luft aus. »Zudem habe ich eine Aversion gegen die Obrigkeit. Vermutlich ein tief verwurzeltes Misstrauen seitens der Kalderas.« Er versuchte zu lächeln, was ihm nicht recht gelang. »Wir hatten nie viel Glück mit den Behörden.«

Amélie nickte, als ob sie ihn verstünde. Doch er hegte den Verdacht, dass sie nicht wusste, wie das ist, nirgends zu Hause zu sein, nirgends dazuzugehören. Sie war in einem ganz anderen Umfeld aufgewachsen. Aber konnte er ihr das vorwerfen?

»Es wird sich sicher alles aufklären«, sagte sie und küsste ihn sanft auf die Lippen. »Zudem ist mein ehemaliger Mitbewohner Anwalt, wie du weißt. Wenn du willst, rufe ich ihn morgen an und bitte ihn um Rat. Womöglich macht er dir einen Freundschaftspreis.«

Matthieu furchte die Stirn. Wieso sollte ihm dieser Fabrice beistehen? Wenn er, wie er vermutete, in Amélie verliebt war, würde er sicher einen Teufel tun und seinem Nebenbuhler aus der Patsche helfen. Vielleicht war er sogar derjenige gewesen, der ihm die Behörden auf den Hals gehetzt hatte. Möglicherweise hatte er herausgefunden, dass Amélie und er jetzt ein Paar waren, und die Eifersucht hatte ihn zu diesem Schritt getrieben.

»Hältst du das für eine gute Idee? Immerhin hat er Claires Tagebuch vernichtet.«

Sie zuckte mit den Schultern.

»Fabrice kann sein, wie er will. Aber wenn es um Recht und Gerechtigkeit geht, macht ihm niemand etwas vor. Und fragen kostet bekanntlich nichts. Oder ich bitte meinen Onkel um Hilfe. Er kennt eine Menge wichtiger Leute in Concarneau und kann uns sicher raten.«

Ihn rührte ihre Empathie, und zärtlich küsste er ihre Stirn.

»Du hast recht. Wir finden eine Lösung. Lass uns wieder ins Bett gehen und an etwas anderes denken.«

»Denken oder tun?«, fragte sie mit einem verschmitzten Lächeln.

»Was wäre Ihnen denn lieber, Mademoiselle?«

Als Antwort warf sie ihm einen koketten Blick zu, nahm seine Hand und zog ihn Richtung Schlafzimmer.

»Ausgemachter Quatsch!« Florian Bernicot betrachtete das amtliche Schreiben mit zusammengezogenen Augenbrauen und gab es Matthieu dann zurück. »Die spinnen doch! Ich habe keine Auflage verletzt, alles hat seine Richtigkeit. Das werde ich auch aussagen.«

»Aber kannst du es auch belegen?«

Der untersetzte Mann Mitte fünfzig steckte beide Daumen in die Träger seiner verwaschenen Latzhose und schnaubte verächtlich.

»Logo, alle Pläne befinden sich in der Ablage. Die sollen nur versuchen, uns ans Bein zu pinkeln!«

Matthieus Laune besserte sich zusehends. Auch wenn er an Bernicots korrekter Klempnerarbeit nicht gezweifelt hatte, beruhigte ihn dessen Aussage ungemein.

»Danke, Florian. Mit fällt ein Stein vom Herzen.«

»Jemand hat dich wohl auf dem Kieker«, brummelte dieser, ging dabei zu einem kleinen Kühlschrank neben einem vollgestopften Aktenschrank und holte eine Flasche Cidre hervor. »Auch ein Schluck?«

Matthieu schüttelte den Kopf. Es war kurz vor zehn Uhr morgens, und ihn gelüstete mehr nach einem Kaffee. Doch im Büro der Werkstatt suchte man vergebens nach einer Kaffeemaschine. Florian hielt nichts von gerösteten Bohnen und setzte selbstredend voraus, dass es seinen Kunden ebenso ging.

»Gut möglich«, erwiderte Matthieu. »Wenn ich nur wüsste, wer und wieso. Als ich damals die marode Mühle kaufte, um sie zu renovieren, küsste man mir auf der Stadtverwaltung fast die Füße vor Begeisterung. ›Authentische Wiederherstellung‹ war die Parole. Und jetzt droht man mir? Verstehe das, wer will.«

Bernicot nickte zustimmend, nahm dabei ein leidlich sauberes Glas von einem Bord und füllte es mit Cidre.

»Wer weiß schon, was in diesen bürokratischen Köpfen vorgeht. Zum Glück befasst sich mein Schwiegersohn mit dem ganzen administrativen Zeugs. Ich arbeite lieber mit der Rohrzange im Dreck.« Er lachte dröhnend, prostete ihm zu und trank das Glas Apfelwein in einem Zug leer.

Matthieu verließ den Betrieb durch die Werkstatt, in der es nach geschmolzenem Metall und Schneidfett roch. Nach Florians Versicherungen, dass der Umbau korrekt ausgeführt worden war, fühlte er sich besser, obwohl ihm der drohende Prozess schwer im Magen lag. Zorro begrüßte ihn mit freudigem Gebell, als er seinen Wagen aufschloss.

»Ist ja gut, alter Junge. Du kriegst deinen Spaziergang

schon noch. Wollen wir Nonno besuchen? Er wird bestimmt entzückt sein, zu erfahren, dass Amélie und ich jetzt zusammen sind.«

Zorro antwortete mit einem halblauten Wuff, und Matthieu grinste. Manchmal hatte er das Gefühl, dass das Tier ihn besser verstand als er sich selbst.

56

»Guten Tag, Monsieur Barillec, hier spricht Amélie Monfort aus Concarneau. Genau, Pastor Monforts Tochter.«

Sie nutzte ihre morgendliche Kaffeepause, um den alten Küster anzurufen. Er lebte in einem Seniorenheim in der Nähe von Pont-Aven. Sie wollte Claires Schicksal nicht einfach so ad acta legen, sondern herausfinden, was damals passiert war und weshalb diese Frau der Vergessenheit anheimgefallen war. Bewusst oder unbewusst: Das galt es herauszufinden!

Es hatte eine Ewigkeit gedauert, bis man den Rentner gefunden und ans Telefon geholt hatte. Aber immerhin erinnerte er sich an sie. Das ließ hoffen. Sie schaute auf ihre Uhr. Bald würde ihr Chef zurückkommen. Er schätzte es nicht, wenn seine Angestellten während ihrer Arbeitszeit persönliche Telefonate tätigten.

»Er ist leider vor zwei Jahren gestorben«, beantwortete sie die Frage des Küsters nach ihrem Vater am anderen Ende der Leitung. »Sie waren doch auch auf der Beerdigung. Das macht doch nichts… wir vergessen doch alle mal etwas. Monsieur Barillec, weshalb ich Sie anrufe: Sagt Ihnen der Name Claire Tanguy etwas?«

Das idyllische Pont-Aven lag eine knappe halbe Stunde von Concarneau entfernt. Die in die grüne Flussmündung des Aven geschmiegte kleine Stadt verdankte ihre Bekanntheit Gauguins Malerschule, die der berühmte Nachimpressionist im 19. Jahrhundert hier gegründet hatte.

»Ich fahre ja gerne mit dir ein wenig durch die Gegend, Chérie, aber bist du dir sicher, dass sich dieser Ausflug wirklich lohnt?«

Amélie biss in ihr Krabbensandwich und nickte. Sie kaute eine Weile, und als sie Matthieus Blick auf sich spürte, schluckte sie den Bissen hinunter und lächelte.

»Er ist vielleicht ein wenig vergesslich geworden, doch an den Namen konnte er sich erinnern.«

Sie hatte Matthieu vor einer halben Stunde angerufen und ihn gebeten, sie während ihrer Mittagspause nach Pont-Aven zu fahren, um Émile Barillec einen Besuch abzustatten. Er hielt ihre detektivischen Ambitionen nach wie vor für vergebliche Liebesmüh, hatte aber auf ihr inständiges Bitten hin eingelenkt.

Er hatte ihr von seinem Gespräch mit dem Klempner erzählt. Offensichtlich war beim Umbau alles nach Vorschrift abgewickelt worden, und seine Laune hatte sich sichtlich gebessert. Sie nahm sich aber trotzdem vor, die Sache mit Fabrice zu besprechen. Die Unstimmigkeiten der letzten Tage belasteten sie. Vielleicht hatte er sich in der Zwischenzeit beruhigt, und sie konnten ihre freundschaftliche Beziehung wiederaufnehmen. Schließlich kannten sie sich seit Ewigkeiten, und es fiel ihr schwer, ihn so rigoros aus ihrem Leben zu streichen. Zudem befanden sich ihre Sachen noch im Haus am Boulevard. So oder so musste sie ihn nächstens treffen.

Sie fuhren den Fluss entlang, auf dem Segelboote und Vergnügungsboote sanft im Wind schaukelten. Der Wasserlauf schlängelte sich zwischen runden Felsen hindurch. Die blühenden Flussufer bildeten bunte Farbkleckse vor den zahlreichen Steinmauern und -brücken. Amélie erblickte auf der linken

Seite den großen Felsbrocken, der von den Einheimischen »Schuh des Gargantua« genannt wurde, weil er dem Schuh des Riesen aus den Romanen von François Rabelais ähnelte. An der Promenade fotografierten Touristen die idyllische Umgebung oder bestaunten die Schaufenster der vielen Kunstgalerien.

Sie lotste Matthieu anhand der Karte auf ihrem Smartphone durch die verwinkelten Gassen, die von Bistros und kleinen Geschäften gesäumt wurden. Die »Residenz zur Abendsonne« lag etwas außerhalb des Städtchens oberhalb des Liebeswäldchens »Bois d'Amour«, ganz in der Nähe der Kapelle von Trémalo hinter Eichen und Buchen.

Sie stellten den Wagen auf einem Besucherparkplatz ab und gingen zu dem modern gestalteten Eingang des Gebäudes. Eine luftige Halle mit verglaster Fensterfront, hellem Parkettboden und farbigem Mobiliar empfing sie. Anscheinend war man sehr bemüht, den Bewohnern eine einladende Atmosphäre zu bieten.

Sie steuerten auf die Empfangstheke zu, hinter der eine Frau mittleren Alters in einem rosafarbenen Kittel saß und mit konzentrierter Miene ihre Computertastatur malträtierte. Auf Matthieus Räuspern hin hob sie den Kopf und schenkte ihnen ein freundliches Lächeln.

»Sie wünschen?«

»Wir möchten gerne zu Monsieur Barillec«, erklärte Amélie. »Er erwartet uns.«

»Wie reizend. Der gute Émile bekommt so selten Besuch.« Sie schaute auf ihre Uhr. »Um diese Zeit wird er wohl auf der Terrasse seinen Kaffee einnehmen.« Sie zeigte mit ihrer Hand auf den hinteren Teil der Empfangshalle. »Gehen Sie einfach durch das Restaurant. Es ist nicht zu verfehlen.«

Auf den Tischen des Essraumes standen noch die leeren Teller und Gläser vom Mittagessen. Zwei Frauen in Kittelschürzen waren gerade dabei, diese auf einen Servierwagen zu stapeln. Durch ein Panoramafenster sah man in einen gepflegten Park hinaus. Unter einer gestreiften Markise standen mehrere kleinere Tischchen, an denen vereinzelt Personen saßen, die in Büchern oder Zeitschriften blätterten oder einfach ins Grüne blickten.

»Dort ist er.« Amélie wies auf einen einzelnen Mann mit schütterem weißen Haar, der ihnen den Rücken zudrehte. Er war der Einzige, der einen Anzug trug. Offensichtlich hatte er sich für seinen Besuch fein gemacht. Das rührte sie, und sie griff nach Matthieus Hand.

»Wir haben ihm gar nichts mitgebracht«, flüsterte sie, was ihr einen erstaunten Blick ihres Begleiters einbrachte. »Ich hätte daran denken müssen.«

»Vielleicht freut er sich mehr über unseren Besuch als über ein Geschenk«, mutmaßte Matthieu und drückte ihre Hand. Sie nickte. Trotzdem, ein Präsent wäre angemessen gewesen.

Als sie die Terrasse betraten, wandten sich ihnen die anderen hier anwesenden Bewohner neugierig zu. Auf ihren Gesichtern lag die Hoffnung, dass der Besuch vielleicht ihnen galt. Und Amélie überfiel zum ersten Mal in ihrem Leben die Erkenntnis, wie einsam alte Leute sein können. Sie schluckte.

Monsieur Barillec hatte sich mühsam aus seinem Stuhl erhoben und sah ihnen mit einem Lächeln entgegen. Er verbeugte sich charmant, als Amélie auf ihn zusteuerte. Dann lief ein Schatten über sein Gesicht.

»Claire Tanguy. Ich hätte nicht gedacht, dass ich diesen Namen je wieder hören würde.«

57

Das Quecksilber bewegte sich auf die Fünfundzwanzig-Grad-Marke zu. Ungewöhnlich für Mai. Fabrice schwitzte in seinem dunklen Anzug; deshalb stand er auf und setzte sich in den Schatten. Hier war es angenehmer. Er packte sein Sandwich aus und öffnete die Limonadenflasche. Ihm blieb nicht viel Zeit für die Mittagspause, denn schon um zwei hatte er seinen nächsten Termin. Eine ältere Frau mit einem beinahe ebenso alten Pudel ließ sich neben ihm auf der Bank nieder, die einen wunderbaren Blick aufs Meer bot. Er mochte Hunde nicht besonders, was vermutlich auf Gegenseitigkeit beruhte. Denn der Pudel hob die Lefzen und zeigte seine gelb verfärbten Zähne.

»Mignon, sei brav!«, befahl seine Herrin und blickte ihn entschuldigend an. »Keine Sorge, er beißt nicht.«

»Gut zu wissen«, entgegnete Fabrice spöttisch und widmete sich wieder seinem Sandwich. Als es in seiner Sakkotasche piepste, holte er sein Smartphone hervor und las die Kurzmitteilung seiner Schwester. Zoé hatte ihm ein Bild geschickt: sie und der Musiker vor dem Eiffelturm. Beide strahlten um die Wette. Fabrice lächelte. Wenigstens eine aus der Familie hatte Glück in der Liebe. Er schickte ihr ein Smiley zurück und verstaute das Handy wieder.

Die Hundebesitzerin neben ihm erhob sich, nickte ihm

flüchtig zu und ging dann Richtung Ville Close davon. Ihr Pudel trottete ihr lustlos hinterher, warf ihm dabei noch einen giftigen Blicke über die Schulter zu, als wäre der junge Mann schuld an seinem Hundeelend. Fabrice hob die Limonadenflasche.

»Prost!«, rief er halblaut, und der Pudel zeigte ihm wieder die Zähne.

Das Sandwich schmeckte fade. Auf einer Seite war es durch die Tomatenscheiben aufgeweicht. Er verzog das Gesicht, stand auf und warf das belegte Brot in einen Abfallkübel. Wenigstens hatte er noch eine große Tüte Karamellbonbons in seiner Aktentasche. Er setzte sich wieder auf die Bank, griff nach seiner Tasche und kramte darin herum. Dabei stieß er auf das Tagebuch. Ab und zu las er in den Einträgen. Sie waren nach wie vor nicht leicht zu entziffern. Seltsamerweise interessierte ihn das Schicksal der Tagebuchschreiberin, wenn auch nicht in dem Maße, wie es Amélie anscheinend ergangen war. Fabrice war zu dem Schluss gekommen, dass er es ihr zurückgeben würde, wenn sie ihm das nächste Mal über den Weg lief. Deshalb trug er es auch immer bei sich.

Hyacinthe hatte übertrieben. Von dem dünnen Buch ging ganz bestimmt keine Gefahr für ihre Tochter aus. Vielleicht wurde die Witwe langsam etwas wunderlich. Amélie wollte keine Beziehung mit ihm, das hatte sie ihm deutlich zu verstehen gegeben. Und deshalb fühlte er sich an das Versprechen, es zu zerstören, nicht mehr gebunden.

Sonntag, 1. Mai 1938

Nun sind es schon über drei Monate, dass ich ein neues Leben in mir trage. Es fühlt sich noch so unwirklich an, als würde ich es nur in einem Buch lesen. Ich habe die vergangenen Wochen kaum das Haus verlassen können, so schlecht ging es mir. Normalerweise sagen die Frauen doch, dass eine Schwangerschaft beglückend ist, ich kann das nicht bestätigen! Gott sei Dank geht es mir jetzt wieder besser. Immerhin konnte ich heute die Suppe bei mir behalten.

Vincent habe ich in den vergangenen Wochen kaum gesehen. Heimliche Blicke, ein paar gestohlene Küsse hinter dem Stall. Mehr war nicht möglich. Belle hat die Grippe, und mir wurde untersagt, sie zu besuchen, damit ich mich nicht bei ihr anstecke. Also kann ich nicht vorschützen, ihr einen Besuch abzustatten, um ihn zu treffen. Doch ich vergehe beinahe vor Lust und Sehnsucht nach Vincent und seinen Zärtlichkeiten! Seit ich schwanger bin, noch mehr als zuvor. Ist das immer so? Oder nur bei mir?

Quentin war überglücklich, als ich ihm erzählt habe, dass ich ein Kind bekomme. Er ist davon überzeugt, dass es ein Junge wird, und macht schon Pläne für dessen Zukunft. Meine Schwiegermutter war weniger erfreut, was mich sehr erstaunt hat. Sie mustert mich ständig mit ärgerlicher Miene, behandelt mich aber sonst wie Luft. Ob sie etwas ahnt?

Heute sind alle nach Quimper zu unseren Verwandten gefahren. Ich habe mich mit Übelkeit herausgeredet und warte jetzt auf Vincent in der Hütte am Meer.

Ich bin so aufgeregt! Werde ich ihm noch gefallen? Auch wenn ich so viel Gewicht verloren habe, weil ich mich ständig übergeben muss? Er kommt …

58

Der hintere Teil des Friedhofs war menschenleer. Neben der hohen Mauer befand sich ein Komposthaufen. Im gemauerten Rund lagen verwelkte Schnittblumen, ein Strohkranz, eingefasst mit verdorrtem Efeu, kleine Zweige und Rasenschnitt. In einem Container daneben stapelten sich ausrangierte Plastikblumen, verblasste Schleifen und sonstiger Unrat. An dessen Seite öffnete sich ein schmaler Durchgang.

»Ich wusste gar nicht, dass der Friedhof hier noch weitergeht«, sagte Amélie verwundert.

Matthieu hob die Achseln. Er war noch nie auf dem Kirchhof gewesen. Wieso auch? Hier lag schließlich niemand aus seiner Familie.

Hinter dem Durchlass fühlte es sich an, als sei die Temperatur um zehn Grad gefallen. Eine riesige Trauerweide überschattete ein kleines Stück Grünfläche. Moos und gelbe Grasbüschel wuchsen darunter. Dahinter standen ein paar schiefe Metallkreuze.

Amélie schauderte und griff nach seiner Hand. Sie schien die düstere Stimmung in diesem Teil des Friedhofs ebenfalls zu spüren. Als gelte es etwas zu verbergen.

Hand in Hand traten sie vor die Kreuze und versuchten, deren verblasste Inschriften zu entziffern. Auf den meisten standen nur die Namen der Verstorbenen und zwei

Jahreszahlen. Keine Zusätze wie »geliebte Mutter« oder »unvergessener Sohn«. Auch keine Bibelverse, um die Hinterbliebenen zu trösten. Beinahe zuhinterst, wo die Friedhofsmauer direkt an die Kirche grenzte, fanden sie das Gesuchte: *Claire Tanguy, 1913 – 1938*.

Matthieu stieß die Luft aus. Hier lag also seine Urgroßmutter. Das Grab war nicht bepflanzt. Auch keine Vase mit Blumen oder ein Grablicht standen davor. Bloß eine grasbewachsene, kaum sichtbare Erhebung zeugte davon, dass hier Nonnos Mutter ruhte.

»Ich kann es immer noch nicht fassen«, flüsterte Amélie ergriffen. »Und dein Großvater hat es wirklich nicht gewusst?«

Matthieu schüttelte den Kopf. »Nein«, sagte er mit belegter Stimme und räusperte sich dann. »Das hätte er mir erzählt.«

»Wirst du es ihm sagen?«

Er ließ ihre Hand los. »Ich weiß nicht. Was wäre damit gewonnen? Noch mehr Schmerz? Noch mehr Demütigungen?«

»Aber er hätte einen Platz zum Trauern. Für viele ist das wichtig. Schließlich ist sie seine Mutter.«

Matthieu zuckte mit den Achseln. Er erinnerte sich an Barillecs Worte: »Aus reinem Mitleid hat der Pfarrer die Tote damals auf dem Friedhof beerdigt und nicht wie einen räudigen Köter im Wald verscharrt. Denn jeder weiß doch, dass Selbstmörder in die Hölle kommen. Darum liegt das Grab auch nicht bei den anderen. Schließlich will kein anständiger Toter neben einer Verrückten liegen!«

Matthieu war über diese Worte zu entsetzt gewesen, um den alten Mann deswegen zu rügen. Doch jetzt, nachdem er Claires Grab mit eigenen Augen gesehen hatte, stieg eine unsägliche Wut in ihm hoch. Wie konnte der Küster es wagen, seine Urgroßmutter so respektlos zu titulieren? Was gab ihm das Recht, sie und ihre Motive für einen Freitod zu verurteilen? Zugegeben, er war damals noch ein Kind gewesen und plapperte vermutlich nur die Worte nach, die ihm die Erwachsenen vorgebetet hatten. Trotzdem konnte er diesen Affront gegenüber seiner Urgroßmutter nicht akzeptieren.

»Lass uns gehen!«, stieß er hervor und wandte sich brüsk ab.

Nachdem er Amélie vor der Werbeagentur abgesetzt hatte, fuhr er an den Strand und suchte sich ein einsames Plätzchen. Zorro ließ er frei laufen – Vorschriften hin oder her! Er zog Schuhe und Strümpfe aus, legte beides in den Schutz eines Felsens und lief dann mit dem Setter am Ufer entlang um die Wette. Als er Seitenstechen bekam, stoppte er. Keuchend, die Hände auf die Knie gestützt, atmete er ein und aus, bis sich sein Herzschlag beruhigte. Währenddessen sprang Zorro freudig bellend um ihn herum.

Matthieu ließ sich schwer in den Sand fallen. Wieso hatte sich Claire tatsächlich umgebracht? Er wusste nicht viel über Wöchnerinnen, hatte aber schon gelesen, dass diese nach der Geburt oft Depressionen bekommen. Hatte sie daran gelitten? Und welche Rolle hatte Vincent letztendlich in dieser Farce von Wahrheit und Lüge gespielt? Hatte er seinem Sohn Ignacio die Umstände des Todes seiner Mutter wissentlich verschwiegen? Oder hatte er selbst nicht gewusst, dass seine Geliebte den Freitod gewählt hatte? Es war alles so verwirrend, und er wünschte beinahe, dass Amélie und er diesen Küster nicht aufgesucht hätten. Vielleicht ist Unwissenheit in manchen Fällen gnädiger als die Wahrheit. Aber kannte er sie denn wirklich – die Wahrheit? Er schüttelte den Kopf. Es gab niemanden mehr, der mit Sicherheit wusste, was damals geschehen war. Und er würde fraglos mit der Ungewissheit leben müssen, es nie zu erfahren.

59

»Werbeagentur Tessier, Amélie Monfort am Apparat, was kann ich für Sie tun?«

Der Kunde am anderen Ende der Leitung wünschte eine Auskunft über ein Fotoshooting auf den Glénaninseln für ein Modemagazin, und sie verband ihn mit einem ihrer Kollegen. Damien, der normalerweise den Telefondienst übernahm, war in der Berufsschule, deshalb fiel ihr dieser Job heute zu. Sie war nicht unglücklich darüber, konnte sie zwischen den Anrufen doch ihren Gedanken nachhängen, die sich natürlich um Claire drehten.

Matthieu war nach Barillecs grausamer Eröffnung am Boden zerstört gewesen. Er hatte zwar versucht, sich nichts anmerken zu lassen. Doch der Friedhofsbesuch und Claires Grab hatten ihm wohl den Rest gegeben. Danach hatte er kaum noch zwei Worte mit ihr gewechselt und sie schweigend vor der Werbeagentur abgesetzt. Hatte ihr Herumschnüffeln zu Schmerzliches an den Tag gebracht, und er war ihr jetzt böse deswegen? Wäre es nicht klüger gewesen, so wie er gewünscht hatte, die Toten ruhen zu lassen?

Sie seufzte und nahm einen Schluck Kaffee, der mittlerweile kalt geworden war. Sie hatte es doch nur gut gemeint. Das Gefühl, es Claire schuldig zu sein, die Wahrheit ans Licht zu bringen, bestand nach wie vor. Aber jetzt war diese Wahrheit für die Kalderas vermutlich schlimmer als das vorherige Nichtwissen. Sicher hatten Matthieu und sein Großvater sich in den Jahren anhand der Erzählungen von Vincent und des Tagebuchs ein Bild von Claire gebildet, das eventuell ein bisschen verklärt gewesen war. Wer konnte ihnen das verdenken? Und dieses geschönte Bild war nun wie ein Kartenhaus in sich zusammengestürzt. Verständlich, dass Matthieu bis ins Innerste getroffen war. Und wie würde es erst Ignacio gehen, wenn er die Wahrheit erführe? Nein, sie schüttelte den Kopf; wie Matthieu gesagt hatte, wäre es besser, wenn sich sein Großvater die Illusionen bewahrte.

Als der Zeiger auf fünf Uhr rückte, entledigte sie sich des Headsets, schaltete den Anrufbeantworter ein und winkte ihren Kollegen zum Abschied zu. Eigentlich hätte sie ihre überlange Mittagspause kompensieren und sich noch eine Stunde in ihre Arbeit vertiefen müssen. Aber sie wollte Fabrice heute in der Kanzlei aufsuchen, um Rat wegen der Anzeige einzuholen. Er arbeitete immer bis achtzehn Uhr, und ein Zusammentreffen auf öffentlichem Terrain erschien ihr sinnvoller als ein privates.

Als sie die Werbeagentur verließ, ballten sich dunkle Wolken im Westen. Der Wind pfiff scharf um die Häuserecken, und sie zog den Reißverschluss ihrer Jacke bis zum Kinn hoch. Dann schlug sie den Weg Richtung Rue Malakoff ein.

Die Kanzlei, in der Fabrice arbeitete, befand sich gegenüber des Collège Saint Joseph. Das ältere Gebäude mit den schmiedeeisernen Balkongittern strahlte die Ehrwürdigkeit aus, die man allgemein von einer Anwaltskanzlei erwartete. Sie drückte auf den Klingelknopf der Gegensprechanlage. Eine weibliche Stimme fragte nach ihren Wünschen. Sie nannte ihren Namen und ihr Anliegen. Kurz darauf schnurrte der elektrische Türöffner, und sie trat ein.

Amélie hatte Fabrice noch nie in der Kanzlei besucht und

schaute sich daher neugierig um. Linker Hand führte ein Aufzug in die oberen Etagen, auf der rechten Seite eine Steintreppe. Ein zierlicher Sekretär mit einem Strauß frischer cremefarbener Gerbera und diversen Prospekten über die Tätigkeiten und Angebote der Kanzlei stand mitten im Raum, daneben ein Schirmständer. Ansonsten war der mit schwarzen und weißen Platten geflieste Flur leer. Noble Zurückhaltung, ging es ihr durch den Kopf, und sie schmunzelte.

Sie entschloss sich für die Treppe, studierte in der ersten Etage die Namensschilder an den Türen und stieg dann noch ein Geschoss höher hinauf. Sie trat in ein offenes Empfangsbüro mit einer konservativ gekleideten Dame mittleren Alters, die einen zu grellen Lippenstift trug. Diese begrüßte sie mit einem freundlichen Lächeln und wies dann mit der Hand auf die rechte Seite.

»Er erwartet Sie bereits, Madame Monfort«, sagte sie mit einer erstaunlich tiefen Stimme, die so gar nicht zu ihrem sonstigen Aussehen passte.

Amélie bedankte sich und ging auf die dunkle Holztür zu. Auf deren rechter Seite stand Fabrice' Name, eingestanzt auf einem polierten Messingschild. Sie klopfte kurz an und trat ein.

Er saß hinter einem modernen Schreibtisch, der mit Akten und Ordnern übersät war, und telefonierte gerade. Als er sie erblickte, hellte sich sein Gesicht auf. Mit einer Handbewegung bat er sie, Platz zu nehmen, und hielt dann fünf Finger in die Höhe. Sie nickte, schälte sich aus ihrer Jacke und setzte sich auf den Stuhl gegenüber seinem Schreibtisch. Durchs Fenster sah man in einen begrünten Innenhof hinab. Ein älterer Mann mit einem Filzhut und einer karierten Schürze topfte blühende Gerbera in Kübel. Womöglich der Lieferant der Schnittblumen im Foyer.

»Wie Sie wünschen, Monsieur Le Duc. Nein, das macht

keine Mühe. Meine Sekretärin wird Ihnen die Verträge noch heute zusenden. Ich danke Ihnen. Auf Wiederhören.«

Er legte das schnurlose Telefon auf den Schreibtisch und blies die Backen auf.

»Schwieriger Kunde?«, fragte Amélie grinsend.

»Aber nein, es gibt keine schwierigen Kunden. Nur schwierige Fälle«, erwiderte Fabrice zwinkernd. Dann stand er auf, umrundete den Schreibtisch und gab ihr drei Küsschen auf die Wange. »Schön, dich zu sehen.«

60

Es war kurz vor fünf Uhr, als Matthieu seinen Wagen vor Ignacios Chaumière parkte. Er blieb noch einen Moment im Auto sitzen und lauschte dem Ticken des sich abkühlenden Motors. Zorro winselte leise und kratzte dann geräuschvoll an der Tür der Hundebox im Kofferraum.

»Gleich, Kumpel«, murmelte Matthieu. Er strich mit beiden Händen über das Lenkrad und betrachtete dabei nachdenklich das Häuschen seines Großvaters. Auf der windgeschützten Seite standen die Rhododendronbüsche in üppiger Blüte. Der Hof war sauber gefegt. Die roten Geranien neben der Tür hatten sich von ihrem unfreiwilligen Bad durch die verstopfte Regenrinne erholt und bildeten einen ansprechenden Kontrast zu der blau bemalten Holztür.

Ein Fotograf aus Quimper hatte Nonnos Häuschen einmal abgelichtet und als Postkarte veröffentlicht. Sein Großvater war sehr stolz darauf und erzählte jedem, dass die Touristen das Abbild seines Domizils in die ganze Welt verschickten. Die Chaumière war zwar reizend, aber er würde unmöglich hier wohnen können, wenn er die Mühle verlöre.

Matthieu schüttelte den Kopf. Er brauchte Platz. Nicht nur für seine Malutensilien oder für sich, sondern auch für seine Gedanken. Zu viel Nähe war ihm unerträglich. Die Mühle wäre jedoch groß genug für ihn und Nonno gewesen. Das

Anwesen bot genug Raum, um sich auch einmal zurückziehen zu können. Aber hier? Nein, sie würden sich gegenseitig auf die Füße treten und vermutlich ständig streiten.

Zorros Winseln wurde lauter und holte ihn aus seinen Gedanken. Matthieu stieg aus, öffnete den Kofferraum und entriegelte die Hundebox. Zorro sprang heraus und flitzte zur Haustür, vor der er bellend stehen blieb.

»Und ihr seid jetzt also zusammen?« Ignacios blickte ihn neugierig an.

Matthieu nickte. »Ja, ich denke schon.«

»Du denkst? Weißt du es denn nicht?«

Er schob das Glas Cidre hin und her und zuckte dabei mit den Schultern.

»Ich habe ihr keinen Heiratsantrag gemacht, wenn du darauf anspielst. Aber ja, wir sind zusammen.«

Ignacio lehnte sich mit einem zufriedenen Grunzen zurück und zog an seiner Pfeife.

»Gut«, erwiderte er schmunzelnd.

»Darauf hast du es doch angelegt, als du ihr das Tagebuch in den Briefkasten gelegt hast. Habe ich recht? Und ich tappte wie ein Dummbeutel in deine ausgeklügelte Kuppelei.«

Sein Großvater kicherte. »Ich hoffte natürlich, dass du sie aufsuchen würdest, aber sicher war ich mir nicht. Sei mir nicht böse. Der Zweck heiligt bekanntlich die Mittel.«

Matthieu verdrehte die Augen. Wer war schon gerne eine Marionette? Aber er konnte sich eines Grinsens nicht erwehren. Sein Blick fiel auf die Anrichte in der kleinen Küche. Die Fotos von Claire lagen dort, sorgfältig gerahmt, bereit, eine weitere Wand der Chaumière zu schmücken. Er schluckte. Die Worte des alten Küsters drangen in sein Bewusstsein, wie eine Wolke giftigen Gases, die sich an die Erdoberfläche kämpft: *Aus reinem Mitleid hat der Pfarrer die Tote damals auf dem Friedhof beerdigt und nicht wie einen räudigen Köter im Wald verscharrt.* Das konnte er seinem Großvater unmöglich erzählen. Es würde sein gesamtes Weltbild zum Einsturz bringen. Die eigene Mutter eine Selbstmörderin? Nein, niemals!

»Also, kommt ihr?«

»Wie?« Matthieu strich sich über die Stirn. »Kommen?«

Ignacio seufzte. »Wo bist du nur mit deinen Gedanken? Ich fragte, ob ihr heute zum Abendessen vorbeikommen wollt. Ich mache mein Spezialgericht: Saucisses de Molène!«

»Ja, sicher. Ich frage Amélie.«

Sein Großvater betrachtete ihn prüfend. »Ist was, mein Junge? Du wirkst so bedrückt.«

Matthieu räusperte sich. Zuerst die Aussicht, eventuell die Mühle zu verlieren, und dann Claires Selbstmord. Wer würde da nicht bedrückt sein? Doch laut sagte er: »Aber nein, alles in Ordnung. Ich bin nur etwas müde.«

Ignacio kicherte erneut und nickte mit einem wissenden Lächeln. »So, so, müde. Ich verstehe.«

61

»Da muss sich deine Bekannte keine Sorgen machen. So wie ich das verstehe, können die Anklagepunkte umgehend widerlegt werden. Die eidesstattliche Aussage des ausführenden Handwerkers, seine Pläne und eine Wasseruntersuchung durch ein unabhängiges Labor werden der Anklage schnell den Wind aus den Segeln nehmen. Natürlich nur, wenn sie unbegründet ist.«

Amélie nickte. Zuerst hatte sie den Verdacht gehegt, dass es Fabrice selbst gewesen war, der Matthieu angeschwärzt hatte. Eifersucht trieb manchmal die seltsamsten Blüten. Aber ihr ehemaliger Mitbewohner war kein guter Schauspieler, und seine Einschätzung der Klage klang mehr oder minder professionell, wenn sie von seinem schmachtenden Blick mal absah. Zudem wusste er vermutlich gar nicht, dass Matthieu und sie ein Paar waren.

»Leider muss deine Freundin aber die Ausgaben für den Anwalt und die Wasseruntersuchung selbst tragen«, fuhr Fabrice fort, tippte etwas in seinen Computer und strich sich dann übers Kinn. Als er Amélies ärgerliches Schnauben hörte, hob er entschuldigend die Schultern. »So ist nun mal unser Rechtssystem. Tut mir leid für sie. Die Kosten sind aber bestimmt überschaubar. Kenne ich die Frau?«

Amélie hielt es für klüger, Matthieus Namen nicht zu erwähnen.

»Eine flüchtige Bekannte«, schwindelte sie und betrachtete dabei konzentriert ihre Fingernägel. »Ich glaube nicht, dass du sie kennst.«

»Verstehe. Sag ihr, dass sie sich ruhig an uns wenden kann, wenn sie rechtlichen Beistand sucht. Mein Kollege Julien ist auf solche Dinge spezialisiert.« Er öffnete eine Schublade seines Schreibtischs und zog eine Visitenkarte heraus. »Hier! Einfach anrufen und einen Termin vereinbaren.«

Amélie nahm die mit goldenen Buchstaben geprägte Karte mit einem Nicken entgegen. Vermutlich würde sich Matthieu eine andere Kanzlei suchen, bestimmt sogar, aber sie verstaute die Visitenkarte folgsam in ihrer Handtasche und stand auf.

»Vielen Dank«, sagte sie und griff nach ihrer Jacke. »Ich werde es meiner Bekannten ausrichten. Sie wird erleichtert sein.«

Sie streckte Fabrice über den Schreibtisch hinweg die Hand hin. Er ignorierte ihre Geste und stand schnell auf.

»Wirst du denn wieder einziehen?«, fragte er und strich dabei nervös seine Krawatte glatt. »Vergessen wir doch diesen dummen Streit, einverstanden?«

Amélie seufzte. Es war an der Zeit, ihm reinen Wein einzuschenken.

»Nein, ich denke nicht. Wir drei hatten eine gute Zeit zusammen. Doch seit Zoé weg ist … Ich weiß nicht, damit hat sich alles geändert. Das hast du doch auch gespürt, nicht?«

Er schürzte die Lippen. »Du bedeutest mir viel, Amélie. Ich habe das lange nicht gemerkt. Oder ignoriert.« Er lachte freudlos. »Vielleicht zu lange. Aber besteht die Chance, dass sich deine Gefühle für mich wieder ändern? Wenn ja, ich habe Zeit. Ich würde …«

Amélie schüttelte den Kopf. »Lass gut sein, Fabrice, bitte. Wir wollen uns nicht gegenseitig quälen. Ich muss jetzt gehen.«

Sie drehte sich um und ging zur Tür.

»Amélie?« Seine Stimme hielt sie zurück. »Ich wollte mich noch entschuldigen. Es war nicht recht von mir, dir das Tagebuch zu entwenden. Im Grunde könntest du mich sogar deswegen anzeigen.« Er verzog den Mund zu einem schiefen Lächeln.

»Vielleicht tue ich das.« Amélie schlüpfte bei den Worten in ihre Jacke. »Danke für den Tipp!« Als sie Fabrice' entsetztes Gesicht sah, lachte sie auf. »Sag mir eins, weshalb zum Teufel hast du das überhaupt getan? Woher das plötzliche Interesse an dem Ding?«

Er starrte zu Boden und hob dann die Achseln.

»Eine dumme Idee. Ich dachte, es würde dich zu sehr aufwühlen. Zudem habe ich Hyacinthe versprochen …« Er brach ab und biss sich auf die Lippen.

Amélies Kiefer klappte nach unten. »Was hat denn meine Mutter damit zu tun?«

Als Amélie die Kanzlei verließ, hatte der Wind sich gelegt. Die Abendsonne tauchte die Dächer der umstehenden Häuser in flammendes Licht. Sie zog ihr Handy hervor. Keine Nachricht von Matthieu. Na toll! Sein brütendes Schweigen auf der Rückfahrt vom Friedhof hatte sie davon abgehalten, nach ihren Plänen von heute Abend zu fragen. Sollte sie ihn einfach anrufen und so tun, als wäre nichts gewesen? Oder sollte sie warten, bis er sie anrief? Eine plötzliche Unsicherheit überfiel sie.

Sie blieb an der Ecke zur Rue Bayard stehen. Es gab drei Möglichkeiten: Entweder holte sie jetzt ein paar Sachen aus dem Haus am Boulevard, ging in Colettes Wohnung oder besuchte ihre Mutter. Fabrice hatte ihr vorhin nicht erklären wollen, was Hyacinthe mit Claires Tagebuch zu schaffen hatte. So viel und sosehr sie ihn auch bedrängte. Es war ihm sichtlich unangenehm gewesen, dass er sich verplappert hatte, und er berief sich anschließend auf seine Schweigepflicht. Lächerlich! Sie schüttelte den Kopf. Was zum Henker ging hier vor? Fabrice hatte das Tagebuch gegenüber ihrer Mutter vermutlich erwähnt, anders konnte sie nichts davon wissen. Und sie hatte ihm im Gegenzug ein Versprechen abgenommen. Es zu zerstören? Doch aus welchem Grund? Sie erinnerte sich an die Worte ihres Onkels: »Da Hyacinthe ein paar Jahre älter ist als ich, kann sie sich vermutlich besser an die damaligen Personen in Concarneau erinnern.« Es half alles nichts; wenn sie die Motive ihrer Mutter herausfinden wollte, musste sie mit ihr sprechen.

Amélie schaute auf ihre Uhr. Es war kurz vor halb sechs. Um diese Zeit leitete Hyacinthe das tägliche Frauentreffen des Missionskreises. Dieses ging bis neunzehn Uhr. Sie würde also noch anderthalb Stunden totschlagen müssen, bis sie mit ihr sprechen konnte. Als ihr Blick auf einen Aushang der regionalen Tageszeitung *Le Télégramm* in einem Schaufenster fiel, kam ihr eine Idee.

62

»Bis morgen, Delphine. Vergiss bitte nicht, Le Ducs Verträge heute noch abzuschicken.«

Fabrice hob kurz die Hand zum Abschied und eilte die Stufen hinunter. In der Eingangshalle blieb er stehen, holte sein Handy hervor und rief Hyacinthe an. Es klingelte, doch niemand hob ab. Mist! Er musste Amélies Mutter unbedingt vorwarnen, bevor ihre Tochter sie wegen des Tagebuchs aufsuchte. Gott sei Dank hatte er nicht erwähnt, dass es noch existierte. Dann hätte er wohl gleich den Zorn beider Frauen heraufbeschworen. Und die Monforts waren in jeder Hinsicht eine temperamentvolle Familie. Nur ein Idiot würde sich freiwillig in deren Schussrichtung begeben.

Er steckte das Mobiltelefon in seine Sakkotasche und trat auf die Straße hinaus. So war es also endgültig. Amélie würde nicht ins Haus am Boulevard zurückkehren, demzufolge auch nicht in sein Leben. Und obwohl ihn ihre Abfuhr schmerzte, wusste er jetzt wenigstens, wo er stand. Eine Niederlage musste man hinnehmen, ob im Beruf oder im Privatleben. Und wenn sich die Gemüter beruhigt hatten, würde er Amélie dieses vermaledeite Tagebuch zurückgeben. Als Versöhnungsgeschenk sozusagen. Danach konnte sie damit tun und lassen, was sie wollte. Sollte sie sich doch selbst mit der unsäglichen Geschichte ihrer Vorfahren und den daraus resultierenden Hirngespinsten ihrer Mutter auseinandersetzen.

Anstatt direkt nach Hause zu fahren, schlug er den Weg hinunter an den Hafen ein. Es war so ein schöner Abend, und die quirlige Uferpromenade erschien ihm um Längen besser als die Stille im Haus am Boulevard. Am Quai Peneroff setzte er sich auf eine Bank, holte das Tagebuch aus seiner Aktentasche und schlug es auf. Er war schon so weit gekommen, da würde er jetzt auch noch den Rest lesen. Doch als er die beinahe unleserliche Handschrift betrachtete, runzelte er die Stirn. Ein dumpfer, pochender Scherz im Hinterkopf kündigte eine aufkommende Migräne an. Wunderbar, das hatte ihm noch gefehlt! Die Lust an schwärmerischen Ergüssen einer schwangeren, verliebten Frau aus dem Jahr 1938 war ihm gerade vergangen. Doch er wollte endlich wissen, wie das Ganze ausging; deshalb blätterte er die Seiten bis zum letzten Eintrag durch und begann zu lesen.

Montag, 19. September 1938

Es kann nicht mehr lange dauern, ansonsten werde ich wohl platzen! Der Weg zur Hütte wird für meinen unförmigen Körper immer mehr zur Tortur. Auch will mich Quentin nicht mehr so lange aus den Augen lassen aus Angst, ich würde das Kind auf der Straße gebären. Doch wie soll ich Vincent sonst treffen?

Zum Glück gibt es Belle! Gute, liebe, allerbeste Belle! Sie holt mich aus meinem Bettgefängnis ab, in dem ich immer noch viel Zeit verbringe, wie es der Arzt befohlen hat. Obwohl es mir doch besser geht. Dem Himmel sei Dank, dass sie Krankenschwester geworden ist, denn so glauben die Tanguys ihr, wenn sie sagt, dass Schwangere viel an die frische Luft müssen. Dann fährt sie mich zur Hütte am Strand und lässt mich mit Vincent ein Stündchen allein. Was würde ich nur ohne meine beste Freundin tun? Ich liebe sie über alles, und es bricht mir das Herz, sie zurücklassen zu müssen. Ich hätte sie so gern als Patin für mein Kind gehabt. Aber vielleicht kann sie uns besuchen ... später.

Wir haben alles geplant. Sobald das Kind auf der Welt ist und ich mich ein bisschen erholt habe, werden wir Concarneau verlassen. Belle wird uns bis nach Roscoff fahren. Dort nehmen wir die Fähre nach Cork. Weit weg von den Tanguys! Vincent hat einen Cousin dort, der uns in der ersten Zeit aufnehmen wird, bis wir Arbeit gefunden haben. Ich mache mir keine Illusionen. Das Leben in Irland wird hart sein, denn ich kann nichts außer Sticken, ein wenig Buchhaltung und Klavier spielen. Aber ich werde mich nicht beklagen. Und es ist egal, wer der Vater ist, obwohl ich mir sicher bin, dass ich Vincents Kind unter dem Herzen trage. Wir werden eine Familie sein! Hauptsache, zusammen und glücklich – für immer!

63

Matthieu betrachtete sein Handy mit gerunzelter Stirn. Amélie hatte nicht versucht, ihn zu erreichen. Kein Wunder! Er hatte sich heute Mittag unmöglich benommen. Doch aus einem irrationalen Grund gab er ihr die Schuld dafür, dass Barillec seine Urgroßmutter so abschätzig tituliert hatte. Denn hätte sie nicht in der Vergangenheit herumgestochert, wäre ihm die Erkenntnis, dass sich Claire umgebracht hat, erspart geblieben. Natürlich hatte Amélie es gut gemeint, und keiner konnte ahnen, dass so etwas ans Licht kommen würde. Trotzdem nahm er es ihr übel.

Zorro legte seinen Kopf auf seinen Oberschenkel. Fressenszeit sollte das bedeuten. Matthieu stieß die Luft aus, stand auf, griff nach dem Sack mit dem Trockenfutter und füllte den Hundenapf auf. Danach goss er lauwarmes Wasser hinein und ließ ihn einen Moment stehen. Er atmete tief durch und wählte Amélies Nummer. Währenddessen fixierte Zorro sein Fressen auf der Spüle, als würde gleich jemand vorbeikommen und es ihm wegnehmen.

Während das Telefon klingelte, versuchte Matthieu seine Gefühle in den Griff zu bekommen. Es war idiotisch, Amélie für das verantwortlich zu machen, was er heute erfahren hatte, und er benahm sich mal wieder wie ein Holzkopf. Ein richtiger Bajaneg, wie Nonno ihn öfters titulierte. Ohne Frage musste er sich bei ihr entschuldigen. Er hoffte darauf, dass Nonnos selbst gemachte Wurst aus Schweinefleisch, gefüllt mit Napfschnecken, über Algen geräuchert, ihr sein einfältiges Benehmen erträglicher machen würde. Doch als sie sich meldete, kam er gar nicht dazu, die Einladung zum Abendessen auszusprechen.

»Matthieu? Gut, dass du anrufst! Ich habe eine sensationelle Entdeckung gemacht. Kannst du bitte gleich in Colettes Wohnung kommen?«

Wie das letzte Mal fand er keinen Parkplatz vor dem Haus in der Rue Saint-Jacques, wo Amélies Arbeitskollegin wohnte. Daher stellte er seinen Wagen einfach auf dem Gehsteig ab und wappnete sich innerlich gegen eine Parkbuße.

Die Haustür stand einen Spalt offen. Im Durchgang blickte ihm ein geblümtes Hinterteil entgegen. Er räusperte sich, und eine ältere Dame in Kittelschürze und mit einer Kehrschaufel in der Hand drehte sich mit einem lauten Seufzer um. Sie richtete sich auf und drückte eine Hand in ihr Kreuz.

»Ja?«, fragte sie und beäugte ihn dabei argwöhnisch.

»Ich bin ein Bekannter von Madame Montfort und werde erwartet.«

Er wollte sich an der fülligen Dame vorbeidrängen, doch diese trat nicht beiseite und hielt die Schaufel wie eine Waffe in der Hand.

»Zuerst läuten!«, befahl sie, streckte ihren Zeigefinger aus und wies auf die Klingelknöpfe. »Bei Abgrall. Schon einmal hat mich so ein Filou hinters Licht geführt. Das passiert mir kein zweites Mal!«

Sie stellte die Kehrschaufel auf die Treppe neben der Haustür, verschränkte die Arme vor ihrem üppigen Busen und blockierte weiterhin den Eingang.

Matthieu verdrehte die Augen, klingelte aber folgsam,

und als Amélie sich meldete und ihn bat, direkt heraufzukommen, konnte er ein triumphierendes Grinsen nicht unterdrücken.

Die Concierge trat mit einem abfälligen Grunzen beiseite, und er lief die Treppe hinauf.

Amélie erwartete ihn bereits auf der Türschwelle. Das Lächeln, mit dem sie ihn empfing, ließ seinen Ärger über den impertinenten Küster dahinschmelzen. Er zog sie in seine Arme und küsste sie lang und innig, bis sie sich keuchend von ihm löste.

»Komm«, sie griff nach seiner Hand und zog ihn ins Wohnzimmer, »bevor ich noch vergesse, weshalb ich dich angerufen habe.« Dabei zwinkerte sie ihm kokett zu.

Auf dem Wohnzimmertisch stand ein aufgeklappter Laptop, daneben befanden sich ein karierter Block mit Notizen, diverse Schreibwerkzeuge und eine leere Kaffeetasse.

»Setz dich an meine Seite«, befahl sie aufgeregt, »ich muss dir unbedingt etwas zeigen.«

Er zog einen Stuhl heran und linste auf den Bildschirm des Notebooks. Dieser war in den Schlafmodus gefallen und zeigte bloß ein sich änderndes geometrisches Muster.

»Du machst mich neugierig«, sagte er, beugte sich vor und stützte sich mit seinen Unterarmen auf dem Tisch ab.

Amélie räusperte sich. »Du erinnerst dich doch an den Namen Belle, den Claire in ihrem Tagebuch öfters erwähnt.«

Matthieu nickte langsam. Noch mehr unheilvolle Wahrheiten? Der Tag war unerfreulich genug gewesen, und er lehnte sich im Stuhl zurück, als würde er mit ein wenig Distanz dem Kommenden besser die Stirn bieten können.

Amélie jedoch schien sein Unbehagen nicht zu bemerken, denn sie fuhr ohne Unterbrechung fort. »Jetzt sieh dir diesen Zeitungsartikel aus dem Jahr 1938 an!«

Sie berührte das Touchpad des Geräts, und der Bildschirm

erwachte zum Leben. Matthieu blickte auf eine Zeitungsmeldung, die in altertümlichen Buchstaben gedruckt war.

»Ich habe lange gebraucht, bis ich diesen Text im digitalen Archiv der hiesigen Zeitung gefunden habe. Ich wusste ja nicht, wonach ich eigentlich suchen sollte. Aber ich rechnete den mutmaßlichen Geburtstermin deines Großvaters aus und stieß auf diesen Artikel.« Sie drehte sich zu Matthieu um, und ihr Lächeln erstarb. Vermutlich sah er nicht gerade begeistert aus. »Ich hoffe, du nimmst mir das jetzt nicht übel«, fuhr sie unsicher fort und strich sich dabei eine Haarsträhne aus der Stirn. »Aber es ließ mir einfach keine Ruhe.«

Er schluckte. Wollte er wirklich wissen, was sie entdeckt hatte? Was, wenn es noch schlimmer wurde und aus dem Selbstmord ein Mord wurde? Ein kalter Schauer lief über seinen Rücken, und er atmete einmal tief ein und aus.

»Matthieu?« Sie berührte sanft seinen Arm. »Du musst es natürlich nicht lesen, wenn es dich zu sehr aufwühlt. Ich habe in meinem Eifer gar nicht daran gedacht, dass ich damit Wunden aufreißen könnte.«

Sie wirkte sichtlich geknickt. Als er keine Antwort gab, machte sie Anstalten, den Deckel des Notebooks herunterzuklappen.

»Verzeih«, stammelte sie bemüht heiter. »Es tut mir leid. Ich wollte bloß …«

Er fasste nach ihrem Handgelenk. »Stopp, ist schon gut. Ich will es lesen.«

64

24. September 1938

Eine schreckliche Tragödie!

– Concarneau. *Gestern wurde die Leiche der 25-jährigen Claire Tanguy gefunden. Die junge Frau hat sich am vergangenen Tag in den Stallungen hinter dem Herrenhaus der Familie Tanguy, der die örtliche Konservenfabrik gehört, erhängt. Isabelle Sellin, eine Freundin der Familie, machte den grausigen Fund. Sie hatte vergeblich versucht, Claire an dem Tag zu erreichen, und sich am späten Abend auf die Suche nach ihr begeben.*

Gemäß der Aussage des erschütterten Ehemannes Quentin Tanguy litt seine Gattin anscheinend an einer postnatalen Depression. Dass sie sich jedoch etwas antun würde, konnte keiner ahnen. Ein Abschiedsbrief wurde nicht gefunden. Wir sprechen der Trauerfamilie unser Beileid aus.

Draußen vor dem Haus hupte jemand, danach waren laute Stimmen zu hören, Türen schlugen, und dann herrschte wieder Stille. Amélie warf Matthieu einen kurzen Blick zu. Seine Miene war wie versteinert, und ihr Herz wurde schwer. Dumme Neugier! Wieso nur hatte sie diesen Artikel ausgegraben? In ihrem Eifer hatte sie nicht daran gedacht, dass jede weitere Neuigkeit über Claire ihn womöglich verletzen würde.

»Chéri«, wandte sie sich an ihn, »alles in Ordnung?«

Matthieu blinzelte. Es schien, als käme er von einem weit entfernten Ort zurück. Dann räusperte er sich.

»Erhängt«, sagte er tonlos. »Ein schrecklicher Tod.« Er fuhr sich mit beiden Händen durch die Haare und stieß die Luft aus. »Ich verstehe nicht, wieso Nonno nichts davon wusste, wenn es schon in der Zeitung stand. Ob es ihm sein Vater verschwiegen hat? Vermutlich. Wer erzählt seinem Kind schon, dass sich seine Mutter erhängt hat?« Er lachte bitter. »Und diese Isabelle ist anscheinend die Belle aus dem Tagebuch, nicht?«

Amélie nickte wortlos. Er stand abrupt auf und trat ans Fenster. Eine Weile sagte keiner ein Wort. Dann drehte er sich um und setzte sich wieder an den Tisch.

»Nun denn, jetzt wissen wir immerhin, was damals geschehen ist.«

Er verzog das Gesicht, griff nach dem Kugelschreiber, mit dem sie sich Notizen gemacht hatte, und trommelte damit gedankenverloren auf den karierten Block.

»Nicht ganz«, begann sie vorsichtig. War es klug, ihm ihre Folgerungen zu dem Artikel mitzuteilen, oder wäre jetzt der beste Zeitpunkt, das Ganze endlich ruhen zu lassen? Doch es gab noch zu viele Ungereimtheiten, die sie beschäftigten.

»Noch eine Hiobsbotschaft?« Sein Ton hatte sich verschärft. »Ich glaube, es reicht jetzt. Deine Detektivarbeit in allen Ehren, aber ich denke nicht, dass mich noch weitere Einzelheiten interessieren. Sie werden ja wohl kaum angenehmerer Natur sein als die, die du schon herausgefunden hast.«

Amélie seufzte. Er hatte recht. Es war auch bloß eine ferne Erinnerung, die ihr beim Lesen des Artikels eingefallen war. Gut möglich, dass ihr Gedächtnis ihr etwas vorgaukelte, das mehr ihren Wünschen als den Tatsachen entsprach. Und doch, sie würde dran bleiben, Matthieu aber erst wieder davon berichten, wenn sie konkrete Beweise hatte.

»Natürlich, wie du möchtest.« Sie klappte den Laptop zu, griff nach dem Notizblock und schob die Stifte zusammen. »Hast du Hunger? Wollen wir essen gehen?«

»Essen? Ach ja, Nonno hat uns eingeladen.« Er schaute auf seine Uhr. »Wir sollten uns beeilen.«

Dann stand er auf und ging, ohne sie weiter zu beachten, zur Wohnungstür. Sie blickte ihm bestürzt hinterher. Was hatte sie nur angerichtet?

»Köstlich, aber ich kann wirklich nicht mehr!« Amélie lehnte sich zurück und strich sich über den Bauch. »Wenn ich noch einen einzigen Bissen zu mir nehme, platze ich!«

Ignacio kicherte und füllte ihr Glas auf.

»Ach was, junge Leute müssen essen! Ich packe euch die Reste ein. Aufgewärmt schmeckt die Wurst noch besser.«

Matthieu hatte den ganzen Abend nicht viel gesagt, in seinem Essen herumgestochert und ihren Blick vermieden. Das hatte sie nun davon, das Rätsel um Claire auflösen zu wollen. Hoffentlich hielt seine Verstimmung nicht lange an. Es gab nämlich noch das eine und andere, das sie ihm erzählen wollte. Die Unterredung mit Fabrice zum Beispiel und dass ihre Mutter befohlen hatte, das Tagebuch zu vernichten. Doch im Augenblick schien es keine gute Idee zu sein, dieses Thema wieder aufzugreifen. Künstler sind wohl in jeder Hinsicht ein sensibles Völkchen.

»Hier, meine Liebe!« Ignacio legte die in Aluminiumfolie verpackten Würstchenreste auf den Tisch und tippte dann Matthieu auf die Schulter. »Und was ist eigentlich mit dir los?«, fragte er und zog seine Augenbrauen in die Höhe. »Eine Schaufensterpuppe wäre ein unterhaltsamerer Gast.«

»Was soll denn los sein?«

»Das frage ich dich.«

Ignacio holte seine Pfeife aus der Westentasche und stopfte

sie umständlich. Am liebsten hätte Amélie sie ihm aus den gichtigen Händen genommen und es selbst getan. Doch sie wusste, wie stolz ihr Gegenüber war und wie ungern er vermutlich Hilfe annahm. Nach einer halben Ewigkeit, wie es ihr schien, zündete er die Pfeife schließlich an, und der süßliche Duft des Tabaks zog durch die Küche.

»Manchmal ist der Junge leider etwas schwierig«, wandte er sich vertraulich an sie, als ob Matthieu gar nicht anwesend sei. »Aber er kriegt sich schon wieder ein, keine Angst.«

Sie biss sich auf die Lippen, um nicht loszulachen, und nickte.

»Mach du nur deine Witze«, brummte sein Enkel, stand dann auf und griff nach seiner Jacke. »Es ist schon spät. Danke für das Essen, Nonno. Aber ich bin müde und würde gern nach Hause. Tut mir leid, wenn ich heute nicht so gut drauf bin.«

Amélie erhob sich ebenfalls, packte die Reste der Saucisses de Molène vorsichtig in ihre Handtasche und drückte Ignacio einen Kuss auf die faltige Wange.

»Vielen Dank für das wundervolle Essen. Wir werden uns bald revanchieren, nicht wahr, Matthieu?«

Dieser nickte pflichtschuldig und pfiff nach Zorro, der es sich unter dem Tisch bequem gemacht hatte und jetzt gähnend aufstand und sich streckte.

Ignacio griff nach Amélies Arm, als sie sich abwenden wollte.

»Sieh es ihm nach, Kleine. Er ist ein netter Junge, nur manchmal eben etwas schwermütig. Aber du tust ihm gut. Ich sehe es in seinen Augen. Ich bin so froh, dass ihr zusammen seid.«

Amélie lächelte gerührt. Als sie sich umdrehte, um Matthieu zu folgen, fiel ihr Blick auf die gerahmten Fotos von Claire, die Ignacio an der Wand befestigt hatte. Und plötzlich erfüllte sie eine seltsame Ahnung, dass das Ausmaß ihrer Nachforschungen für sie alle noch größer sein würde, als es jetzt den Anschein machte.

65

Die Nacht war sternenklar und mild. Der stete Wind hatte sich beruhigt, als müsse er für einen Moment Atem schöpfen. Als sie auf die Küstenstraße einbogen, spiegelte sich der abnehmende Mond als silberner Lichtstreifen auf der glatten See.

Matthieu hatte keine Lust zu reden, und das Schweigen während der Fahrt fühlte sich zäh und klebrig an wie dickflüssiger Bienenhonig. Er wusste, dass Amélie es bloß gut gemeint hatte, und trotzdem sah er sich nicht in der Lage, die angespannte Situation zwischen ihnen durch ein unverfängliches Gespräch aufzulockern.

Der Zeitungsartikel ging ihm nicht mehr aus dem Sinn. Wie tief musste die Verzweiflung einer Mutter gehen, um ihrem Leben ein Ende zu setzen und ihren neugeborenen Sohn zurückzulassen? War es wirklich eine postnatale Depression gewesen? Oder hatte es noch andere Gründe gegeben? Er würde damit leben müssen, sie nie zu erfahren. Und plötzlich war er wütend. Amélie hatte ihm mit ihrem Herumschnüffeln eine Last aufgebürdet, die er nicht tragen wollte. Nicht tragen konnte! Irgendwann würde er sich gegenüber Nonno vermutlich verplappern, und der Schmerz, den er damit seinem Großvater auferlegte, würde dem alten Mann das Herz zerreißen.

»Eine wundervolle Nacht«, durchbrach Amélie die Stille, und er zuckte zusammen. Ihre Stimme klang unsicher, sichtlich bemüht, mit leichter Konversation die unerquickliche Situation zu entschärfen. Doch er sah sich außerstande, darauf einzusteigen. Zu sehr brodelte Ärger in seinem Bauch. Und wenn er jetzt etwas sagte, käme es nicht gut. Deshalb gab er lediglich einen knurrenden Laut von sich, den man mit viel gutem Willen als Zustimmung deuten konnte. Selbst Zorro fühlte offenbar die ungemütliche Atmosphäre, denn aus der Hundebox hörte er ein leises Winseln.

»Du kannst mich bei Colette absetzen«, sagte Amélie nach einer Weile. »Ich muss sowieso …«, sie brach ab und räusperte sich, »morgen früh raus.«

Matthieu betätigte den Blinker und hielt auf einer Ausweichstelle an. Er schaltete den Motor aus und wandte sich ihr zu. Sie starrte versteinert geradeaus. In ihren Augen glitzerten Tränen.

»Es tut mir leid, Chérie!« Er berührte sanft ihre Schulter, doch sie rutschte ein Stück weg. »Ich weiß auch nicht, wieso ich mich so kindisch benehme. Es ist …« Er schüttelte den Kopf. »Claire war immer meine Heldin, verstehst du? Wenn ich als Kind traurig war, hat mir Nonno von ihr erzählt. Von ihrer tiefen Liebe zu seinem Vater und dass irgendwo genau so eine Liebe auch auf mich wartet. Und er sagte immer, dass ich, im Gegensatz zu ihr, sie auch leben dürfte, weil die Welt heute eine andere ist. Und dann stellt sich heraus, dass meine Heldin gar keine war; dass sie, aus irgendwelchen Gründen auch immer, ihr neugeborenes Kind und dessen Vater einfach zurückließ und den Freitod wählte. Sie mag vielleicht krank gewesen sein, aber wie kann man selbst Hand an sich legen, um aus dem Leben zu scheiden? Ich begreife das nicht. Sie wollte doch mit Vincent zusammen davonlaufen und in Irland ganz neu anfangen. Ich nehme ihr das tatsächlich übel. Das Leben meines Urgroßvaters, das von Nonno und auch meins wären ganz anders verlaufen, wenn sie den Mut aufgebracht hätte, ihren

Plan auch auszuführen. Ja, vielleicht würden meine Eltern sogar noch leben, wenn sie sich anders entschieden hätte.« Er lachte freudlos. »Es ist nicht so einfach, zu erfahren, dass die Heldin deines Lebens ein ganz normaler Mensch gewesen ist. Mit all seinen Schwächen, Fehlern und falschen Entscheidungen. Und diese Desillusion habe ich Idiot auf dich projiziert, die das alles herausgefunden hat.« Er griff nach Amélies Hand, sie war eiskalt. »Bitte vergib mir meine Dummheit.« Er führte ihre Hand an seine Lippen und küsste zärtlich jeden Finger. »Verzeih dem Holzkopf noch einmal.«

Mitten in der Nacht erwachte Matthieu aus einem Albtraum. Er war schweißgebadet, und sein Herz klopfte wie nach einem Hundertmeterlauf. Er rieb sich die Augen und starrte in die Dunkelheit. Amélie atmete leise und gleichmäßig neben ihm, draußen schrie eine Eule, ansonsten war es still.

Er hatte von Claire geträumt; hatte gesehen, wie sie in dem hellen Sommerkleid mit den Puffärmeln, das sie auf dem Foto auf der Veranda trug, eine Leiter hinaufgestiegen war, ein Seil in der Hand. Er hatte ihr folgen wollen, doch je schneller er die Sprossen emporgeklettert war, umso länger war die Leiter geworden. Bis sie am Ende so hoch wie ein Wolkenkratzer gewesen war und Claire nur noch ein Pünktchen am anderen Ende.

Er stand auf, ging in die Küche und goss sich ein Glas Wasser ein. Zorro lag in seinem Korb und zuckte im Schlaf mit den Pfoten, dabei stieß er hohe Laute aus, als würde er im Traum etwas verfolgen. Die Digitalanzeige des Backofens zeigte 2.45 Uhr an. War das etwa ein Omen und Claire um diese Zeit gestorben? Er trank das Glas in einem Zug aus, stellte es in die Spüle und öffnete die Tür zur Veranda. Die kühle Nachtluft trocknete den Schweißfilm auf seiner Haut, bis er fröstelte. Ein Nachtvogel flog lautlos über den See und verschwand im Wald.

Er schlang die Arme um seine nackte Brust und starrte eine Weile auf den Mühlteich. Er würde sich das hier nicht wegnehmen lassen! Niemals! Und er würde herausfinden, weshalb Claire sich umgebracht hat. Auf irgendeine Weise würde er es aufdecken, damit er dieses Kapitel endlich schließen konnte. Das schwor er sich in diesem Moment. Amélie hatte Andeutungen gemacht, dass sie noch mehr wusste, er hatte es nur nicht hören wollen. Doch niemand konnte vor der Wahrheit fliehen, so schmerzlich sie auch war. Und während er zurück ins Haus ging, wieder unter die Decke schlüpfte und die schlafwarme Amélie umarmte, die sich mit einem behaglichen Laut in seine Arme kuschelte, fühlte er sich seltsam getröstet. Als hätte er eine Entscheidung getroffen, die jemand anderer für ihn längst gefällt hatte.

66

Amélie zerbrach sich seit einer halben Stunde den Kopf darüber, wie sie eine einigermaßen höfliche Antwort auf eine ungerechtfertigte Beschwerde eines Kunden formulieren sollte. Endlich hatte sie einen adäquaten Wortlaut gefunden, der weder zu forsch noch zu unterwürfig klang, und schickte die Zeilen ab.

Sie lehnte sich zurück und dachte an die Zeitungsmeldung über Claires Selbstmord und wie verstört Matthieu darauf reagiert hatte. Nach dem unerquicklichen Abendessen bei Ignacio wurde ihr bewusst, dass sie mit ihren Nachforschungen zu weit gegangen war. Sie hatte sich vorgestellt, wie stolz er auf sie sein würde, wenn sie mehr über seine Urgroßmutter herausfand, doch er hatte nicht so reagiert, wie sie es sich gewünscht hatte. Und sie musste sich im Nachhinein eingestehen, dass ihre Hoffnungen reichlich kindisch gewesen waren. Denn für sie war das Ganze wie ein Rätsel, als würde sie Cluedo spielen, doch für die Kalderas war jede neue Information ein Mosaikstein in ihrer Familiengeschichte. Und die war, gemäß ihren Erzählungen, schon schmerzlich genug. Trotzdem, irgendetwas stimmte mit Claires Schicksal nicht, und das ließ ihr keine Ruhe. Immerhin hatten Matthieu und sie sich gestern wieder versöhnt. Doch das Gleichgewicht zwischen ihnen war seitdem zerbrechlich wie dünnes Glas. Sie musste jetzt jeden Schritt behutsam planen, alles mit ihm vorher absprechen und ohne seine Zustimmung nicht mehr weiterforschen. Denn einen erneuten Alleingang würde er ihr vermutlich nicht noch einmal verzeihen.

»Amélie, zieh deine Jacke an, du wirst gebraucht!« Jean-Pierre hielt einen Schnellhefter in der Hand und trat an ihren Schreibtisch. »Diese beiden Jungunternehmer aus Paris kommen gleich vorbei. Sie benötigen Fotos für eine Kampagne, die sich mit der Bretagne beschäftigt. Lokale Identität, du verstehst? Sie wollen aber nichts aus unserem digitalen Bilderpool, sondern bringen ihren eigenen Fotografen mit.« Er verdrehte die Augen. »Ich habe dir ein paar Locations aufgeschrieben.« Er warf einen Blick zum Fenster hinaus. »Super Wetter, passt hervorragend!« Er warf ihr den Schnellhefter aufs Pult. »Ich will, dass die zwei danach glücklich und zufrieden abreisen. Also lass deinen Charme spielen!«

Sie warf einen Blick auf die Orte, die ihr Chef für die Kunden aufgeschrieben hatte: der Golf von Morbihan, Carnac, die Pointe du Raz. Sogar Saint-Malo, Cap Fréhel und Kerlouan im Norden standen auf der Liste. Himmel, sie würden den ganzen Tag unterwegs sein, wenn die Pariser alle diese Örtlichkeiten besuchen wollten!

Sie biss sich auf die Lippen. Eigentlich hatte sie vorgehabt, über Mittag bei ihrer Mutter vorbeizuschauen und mit ihr über den seltsamen Auftrag zu sprechen, den sie Fabrice erteilt hatte. Doch das konnte sie jetzt vergessen. Aber vielleicht war das besser so. Schließlich wollte sie nur noch mit Matthieu zusammen weiterforschen – wenn überhaupt. Und ihre Mutter kannte ihren Freund ja noch nicht einmal. Dieses Vergnügen stand ihnen also noch bevor. Konnte es sein, dass Hyacinthe etwas über Claire und Vincent wusste, so wie ihr Onkel vermutet hatte, und sie Fabrice daher gebeten hatte, das Tagebuch zu vernichten?

Und während Amélie Matthieu eine Kurznachricht schrieb, dass sie den ganzen Tag mit Kunden unterwegs sein würde, erinnerte sie sich an das, was ihre Großmutter ihr einmal vor vielen Jahren, als sie noch klein gewesen war, gesagt hatte: »Weißt du, mein Schätzchen, dieses Bilderbuch habe ich von Tante Belle bekommen. Ich nannte sie so, obwohl sie gar nicht meine richtige Tante war. Und jetzt schenke ich es dir. Gib darauf acht.«

»Das Licht wird langsam diffus. Ein paar Shoots noch, dann können wir einpacken.«

Der untersetzte Fotograf mit dem gepflegten Dreitagebart zwinkerte ihr zu, stellte an seiner Kamera die Schärfe ein und nahm das wohl am häufigsten fotografierte Steinhaus in der ganzen Bretagne ins Visier.

Sie waren bis in den Norden auf die Halbinsel von Plougrescant gefahren. Hier, zwischen zwei mächtigen Granitblöcken eingezwängt, hinter denen die Fluten in den Felsspalten gurgelten, duckte sich das schiefergedeckte Haus mit der weiß gestrichenen Tür, als würde es gleich von einer riesigen Brandungswelle geschluckt. Im seichten Wasser des Salzweihers davor spiegelten sich Felsen und Gebäude, was ein äußerst reizvolles Motiv abgab. Wenn man von den Touristen, die das malerische Anwesen ebenfalls wie wild knipsten, einmal absah. Angeblich gehörte das eingezwängte Haus einer älteren Dame aus Paris, die jährlich jedoch nur ein paar Tage hier verbrachte. Wer konnte es ihr verdenken? Es musste äußerst ermüdend sein, in einem Haus zu wohnen, das dermaßen belagert wurde.

Amélie schaute heimlich auf ihre Uhr. Nachdem sie zuerst die Menhirfelder von Carnac im Süden, die Halbinsel Quiberon und den Golf von Morbihan besucht hatten, diskutierten die drei Pariser nun darüber, wohin sie noch fahren wollten. Und obwohl sie ihnen mehr als einmal versicherte, dass die Werbeagentur über Topbilder aller bretonischen Sehenswürdigkeiten verfügte und es nicht nötig sei, auch noch an die Nordküste zu düsen, hatten sie beschlossen, genau das zu tun. Sie fragte sich mittlerweile, weshalb Jean-Pierre sie zu dieser Exkursion verdonnert hatte. Als Strafe für ihre ausgedehnten Mittagspausen? Wenn sie die drei Pariser so betrachtete, die kaum älter als sie selbst waren und von denen die Geschäftsführer meist an ihren Handys hingen, hätten es ein Michelin-Reiseführer und ein funktionierendes Navigationsgerät auch getan. Sie fühlte sich schon den ganzen Tag reichlich überflüssig. Aber schließlich ist der Kunde König, und als die drei Männer sich endlich umdrehten und Anstalten machten aufzubrechen, lächelte sie dienstbeflissen.

Es würde über zwei Stunden dauern, nach Concarneau zurückzufahren. Hoffentlich wollten die Herren unterwegs nicht noch mit ihr zu Abend essen. Die Blicke des einen Parisers erschienen ihr mittlerweile etwas gar zu aufreizend. Doch ihre Sorge war unbegründet. Gegen neunzehn Uhr ließen sie Amélie vor dem L'Amiral aussteigen und dankten ihr überschwänglich für den erlebnisreichen Tag und die reizende Begleitung. Die drei hatten beschlossen, in Concarneau zu übernachten und erst am nächsten Tag nach Paris zurückzufahren. Die Einladung, sich später noch zu einem Stadtbummel zu treffen, lehnte sie jedoch höflich ab und machte sich auf den Weg zu Colettes Wohnung. Als sie die Avenue Pierre Guéguin überquerte, hörte sie eine Stimme.

»Amélie, warte!«

Sie drehte sich um. Ihre Mutter steuerte mit grimmiger Miene auf sie zu und packte sie am Arm.

»Ich muss mit dir sprechen!«

67

Mit dem Bogen ihrer Augenbrauen war Matthieu noch nicht ganz zufrieden, daher griff er nach dem feuchten Tuch auf dem Tisch und entfernte die Farbe sorgfältig damit. Er trat zwei Schritte zurück und betrachtete das Gemälde kritisch. Es nahm Gestalt an. Es zeigte Amélie, zeigte im Gegenzug aber auch eine andere Frau. Nämlich die, die er in ihr sah und fühlte. Als würden zwei Personen sich einen Körper teilen. Vielleicht spräche ein religiöser Mensch gar von der Seele. Oft kamen Käufer in sein Atelier, die sahen lediglich einen Felsen, ein Haus oder eine moderne Komposition auf den Bildern und nicht das, was Matthieu versucht hatte auszudrücken. Das tat zwar weh, weil es ihm ein Bedürfnis war, seine Intention zu vermitteln, aber er hatte schon lange aufgegeben, diese Leute von etwas zu überzeugen, von dem sie nichts ahnten. Jeder sah, was er sehen wollte. Daran änderte auch der Vorsatz des Künstlers wenig.

Der Tag verblasste, daher legte er die Malutensilien beiseite und warf ein feuchtes Tuch über das Gemälde. Er kratzte die angetrocknete Farbe von der Palette, wusch die Pinsel aus, stellte sie anschließend zum Trocknen in ein Glas und hängte seinen Kittel an den Haken hinter der Tür. Dann öffnete er das Fenster einen Spalt, damit die Dämpfe abziehen konnten.

Amélie hatte ihm eine SMS geschrieben, dass es bei ihr heute später werden würde. Sie hatten sich gestern noch ausgesprochen, und sein Ärger über ihre eigenmächtigen Nachforschungen war längst verflogen. Sie hatte ihm schließlich nur einen Dienst erweisen wollen. Dass ihn Claires Selbstmord so tief traf, hatte sie nicht wissen können. Doch er würde sich diesem Schmerz stellen. Sein Entschluss, die Wahrheit herauszufinden, stand nach wie vor fest.

Er zog seine verschwitzten Kleider aus und stellte sich unter die Dusche. In einer halben Stunde wollten sie sich zum Abendessen in der Stadt treffen und dabei beratschlagen, wie es weitergehen sollte. Amélie hatte angedeutet, dass sie sich an etwas erinnerte, was ihre Großmutter ihr, als sie noch klein gewesen war, erzählt hatte. Was, das hatte sie ihm nicht verraten wollen. Sie hatte gesagt, dass sie sich erst sicher sein wollte, bevor sie ihm Hoffnungen machte, einen Schritt weiterzukommen. Matthieu wusste, dass seine kindische Reaktion von gestern an dieser Zurückhaltung schuld war, und er schämte sich deswegen. Er wollte auf keinen Fall, dass Amélie sich seinetwegen verbog. Denn genau wegen ihrer Spontanität und einer gewissen Sorglosigkeit, die ihr eigen waren, hatte er sich in sie verliebt. Und jetzt hielt sie sich zurück, nur damit er nicht schmollte. Er schüttelte den Kopf. Er war so ein Idiot!

Nachdem er sich angezogen und Zorro gefüttert hatte, griff er nach den Wagenschlüsseln und verließ die Mühle. Ob er ihr etwas schenken sollte, um sie nochmals um Verzeihung zu bitten? Aber wo bekam er um diese Zeit ein passendes Geschenk her? Plötzlich hatte er eine Idee, und seine Miene hellte sich auf. Das würde ihr gefallen!

Als er die Tür zum Le Touareg aufstieß, stiegen ihm die typischen Gerüche der marokkanischen Küche in die Nase. Sie hatten sich für dieses Restaurant entschieden, weil es abseits der Touristenströme lag und der Parkplatz hinter den Fischhallen am Quai Carnot groß und kostenlos war.

Er schaute sich um. Amélie war noch nicht da. Hakim, der Kellner, wies mit dem Kopf auf einen Zweiertisch am Fenster, und Matthieu nickte. Während er die Speisekarte studierte, die mindestens zwanzig verschiedene Couscousvariationen anbot, wurde er immer nervöser. Ob ihr das Geschenk gefiel? Oder würde sie die Nase rümpfen? Er bestellte sich ein Casablanca, ein marokkanisches Lagerbier, und sah auf seine Uhr. Amélie war schon seit fünfzehn Minuten überfällig. Ob die Kundenbetreuung länger gedauert hatte? Er hatte keine Ahnung, wie so etwas ablief, und nahm sich vor, sie darüber ein bisschen auszufragen. Schließlich hatte sie auch großes Interesse an seiner Arbeit gezeigt. Da war es nur recht und billig, dass er sich auch mit ihrem Beruf auskannte.

Er zog sein Handy aus der Hosentasche. Nichts. Ob er sie kurz anrufen sollte? Aber womöglich störte er sie gerade bei einem Kundengespräch. Also schrieb er ihr eine Kurznachricht. Hakim trat an seinen Tisch. Sie hatten sich bei einer Vernissage kennengelernt, bei der das Restaurant für das Catering verantwortlich gewesen war.

»Du wurdest wohl versetzt«, sagte der Kellner, und seine dunklen Augen funkelten spöttisch.

»Sie kommt schon noch, keine Angst«, erwiderte Matthieu grinsend. »Im Gegensatz zu dir vergraule ich sie nicht schon beim ersten Date.«

Der Kellner lachte und räumte dabei das schmutzige Geschirr vom Nebentisch. »Nur zur Information: Wir schließen um zwölf.«

Matthieu schnaubte. Als Hakim mit dem vollen Tablett in der Küche verschwand, linste er nochmals auf sein Handy. Immer noch keine Rückmeldung. Das sah Amélie gar nicht ähnlich. Hoffentlich hatten sie keinen Unfall gehabt. Er legte das Mobilfunkgerät auf den Tisch, damit er es sofort griffbereit hatte, und bestellte sich dann einen Pfefferminztee. Es wäre unverantwortlich, auf nüchternen Magen noch mehr Alkohol zu trinken.

Nachdem eine weitere Viertelstunde verstrichen war, wurde er unruhig. Er betrachtete sein Handy, drückte dann auf Amélies Nummer und wartete. Nach zweimaligem Klingeln schaltete sich ihre Mailbox ein.

»Salut, ich bin's. Hast du etwa unser Date vergessen? Ich warte auf dich im Touareg. Gib Bescheid, wenn's später wird, okay? Bis dann.«

Als er das Gerät wieder auf den Tisch legte, begegnete er Hakims amüsiertem Blick.

»Kein Wort!«, knurrte Matthieu, und der Kellner hob beschwichtigend die Hände. Als dieser jedoch an seinem Tisch vorbeiging, um ein eintretendes Pärchen zu begrüßen, konnte er sich seinen Kommentar doch nicht verkneifen: »Wenigstens *kommen* sie bei mir zum ersten Date.«

68

Im Pastorenhaus roch es nach Quiche Lorraine. Amélie lief das Wasser im Mund zusammen, hatte sie doch seit dem Mittagessen, das aus einem schnellen Sandwich bestand, nichts mehr gegessen. Sie schaute auf die Uhr. Mist, sie kam zu spät zu ihrer Verabredung mit Matthieu! Doch bevor sie ihr Handy aus der Handtasche nehmen konnte, um ihm eine Nachricht zu schicken, betrat ihre Mutter das Wohnzimmer mit einem Tablett, auf dem eine Teekanne dampfte, daneben standen zwei Tassen.

Amélie runzelte die Stirn. Das war kein gutes Zeichen. Hyacinthe Monfort war eine ausgemachte Kaffeetrinkerin und setzte ihren Gästen lediglich Tee vor, wenn sie diese nicht mochte. Oder, was noch furchterregender war, etwas Unangenehmes im Raum stand. Denn ihre Mutter war der felsenfesten Überzeugung, dass Tee das Karma reinigt.

Nun denn, Amélie straffte innerlich die Schultern und wappnete sich gegen das, was kommen würde. Sie überlegte bereits, was sie ausgefressen haben könnte, war sich jedoch keiner Schuld bewusst. Aber das musste nichts heißen. Ihre Mutter konnte aus einer Mücke einen Elefanten machen, und ihre Tochter hatte durch die Jahre gelernt, dass sie meist die Verursacherin dieser tierischen Mutation war.

Hyacinthe setzte sich ihr gegenüber, schenkte Tee ein und lehnte sich dann in ihrem Sessel zurück, ohne die dampfenden Tassen weiter zu beachten. Eine Weile saßen sie stumm da, lauschten dem Ticken der Uhr, dem fernen Rauschen der Brandung und dem leisen Knacken der Holzbalken. Keine machte Anstalten, nach ihrer Tasse zu greifen. Schließlich hielt es Amélie nicht länger aus.

»Wieso wolltest du mich denn sprechen?«, brach sie das Schweigen und räusperte sich, weil ihre Stimme selbst in ihren Ohren fremd und unnatürlich hoch klang.

Ihre Mutter hob den Blick und betrachtete sie, als sähe sie ihre Tochter zum ersten Mal. Amélie lief ein kalter Schauer über den Rücken. War jemand gestorben? Ihr Onkel vielleicht? Oder hatten ihre Cousins etwas Schreckliches angestellt?

»Mutter?«, fragte sie noch einmal.

Hyacinthe rieb ihre Hände aneinander, als ob ihr kalt sei, und blickte dann zum Fenster hinaus.

»Ich bekam heute einen Telefonanruf«, begann sie, ohne Amélie anzusehen, »von Émile Barillec.«

»Der alte Küster hat dich angerufen? Wieso denn?«

Hyacinthe wandte den Kopf. Über ihrer Nasenwurzel hatte sich eine steile Falte gebildet.

»Er hielt es wohl für angemessen, mich zu warnen.«

»Zu warnen? Wovor denn?«

Ihre Mutter griff nach der Zuckerdose, gab drei Löffel Zucker in ihren Tee und rührte dann gedankenverloren in der Tasse, als müsse sie die geeigneten Worte erst suchen. Schließlich legte sie den Löffel beiseite, führte die Tasse an den Mund und nippte daran.

Amélie hätte sie am liebsten geschüttelt. Nicht genug, dass sie zu spät zu ihrer Verabredung kam, jetzt musste sie ihrer Mutter auch noch jedes Wort aus der Nase ziehen. Sie wurde langsam ärgerlich.

»Nun mach es nicht so spannend«, erwiderte sie unwirsch. »Ich habe nicht den ganzen Abend Zeit.«

»Kein Grund, gleich so schnippisch zu werden«, konterte ihre Mutter spitz. »Immerhin geht es um unsere Familie und deren Reputation.«

Amélie schürzte die Lippen. Wovon faselte ihre Mutter da nur?

»Ich verstehe kein Wort.« Sie erhob sich und griff nach ihrer Handtasche. »Du kannst mich anrufen, wenn du weißt, was du mir sagen willst. Ich komme bereits zu spät zu meiner Verabredung und gehe jetzt.«

»Setz dich hin!«, befahl ihre Mutter barsch. »Du wirst dir gefälligst anhören, was ich zu sagen habe.«

Amélie riss die Augen auf. Hyacinthe erhob selten die Stimme. Sie war eher der Typ des leisen Spottes und der nörgelnden Untertöne. Verblüfft setzte sie sich widerstandslos wieder hin, hielt ihre Handtasche aber wie einen Schild vor die Brust gedrückt, als könne diese ihr Schutz vor dem Kommenden bieten.

»Nun denn.« Ihre Mutter atmete einmal tief durch. »Émile berichtete mir über deinen Besuch. Du seist in Begleitung eines jungen Mannes gewesen, und ihr hättet nach Claire Tanguy gefragt. Ist das so weit richtig?« Amélie nickte, und ihre Mutter fuhr fort. »Weshalb interessiert dich diese Frau, und wer war der Mann, der dich begleitet hat?«

»Wieso willst du das wissen?«

»Beantworte meine Frage.« Ihre Mutter stellte die Teetasse auf den Salontisch, und Amélie bemerkte erstaunt, dass ihre Hand dabei zitterte. Nun denn, sollte sie halt erfahren, weshalb sie den Küster aufgesucht hatten. Das war schließlich kein Geheimnis. Und sie hatte sowieso vorgehabt, ihr Matthieu in der nächsten Zeit vorzustellen.

»Das sind aber zwei Fragen«, erwiderte sie unschuldig.

Ihre Mutter wedelte ungeduldig mit der Hand. »Sei nicht so vorlaut, junge Dame. Also?«

»In Ordnung, ich werde es dir erzählen. Danach will ich aber ebenfalls etwas von dir wissen. Quid pro quo!« Hyacinthe nickte zögerlich. »Der junge Mann, der mich begleitet hat, ist mein neuer Freund. Du wirst ihn bald kennenlernen, keine Angst«, fügte sie rasch hinzu, als ihre Mutter Anstalten machte, sie zu unterbrechen. »Und Claire Tanguy ist seine Urgroßmutter. Wir wollten mehr über ihren Tod erfahren.«

69

Die Tür des Restaurants flog auf. Amélie stolperte herein und sah sich suchend um. Als sie Matthieu entdeckte, hellte sich ihr Gesicht auf. Ihre Wangen waren gerötet, die Haare zerzaust, sie sah hinreißend aus.

»Tut mir leid!«, rief sie quer durch den Gastraum, sodass sich einige Gäste verblüfft umdrehten. Matthieu grinste, stand dann auf und half ihr galant aus ihrer Jacke. »Ich komme sonst nie zu spät, aber meine Mutter hat mich aufgehalten.« Sie drückte ihm einen Kuss auf die Wange, stieß dann die Luft aus und ließ sich auf den Stuhl fallen. »Darf ich?« Sie griff nach seinem Bier und sah ihn fragend an. Als er nickte, nahm sie einen großen Schluck direkt aus der Flasche. »Du wirst nicht glauben, was ich gerade erlebt habe!«

Sie entschieden sich für ein klassisches marokkanisches Schmorgericht, das aus Hühnchen, Zwiebeln, Aprikosen und Mandeln bestand. Das Gericht wurde in einer Tagine über dem Holzkohlefeuer gegart. Anschließend stellte man den Keramiktopf auf den Tisch, und die Gäste bedienten sich selbst.

»Manchmal glaube ich wirklich, dass ich mit meiner Mutter gar nicht verwandt bin«, sagte Amélie zwischen zwei Bissen. »Als Kind habe ich mir daher oft vorgestellt, dass mich meine Eltern adoptiert hätten.«

Sie lachte, aber es klang nicht fröhlich. Matthieu stocherte währenddessen in dem köstlich duftenden Gericht herum. Das, was sie ihm erzählt hatte, lag ihm schwer im Magen, und sein Appetit hatte sich gerade verflüchtigt.

»Sie will mich also nicht kennenlernen?«, fragte er.

Amélie verzog den Mund. »Sie sagt, ein Kaldera habe schon einmal Schande über unsere Familie gebracht, und sie wolle mit ihnen nichts zu tun haben.«

Matthieu schluckte.

»Es tut mit so leid.« Sie legte ihre Hand auf die seine und streichelte mit ihrem Daumen seinen Handrücken. »Das Geschwätz einer blasierten Frau!«, fuhr sie fort. »Mach dir nichts draus. Ich glaube, nicht einmal mein Vater hat sie verstanden. Sie …« Amélie brach ab und hob die Achseln. »Lass ihr ein bisschen Zeit. Vermutlich wird sie ihre Meinung ändern, wenn sie sieht, dass du mich nicht schwängerst und dann sitzen lässt.«

Was als Witz gemeint war, erschreckte Matthieu jedoch über die Maßen. Himmel, sie hatten nie über Verhütung gesprochen! Was, wenn Amélie tatsächlich schwanger war?

Anscheinend hatte sie bemerkt, wie er bei ihren Worten zusammenzuckte, denn sie beeilte sich anzufügen: »Was nicht passieren wird; ich nehme die Pille.«

Hakim trat an ihren Tisch und fragte, ob alles zu ihrer Zufriedenheit sei. Amélie nickte und lächelte den Kellner dabei freundlich an, was dieser mit einem Augenzwinkern in Richtung Matthieu quittierte. Der wiederum stellte sich gedanklich bereits darauf ein, sich beim nächsten Besuch des Lokals die eine oder andere spöttische Anspielung anhören zu müssen.

»Und was war noch mal ihre Rechtfertigung für den Befehl, das Tagebuch zu vernichten?«

»Das ist wirklich der Witz des Tages!« Amélie schnaubte

entrüstet. »Sie sagt, das Tagebuch würde unsere Familie ruinieren.«

Matthieu runzelte die Stirn. »Wie das?«

Sie schüttelte den Kopf. »Keine Ahnung. Mehr war nicht aus ihr rauszuholen.« Sie schob den leeren Teller von sich. »Ich kann nicht mehr. Das war lecker. Aber wieso isst du nichts? Hast du keinen Hunger?«

»Nicht sehr«, erwiderte er, legte das Besteck zur Seite und faltete die Serviette zusammen. »Wer hätte gedacht, dass Nonnos törichte Aktion so viele unselige Verwicklungen verursachen würde?« Er schüttelte den Kopf, hob die Hand und verlangte nach der Rechnung.

»Immerhin hat sie uns zusammengeführt«, erwiderte Amélie sanft, was ihm ein Lächeln entlockte.

»Stimmt, du hast recht. Das einzig Gute daran.«

»Übrigens wurde sie fuchsteufelswild, als ich ihr sagte, wir würden weiterhin am Ball bleiben, weil es noch zu viele Ungereimtheiten in Claires Schicksal gäbe.« Amélie holte ihr Portemonnaie heraus. »Ich zahle.« Matthieu schüttelte den Kopf, doch als Hakim die Rechnung brachte, hielt sie ihm ihre Kreditkarte hin, was diesem ein maliziöses Lächeln entlockte. »Gib du das Trinkgeld«, raunte sie Matthieu zu. »Ich habe kein Bargeld mehr.«

Als sie das Touareg verließen, hatte der Wind aufgefrischt, und es roch nach Regen. Sie überquerten die Straße und stiegen in sein Auto. Es herrschte wenig Verkehr, und ohne nach Amélies Wünschen zu fragen, schlug er den Weg zur Mühle ein. Es war für ihn schon selbstverständlich, dass sie dort übernachteten. Seltsam, wie schnell man sich an einen Menschen gewöhnte. Und als hätte sie seine Gedanken erraten, legte sie im selben Augenblick ihre Hand auf seinen Schenkel. Er griff danach, verschränkte seine Finger mit den ihren, zog sie an seine Lippen und küsste sie.

»Übrigens habe ich meine Mutter nach Isabelle Sellin gefragt. Du erinnerst dich? Die Belle aus dem Tagebuch und Claires Freundin, die sie gefunden hat.«

»Ja, was ist mit ihr?«

»Mutter wollte mir keine Auskunft über sie geben. Sie erschrak aber eindeutig, als ich den Namen erwähnte. Wenn ich mich nur besser an Omis Worte erinnern könnte!« Amélie schnalzte mit der Zunge.

»Das ist schon so lange her, Chérie. Du warst ein Kind und hast nicht wissen können, dass die Geschichte irgendwann relevant würde.«

»Ja, stimmt, es ärgert mich aber trotzdem. Ich bin sicher, meine Mutter verschweigt uns etwas. Aber ihr etwas zu entlocken ist in etwa so schwer, wie einem Elefanten das Seilspringen beizubringen.«

»Elefanten können doch gar nicht hüpfen.«

»Eben!«

70

»Gut gemacht! Die Pariser sind voll des Lobes.«

Jean-Pierre kniff zufrieden die Augen zusammen, und Amélie deutete einen Knicks an.

»Ich erinnere dich beim Mitarbeitergespräch daran, wenn das nächste Jahresgehalt ausgehandelt wird.«

»Nur nicht übertreiben«, murmelte ihr Chef, ließ sie am Kopiergerät zurück und trollte sich in sein Büro.

Sie sah ihm grinsend hinterher, ging zu ihrem Schreibtisch und heftete die Kopien der Belege des gestrigen Tages in ihrem Spesenordner ab. In einer halben Stunde hielten sie ihr tägliches Agenturmeeting ab, in dem jeder Mitarbeiter eine kurze Übersicht über seine Projekte und die nächsten Schritte darlegte. Es lohnte also nicht, noch eine größere Arbeit in Angriff zu nehmen, und sie widmete sich daher ihren E-Mails. Dabei schweiften ihre Gedanken zum gestrigen Gespräch mit ihrer Mutter zurück. Was versetzte diese nur in eine solche Furcht? Und weshalb nahm sie an, dass das Tagebuch der Reputation ihrer Familie schadete? Das war, selbst für die Pastorenwitwe, eine seltsame Annahme. Als würde das Tagebuch Claire quasi aus dem Grab zurückholen können. Amélies Fantasie gaukelte ihr die Szene eines Zombiefilms vor, und sie schmunzelte darüber. Matthieu würde das sicher weniger lustig finden, schließlich handelte es sich dabei um seine Urgroßmutter. Sie rief sich zur Ordnung, beantwortete eine E-Mail, doch ihre Gedanken drifteten schon wieder ab.

Isabelle Sellin. War sie der Schlüssel zur Wahrheit? Doch auch sie war schon lange tot, das hatte sie gegoogelt. 2003 war die Frau im hohen Alter von neunzig Jahren gestorben. Belle hatte nie geheiratet und auch keine Kinder gehabt, die Licht ins Dunkel hätten bringen können. War hier ihre Suche zu Ende?

Amélie kaute auf ihrer Unterlippe. Es musste doch eine Möglichkeit geben, entweder ihre Mutter zum Reden zu bringen oder jemand anderen aufzutreiben, der die Wahrheit kannte. Aber eher schneite es im Sommer, als dass Hyacinthe Monfort eine einmal getane Entscheidung widerrief.

»Verflixt!«, murmelte Amélie. Wer könnte also noch wissen, was damals wirklich geschehen war? Ein Ruck ging durch ihren Körper. Natürlich, das wäre eine Möglichkeit! Sie holte ihr Mobiltelefon aus der Handtasche, suchte eine Nummer und drückte die Anruftaste.

»Salut, Sébastien, hier Amélie. Danke, gut. Und selbst?« Sie lachte. »Hör zu, kannst du mir einen Gefallen tun? Ja, ich weiß, aber es ist dringend, und ich sag's auch keinem. Versprochen!«

Sie kicherte wieder, als sie Sébastiens Antwort hörte. Sie waren zusammen zur Schule gegangen, und der gut aussehende Junge, in den alle Mädchen verliebt gewesen waren und von dem alle dachten, er würde irgendwann beim Film landen, arbeitete heute als Archivar auf dem Bürgermeisteramt mit staubigen Akten.

»Isabelle Sallin, geboren 1913, gestorben 2003. Ich möchte wissen, ob sie Geschwister gehabt hat, und wenn ja, ob die noch leben.«

»Nettes Häuschen«, sagte Jean-Pierre und neigte den Kopf, damit er die Mühle durch die Windschutzscheibe besser in Augenschein nehmen konnte. Ihr Chef hatte ihr freundlicherweise angeboten, sie nach Büroschluss zu Matthieu zu fahren. »Frag deinen Freund doch mal, ob er uns die Erlaubnis gibt, das Anwesen in unsere Kartei aufzunehmen.«

Amélie grinste. Immer der Geschäftsmann auf der Suche nach neuen Locations.

»Okay, ich frage ihn. Danke fürs Herbringen und bis morgen.« Sie stieg aus, winkte Jean-Pierre zu, als dieser zurücksetzte, und öffnete die Haustür. Zorro wartete bereits hinter der Tür und begrüßte sie stürmisch. »Na du? Hast du mich vermisst?« Als Antwort rieb der Hund seinen Kopf an ihrem Oberschenkel und winselte leise. »Ich werte das mal als Ja«, sagte sie lachend. »Und wo ist dein Herrchen?«

»Hier hinten!«, tönte es vom Schlafzimmer her.

Sie legte ihre Handtasche auf den Küchentisch, durchquerte das Wohnzimmer und fand Matthieu vor dem Bett stehend. Er war gerade dabei, die Matratze mit einem Spannbetttuch zu beziehen.

»Es gibt nichts Schöneres, als Männern bei der Hausarbeit zuzusehen«, witzelte sie.

»Fein«, knurrte er, »dann hilf mal diesem Mann. Ich glaube, dieses vermaledeite Ding ist beim Waschen eingelaufen. Ich kriege es einfach nicht über die Matratze!«

Amélie kicherte und packte mit an. Nachdem das Bett frisch bezogen war, setzten sie sich auf die Terrasse und genehmigten sich ein Glas Eistee. Der Abend war angenehm lau. Über dem Mühlteich tanzten Mücken in den letzten Sonnenstrahlen. Ab und zu durchbrach ein Fisch die glatte Wasseroberfläche, um nach ihnen zu schnappen, und ließ sich dann mit einem Platschen wieder ins Wasser fallen.

»Hier lässt es sich leben«, dachte Amélie, zog einen Hocker heran und legte ihre Füße darauf. Sie streckte die Arme über den Kopf und seufzte wohlig. Matthieu erzählte ihr von seinem Tag. Er hatte einen Anruf aus einer Pariser Galerie erhalten, die eine Ausstellung mit einheimischen Künstlern plante und ihn als Vertreter des Finistère wollten. Das wäre eine große Sache, sagte er, und überaus lukrativ, was ihn gleich zum nächsten Thema brachte. Nachdem Amélie ihm die Visitenkarte von Julien, dem Anwaltskollegen von Fabrice, gegeben hatte, hatte er diesen tatsächlich heute angerufen und einen Termin für die folgende Woche ausgemacht. Die leidige Sache mit der Anzeige musste besprochen werden. Der Anwalt würde ihm nach dem Gespräch eine provisorische Aufstellung der Kosten erstellen, die auf ihn zukämen.

Als Amélies Handy klingelte, zuckten beide zusammen. Zu unpassend erschien der rockige Klingelton in der friedlichen Atmosphäre. Sie sprang auf und lief in die Küche.

»Hallo?«, meldete sie sich, als sie das Gerät aus ihrer Handtasche gezogen hatte. »Oh, Sébastien, das ging aber schnell. Warte einen Augenblick.« Sie sah sich suchend nach einem Stift und einem Notizzettel um. Auf der Küchenkombination fand sie schließlich einen Bleistift und einen Block. »Ich schreibe mir das gleich auf. Okay, super, vielen Dank für deine Mühe!«

Sie beendete den Anruf und atmete tief durch. Die Jagd konnte weitergehen!

71

Die Sonne blendete Matthieu, und er bat Amélie, ihm die Sonnenbrille aus dem Handschuhfach zu geben. Es war Samstagmorgen, kurz nach zehn Uhr, und sie befanden sich auf dem Weg nach Locronan. Links und rechts säumten grüne Hecken aus Büschen, Lorbeer, Bauernhortensien und kleinen Gehölzen die Straße. Sie fuhren durch Dörfer aus grauen Steinhäusern, dazwischen lagen Ackerland und fette Wiesen, auf denen Kühe grasten, dabei hörten sie Radio. Die Stimmung war locker, doch unterschwellig fühlten beide eine gewisse Anspannung, die sie seit Donnerstagabend, als Amélie den Anruf ihres ehemaligen Schulkameraden erhalten hatte, nicht mehr loswurden. Diese Spur war womöglich ihre letzte Möglichkeit, die Umstände um Claires Tod herauszufinden.

»Warst du schon mal in Locronan?«, fragte Amélie und schaltete das Radio leiser. »Es soll angeblich eines der schönsten Dörfer Frankreichs sein.«

Matthieu setzte den Blinker und überholte einen Radfahrer.

»Vor langer Zeit mal«, sagte er, »mit Nonno. Ein Freund aus seiner Zeit als Varietékünstler lebte dort in einem Seniorenheim. Er ist mittlerweile jedoch gestorben. Das Dorf ist wirklich hübsch. Der gepflasterte Marktplatz mit seinen Granithäusern und den Schieferdächern zum Beispiel. Die engen

Gassen, die Brunnen, die vielen kleinen Geschäfte, die Handwerk aus der Region anbieten, sehr authentisch. Aber im Sommer hoffnungsvoll von Touristen überlaufen. Übrigens ist der Ortskern autofrei. Wo wohnt die alte Dame noch mal?«

Amélie holte den Zettel mit der Adresse hervor. »Rue Saint-Maurice, Nummer 20. Ich schau mal auf Google Maps nach, ob wir dort mit dem Wagen hinkommen.« Nach einer Weile, in der sie an ihrem Handy herumgedrückt hatte, schüttelte sie den Kopf. »Wir müssen laufen. Aber bei dem Wetter ist ein Spaziergang doch toll. Da können wir gleich noch ein wenig das Dorf bewundern. Fast wie auf einer Klassenfahrt, nicht? Es fehlt nur noch der Rucksack mit einer Thermosflasche lauwarmem Tee, einem Butterbrot und einer Tüte Tutti Frutti drin.«

Matthieu lachte. »Ich habe das Zeug gehasst!«

»Ich ebenso. Also einigen wir uns auf Chips.«

Mittlerweile hatten sie Locronan erreicht und hielten an einem kleinen Holzhäuschen, vor dem zwei jüngere Frauen in gelben Westen standen, jede mit einer schwarzen Schultertasche bewaffnet. Matthieu kurbelte das Fenster hinunter und erklärte ihnen, wohin sie wollten, doch die beiden schüttelten synchron den Kopf und wiesen mit der Hand auf einen Parkplatz gegenüber, der schon halb mit Autos zugeparkt war. Also lösten sie ein Parkticket, stellten den Wagen ab und machten sich zu Fuß auf den Weg. Nach Amélies Handyrecherche würden sie nicht mehr als zehn Minuten bis in die Rue Saint-Maurice brauchen. Doch da Matthieus Begleitung bei jedem Souvenirladen stehen blieb und die Auslagen begutachtete, rechnete dieser mit einer halben Stunde.

Das Dorf war noch genauso, wie er es in Erinnerung hatte. Schon fast ein wenig kitschig anzusehen, erinnerten die kleinen, geduckten Steinhäuser an eine Filmkulisse. Ein Schild am Ortseingang informierte darüber, dass der Name Locronan sich vom heiligen Ronan ableitet, einem aus Irland stammenden Mönch, der hier angeblich begraben sein soll, sowie dem bretonischen Wort »Loc« für eine Eremitage. Ebendieser Saint Ronan soll die Einwohner auch das Weben gelehrt haben. Das Dorf war dadurch im Mittelalter für die Herstellung hochwertigen Segeltuches bekannt, was ihm einen beträchtlichen Wohlstand einbrachte.

Sie passierten den Place de l'Église, auf dem die Kirche des heiligen Ronan und die angebaute Kapelle standen, und wandten sich nach rechts. Eine schmale Gasse, ebenfalls mit Kopfsteinpflaster belegt, führte gemächlich bergauf. Auf den Fensterbänken blühten Geranien. Ihr leuchtendes Rot stand in ansprechendem Kontrast zu dem Granitgrau der Steinhäuser. In den kleinen Gärten entlang der Gasse zeigten sich die ersten Dolden weißer und blauer Hortensien.

»Wunderschön, nicht?«, rief Amélie enthusiastisch und knipste mit ihrem Handy wild in der Gegend herum. »So etwas solltest du malen, Matthieu. Ich bin sicher, die Touristen würden dir die Bilder aus der Hand reißen.«

Er verzog den Mund. Das fehlte gerade noch! Nach zehn Minuten standen sie endlich vor der Hausnummer 20. Amélie hielt den mitgebrachten Blumenstrauß mit beiden Händen fest wie ein Soldat seine Standarte.

»Ich bin ein bisschen nervös«, gab sie zu, »klingle du.«

Er schmunzelte. Sie nahm die Recherche über Claires Tod viel ernster als er. Und er fragte sich nicht zum ersten Mal, wieso. Schließlich ging es um seine Urgroßmutter. Aber womöglich trieben sie einfach die Neugier und die Hoffnung an, dass er ihrer Familie die Ungerechtigkeit, die sie an Vincent begangen hatte, letzten Endes verzieh. Er beteuerte zwar immer wieder, dass er und Nonno ihr nichts nachtrugen, schließlich konnte sie nichts dafür, dass ihre Vorfahren ausgemachte Idioten gewesen waren, aber er hegte den Verdacht, dass sie ihm nicht so recht glaubte. Nun denn, diese Fahrt würde vermutlich der Abschluss ihrer Nachforschungen bedeuten, und das war gut so.

Die dunkelbraune Holztür mit der eingelassenen gelben Glasscheibe öffnete sich, und eine etwa fünfzigjährige Frau in einem geblümten Kleid schaute sie fragend an.

»Guten Tag. Wir haben uns telefonisch angemeldet. Amélie Monfort und Matthieu Kaldera. Wir würden gern Sidonie Tassy besuchen, die Schwester von Isabelle Sellin.«

72

Sidonie Tassy-Sellin war eine zierliche Dame von fünfundachtzig Jahren mit schlohweißem Haar. Ihre blassblauen Augen musterten Amélie und Matthieu eingehend über eine Lesebrille hinweg, als diese ins Wohnzimmer traten, wo sie in einem Lehnsessel am Fenster saß. Sie trug ein dunkelblaues Kleid mit einem Spitzenkragen, in ihrem Schoß lag ein aufgeschlagenes Buch.

»Entschuldigen Sie«, sagte sie mit leiser Stimme, »dass ich zur Begrüßung nicht aufstehe, aber die Beine wollen nicht mehr so richtig.« Sie wies mit ihrer Hand auf das Sofa gegenüber. »Bitte setzen Sie sich doch. Möchten Sie etwas trinken?« Amélie und Matthieu schüttelten beide den Kopf. »Schade, ich nehme gern einen Aperitif. Marie-Lou?« Sie wandte sich an die Frau, die ihnen die Tür geöffnet hatte. »Wärst du bitte so freundlich, mir einen Kir Breton zu bringen?«

»Mama, es ist noch nicht einmal elf Uhr«, erwiderte die Angesprochene.

»Das macht mir nichts aus«, antwortete die alte Dame schmunzelnd und wandte sich dann wieder an ihre Gäste. »Meine Tochter findet, dass es einer Dame meines Alters nicht gut zu Gesicht steht, ein Gläschen zu trinken.« Sie legte das Buch auf einen kleinen Beistelltisch, auf dem eine halb volle Teetasse und eine Zuckerdose standen. »Sind die für mich?«, fragte sie Amélie, und diese zuckte zusammen. Sie hielt die mitgebrachten Blumen immer noch in der Hand; die hatte sie vollkommen vergessen.

»Ja, natürlich«, stammelte sie und reichte der alten Dame den Strauß Margeriten.

»Wie nett, danke. Marie-Lou, würdest du sie bitte in eine Vase stellen? Und vergiss den Aperitif nicht.«

Ihre Tochter griff nach dem Blumenstrauß und ging kopfschüttelnd aus dem Zimmer.

»Also, meine Lieben. Wieso interessieren Sie sich für meine ältere Schwester?«

Amélie und Matthieu wechselten sich mit dem Erzählen der Geschichte um Claire und ihr Tagebuch ab und legten ihre Vermutungen dar, dass Isabelle Sallin möglicherweise mehr über den Tod ihrer Freundin gewusst hatte. Nachdem sie geendet hatten, blieb es eine ganze Weile still. Sidonie nippte an ihrem Cidre mit Johannisbeerlikör und schwieg. Aus der Küche hörte man Geschirrgeklapper, und bald drang der Duft nach angebratenem Fleisch ins Wohnzimmer.

»Es tut mir leid«, brach Madame Tassy endlich die Stille. »Aber ich kann Ihnen nicht weiterhelfen. Belle war schon siebzehn Jahre alt, als ich zur Welt kam. Ich sah sie immer eher als eine zweite Mutter an und nicht als die große Schwester. Und dementsprechend hat sie mich auch mehr wie eine Tochter behandelt. Ich wusste zwar, dass Claire ihre beste Freundin gewesen ist, aber über deren schrecklichen Tod hat sie nie mit mir gesprochen. Ich war damals erst acht Jahre alt und habe davon nichts mitbekommen. Eine Tragödie, die man vor mir geheim hielt. Und später, als ich groß genug war, um es zu verstehen, wollte sie nicht davon sprechen.«

Amélie schluckte. Madame Tassy war ihre letzte Hoffnung gewesen, die Ereignisse von damals rekonstruieren zu können.

Sackgasse! Die Enttäuschung darüber trieb ihr die Tränen in die Augen, und sie wandte sich rasch ab. Das war ja lächerlich! Wieso nur ging ihr Claires Schicksal so zu Herzen?

Matthieu an ihrer Seite räusperte sich. »Herzlichen Dank, dass Sie uns Ihre Zeit geopfert haben, Madame Tassy. Wir mussten es versuchen, das verstehen Sie sicher. Jetzt wollen wir Sie aber nicht länger stören.«

»Sie können gern zum Mittagessen bleiben. Meine Tochter kocht immer für ein halbes Regiment.«

»Sehr freundlich, danke. Aber wir haben spät gefrühstückt und machen uns jetzt besser wieder auf den Heimweg.«

Er stand auf und griff nach seiner Jacke. Amélie tat es ihm gleich.

»Auf Wiedersehen, Madame Tassy«, sagte sie und schüttelte der alten Dame die Hand. Diese war weich und knochig und fühlte sich an, als würde man einen kleinen Vogel in der Hand halten.

»Es tut mir wirklich leid, Liebes«, sagte die alte Dame. »Ich weiß, wie schwer die Vergangenheit auf einem lasten kann.«

Amélie nickte tapfer, und nachdem auch Matthieu sich von der alten Dame verabschiedet hatte, verließen sie das Haus in der Rue Saint-Maurice. Keiner sprach, jeder hing seinen Gedanken nach.

Sie hatten noch keine zehn Meter hinter sich gebracht, als jemand nach ihnen rief. Sie drehten sich um und sahen Madame Tassys Tochter, die auf der Straße stand und mit beiden Armen winkte.

»Hast du etwas liegen lassen?«, fragte Matthieu. Amélie schüttelte den Kopf. Sie kehrten um, und als sie abermals vor der Hausnummer 20 standen, sahen sie Sidonie, auf einen Stock gestützt, unter dem Türsturz stehen. Ihre Tochter redete eindringlich auf sie ein, aber die alte Dame verscheuchte sie mit einer unwirschen Handbewegung.

»Ich habe mich an etwas erinnert«, sagte sie, als sie näher kamen. »Vielleicht ist es nur ein dummer Einfall, aber möglicherweise weiß noch jemand anderer, was damals geschehen ist. Kommen Sie, helfen Sie mir.«

Sie deutete auf eine Holzbank neben der Eingangstür. Matthieu reichte ihr seinen Arm, und langsam setzte die alte Dame einen Fuß vor den anderen, bis sie die Bank erreicht hatte und sich schwer atmend darauf niederließ.

»Meine Schwester hat nie geheiratet, das wissen Sie ja bereits. Nicht, dass sie das nicht gewollt hätte, aber ihr Verlobter, ein Arzt, der im selben Krankenhaus wie sie gearbeitet hat, ist im Zweiten Weltkrieg gefallen. Das hat sie nie überwunden, die Arme. Mir fiel ein, dass ihr Verlobter zu der Zeit, als Claire gestorben ist, in Marseille praktiziert hat. Wieso er das getan hat, weiß ich jedoch nicht mehr. Aber ich erinnere mich noch gut daran, wie Belle am Küchentisch saß und ihm täglich geschrieben hat. Und wenn mich nicht alles täuscht, hat sie ihm auch von Claires Selbstmord berichtet. Er kannte ihre beste Freundin ja schließlich auch. Er hatte einen jüngeren Bruder. Aber an dessen Namen erinnere ich mich nicht mehr. Möglicherweise hat dieser aber Belles Briefe aufbewahrt. Eine kleine Chance nur, aber …« Sie brach ab und hob leicht die Achseln. »Belles Verlobter hieß Marius Morvan.«

73

Der Parkplatz vor den Toren Locronans hatte sich gefüllt, und der Fahrer eines ankommenden Vans voller Kinder war sichtlich erleichtert, als sie wegfuhren.

Amélie drehte gedankenverloren eine Haarsträhne um ihren Finger und schaute dabei zum Fenster hinaus. Matthieu vermutete, dass die Enttäuschung über ihren Misserfolg sie so schweigsam machte, doch er täuschte sich, denn plötzlich wandte sie den Kopf.

»Ich werde noch verrückt!«, stieß sie hervor.

»Bitte?«

»Es fällt mir einfach nicht ein! Ich hasse das!«

Er runzelte die Stirn. »Was fällt dir nicht ein, mein Herz?«

»Wo ich den Namen Morvan schon mal gehört habe. Ich bin mir absolut sicher! Nur in welchem Zusammenhang?«

»Nun, der Name ist in der Bretagne doch sehr geläufig, nicht? Von daher kannst du ihn überall aufgeschnappt haben.«

Amélie nickte, schien aber nicht wirklich überzeugt zu sein.

»Ich werde Sébastien nochmals anrufen müssen«, sinnierte sie, »damit wir den Namen des Bruders von Belles Verlobten herausfinden. Er wird nicht erfreut darüber sein, denn normalerweise darf er solche Informationen nicht herausgeben. Der Datenschutz, du verstehst? Er bekommt vermutlich schon Probleme, wenn das mit Sidonie Sellin bekannt wird.«

»Das wird nicht passieren. Wir sagen es schließlich niemandem, und Madame Sellin wird es sicher auch nicht ausplaudern. Sag, hättest du Lust, ans Meer zu fahren? Es ist nicht weit bis nach Douarnenez. Wir könnten ein wenig am Hafen entlangspazieren, eine Kleinigkeit essen und uns überlegen, wie es jetzt weitergehen soll.«

»Super Idee!« Amélie strahlte. »Es ist eine Ewigkeit her, dass ich das Fischerdorf mit den vier Häfen besucht habe. Ich erinnere mich an eine Klassenfahrt zur tragischen Schatzinsel.« Sie lachte amüsiert. Und als sie Matthieus verwirrten Gesichtsausdruck bemerkte, erklärte sie: »Gegenüber dem Jachthafen liegt die Insel Tristan. Warst du schon mal dort?« Er schüttelte den Kopf. »Unser Lehrer hatte eine Führung organisiert. Wir, also Zoé und ich, waren natürlich von der Geschichte um Tristan und Isolde fasziniert. Der Legende nach soll der tugendhafte Ritter einst die schöne Königstochter von Irland ihrem zukünftigen Ehemann Marke, dem König von Cornwall, zuführen. Während der Überfahrt nach Britannien betraten die beiden ebendiese Insel gegenüber von Douarnenez, tranken von einem eigentlich für Isolde und Marke bestimmten Liebestrank und verliebten sich unsterblich ineinander. Das tragische Ende ist ja hinlänglich bekannt. Du kannst dir sicher vorstellen, was eine solche Geschichte bei pubertierenden Teenies auslöst.«

Er schmunzelte. »In etwa, ja. Aber warum denn Schatzinsel? Haben die beiden dort etwas versteckt?«

»Aber das Liebespaar doch nicht!« Sie verdrehte die Augen. »Wohl einen Fensterplatz in der Schule gehabt, was?«

»Geschichte hat mich nie groß interessiert. Ich war eher der musische Typ. Also, sag, wieso Schatzinsel?«

Amélie schüttelte missbilligend den Kopf, gab dann aber bereitwillig Auskunft.

»Im 16. Jahrhundert hat die Insel dem berüchtigten Seeräuber Guy Eder, genannt La Fontenelle, und seinen Kumpanen als Unterschlupf gedient. Das weiß doch jedes Kind! Der Legende nach soll sein Schatz heute noch auf der Insel vergraben sein. Und wir waren natürlich davon überzeugt, ihn in einer Felsspalte zu finden, und träumten schon davon, was wir mit den Golddukaten anfangen würden. Die Insel ist nicht sehr groß, aber wir haben es tatsächlich geschafft, dass wir verloren gingen. Du kannst dir die Aufregung unseres Lehrers vorstellen.« Sie kicherte. »Zoé und ich waren wirklich ein tolles Gespann.« Sie brach ab und seufzte. »Ich vermisse sie, weißt du? Wir waren so lange Zeit die besten Freundinnen, und dann kommt einfach ein Musiker daher, und weg ist sie!«

»Wo die Liebe hinfällt«, kommentierte Matthieu.

Amélie zuckte mit den Achseln. »Ja, sicher. Und ich gönne ihr natürlich ihr Liebesglück. Trotzdem …«

Sie hatten mittlerweile die Küste erreicht. Das Meer glänzte unter der strahlenden Maisonne wie ein polierter Saphir. Zwischen kleinen Sandstränden fiel das Ufer steil ins Meer ab. Windschiefe Kiefern säumten die Bruchkanten. Matthieu öffnete das Fenster, und der Geruch nach Tang und Salz strömte in den Wagen. Er legte eine Hand auf Amélies Schenkel, und sie lächelte.

»Es ist seltsam«, begann sie und setzte ihre Sonnenbrille auf, »aber ich habe einfach nicht begriffen, wieso Zoé alle Brücken hinter sich abbrach und ihrem Musiker nach Paris folgte. Wie kann man das alles hier …«, sie breitete die Arme aus, was vermutlich die ganze Bretagne einschließen sollte, »aufgeben? Und das nur für einen Mann?«

Matthieu stieß empört die Luft aus und wollte seine Hand zurückziehen, doch Amélie griff danach und drückte sie fest.

»Aber weißt du was? Jetzt verstehe ich sie.«

Zorro sprang aus der Hundebox, lief hinter ein Gebüsch und erleichterte sich. Sie waren von Douarnenez bis Concarneau durchgefahren, und auch Amélie nestelte nervös den Hausschlüssel hervor, öffnete die Tür zur Mühle und verschwand dann schnell Richtung Toilette. Matthieu griff derweil nach der Plastiktüte mit den Souvenirs, die sie im Fischerdorf gekauft hatte: verschiedene Badezusätze mit Meersalz, getrocknete Blumen, die nach etwas Undefinierbarem rochen, zwei Gläser selbst gemachte Konfitüre und ein wahnsinnig kitschiges Segelboot aus Gips. Er schüttelte den Kopf, pfiff nach Zorro und folgte ihr ins Haus.

Sie hatte von unterwegs diesen Sébastien angerufen und ihm die Sachlage geschildert. Dieser hatte sich bereit erklärt, am Montag noch einmal einen Blick in die Archive zu werfen. Das hieß also, dass sie das ganze Wochenende nichts in der Richtung unternehmen konnten, worüber er nicht unglücklich war. Seiner Meinung nach maß Amélie der Suche nach der Wahrheit über Claires Schicksal viel zu viel Bedeutung bei. Sie war geradezu besessen davon. Wie ging noch mal das Sprichwort? *Wenn man wühlt, findet man zuweilen etwas, was man gar nicht finden wollte.* Er atmete einmal tief durch. Hoffentlich bewahrheitete sich dieser Spruch nicht.

74

»Nächsten Samstag kommt übrigens Colette aus dem Urlaub zurück.«

Amélie blätterte bei den Worten in einem Bildband moderner Impressionisten, den sie im Wohnzimmer gefunden hatte. Sie hatte sich lange überlegt, ob sie die Rückkehr ihrer Freundin, und ihren damit verbundene Auszug aus der Wohnung, erwähnen sollte. Schließlich wollte sie Matthieu nicht dazu nötigen, ihr vorzuschlagen, mit ihm in der Mühle zu wohnen. Daher hatte sie es ganz beiläufig erwähnt, als sei es unerheblich, doch innerlich war sie angespannt und hielt unbewusst den Atem an. Es war das eine, ab und zu hier zu übernachten, aber zusammenzuleben war ein Schritt, der gut überlegt werden musste. Manche Paare schafften das nach Jahren nicht, und sie kannten sich gerade mal zwei Wochen.

Matthieu saß an seinem Schreibtisch und stellte eine Liste zusammen, welche Bilder er nach Paris mitnehmen wollte. Er schien völlig absorbiert, als hätte er das Gesagte gar nicht mitbekommen. Vielleicht war das besser so. Der Tag war bis jetzt so wundervoll gewesen, auch wenn sie von Belles Schwester nicht die Informationen erhalten hatten, die sie sich eigentlich erhofften. Und je nachdem, wie er auf ihre Anspielung reagierte, könnte der Tag in einem Fiasko enden. Von daher war sie fast erleichtert, dass er ihr nicht antwortete. Immerhin blieb ihr noch eine Woche, um sich ein annehmbares Domizil zu suchen. Im schlimmsten Fall würde sie sich eine Zeit lang in einem Hotel einquartieren oder ihren Onkel um ein Zimmer bitten.

»Ach du Scheiße!« Amélie fiel der Bildband aus den Händen. »Manchmal habe ich echt ein Brett vor dem Kopf!«

Matthieu war bei ihrem Ausbruch zusammengezuckt und sah sie verständnislos an.

»Bitte was?«

Sie sprang auf und schüttelte ungläubig den Kopf. »Kann das sein? Das wäre ja…« Sie lief in die Küche, wo Matthieus Laptop lag, und klappte das Gerät auf. Zorro war ihr schwanzwedelnd gefolgt, wohl in der Annahme, sie würde mit ihm Gassi gehen.

»Los, komm schon!«, redete sie mit dem Notebook, als es eine gefühlte Ewigkeit dauerte, bis sich die Verbindung ins Internet aufbaute.

»Chérie, was ist denn?«, hörte sie Matthieu aus dem Wohnzimmer fragen.

»Das wäre echt abgefahren«, murmelte sie vor sich hin. »Wenn das stimmt, dann…«

Eine fiebrige Unruhe hatte sie ergriffen. Sie wollte ihm noch nicht sagen, was ihr gerade durch den Kopf ging, bevor nicht ein stichfester Beweis vorlag. Aber sie war sich beinahe sicher, dass es kein Zufall sein konnte.

»Was meinst du, soll ich die drei Bilder der Pointe du Raz mitnehmen? Oder sind die zu klein?«

Matthieu war ihr in die Küche gefolgt, drei Polaroidbilder in der Hand, die er stirnrunzelnd betrachtete. »Sie sind zwar typisch für die Bretagne, aber neben meinen anderen Bildern…« Er brach ab, als er registrierte, wie sie fieberhaft ein paar Befehle in seinen Laptop eingab. »Was ist denn los?«

Sie drehte den Bildschirm mit einem breiten Grinsen so,

dass er den Zeitungsartikel darauf lesen konnte. Er zeigte ein Schwarz-Weiß-Foto, auf dem eine Hochzeitsgesellschaft abgebildet war. Den Kleidern der Gäste nach zu urteilen anscheinend aus den 1980er-Jahren. Er hob verständnislos die Achseln, beugte sich aber vor, um die Legende zu lesen.

Am 28. Mai 1985 gaben sich in der Kirche Saint-Guénolé Didier Ferry und Éliane Morvan das Jawort. Neben dem glücklichen Brautpaar stehen (von links nach rechts): Die Eltern des Bräutigams Antoinette Ferry-Bellec und Gustave Ferry, das Brautpaar selbst, daneben der Vater der Braut, Corentin Morvan, mit seiner Begleitung Isabelle Sellin. Dahinter die Schwester des Bräutigams Hyacinthe Montfort-Ferry mit ihrem Gatten Gilles Montfort, der das Paar getraut hat.

»Ich werde verrückt!« Matthieu blickte Amélie fassungslos an und schüttelte dabei den Kopf. »Kein Wunder, dass dir der Name bekannt vorkam.«

Sie nickte mehrmals. »Der Vater meiner Tante Éliane ist der jüngere Bruder von Belles Verlobtem! Ist das zu fassen? Ihre Mutter, das hat sie mir mal erzählt, ist bei ihrer Geburt gestorben. Vermutlich hat daher seine Beinaheschwägerin ihn zu der Hochzeit begleitet.«

»Und lebt ihr Vater noch?«, fragte Matthieu und setzte sich ebenfalls an den Küchentisch.

Amélie verzog den Mund. »Nein, leider nicht.«

»Wäre ja auch zu schön gewesen.«

In ihr Gesicht stahl sich ein verschmitztes Lächeln. »Wir haben aber trotzdem noch eine Chance, Belles Briefe zu finden.«

»Wie das?«

»Meine Tante ist ein regelrechter Messie und kann einfach nichts wegwerfen. Wenn also Belles Briefe an ihren Verlobten aus irgendeinem Grund in Corentin Morvans Besitz gelangt sind, dann liegen sie vermutlich auf dem Dachboden unseres Familienschlosses!«

75

Die ganze Fahrt bis zum Landsitz von Didier Ferry stand Amélies Mundwerk nicht einen Moment still. Ihre Vermutung, dass sie Belles Briefe finden würden, stand für sie bereits als Tatsache fest. Matthieu hingegen war sich dahin gehend jedoch nicht so sicher. Es war zwar durchaus möglich, dass Corentin Morvan nach dem Tod seines Bruders dessen Habseligkeiten erhalten hatte, aber ob er diese auch aufbewahrt hatte, war mehr als fraglich. Der Zweite Weltkrieg hatte das Land und die Menschen damals im Würgegriff gehabt. Wer bewahrte denn, wenn er um sein Leben fürchten musste, Briefe auf? Vielleicht hatten sie in den kalten Wintern, als es kein Holz mehr gab, als Brennmaterial gedient. Oder sie waren bei einem Umzug einfach fortgeworfen worden. Doch er wollte Amélies Enthusiasmus nicht schmälern. Die Ernüchterung würde sie früh genug einholen.

Sie hatte am späten Nachmittag ihren Onkel angerufen und sich und Matthieu kurzerhand zum Abendessen eingeladen. Zwar wusste Matthieu, dass Didier Ferry zuvor schon eine Einladung ausgesprochen hatte, um den neuen Freund seiner Nichte kennenzulernen, trotzdem schien ihm Amélies Vorgehen etwas ungehörig. Seine alte Furcht, jemandem aus Concarneaus höherer Gesellschaft nicht zu genügen, kam wieder ans Tageslicht. Obwohl er gemeint hatte, dieses Gefühl der

Unzulänglichkeit hinter sich gelassen zu haben. Vermutlich war diese Angst tiefer in ihm verankert, als er sich eingestehen wollte. Ein Erbe seiner Vorfahren?

»Warum so finster?«, wandte sich Amélie plötzlich an ihn. »Bist du nicht aufgeregt?«

Er fuhr sich mit einer Hand über die Stirn. »Natürlich. Ich dachte nur gerade an die Ausstellung in Paris.« Er warf ihr einen schnellen Blick zu, sah sie nicken und fragte sich insgeheim, wieso er sie belog.

»Das wird bestimmt ein Erfolg werden, mach dir keine Gedanken«, sagte sie gut gelaunt. »Und ich hoffe sehr, dass ich zur Vernissage eingeladen bin.«

»Ich überleg's mir.« Als er ihr verblüfftes Gesicht sah, fügte er lachend hinzu: »Du wirst natürlich mein Ehrengast sein.«

Es war kurz vor zwanzig Uhr. Die Sonne stand schon tief und warf goldene Lichtreflexe durch den lichten Wald, der die Straße zum Anwesen der Ferrys säumte. Nach einer lang gezogenen Rechtskurve lag das Schloss vor ihnen, und Matthieu schnappte nach Luft.

»Sieht schon cool aus, der alte Kasten, nicht?« Amélie grinste. »Aber es ist mehr Schein als Sein. Solltest du je in der Lotterie gewinnen, wäre mein Onkel dir sehr dankbar für einen Renovierungszuschuss.«

Sie fuhren die Straße hinunter, die den kleinen See umrundete und vor dem riesigen grauen Steinschloss endete. Beim genaueren Hinsehen fiel Matthieu der Verfall auf: Risse im Mauerwerk, die abblätternde Farbe der weiß gestrichenen Fensterrahmen, Büsche, die dringend eines Formschnittes bedurften. Seltsamerweise schmerzte ihn die Baufälligkeit des Gebäudes, obwohl er seit seiner Kindheit einen Hass auf Amélies Familie hegte und auf alles, was diese betraf. Er würde doch jetzt nicht plötzlich die Seiten wechseln? Blödsinn! Er räusperte sich, um seine unvermittelte Anwandlung von Mitgefühl zu vertreiben. Die Tanguys und ihre Nachkommen hatten jahrhundertelang ihre Angestellten ausgenutzt, gedemütigt und bevormundet. Nicht zu sprechen davon, was sie seinem Urgroßvater angetan hatten. Es geschah ihnen ganz recht, wenn das Schicksal sie jetzt dafür bestrafte. Und sei es nur mit einem baufälligen Anwesen, das bald in sich zusammenfiel.

»Kommst du?« Amélie hatte die Beifahrertür geöffnet und sah ihn auffordernd an. Er nickte, stieg aus dem Auto und folgte ihr die Treppe hoch zum eindrucksvollen Portal. Dann straffte er die Schultern. Die Kalderas würden ab jetzt immer durch die Vordertür gehen, das schwor er sich in diesem Moment.

»Ihre Bilder gefallen mir außerordentlich«, sagte Éliane Ferry und lächelte ihn dabei an. »Sie sind so … kraftvoll.«

Matthieu nahm einen Schluck des fabelhaften Rotweins, den sie zum Hauptgang tranken. »Sehr freundlich, danke.«

»Er ist zu einer großen Ausstellung in Paris eingeladen worden«, bemerkte Amélie. »Nur die besten Künstler aus ganz Frankreich!« Sie legte ihre Rechte auf seinen Arm. »Erzähl ihnen davon, Chéri.«

Er drückte kurz ihre Hand. »Nun ja, es ist eine weitere Chance, einem größeren Publikum vorgestellt zu werden. Ich vertrete das Finistère. Bin aber natürlich nur einer unter vielen.«

Amélie schnaubte. »Jetzt sei nicht so bescheiden. Ich bin sicher, das wird dein Durchbruch. Bald schon wird man sich um deine Bilder reißen. Ihr solltet also unbedingt noch vorher einen Kaldera kaufen«, wandte sie sich an ihren Onkel und ihre Tante. »Danach werdet ihr ihn euch nicht mehr leisten können.«

Sie lachten. Der Abend war bis jetzt ausgesprochen harmonisch verlaufen. Trotz seiner Vorurteile gegenüber Amélies Familie musste Matthieu zugeben, dass ihm die Ferrys äußerst sympathisch waren. Ihre Tante war zwar etwas versnobt, was die Herzlichkeit ihres Ehemanns aber tausendfach aufwog. Die Zwillinge Loïc und Germain brachten ihn zum Lachen und erinnerten ihn mit ihrem ungestümen Wesen an ihn selbst, als er in ihrem Alter gewesen war. Zudem hatte er zwei weitere Freunde gefunden. Die Hunde der Hausherrin, zwei ältliche Spaniel, lagen während des gesamten Essens zu seinen Füßen und beschnupperten seine Hosenbeine. Zorro würde es ihnen nach seiner Rückkehr gleichtun, sofern er ihn dann noch beachtete und nicht schmollte, weil er sie nicht hatte begleiten dürfen.

Nach dem Dessert, einer köstlichen Crème brûlée, ließen sie sich in dem kleinen Salon neben dem Esszimmer nieder und plauderten bei Kaffee und Sherry über Malerei, Amélies Ausflug mit den Parisern, das Wetter und die Konservenfabrik. Schließlich kam der Zeitpunkt, an dem es schicklich gewesen wäre, aufzubrechen. Doch nach einem kurzen Blickwechsel zwischen ihnen beiden räusperte sich Amélie und wandte sich an ihre Tante.

»Tante Éliane, darf ich dich etwas fragen?«

»Nur zu, Liebes. Wo drückt der Schuh?«

Amélie knetete die Hände und atmete tief ein.

»Dein Vater war doch der jüngere Bruder von Marius Morvan. Diesem Arzt, der mit Isabelle Sellin verlobt gewesen war und im Zweiten Weltkrieg fiel.«

Ihre Tante nickte. »Ja, das stimmt. Ich wusste gar nicht, dass du dich neuerdings mit Ahnenforschung befasst. Aber wenn ja, wäre die Linie meiner Mutter sicher faszinierender. Sie geht bis auf den Sonnenkönig zurück und …«

»Nein, entschuldige«, unterbrach Amélie sie, »mich interessieren nur die Morvans.«

Éliane nickte zögerlich und vermutlich auch etwas enttäuscht. Amélie hatte Matthieu erzählt, dass ihre Tante äußerst stolz auf die adlige Abstammung ihrer Familie sei, und war jetzt anscheinend pikiert darüber, dass sich jemand mehr für die väterliche Seite interessierte.

»Nun denn, was möchtest du über die Morvans wissen?«

»Ich, das heißt wir, versuchen etwas über einen Selbstmord aus dem Jahr 1938 herauszufinden. Eine junge Frau hat sich in diesem Jahr erhängt. Isabelle Sellin war ihre beste Freundin und hat die Tote damals auch gefunden. Wir nehmen an, dass sie dies ihrem Verlobten, Marius Morvan, in den Briefen, die sie ihm schickte, erzählt hat.«

Die Augenbrauen von Éliane waren bei der Erzählung etwas in die Höhe gegangen, und auch Didier Ferry legte die Stirn in Falten. Doch Amélie war in ihrem Element und schenkte der Mimik ihrer Verwandten keine Bedeutung.

»Wir hoffen«, fuhr sie fort, »dass diese Briefe noch irgendwo zu finden sind. Vielleicht im Nachlass deines Vaters. Was meinst du, besteht in der Hinsicht eine Chance?«

76

Der Dachboden des Schlosses glich einem kleinen Trödelmarkt. Zwischen ausrangierten Möbelstücken stapelten sich alte Zeitungen, Bücher lagen herum, dazwischen zerbrochenes Spielzeug, angeschlagenes Geschirr und Truhen voller Kleider, die niemandem mehr passten. Es roch nach Staub und altem Mäusedreck. Durch schmutzstarrende Dachfenster wurde der Raum, der sich über die gesamte Frontseite des Gebäudes zog, nur schwach erhellt. Amélie legte den altmodischen Lichtschalter um, und eine Reihe nackter Glühbirnen flammten auf. Eine davon flackerte ein paarmal und erlosch dann.

»Die Besitztümer meines Vaters befinden sich hinter dem großen Schrank auf der linken Seite«, tönte es vom unteren Stockwerk zu ihnen herauf.

Ihre Tante hatte ihnen zwar erlaubt, auf dem Dachboden nach Belles Briefen zu suchen, doch mit ihnen hinaufsteigen mochte sie nicht. Schämte sie sich eventuell für diesen Plunder? Aber Amélie vermutete, dass sie sich ihrer Sammelwut gar nicht bewusst war und einfach nicht ihr Kleid beschmutzen wollte. Im Gegensatz dazu waren die Zwillinge vom Vorhaben ihrer Cousine hellauf begeistert gewesen und flüsterten nun hinter ihrem Rücken miteinander, als könne ein lautes Wort das Tohuwabohu zum Einsturz bringen. Sie hatten zwei Taschenlampen dabei, von denen sie nun eine an Matthieu weitergaben.

»Na dann los!«, sagte dieser, krempelte die Ärmel seines Hemdes bis über die Ellbogen und stieg über ein Schaukelpferd aus Holz, dem Mähne und Schwanz fehlten.

»Welchen Schrank meint sie bloß?«, fragte Amélie und blickte auf verschiedene Möbelstücke unterschiedlicher Bauart.

»Das schwarze Ungetüm dort.«

Loïc wies mit der Hand auf einen massigen Schrank aus dunklem Holz, dessen Türen auffallend hübsche Intarsien aus Elfenbein aufwiesen.

»Wow!«, entfuhr es Amélie. »Wieso steht der denn hier oben? Der würde sich doch gut in der Eingangshalle machen. Als Garderobe zum Beispiel.« Loïc und Germain sahen sich an und brachen dann in Gelächter aus. Sie runzelte die Stirn. »Was ist daran denn so komisch?«

»Mach mal die Tür auf, Cousinchen, dann wirst du es wissen.« Die beiden kicherten und folgten Matthieu, der bereits hinter dem Schrank verschwunden war.

Amélie trat vor das gewaltige Möbelstück und überlegte sich, ob sie die Flügeltüren wirklich öffnen sollte. Vielleicht hatten die Zwillinge darin etwas versteckt, das heraussprang, wenn man sie aufstieß. Oder es lebte eine Kompanie Spinnen darin. Sie schüttelte sich.

»Du traust dich wohl nicht, was?«, klang es hinter dem Schrank hervor, und die Jungen lachten wieder. »Keine Angst, wenn du dich in Narnia verläufst, werden wir dich retten.«

Sie hörte Matthieu ebenfalls lachen und stieß empört die Luft aus. Von den dreien würde sie sich bestimmt nicht als Angsthase titulieren lassen.

Sie drehte langsam den altmodischen Metallschlüssel herum, der laut quietschte, wie es sich gehörte. Dann zog sie die Schranktüren mit einem Ruck auf und begann zu würgen. Ein bestialischer Gestank drang aus dem Möbelstück. Schnell warf sie die Türen wieder zu und vergrub ihre Nase im Ellenbogen.

»Grundgütiger!«, stieß sie hervor, als das köstliche Abendessen einen Salto in ihrem Magen vollführte.

»Wir haben dich gewarnt!«, riefen die Zwillinge im Chor.

Sie stolperte um den Schrank herum und setzte sich immer noch würgend auf einen alten Lederkoffer.

»Was um alles in der Welt ist darin gestorben? Ein Rudel Hirsche?«

Die Zwillinge grinsten sich an. »Niemand weiß, warum das Teil so stinkt. Angeblich soll einer unserer Vorfahren darin seine zerstückelte Ehefrau aufbewahrt haben.«

»Ihr wollt mich wohl auf den Arm nehmen.«

»Aber nein, Cousinchen. Das würden wir nie wagen!« Die beiden sahen sie so unschuldig an wie frisch geborene Lämmchen, und sie schüttelte schmunzelnd den Kopf.

»Und besagte Lady spukt seitdem im Schloss herum, stimmt's?«

Die Zwillinge nickten ernsthaft. »Punkt Mitternacht. Wir sollten uns also beeilen.«

Amélie sah sich um. Hinter dem stinkenden Schrank sah sie diverse Holzkisten und Kartons. An einem Ständer hingen Plastikhüllen, in denen sie Kleider vermutete. Die hätte ihre Tante aber wirklich entsorgen können. Aber ein Sammler bleibt eben ein Sammler.

»Ich denke, wir schauen uns erst mal die Kisten an. Was meint ihr?« Matthieu kratzte sich am Kopf und blickte skeptisch auf die mit Nägeln verschlossenen Holzkisten. »Hat jemand zufällig ein Stemmeisen dabei?«

Die Zwillinge sahen sich an, stoben dann davon und kamen nach kurzer Zeit mit einem verrosteten Bajonett zurück.

»Geht das auch?«

»Fabelhaft! Ihr kennt euch hier anscheinend aus.«

Die Jungen nickten. »Früher waren wir oft hier oben. Obwohl es Vater natürlich verboten hat.«

Sie lachten und schlugen dann ihre Fäuste gegeneinander. Währenddessen hebelte Matthieu eine Holzkiste mit der Stichwaffe auf. Mit einem Ächzen löste sich der Deckel.

»Passt auf die rostigen Nägel auf«, warnte er die Zwillinge, die bereits ihre Köpfe über die offene Kiste streckten. »Ihr wisst, wonach wir suchen. Dokumente, Briefe, vielleicht in einer Mappe verstaut oder lose.«

Die beiden begannen, den Inhalt zu untersuchen, und Matthieu wandte sich der nächsten Kiste zu.

»Willst du es mit den Koffern versuchen, Chérie? Das erscheint mir weniger gefährlich.«

Die Zwillinge kicherten, als sie den Kosenamen hörten, und begannen Kussgeräusche nachzuahmen.

»Ja, mache ich. Die Kisten überlasse ich besser den Babys!«

Keine Sekunde später warf ihr Loïc einen alten Hut an den Kopf, den er aus der Kiste gezogen hatte. Sie schnappte danach und stand grinsend auf. Dann drehte sie sich im Kreis und betrachtete die verschiedenen Koffer, entschloss sich für den kleinsten und betätigte dessen altmodische Schnappverschlüsse. Der eine hatte sich verklemmt. Sie sah sich nach einem Werkzeug um, entdeckte am Boden einen alten Kugelschreiber und hebelte damit den Verschluss auf. In dem Koffer lagen ein altes Radio, Schuhputzzeug, ein Fotoapparat, daneben graue Plastikdöschen mit Filmen, zwei karierte Schals, ein schwarzer Knirps und ein paar vergilbte Ausgaben von *Paris Match*. Am Kofferdeckel befand sich ein Fach aus Stoff. Sie griff hinein und zog ein paar Postkarten hervor. Sie betrachtete sie interessiert. Alle waren an Monsieur Corentin Morvan adressiert. Feriengrüße aus Rom, Casablanca, München und Prag. Doch die Namen der Absender sagten ihr nichts, und sie legte die Karten wieder zurück. Dann schloss sie den Koffer, stellte ihn an die Rückwand des stinkenden Schranks und wandte sich dem nächsten Gepäckstück zu.

»Habt ihr schon etwas entdeckt?«, fragte sie und hob den Kopf. Die Zwillinge verneinten, Matthieu ebenso. Mittlerweile war die Sonne untergegangen, und die angenehme Wärme, die sie auf dem Dachboden erzeugt hatte, verflüchtigte sich durch die vielen Ritzen im Mauerwerk und dem undichten Dach. Bald würde es kalt hier oben werden. Und obwohl sie erst zwei Kisten und einen Koffer durchsucht hatten, schwand Amélies Hoffnung, Belles Briefe in dem Gerümpel zu finden. Wieso auch sollte Corentin Morvan die Briefe seiner Beinaheschwägerin aufgehoben haben? Etwas, das ihn nur an den frühen Tod seines Bruders erinnerte? Das war absurd und entbehrte jeglicher Logik.

Sie schaute auf ihre Uhr. Halb elf. Sie würde noch eine halbe Stunde weitersuchen und dann aufgeben. Die Zwillinge mussten sicher ins Bett. Zudem brauchte jeder von ihnen vorher eine heiße Dusche. Staub, Schmutz und Spinnweben hatten sich auf ihnen niedergelassen. Sie sahen aus, als würden sie in einer Geisterbahn arbeiten.

»Ich glaube, hier ist etwas.«

Matthieus Stimme klang dumpf, denn er steckte kopfüber bis zur Taille in einer der Holzkisten. Amélie horchte auf, die Zwillinge ließen ihre Kiste links liegen und hechteten zu Matthieu hinüber, der sich mittlerweile aufgerichtet hatte. Quer über sein vormals weißes Hemd zog sich ein breiter Schmutzstreifen. Er hielt eine alte Schuhschachtel in den Händen, ähnlich derjenigen, die Amélie im Pastorenhaus auf dem Dachboden entdeckt hatte. Dann drehte er die Schachtel in ihre Richtung. An einer Seite stand auf einem verblassten Etikett der Name »Dr. Marius Morvan«.

77

»Keine Widerrede! Ausziehen, duschen und ab ins Bett!«

Didier Ferry zog die Augenbrauen zusammen und wies mit dem Arm die Treppe hoch. Die Zwillinge murrten zwar ein wenig, trollten sich dann aber doch, und ihr Vater verdrehte in gespielter Verzweiflung die Augen. Sie standen in der Eingangshalle. Amélie hielt die Schuhschachtel mit Marius Morvans Namen darauf wie ein rohes Ei.

»Diese Bengel!«, murmelte der Fabrikant und drehte sich um. »Möchte jemand einen Drink?«

Matthieu schüttelte den Kopf, er musste schließlich noch fahren, und auch Amélie verneinte.

»Wir würden uns jetzt lieber den Briefen widmen«, verkündete sie. »Du bekommst sie danach zurück, Tante Éliane.«

Ihre Tante winkte ab. »Das hat keine Eile. Ich hoffe, ihr findet darin, wonach ihr sucht.«

Sie verabschiedeten sich von den Ferrys und stiegen in den Wagen. Die Fahrt nach Concarneau verlief schweigsam. Amélie antwortete einsilbig und sah sonst starr geradeaus. Die Schachtel ruhte auf ihren Knien. Matthieu fragte sich zum wiederholten Mal, weshalb sie so versessen darauf war, das Geheimnis um Claires Tod zu lüften. War es bloß Empathie für eine junge Frau im Strudel der Gefühle? Oder steckte noch mehr dahinter? Doch jedes Mal, wenn er dieses Thema anschnitt, winkte sie lachend ab und erwiderte, dass sie ihm nur behilflich sein wollte, die Wahrheit über seine Urgroßmutter herauszufinden. Hoffentlich brachten diese Briefe Licht ins Dunkel, und sie konnten damit endlich abschließen und in die Zukunft blicken.

Als sie die Mühle erreichten, hörten sie Zorro hinter der Eingangstür bellen. Matthieu beeilte sich, sie zu öffnen, bevor der Setter sie mit seinen Krallen noch ganz zerkratzte. Zorro begrüßte sie enthusiastisch und lief dann ein Stück in den Wald, um sein Geschäft zu erledigen. Amélie ging derweil in die Küche, stellte die Schachtel auf den Tisch und setzte sich. Matthieu beobachtete sie von der offenen Haustür her. Er hatte vermutet, dass sie sich gleich auf die Dokumente in der Schuhschachtel stürzen würde. Doch sie saß nur da und fixierte sie wortlos.

»Alles okay?«, fragte er und pfiff nach Zorro.

»Was, wenn die Briefe nicht von Belle stammen? Oder sie darin nichts über Claire schreibt?«, erwiderte sie nachdenklich.

Er zuckte mit den Schultern, obwohl Amélie ihm den Rücken zudrehte und sie die Geste daher nicht sehen konnte. In dem Moment stürmte Zorro herein, setzte sich hechelnd neben Amélie und legte seinen Kopf auf ihren Schenkel. Gedankenverloren kraulte sie ihm die Ohren. Matthieu verriegelte die Haustür, trat dann ebenfalls an den Küchentisch und legte ihr beide Hände auf die Schultern. Dann beugte er sich zu ihr hinunter und küsste ihre Wange.

»Wir haben unser Bestes versucht, Chérie. Und wenn wir allenfalls nicht herausfinden, was damals geschah, wissen wir doch, dass sich meine Urgroßmutter und mein Urgroßvater sehr geliebt haben. Vielleicht ist das das Einzige, was zählt.«

Auf den Küchentisch lagen drei Stapel. Sie hatten die Schriftstücke, die sich in der Schuhschachtel befanden, aufgeteilt.

Auf einem lagen offizielle Schreiben von Ämtern, Quittungen, Rechnungen und lose Zettel; auf dem zweiten die Korrespondenz mit Marius' Familie, und der dritte, der Größte von allen, enthielt die Briefe von seiner Verlobten Belle. Die Schriftstücke rochen nach altem Papier und einer längst vergangenen Zeit. Matthieu hatte eine Flasche Rotwein entkorkt. Er brauchte, wie Didier Ferry vorhin, unbedingt einen Drink. Obwohl er bislang relativ ruhig an die Sache herangegangen war, ergriff ihn plötzlich eine innere Unruhe, als würde vom Stapel mit Belles Briefen eine unterschwellige Bedrohung ausgehen. Und er fragte sich unvermittelt, ob er wirklich wissen wollte, was Claires beste Freundin ihrem Verlobten geschrieben hatte. Amélie schien es ähnlich zu gehen. Sie kaute nervös auf ihrer Unterlippe, hatte ihren Wein noch nicht einmal gekostet und sogar Zorro vertrieben, dem ihr sonst so wohltuendes Streicheln zu heftig geworden war.

»Also dann«, sagte er und räusperte sich. »Willst du? Oder soll ich?«

»Mach du, es geht um *deine* Urgroßmutter. Am besten wird sein, wir ordnen die Briefe nach dem Datum. Dann haben wir eine chronologische Korrespondenz.«

Er nickte, griff sich den ersten Umschlag und zog einen Brief heraus.

»Sie schreibt glücklicherweise etwas leserlicher als Claire«, sagte er und lächelte dabei. »4. Februar 1938«. Er legte den zweiseitigen Brief auf den Tisch und griff nach dem nächsten Umschlag. Amélie machte keine Anstalten, es ihm gleichzutun. Sie rieb sich lediglich die Hände, als sei ihr kalt, und beobachtete ihn.

»9. Mai 1938«, kommentierte er weiter, als er den zweiten Brief aus dem Couvert zog. »1. Dezember 1937«, bemerkte er beim dritten. Am Ende hatten sie sechsundzwanzig leere Umschläge und etwas mehr als das Doppelte an Briefbögen.

Matthieu stand auf, holte eine Schachtel Büroklammern und heftete die zusammengehörenden Seiten aneinander. Dann sortierte er die Briefe nach ihrem Datum.

»Also, der erste Brief ist vom 1. November 1937, der letzte vom 15. November 1938. Wie es aussieht, muss Marius etwas über ein Jahr in Marseille gearbeitet haben, bevor er nach Concarneau zurückkehrte. Über den Daumen gepeilt, hat Belle ihm zweimal pro Monat geschrieben, wenn alle ihre Briefe erhalten geblieben sind. Im September, als Claire starb, sind es sogar fünf.« Er warf Amélie einen kurzen Blick zu. »Komischerweise sind keine aus der Zeit dabei, in der Marius als Soldat gedient hat. Aber vielleicht gingen die verloren, als er im Krieg fiel. Was meinst du, soll ich den ersten vorlesen?«

Amélie nickte wortlos. Ihre kobaltblauen Augen wirkten beinahe schwarz.

»Chérie, ist wirklich alles in Ordnung?« Er griff über den Tisch hinweg nach ihrer Hand. Sie war eiskalt. »Wir können es auch auf morgen verschieben, es ist ja schon spät.«

Sie schüttelte vehement den Kopf.

»Wir haben nicht so lange gesucht, um jetzt noch eine Nacht zu warten. Zudem würde ich sicher kein Auge zutun.« Sie lachte unsicher. »Ich weiß gar nicht, wovor ich mich mehr fürchte: endlich die Wahrheit zu erfahren oder überhaupt nichts herauszufinden.«

Sie langte nach ihrem Glas Rotwein und nahm einen großen Schluck.

Matthieu drückte aufmunternd ihre Hand, ließ sie dann los und griff nach dem ersten Brief.

78

»Der Brief ist vom Montag, dem 1. November 1937«, begann Matthieu. Er räusperte sich. »Sie schreibt: ›Mein Liebster, es ist noch keine halbe Stunde her, seit Du in den Zug nach Marseille gestiegen bist, und schon vermisse ich Dich. Ein ganzes Jahr! Wie soll ich das bloß aushalten? Noch spüre ich …‹«

»Stopp!«, rief Amélie, und er zuckte erschrocken zusammen. »Wir sollten das nicht lesen. Das sind intime Dinge, die uns nichts angehen.«

Er schaute sie verblüfft an. »Aber wir wollten doch …«

»Ja, aber über Claire, nicht über Belle und ihren Verlobten.«

Matthieu starrte verunsichert auf den Brief in seinen Händen.

»Und was ist die Alternative?« Sie hob die Achseln.

»Vielleicht könnte ich versuchen, die Zeilen quer zu lesen«, schlug er vor, »und nach Claires Namen Ausschau halten. Wäre das für dich annehmbar?« Amélie nickte. »Gut, dann werde ich das tun. Willst du mir dabei helfen? Schließlich sind es doch ein paar, und es ist schon nach Mitternacht.«

Zögerlich griff sie nach dem Stapel, teilte ihn dann in zwei Hälften und reichte Matthieu die untere.

»Ich übernehme die von November bis Mitte 1938«, sagte sie daraufhin. »Die späteren überlasse ich besser dir.«

Sie erwähnte den September 1938, den Monat, in dem Claire sich das Leben genommen hatte, nicht explizit, aber er wusste anscheinend sofort, weshalb sie die frühen Schreiben bevorzugte. Er reichte ihr den ersten Brief über den Tisch hinweg und widmete sich dann seinem eigenen Stapel.

Eine Weile las jeder in Belles Korrespondenz. Nur das Rascheln der Briefbögen und Zorros leises Schnarchen waren zu hören. Einmal seufzte Matthieu tief, nahm noch einen Schluck Rotwein, meldete sich aber nicht zu Wort.

»Hier steht etwas über Claire!«, rief Amélie aufgeregt und hielt dabei ein einzelnes Blatt in die Höhe.

»Lies vor«, ermunterte er sie.

»Der Brief stammt vom 14. Dezember 1937. Der Wortlaut ist folgender: ›Ich mache mir ein wenig Sorgen um Claire. Du weißt, was für eine Träumerin sie ist und wie wenig Quentin damit zurechtkommt. Und gestern hat sie mir von einem Mann erzählt, der plötzlich aufgetaucht ist und Arbeit in der Fabrik gefunden hat. Du hättest sie dabei sehen sollen, Liebster. Sie hat es zwar nur so nebenbei erwähnt, aber ich kenne sie zu gut. Das ist mehr als eine Schwärmerei. Was soll ich tun? Ihr ins Gewissen reden? Aber ob sie auf mich hören wird? Was rätst Du mir?‹«

Amélie ließ den Brief sinken.

»Also hat Claire mit Belle über Vincent gesprochen«, folgerte Matthieu. »Und diese hat geahnt, was dahintersteckt.«

Amélie nickte. »Frauen spüren so etwas. Vor allem, wenn es die beste Freundin betrifft.«

»Apropos beste Freundin.« Er räusperte sich. »Ich fände es eine gute Idee, wenn du bei mir einziehen würdest.«

Ihr Gesicht hellte sich auf. »Und ich dachte schon, der Zaunpfahl sei zu dünn gewesen. Bist du dir auch sicher?«

»Aber natürlich, Chérie. Mit solchen Angeboten scherze ich nicht.« Er zwinkerte ihr zu. »Gleich morgen rufe ich Gilbert Tannion an. Er wird mir bestimmt seinen Kleinlaster leihen, damit wir deine Habseligkeiten transportieren können.«

Sie stand auf, schlang die Arme um Matthieu und schmiegte ihre Wange an die seine.

»Ich bin so froh, dass dein Großvater mir das Tagebuch gebracht hat. Erinnere mich daran, dass ich ihm dafür einen Kuss gebe.«

Matthieu fasste sie um die Taille und zog sie mit einem Ruck auf seinen Schoß. »Was willst du alte Männer küssen, wenn du mich hast?«

»Vielleicht stehe ich ja mehr auf reifere Semester«, neckte sie ihn und unterdrückte dann ein Gähnen. »Entschuldige.«

»Es ist Zeit fürs Bett. Wir machen morgen mit den Briefen weiter, einverstanden?«

»Ja, in Ordnung. Ich bin wirklich hundemüde. Trägst du mich ins Schlafzimmer?«

»Ich trage dich besser unter die Dusche, meine Liebe. Du riechst irgendwie komisch. Als trügest du eine tote Ratte in der Hosentasche.«

»Das ist bestimmt die zerstückelte Ehefrau«, erklärte sie mit todernster Miene. »Aber du hast recht. In deinen Haaren befindet sich übrigens ein Spinnennetz. Und es sieht ganz danach aus, als hätte dessen Bewohnerin vom Schloss in die Mühle gewechselt.«

Als sie sein entsetztes Gesicht sah, fing sie an zu kichern.

Kurz vor sieben Uhr am Sonntagmorgen erwachte Amélie, weil Zorro sie mit seiner kalten Schnauze auf die Wange stupste. Matthieu schlief tief und fest, und sie brachte es nicht übers Herz, ihn zu wecken. Leise stand sie auf, ging ins Wohnzimmer und öffnete die Terrassentür. Zorro lief schnüffelnd über die kleine Wiese, die vor dem Mühlteich lag, und verrichtete dann sein Geschäft. Amélie sah sich nach einem Kotsäckchen um, entdeckte eine Schachtel neben einem Abfallbehälter mit Deckel und folgte dem Hund auf bloßen Füßen. Das Gras war vom Morgentau noch feucht, und sie fröstelte leicht. Als sie Zorros Häufchen aufnahm, rümpfte sie die Nase und trug es mit spitzen Fingern zum Kübel.

»Oh, Mann, das riecht aber nicht gerade nach Veilchen«, sagte sie zu ihm, als er hechelnd angerannt kam und sie schwanzwedelnd anblickte. »Und jetzt willst du wohl dein Frühstück, was?« Als Bestätigung bellte er zweimal. »Na dann los.«

In der Küche holte sie den Sack mit dem Trockenfutter hervor, studierte die Maßeinheiten mit gerunzelter Stirn und griff dann einfach mit der Hand hinein und füllte den Napf bis zum Rand.

»Ist das zu viel?« Sie warf Zorro einen fragenden Blick zu. Dieser legte den Kopf schief, und sie musste lachen. »Egal, du sollst schließlich nicht leben wie ein Hund. Muss da noch Wasser hinein? Vermutlich, das Zeug ist ja staubtrocken.« Sie öffnete den Wasserhahn, wartete, bis lauwarmes Wasser herausströmte, und hielt den Futternapf darunter. Dann stellte sie den Napf auf den Boden. »Lass es dir schmecken!«

Zorro stürzte sich regelrecht auf sein Futter, und ein beträchtlicher Teil davon schwappte dabei über den Rand und landete auf dem Küchenboden. Sie würde später die Sauerei aufwischen, bevor Matthieu aufwachte.

Sie sah Zorro eine Weile beim Fressen zu und rieb dabei ihre nassen Füße aneinander. Der Plattenboden war kalt, und sie ging daher zum Tisch hinüber, unter dem ein farbiger gewebter Teppich lag. Belles Briefe lagen noch genauso auf dem Küchentisch wie letzte Nacht, schließlich wollten sie sie heute noch durchsehen.

Amélie horchte. Matthieu schien von dem Radau, den sein Hund veranstaltete, nichts zu bemerken. Sie griff nach dem

Brief, den sie ihm gestern vorgelesen hatte, und überflog auch noch dessen Ende. Claire wurde nicht mehr erwähnt. Also steckte sie die beschriebenen Blätter wieder in den Umschlag und verstaute diesen dann in der Schuhschachtel. Ob sie Matthieu wecken sollte? Oder warten, bis er von selbst aufwachte, um mit dem Lesen weiterzumachen? Aber er schlief gern lange, das konnte noch Stunden dauern. Und jetzt war sie hellwach und würde nicht mehr einschlafen können.

Sie stand auf, schaltete die Kaffeemaschine ein und machte sich einen Espresso. Dann setzte sie sich wieder an den Küchentisch und nahm den nächsten Brief von ihrem Stapel.

79

Matthieu rieb sich die Augen. Ein undefinierbares Geräusch hatte ihn geweckt. Als er auf die Uhr sah, war es schon viertel nach neun. Seltsam, hatte Zorro verschlafen? Er drehte den Kopf. Der Platz neben ihm war leer, und jetzt hörte er auch das komische Geräusch wieder. War das ein Kichern? Oder ein Schluchzen?

Er schlug die Bettdecke zurück und sprang auf. Im ersten Moment wurde ihm schwindelig, und er blinzelte mehrmals, bis sich die dunklen Flecken vor seinen Augen verzogen. Dann sprintete er in die Küche.

Amélie saß am Küchentisch, hatte ihren Kopf auf die verschränkten Arme gelegt und weinte. Zorro saß an ihrer Seite und wandte den Kopf, als er hereinstürmte. In seinem Blick lag ein Ausdruck, als wolle er sagen: Ich weiß nicht, was sie hat.

»Chérie«, Matthieu legte Amélie eine Hand auf die Schulter, »was ist denn?«

Sie hob den Kopf. Ihre Augen waren gerötet, Tränen liefen über ihre Wangen.

»So viel Liebe … und so viel Leid.« Sie wischte sich mit dem Pyjamaärmel über die Augen und zog geräuschvoll die Nase hoch. »Hast du vielleicht ein Taschentuch?«

Er trat zur Küchenzeile und holte eine Rolle Haushaltspapier aus dem Schrank, riss ein Blatt davon ab und reichte es ihr.

Sie schnäuzte sich kräftig die Nase und atmetet dann tief ein.

»Ich war früh wach, wollte dich nicht wecken und habe die Briefe von meinem Stapel gelesen. Und dann auch noch diejenigen von deinem.« Sie verzog den Mund. »Belle hat ihrem Verlobten alles geschrieben: von Vincent über die Liebe zwischen Claire und ihm und von ihrer Verzweiflung, weil sie verheiratet war. Und am Ende von Claires Selbstmord und wie Belle sie gefunden hat. Erhängt, im Pferdestall. Gott, wie furchtbar!« Sie schüttelte den Kopf und wischte sich wieder über die Augen.

Matthieu hatte sich während ihrer Worte ebenfalls an den Tisch gesetzt und betrachtete die vielen losen Briefblätter, die auf dem Tisch herumlagen.

»Ich konnte einfach nicht mehr aufhören«, fügte Amélie kleinlaut hinzu. »Es tut mir leid.«

»Du musst dich doch nicht entschuldigen. Mir wäre es sicher ebenso ergangen. Wollen wir jetzt erst mal frühstücken? Dabei kannst du mir alles ganz genau erzählen, okay?«

Sie nickte und schnupfte noch ein paarmal, dann begann sie, die Briefe sorgfältig wieder auf einen Stapel zu schichten.

»Etwas allerdings ist seltsam«, sagte sie.

»Was denn?« Er holte die Butter und den Orangensaft aus dem Kühlschrank.

»In einem Brief schreibt Belle, dass sie Claire nach der Geburt nicht sehen durfte. Man habe sie abgewiesen mit der Begründung, Claire sei zu schwach, um Besuch zu empfangen. Das verstehe ich nicht. Wie kann eine Frau ihre beste Freundin nicht begrüßen wollen, zwei Tage später aber so stark sein, um eine Leiter hochzusteigen, ein Seil über einen Balken zu werfen und sich das Leben zu nehmen?«

»Fabrice besucht seine Mutter in Brest. Er ist also nicht da.« Amélie verstaute ihr Handy wieder in der Handtasche. »Das passt gut. Es wäre mir … na ja, es ist besser so.«

Der gelbe Lieferwagen mit der grünen Schrift, der Gilbert Tannions Maurerbetrieb anpries, stotterte kurz, bevor Matthieu in einen höheren Gang schaltete. In dem Wagen roch es nach nassem Mörtel, kaltem Zigarettenrauch und Pfefferminzdrops. Sie waren auf dem Weg zum Boulevard, um Amélies Sachen zu holen. Auf dem Rückweg wollten sie noch bei Colette vorbeischauen, um auch ihre dortigen Besitztümer einzusammeln. Ab dann würde sie offiziell in der Mühle wohnen. Matthieu fluchte leise, als er sich wieder verschaltete. Das behäbige Vehikel war alles andere als einfach zu bedienen, und Amélies Angebot, sich selbst hinters Steuer zu setzen, hatte er in weiser Voraussicht abgelehnt.

»Hat er seine Niederlage verdaut?«, fragte er und bog in die Rue Victor Hugo ein. Es herrschte wenig Verkehr an diesem Sonntag kurz vor Mittag, und sie kamen gut voran.

»Ich denke schon«, erwiderte sie. »Fabrice ist zu klug, um sich länger mit etwas zu befassen, das keine Aussicht auf Gewinn verspricht.«

Matthieu lachte. »Auch eine Lebenseinstellung.«

Sie zuckte mit den Achseln. »So ist er eben. Er wird bestimmt bald jemanden finden, der gut zu ihm passt. Schließlich sieht er blendend aus und hat eine steile Karriere vor sich.«

»Höre ich da den Hauch eines Bedauerns heraus?«

Sie sah ihn amüsiert an. »Etwa eifersüchtig?«

»Hätte ich denn Grund dazu?«

Amélie rollte in gespielter Empörung die Augen. »Männer!«

Sie erreichten die Uferstraße. Das schöne Wetter hatte die Bewohner ans Meer gelockt. Überall sah man Familien mit Kindern, die auf den Felsen Picknicks veranstalteten oder am

Strand Sandburgen bauten. Die meisten Parkplätze entlang des Kais waren bereits belegt.

Amélie warf einen sehnsüchtigen Blick auf die glitzernden Wellen.

»Wirst du das Meer nicht vermissen?«, fragte er sie und bremste abrupt, als ein kleiner Junge sich anschickte, blind über die Straße zu rennen.

»Ja, vermutlich«, gab sie unumwunden zu, was ihm einen Stich versetzte. »Und den Umstand, in zehn Minuten beim Bäcker zu sein.« Sie legte ihm eine Hand auf den Schenkel. »Aber die Mühle geizt schließlich auch nicht mit Naturschönheiten. Und zur Not können wir uns ja einen Brotbackautomaten zulegen.« Sie zwinkerte ihm zu.

Er nickte, setzte dann den Blinker und fuhr rückwärts die Einfahrt zur Nummer 36 hoch. Sie stiegen aus, und er öffnete die Schiebetür an der Seite und die zwei Türen am Heck. Amélies Bett und ihren Schrank würden sie noch hier lassen, für deren Transport war der Laster zu klein. Es gab jedoch genug Stauraum in der Mühle, und sein Bett war schließlich auch groß genug für zwei. Das hatten sie mittlerweile ausgiebig getestet.

»Warum lächelst du?«, fragte sie, griff in ihre Handtasche und zog den Hausschlüssel hervor.

»Vorfreude«, erwiderte er schmunzelnd und amüsierte sich köstlich über ihre verständnislose Miene.

»Mir geht das einfach nicht aus dem Kopf.« Amélie wickelte ein paar Nippesfiguren in Zeitungspapier und verstaute sie dann vorsichtig in einem der Kartons, die Matthieu noch von seinem eigenen Umzug behalten hatte.

»Was denn, Chérie?« Matthieu stand auf einer kleinen Leiter und war gerade im Begriff, ihre Bilder abzunehmen.

»Na, dass Belle Claire nach der Niederkunft nicht sehen

durfte. Auch wenn es eine schwere Geburt gewesen ist, erscheint mir das doch recht ungewöhnlich. Sie war schließlich ihre beste Freundin.«

Er drückte Spachtelmasse in ein Loch, aus dem er vorhin den Nagel entfernt hatte.

»Sie haben sich vermutlich für meinen Großvater geschämt«, stieß er zwischen den Zähnen hervor. »Du weißt doch noch, was Nonno gesagt hat: ›Mir hat man angesehen, dass ich das Kind eines Südländers bin.‹ Die Tanguys wollten bestimmt nicht, dass eine Fremde den Bastard zu Gesicht bekommt, bevor sie ihn aus dem Haus geschafft hatten!«

Amélie schüttelte den Kopf. »Wie kann man so etwas tun? Was kann denn ein unschuldiges Baby dafür? Heute wäre so etwas nicht mehr möglich, oder?«

»Nein, ich denke nicht. Aber früher konnten die reichen Leute eben tun und lassen, was sie wollten.«

Amélie nickte und widmete sich ihrem Bücherregal. Gedankenverloren griff sie nach einem Buch, drückte es dann an ihre Brust und sah zum Fenster hinaus.

»Wir wissen zwar jetzt«, begann sie und drehte sich zu ihm um, »dass Claire Belle von ihrer Liebe zu Vincent erzählte und diese ihr sogar den Rücken frei hielt, wenn sie sich mit ihm treffen wollte. Und wir haben auch erfahren, dass Belle von der Flucht nach Irland wusste. Aber wieso Claire sich schließlich umbrachte, wissen wir immer noch nicht.«

Matthieu legte die Tube mit der Spachtelmasse auf einen gefüllten Karton und nahm Amélie in den Arm.

»Nein, mein Herz, das wissen wir nicht. Und wir werden es auch nie erfahren. Die Suche nach der Wahrheit ist zu Ende, denn es gibt niemanden mehr, der sie noch kennt. Lassen wir die Vergangenheit also ruhen und kümmern uns besser um die Gegenwart. Und unsere Zukunft.«

80

Fabrice stöhnte. Dem köstlichen Sonntagsbraten seiner Mutter hatte er, wie üblich, nicht widerstehen können und viel zu viel gegessen. Doch jetzt, auf der Heimfahrt, lag er ihm schwer im Magen. Daher öffnete er den Hosenknopf und stieß erleichtert die Luft aus.

Es war ein wunderbarer Tag. Ein wolkenloser azurblauer Himmel wölbte sich über dem Finistère. Die Digitalanzeige seines Wagens zeigte eine Außentemperatur von sechzehn Grad an. Daher verließ er bei Le Faou die N 165, um sich ein wenig die Füße zu vertreten.

Er schaute auf die Uhr. Kurz vor zwei. Ob Amélie ihre Habseligkeiten schon verpackt und abtransportiert hatte? Auf keinen Fall wollte er dabei zusehen, wie sie mit ihrem neuen Freund, diesem Künstler, ihre Sachen aus dem Haus trug. Obwohl er sich in den vergangenen Tagen mehr als einmal klar vor Augen gehalten hatte, dass es für sie und ihn keine Zukunft gab, musste er dem amourösen Treiben zweier Verliebter nicht unbedingt beiwohnen.

Le Faou mit seinen putzigen Granithäusern und Schieferdächern mutete wie aus einer anderen Zeit an. Die große Tourismuswelle hatte den kleinen Ort noch nicht überschwemmt, und Fabrice fand einen Parkplatz in der Ortsmitte. Er stieg aus, streckte sich und schlug dann den Weg zum Fluss ein. Auf eine

Bank unter einer Linde ließ er sich nieder und genoss die Stille des frühen Nachmittags. In der Nähe betrieb eine ältere Frau einen Marktstand. Sie bot Honig aus der Region an. Er musterte sie eine Weile, stand dann auf und kaufte ein Glas.

Es gab noch etwas zu tun, bevor er mit Amélie und seinen Gefühlen für sie endgültig abschließen konnte. Er marschierte zurück zu seinem Wagen und fuhr los. Hoffentlich war sie zu Hause.

81

»Und das ist mein Vater.«

Amélie strich lächelnd mit dem Zeigefinger über den Schnappschuss, der sie als Zehnjährige auf dem Rücken eines Ponys zeigte. Daneben stand ihr Vater. Er hielt ihre Hand, als hätte er Angst, sie würde gleich hinunterfallen.

Sie saßen auf Matthieus Bett und blätterten in ihrem Fotoalbum. Die vergangenen Stunden hatten sie damit zugebracht, ihre Sachen einzuräumen, und gönnten sich jetzt eine Pause.

»Er sieht nett aus«, bemerkte Matthieu, und sie nickte.

»Ich vermisse ihn sehr. Er hätte dir gefallen. Und du ihm sicher auch. Er bewunderte Künstler. Einmal sagte er mir, wenn er nicht Theologie studiert hätte, wäre er vermutlich Sänger geworden. Er hatte eine unglaubliche Stimme.« Sie lachte. »Deshalb mussten die Gläubigen während seiner Gottesdienste auch so viele Lieder singen.«

Sie blätterten eine Seite weiter.

»Und hier zeigt er mir, wie man ein anständiges Feuer macht.«

Das Foto war am Strand aufgenommen worden. Auf dem Bild beugten sich Vater und Tochter über einen Stapel Schwemmholz, der zu einer kleinen Pyramide aufgetürmt war.

»Gibt es auch Fotos von deiner Mutter?«, fragte Matthieu und legte einen Arm um ihre Schultern.

»Nicht sehr viele«, erklärte sie. »Sie war immer diejenige, die fotografierte. Und … na ja, wie ich dir schon sagte, wir kommen nicht sehr gut miteinander aus. Ich habe es daher vermieden, sie in mein Fotoalbum zu integrieren.« Sie lachte unsicher.

»Verstehe. Und was ist der Grund?«

Sie zuckte mit den Schultern.

»Eigentlich weiß ich das nicht so genau. Wir sind vermutlich zu verschieden. Ich war ihr immer zu laut, zu impulsiv, zu temperamentvoll. Sie wünschte sich anscheinend ein stilles, folgsames Kind. Und das war ich eben nie. Meine Eltern haben quasi nie gestritten, es sei denn, ich habe es nicht mitbekommen. Aber ich erinnere mich daran, dass mein Vater sie einmal angeschrien hat, als sie mich wegen meiner Lebhaftigkeit maßregelte. Er stand immer auf meiner Seite. Das war schön. Vielleicht wäre es besser geworden, wenn ich eine Schwester oder einen Bruder bekommen hätte.«

»Wollten sie denn keine Kinder mehr?«

»Doch, ich denke schon. Aber mein Vater war viel älter als meine Mutter, und irgendwann musste er sich einer Operation unterziehen, und danach konnte er keine Kinder mehr zeugen.« Sie zuckte wieder mit den Schultern. »Nun ja, es ist eben, wie es ist.«

Matthieu betrachtete weiter die Fotos. »Ich kann mich kaum noch an meine Eltern erinnern. Sie starben bei einem Verkehrsunfall, als ich vier Jahre alt war. Meine Mutter war zu dem Zeitpunkt schwanger.«

Amélie sah ihn entsetzt an. »Gott, wie furchtbar!«

Er nickte. »Nicht, dass es mir bei Nonno nicht gut gegangen wäre. Aber als Teenager war ich schrecklich wütend darüber, dass das Schicksal mir meine Familie geraubt hatte. Ich fand es einfach nicht fair und beneidete jeden, der sich aufregte, wenn ihm Vater oder Mutter etwas nicht erlaubten. Ich konnte auch nie verstehen, wenn sich meine Kumpels in der

Schule ärgerten, dass ihre kleinen Schwestern und Brüder sie zur Weißglut trieben. Denn ich hätte alles darum gegeben, Geschwister zu haben.«

Er seufzte tief. »Die Krux des Lebens, nicht? Man will immer das, was man nicht haben kann.« Er spielte gedankenverloren mit einer von Amélies Haarsträhnen. »Wenn ich so zurückdenke, muss ich als Jugendlicher echt eine Plage gewesen sein. Mein armer Großvater! Damals kam es mir gar nicht in den Sinn, dass nicht nur ich einen Verlust erlitten hatte, sondern auch er. Schließlich verlor er bei dem Unfall seinen Sohn, seine Schwiegertochter und ein ungeborenes Enkelkind. Aber als Teenager sieht man das nicht.«

Amélie schlug das Fotoalbum zu. »Genug Vergangenheit für heute! Lass uns mit Zorro einen Spaziergang machen, einverstanden?«

Wie aufs Stichwort stürmte der Hund ins Zimmer und sah sie erwartungsvoll an.

»Der kann noch eine Weile warten«, sagte Matthieu und nahm Amélie in die Arme. »Zuerst feiern wir jetzt offiziell deinen Einzug in die Mühle.«

Er küsste sie auf den Hals, knabberte dann an ihrem Ohr, bis sie kicherte und begann, ihre Bluse aufzuknöpfen.

»Wir hätten aber auch an einem anderen Tag fahren können.« Amélie kramte in ihrer Handtasche, zog eine Packung Kaugummi heraus und bot Matthieu einen an. Dieser schüttelte den Kopf.

»Sicher, aber im Mai sind noch nicht so viele Touristen da. Zudem gehört der Ausflug zur Einweihungsparty dazu.«

Er zwinkerte ihr zu, und sie errötete. Nachdem sie sich geliebt hatten, hatte er ihr vorgeschlagen, Zorros Spaziergang zu etwas ganz Besonderem zu machen, und nun waren sie auf dem Weg zum Forst von Paimpont.

»Und weil du noch nie da warst – eine Schande übrigens für jede Bretonin! –, hielt ich es für eine gute Idee. Ich habe dort eines meiner erfolgreichsten Bilder gemalt. Hoffentlich finde ich die Stelle noch. Der Wald von Brocéliande ist immerhin achttausend Hektar groß.« Er lachte. »Und was verkündet unsere kleine Geschichtenerzählerin? Ich bin sicher, du weißt alles über die Legende, oder täusche ich mich?«

»Ersteres natürlich, aber wenn du dich über mich lustig machst, behalte ich sie für mich.«

Er legte ihr besänftigend die Hand auf den Arm. »Na los, Chérie. Ich will schließlich nicht unwissend sterben.«

»Also gut. Es heißt, dass der Zauberer Merlin für seine geliebte Viviane neben dem heutigen Schloss Comper einen Kristallpalast erbaut hat. Aber weil jeder in ihre gute Stube linsen konnte, bat sie ihn, sie vor den neugierigen Blicken zu schützen. Also deckte der Magier den Palast mit einem wilden See zu. Seitdem nennt man sie ›Die Dame vom See‹. Sie zog Lancelot auf, und in ihrem Reich wurde auch Excalibur, König Artus' magisches Schwert, geschmiedet.«

»Ah, ja, daran erinnere ich mich«, erwiderte Matthieu. »Die Gralssage, nicht wahr?«

Amélie nickte. »Der Legende nach soll Josef von Arimathäa beim Verlassen Palästinas einige Blutstropfen Christi im Kelch des Abendmahls mitgenommen haben. Sein Schiff landete in der Bretagne, wo er im Wald von Brocéliande gelebt haben und dann spurlos verschwunden sein soll. Und mit ihm der wertvolle Kelch. König Artus und seine Ritter machten sich danach auf die Suche nach dem ›Heiligen Gral‹. Aber nur einem Ritter mit reinem Herzen wie Perceval soll es möglich sein, ihn zu finden.«

»Vielleicht bin ich ja dieser Mann«, sagte Matthieu und plusterte sich auf.

Sie kicherte. »Aber klar doch. Du hast ja auch noch nie einen Fehler begangen, nicht wahr?«

»Niemals! Das Wort kenne ich gar nicht.«

Er grinste frech und betätigte dann den Blinker. Sie verließen die Schnellstraße in Richtung Mauron und zweigten dann nach Paipon ab. Die sanfthügelige grüne Landschaft war ein Genuss für die Sinne. Eichen, Buchen und Kastanien, manche so hoch wie ein Haus, säumten die schmale Straße. Ihre dichten Laubkronen ließen das Sonnenlicht nur vereinzelt durch und verliehen dem Ort eine mystische Stimmung. Links und rechts des Weges sprossen üppige Farne. Amélie wusste nicht, wo zuerst hinsehen. Sie kamen an einem stillen See vorbei. Ob dies derjenige von Viviane war? Und als hätte Matthieu ihre Gedanken gelesen, trat er auf die Bremse.

»Leider sind viele Wege in Privatbesitz und für den Autoverkehr gesperrt«, erklärte er, fuhr rückwärts ein Stück in einen Waldweg hinein und stellte den Motor ab. »Aber wir wollen ja sowieso spazieren gehen. Also dann, alle bereit?«

Sie stiegen aus. Nach Laub und feuchter Erde duftende Luft hüllte sie ein. Amélie streckte ihren Rücken durch und atmete tief ein.

»Ein magischer Ort«, sagte sie begeistert. »Verständlich, dass hier die Legenden wie Pilze aus dem Boden sprießen. Wo müssen wir lang?«

Matthieu runzelte die Stirn und sah sich um.

»Es hat sich einiges verändert, seit ich das letzte Mal hier gewesen bin. Die Wege sind beinahe zugewuchert. Aber ich glaube, wir gehen nach links.« Er ließ Zorro von der Leine und reichte Amélie die Hand. »Ich halte dich besser fest, nicht dass Viviane dich noch in ihren Kristallpalast entführt.«

82

»Wenn ich mich recht erinnere, müssten wir gleich auf den Pfad kommen, der uns in das ›Tal ohne Wiederkehr‹ bringt.«

Sie waren seit einer halben Stunde unterwegs. Zorro, der zu Anfang vorausgelaufen war, trottete jetzt brav neben ihnen her, und Matthieu leinte ihn deshalb nicht an. Der Weg führte leicht bergauf und endete schließlich auf einer felsigen Anhöhe. Vor ihnen erstreckte sich eine bewaldete Schlucht, darin eingebettet lag ein dunkelgrüner Weiher.

»Ha, wusste ich's doch!« Er sah Amélie Beifall heischend an. »Hier stand übrigens meine Staffelei.«

Er wies mit dem ausgestreckten Arm auf einen Punkt zwischen den vielen Felsen. Rundherum wuchsen gelber Ginster und kleinere Pinien. In einiger Entfernung befand sich eine Informationstafel.

Amélie las laut vor: »Im ›Val sans Retour‹ hielt die Fee Morgane ihre Liebhaber gefangen. Aus Wut und Enttäuschung über den Seitensprung eines Galans verwandelte sie diesen zu Stein und daraufhin alle untreuen Männer, die das Tal durchquerten.« Sie warf Matthieu einen spöttischen Blick zu. »Keine Angst, da durchzugehen?«

Er lachte. »Wie gesagt, meine Staffelei stand hier oben.«

»Gute Wahl!«, erwiderte sie augenzwinkernd. »Wir werden dann aber in ein paar Wochen nochmals hierherkommen und das testen. Der Weiher wird auch Feenspiegel genannt«, fuhr sie fort und beschirmte ihre Augen mit der Hand. »Ein treffender Name. Wollen wir hinuntergehen?«

In diesem Augenblick piepste ihr Handy. Sie griff in ihre Tasche und zog es heraus.

»Eine Kurzmitteilung von Fabrice«, sagte sie und runzelte dabei die Stirn. »Was er wohl will?«

Hinter einem Felsen hörten sie plötzlich ein Rascheln, und Zorro stellte die Ohren auf. Matthieu hielt es jetzt für klüger, ihn anzuleinen. In der Ferne erklang Kinderlachen, und er wollte weder, dass der Hund auf Kaninchenjagd ging, noch in seinem Überschwang ein kleines Kind umwarf.

»Das ist ja seltsam.« Amélie starrte auf das Display ihres Handys. »Er bittet mich, ihn beim Pastorenhaus zu treffen. Es sei wichtig.« Sie sah auf ihre Uhr. »In zwei Stunden.«

»Schreibt er wieso?«

»Nein.« Sie schüttelte den Kopf.

»Wirst du hingehen?«

Sie verzog den Mund. »Eigentlich habe ich keine große Lust, ihn oder meine Mutter zu treffen. Der Tag war viel zu schön, um ihn mit einem Missklang zu beenden. Aber es ist doch merkwürdig.«

»Frag ihn doch, was er will«, schlug Matthieu vor.

Sie tippte eine Antwort in ihr Handy. Kurz darauf piepte es wieder.

»Er will es nicht per Telefon erklären«, sagte sie, »wiederholt aber nochmals, dass es wichtig sei.«

»Na, dann geh hin«, schlug Matthieu vor. »Wenn wir jetzt zum Wagen zurückgehen, sind wir in zwei Stunden in Concarneau, und ich kann dich vor dem Haus deiner Mutter absetzen.«

Amélie schüttelte den Kopf. »Kommt gar nicht infrage. Entweder gehen wir zusammen oder gar nicht.«

Die Heimfahrt verlief ruhig. Jeder hing seinen Gedanken nach und lauschte der Musik aus dem Radio.

Matthieu war angespannt. Zum einen würde er Fabrice zum ersten Mal in der Rolle als Amélies Freund gegenüberstehen und zum anderen, was ihm schwerer im Magen lag, ihrer Mutter, die keinen Hehl daraus gemacht hatte, dass sie der Verbindung mit ihm nicht zustimmte. »Wie in einer griechischen Tragödie«, ging es ihm durch den Kopf. Hoffentlich endete das Zusammentreffen weniger blutig als in den Geschichten aus der Antike.

Er warf Amélie einen schnellen Blick zu. Sie war eingedöst. Ihr Kopf lehnte an der Scheibe der Beifahrertür, und er versuchte daher, den Schlaglöchern auszuweichen. Sie sah jünger aus, wenn sie schlief, wie eine Studentin. Ein warmes Gefühl durchrieselte ihn. Er liebte sie. Nicht so, wie er Nadine geliebt hatte. Es war ein ganz anderes Empfinden: tiefer, leidenschaftlicher, beschützender. Er würde alles tun, um Amélie glücklich zu machen.

Kurz vor Concarneau musste er scharf bremsen, als eine Katze über die Straße lief, und Amélie erwachte.

»Entschuldige«, sagte sie und unterdrückte ein Gähnen, »ich wollte nicht schlafen.«

»Das macht doch nichts«, erwiderte er. »Immerhin hatte ich so meine Ruhe.«

Sie lachte und schlug ihn auf den Arm. »Frecher Kerl!« Dann checkte sie ihr Handy. »Keine weitere Nachricht. Was das wohl zu bedeuten hat?«

»Wir werden es gleich erfahren.«

Sie bogen in die Rue Jules Ferry ein. Etwa zwanzig Meter vor dem Pastorenhaus entfernt parkte Fabrice' Cabriolet. Er selbst lehnte an seinem Wagen und sah auf sein Handy. Als er den Kopf hob und sie entdeckte, hob er die Hand zum Gruß.

»Du kannst gleich vor der Haustür parken«, sagte Amélie,

klappte die Beifahrerblende herunter und überprüfte ihr Make-up. Sie ordnete ihre Haare, holte einen Lippenstift aus ihrer Handtasche und zog sich die Lippen nach. Als sie bemerkte, dass er sie dabei beobachtete, grinste sie.

»Für Mutter. Sie mag es nicht, wenn ich so zerzaust herumlaufe.«

»Dann hätte ich mich vorher wohl rasieren müssen«, meinte Matthieu und fuhr sich mit der Hand über seinen Dreitagebart.

»Bloß nicht! Ich mag es, wenn es beim Küssen ein wenig kratzt.« Sie zwinkerte ihm zu. »Aufgeregt?«

»Ein bisschen«, gab er zu. »Als müsste ich einen Test schreiben, auf den ich nicht vorbereitet bin.«

»Keine Sorge, sie wird dich nicht fressen, höchstens ignorieren. Darin ist sie gut.«

»Wie schön. Da fühle ich mich doch gleich viel besser.«

Amélie lachte. Er parkte den Wagen in der Einfahrt des Pastorenhauses. Das Natursteinhaus war hübsch anzusehen, wie es mit seinen typischen blau gestrichenen Türen und Fensterläden so dastand. Durch einen gepflegten kleinen Vorgarten führte ein Weg aus Steinplatten zur Vordertür.

»Also dann«, sagte Amélie, »wagen wir uns in die Höhle des Löwen. Zorro darf leider nicht mit. Mutter mag keine Hunde.«

Matthieu nickte ergeben, zog den Wagenschlüssel ab und stieg aus.

83

»Hallo, Fabrice! Seit wann denn so geheimnisvoll?«

Amélie trat zu ihrem ehemaligen Mitbewohner und bot ihm die Wange. Er küsste sie dreimal und streckte danach Matthieu die Hand hin.

»Das ist also dein Maler«, konstatierte er. »Wir sind uns ja schon ein paarmal über den Weg gelaufen, nicht wahr? Immer noch auf der Suche nach hübschen Häusern?«

»Sei friedlich«, zischte Amélie.

Matthieu murmelte einen Gruß, schüttelte Fabrice dann die Hand, sah dabei aber nicht sehr glücklich aus.

»Genau, mein Maler!«, bestätigte sie und hakte sich demonstrativ bei ihm ein. »Also, was gibt es denn so Wichtiges?«

»Am besten gehen wir hinein«, sagte Fabrice. Er öffnete die Wagentür und griff nach seiner Aktentasche. »Hyacinthe erwartet uns.« Er musterte Matthieu abschätzig. »Nun ja, Ihr Anblick wird sie eventuell überraschen.«

Amélie drückte beruhigend Matthieus Arm, dann folgten sie Fabrice, der zielstrebig auf die Haustür zuging. Er klingelte kurz und trat dann ein. Im Flur brannte Licht, obwohl es erst kurz nach fünf war. Sie zog ihre Jacke aus und hängte sie an die Garderobe, Matthieu hatte seine im Wagen gelassen, und Fabrice machte keine Anstalten, sich seines Sakkos zu entledigen.

»Mutter?«, rief sie, »wir sind da!«

Aus der Küche hörten sie Geschirrgeklapper, dann war es einen Moment still.

»Ich komme sofort. Das Wasser kocht gleich. Geht einstweilen ins Wohnzimmer.«

»Sie weiß gar nicht, dass ich komme?«, raunte Matthieu Amélie zu.

»Sieht nicht danach aus«, erwiderte diese schmunzelnd. »Überraschung!«

Er verzog das Gesicht, straffte dann aber seine Schultern und folgte ihr in den Salon. Sie setzte sich aufs Sofa, schlug die Beine übereinander und klopfte auffordernd auf den Platz neben sich. Fabrice stellte derweil seine Aktentasche neben einen Sessel und ließ sich darauf nieder. Keiner sprach ein Wort. Die Stimmung war bedrückend.

Amélie lief ein Schauer über den Rücken. Obwohl sie gegenüber Matthieu so tat, als sei das alles ein großer Spaß, fürchtete sie sich doch ein wenig vor der Reaktion ihrer Mutter. Im gleichen Maße, wie ihr Vater Künstler gemocht hatte, verachtete Hyacinthe diese. Kunst sei keine richtige Arbeit, sagte sie immer. Diese Leute würden dem lieben Gott bloß den Tag stehlen. Und am Ende lägen sie der Gesellschaft auf der Tasche. Zudem hatte sie deutlich zum Ausdruck gebracht, was sie von den Kalderas hielt.

Amélie räusperte sich. »Und, was soll das ganze Theater? Ein kleiner Hinweis wäre ganz nett.« Sie blickte Fabrice auffordernd an. Doch dieser reagierte nicht, und sie blies geräuschvoll die Luft aus. »So ein Kindergarten«, murmelte sie und schüttelte dabei den Kopf.

In diesem Moment trat ihre Mutter mit einem beladenen Tablett ins Zimmer. Ihr Lächeln erstarb jedoch, als sie Matthieu erblickte. Dieser sprang vom Sofa auf und verbeugte sich kurz, als sei sie die Queen, und Amélie biss sich auf die Lippen, um nicht laut zu lachen.

Hyacinthe stellte das Teetablett auf den Salontisch und strich sich dann ihren Rock glatt.

»Sind Sie ein Bekannter von Fabrice?«, fragte sie. »Wir hatten noch nicht das Vergnügen, oder?« Sie musterte den Besucher von oben bis unten.

Amélie ergriff das Wort. »Mutter, darf ich dir meinen Freund vorstellen? Matthieu Kaldera, der berühmte Maler.«

Hyacinthe stieß einen erstickten Schrei aus und griff sich an die Kehle. Entsetzen breitete sich auf ihrem Gesicht aus, und sie trat einen Schritt zurück.

»Dieses Subjekt hat in meinem Haus nichts zu suchen!«, keuchte sie. »Raus! Verschwinden Sie, sofort!«

Amélie starrte sie sprachlos an. Selbst Fabrice blickte erschrocken auf die aufgelöste Frau. Ganz zu schweigen von Matthieu, der kreidebleich geworden war.

»Mutter!« Amélie erhob sich jetzt ebenfalls und griff nach Matthieus Arm. »Um Himmels willen, was ist in dich gefahren? Er wird auf keinen Fall gehen! Und wenn du darauf bestehst, begleite ich ihn.«

»Hyacinthe«, mischte Fabrice sich ein. »Obwohl ich dich verstehen kann, ist es vielleicht gut, wenn er hier ist, schließlich ist auch er involviert. Und diese Geschichte belastet dich und deine Familie schon so lange. Es ist Zeit, sie endlich abzuschließen.«

84

Matthieu traute seinen Ohren nicht. Was hatte Fabrice mit alldem zu schaffen? Und weshalb spielte er sich hier als Vermittler auf? Glaubte er vielleicht, diese Rolle würde ihm Amélie zurückbringen? War das sein Plan?

Matthieu wurde unvermittelt wütend und ballte die Fäuste. Es war wie früher, diese rechtschaffenen Leute behandelten ihn wie einen Aussätzigen. Aber er würde sich das nicht gefallen lassen! Diese Zeiten waren endgültig vorbei!

»Lass uns gehen«, wandte er sich an Amélie, bemüht, die Wut in seiner Stimme zu unterdrücken. »Ich bleibe nirgends, wo ich nicht willkommen bin.«

Doch sie machte keine Anstalten, seiner Aufforderung zu folgen, und sein Herz wurde schwer. Natürlich, Blut ist eben dicker als Wasser. Immerhin war die Frau ihre Mutter. Amélies Weggang würde vermutlich den endgültigen Bruch zwischen ihnen bedeuten. Das würde sie nicht riskieren. Und er konnte das auch nicht von ihr verlangen. Niemand gibt freiwillig seine Familie auf. Schon gar nicht für jemanden, den er erst so kurz kennt. Er hatte sich wieder einmal Illusionen hingegeben. Was für ein Dummkopf er doch war. Resigniert drehte er sich um. Doch Amélie krallte sich an seinem Arm fest.

»Warte!«, befahl sie. »Was soll das heißen, Fabrice? Was

weißt du über eine Verbindung zwischen den Kalderas und der Familie meiner Mutter?«

»Es hat nie eine Verbindung gegeben!«, kreischte Hyacinthe auf einmal, und alle zuckten zusammen. »Das ist alles erlogen! Wir sind mit diesen Zigeunern nicht verwandt! Keiner von uns!«

Amélie runzelte die Stirn. »Verwandt? Das hat auch niemand behauptet, Mutter. Wieso also sagst du so etwas?«

Hyacinthe Monfort schluchzte auf, ließ sich dann schwer auf den Sessel am Kamin fallen und vergrub ihr Gesicht in den Händen. Ihre Schultern zuckten.

»Setzt euch wieder«, sagte Fabrice daraufhin. »Wir sollten uns alle beruhigen.«

Er griff in seine Aktentasche, zog etwas daraus hervor und legte es auf den Salontisch neben das Teetablett. Matthieu und Amélie rissen die Augen auf: Claires Tagebuch!

85

Fabrice saß auf der Kante des Sessels und hatte den Arm um die Schultern von Amélies Mutter gelegt. Auf ihren gepuderten Wangen hatten die Tränen Spuren hinterlassen, wie die Ebbe im Sand. Ihre Augen waren gerötet. Doch immerhin schluchzte sie nicht mehr. Amélies Kehle war wie ausgetrocknet, aber sie sah sich außerstande, Tee einzuschenken. Ihre Finger waren eiskalt. Sie hätte die Kanne bestimmt nicht halten können.

»Hyacinthe?« Fabrice' Stimme war sanft, als würde er mit einem verschreckten Kätzchen reden. »Erzähl es ihnen.«

Ihre Mutter schniefte zweimal, seufzte dann tief und nickte.

»Die erste Ahnung, dass mit meiner Familie etwas nicht stimmte, bekam ich, als ich sieben Jahre alt war und meine Mutter auf den Friedhof begleitete. Ich war schon öfters dort gewesen, um die Gräber meiner Großeltern zu pflegen, aber an diesem Tag war es anders. Ich erinnere mich, als wäre es gestern gewesen. Es war ein drückend heißer Sommertag. Die Begonien ließen bereits ihre Köpfe hängen, deshalb griff ich nach einer kleinen Gießkanne und wollte mich auf den Weg zum Grab meiner Großmutter machen. Doch meine Mutter hielt mich am Arm zurück. ›Warte, Schätzchen‹, sagte sie, ›nicht dort entlang.‹ Sie sah sich verstohlen um und marschierte dann zielstrebig in den hinteren Teil des Friedhofs. Ich hatte Mühe, ihr zu folgen. Das Wasser schwappte beim Gehen über meine Füße und tränkte meine offenen Sandalen. Im rückwärtigen Teil des Kirchhofes war ich noch nie gewesen. Dort befand sich der Komposthaufen. Meine Mutter hatte mir verboten, an jenen Platz zu gehen, weil die Leute manchmal auch Plastikblumen wegwarfen, aus denen rostiger Draht hervorstand. Sie stoppte, tat so, als würde sie etwas auf den Haufen werfen, schaute sich dann nochmals nach allen Seiten um und verschwand durch eine schmale Stelle, die fast die Kirche berührte.«

Amélie und Matthieu sahen sich alarmiert an. Sie wussten genau, von welchem Ort Hyacinthe sprach. Ohne auf sie zu achten, fuhr diese fort. Es schien fast so, als hätte sie vergessen, wo sie war, und dass noch andere Personen in ihrem Wohnzimmer saßen.

»Hinter dem Durchlass war es beinahe dunkel. Eine große Weide überschattete ein kleines Stück Wiese. Etwas weiter weg erhoben sich verwitterte Metallkreuze mit verblassten Inschriften. Ein kümmerlicher Rosenstock wuchs auf einem davon. Seine Blätter waren vom Mehltau befallen, daneben stand ein rotes Grablicht. Ich fragte meine Mutter, wessen Grab das sei. Sie lächelte bloß, fuhr mir über die Haare und sagte: ›Eine unglückliche Frau liegt hier, mein Schätzchen. Eine unglückliche Frau.‹ Seit jenem Tag war es meine Aufgabe, mich um dieses Grab und den armseligen Rosenstock zu kümmern. Das machte mir nichts aus, ich wusste ja nicht, wieso diese Claire Tanguy in diesem Teil des Friedhofes lag. Tanguy war ein geläufiger Name, und ich konnte den Zusammenhang nicht herstellen. Bis ich etwa dreizehn Jahre alt gewesen bin. Ein Klassenkamerad hänselte mich eines Tages, weil ich mit der verrückten Selbstmörderin verwandt sei. Daraufhin stellte ich meine Mutter zur Rede, und sie erzählte mir von Claire, der Frau ihres Onkels Quentin. Dass sie sich umgebracht habe und deshalb auch nicht im Familiengrab bestattet worden sei. Danach habe ich mich geweigert, das Grab weiterhin zu pflegen. Ich wäre lieber gestorben als zu riskieren, dass mich jemals wieder irgendjemand dort sehen würde!«

Sie warf Matthieu einen wütenden Blick zu.

»Und alles wegen denen!«

»Mutter, bitte. Was kann denn er dafür?« Amélie schüttelte den Kopf. »Matthieu hat ...«

»Denn ich, der Herr, dein Gott, bin ein eifriger Gott, der da heimsucht der Väter Missetat an den Kindern bis in das dritte und vierte Glied!«

Hyacinthe spuckte die Worte der Bibelstelle aus dem Alten Testament regelrecht aus, und Amélie verstummte. Es hatte keinen Sinn, mit ihr darüber zu diskutieren. Obwohl sie ihrer Mutter gerne etwas über Vergebung an den Kopf geworfen hätte. Doch sie war nicht bibelfest genug, um den passenden Vers in die Waagschale werfen zu können. Und wie jedes Mal, wenn ihre Mutter das Wort Gottes für ihre Zwecke zurechtbog, vermisste sie ihren Vater aufs Schmerzlichste.

»Was meinten Sie damit, dass mit Ihrer Familie etwas nicht stimmte«, meldete sich Matthieu unvermittelt zu Wort. Er hatte der Erzählung stumm gelauscht, beugte sich jetzt aber nach vorne, als erwartete er den ultimativen Schlag.

Um Hyacinthes Mund lag plötzlich ein grausamer Zug, und Amélie lief ein kalter Schauer über den Rücken.

»Weil Ihre Familie auch die meine ist.«

»Das ist nicht wahr!« Matthieu sprang auf. »Sie lügen! Claire ist meine Urgroßmutter, das ist alles! Mit Ihnen bin ich ganz sicher nicht verwandt!«

Er fuhr sich mit beiden Händen durch die Haare und keuchte. Amélie starrte ihn entsetzt an, dann ihre Mutter und zuletzt Fabrice, der lediglich die Schultern hob.

»Mutter, was sagst du denn da?«, begann sie zögerlich. »Vincent und Claire hatten einen Sohn, Ignacio, Matthieus Großvater. Wir sind nicht mit ihnen verwandt.«

»Ach nein?« Hyacinthe warf ihr einen eiskalten Blick zu. »Und weshalb bist du dann so, wie du bist?«

»Was willst du damit sagen?«

»Hast du dir noch nie die Frage gestellt, weswegen mir dein überschäumendes Temperament so gegen den Strich geht? Warum ich immer versucht habe, dir deinen Trotz, deine Launen und dein ungestümes Wesen auszutreiben? Das ist das schlechte Blut! Das hast du von denen!« Ihr Gesicht drückte Abscheu aus, als würde sie ein ekliges Insekt betrachten. »Schlimm genug, dass ich selbst von diesen Tagelöhnern abstamme, aber in dir kumuliert sich das ganze Wesen, dieser … dieser ….« Sie brach ab.

»Ich höre mir diesen Schwachsinn jetzt nicht länger an!« Matthieu streckte seine Hand aus. »Amélie, entweder kommst du jetzt mit mir, oder du bleibst. Dann ist alles klar. Ich lasse mich von dieser Frau nicht länger beleidigen.«

Amélie sah hilflos von einem zum anderen, stand dann unschlüssig auf und griff nach seiner Hand.

»Ja, geh nur!«, schrie Hyacinthe. »Das passt zu dir, zu euch! Was kann man von solchen Leuten auch erwarten?«

Matthieu stieß einen unartikulierten Laut aus und wollte sich auf sie stürzen, doch Fabrice war schneller, sprang auf und stellte sich zwischen sie.

»Ganz ruhig«, sagte er. »Gewalt bringt nichts.«

»Ach, halt doch den Mund, du eingebildeter Fatzke!«, schrie Matthieu, trat aber einen Schritt zurück. »Diese ganze Inszenierung dient doch bloß dazu, dass Amélie zu dir zurückkehrt. Aber ich lasse mich nicht für dumm verkaufen!«

Fabrice seufzte. »Du irrst. Und wenn du Amélie für so wankelmütig hältst, kennst du sie nicht. Nichts, was ich oder ihre Mutter sagen oder tun, wird sie von ihrer Entscheidung abbringen. Also führ dich nicht wie ein Idiot auf, und hör dir auch noch den Rest an. Dann kannst du machen, was du willst.«

86

Die Teetassen waren durch Cognacschwenker ersetzt worden. Alle Anwesenden schienen etwas Stärkeres gebrauchen zu können. Matthieu war für eine halbe Stunde mit Zorro verschwunden. Das war zwar nur ein Vorwand, das Pastorenhaus zu verlassen, doch er brauchte einen Moment, um durchzuatmen. Die Luft in dem Zimmer war ihm plötzlich wie Melasse vorgekommen, und er hatte kaum mehr atmen können. Jetzt saß er wieder neben Amélie auf dem Sofa und starrte in seinen Schwenker, bevor er den Inhalt in einem Zug hinunterstürzte. Ihre Mutter hatte in der Zwischenzeit ihr Make-up aufgefrischt. Die Tränenspuren waren verschwunden, ihre Lippen in einem dunklen Ton nachgezogen, der sie älter erscheinen ließ. Sie sah demonstrativ an ihm vorbei.

Amélie an seiner Seite wirkte unsicher. Ihre Augen huschten wie Wiesel von einem zum anderen, dazu nippte sie ab und zu an ihrem Cognac. Nur Fabrice schien die Ruhe in Person zu sein, und Matthieu mochte ihn weniger denn je. Was fiel dem Schwachkopf überhaupt ein, ihn zu maßregeln? Natürlich war er froh darüber, gegen die überhebliche Pastorenwitwe keine Gewalt angewendet zu haben; trotzdem nahm er es dem Anwalt übel, dass er ihm vorwarf, Amélie nicht zu kennen.

»Also, ich höre. Wie geht das Märchen denn nun weiter?«

Er hasste sich dafür, das gesagt zu haben, aber alles war

besser als diese unsägliche Stille. Am Ende würde sowieso jeder erkennen, dass Hyacinthe Monfort eine Lügnerin ist, selbst ihre Tochter.

»Ich könnte jetzt einfach nichts mehr sagen und ruhig meinen Cognac austrinken, Monsieur Kaldera. Und niemand würde je die Wahrheit erfahren. Denn alle, die sie kennen, sind schon lange tot. Also lassen Sie Ihre Arroganz beiseite, oder ich schweige für immer. Und du«, sie wandte sich an Amélie, die erschrocken zusammenzuckte, »ich weiß, dass du mich nicht leiden kannst. Das ist wohl das Schlimmste, was einer Mutter passieren kann.« Sie hob die Hand, als ihre Tochter sie unterbrechen wollte. »Aber du musst wissen, dass ich immer nur das Beste für dich im Sinn hatte.«

Amélies Augen füllten sich mit Tränen, doch sie schwieg. Was hätte sie dieser kaltherzigen Frau auch entgegnen sollen? Matthieus Herz krampfte sich vor Mitleid zusammen, und er legte beschützend seinen Arm um ihre Schultern.

»Nun denn.« Hyacinthe Monfort stellte den Cognacschwenker auf den Salontisch, lehnte sich im Sessel zurück und verschränkte die Hände in ihrem Schoß.

»Wie du, Amélie, dich nicht mit mir verstehst, verstand ich mich ebenso wenig mit meiner Mutter. Sie war dir sehr ähnlich, im Wesen und auch äußerlich. Und ihr seid immer prächtig miteinander ausgekommen, nicht wahr? Ich stand immer abseits. Die eigene Mutter! Nun ja, vielleicht ist das die Strafe für die Dinge, die damals geschehen sind.«

Sie atmete tief durch.

»Nachdem ich nicht mehr auf den Friedhof ging, hat meine Mutter sich um das Grab von Claire gekümmert. Es kam mir schon zu jener Zeit seltsam vor, aber ich dachte mir eigentlich nichts dabei. Eine Verwandte eben, die ihre Pflicht tut. Als dann dein Großvater Gustave starb, ging es mit deiner Oma schnell bergab. Du erinnerst dich vielleicht noch daran. Sie wurde immer wunderlicher. Kurz vor ihrem Tod saßen wir einmal hier im Wohnzimmer. Ich besserte den Talar deines Vaters aus, und sie blätterte in einem Magazin. Plötzlich lachte sie laut auf. Und als ich sie fragte, was denn so lustig sei, hielt sie mir einen Artikel über die Ähnlichkeit von Hund und Herrchen vor die Nase. Ihr habt das vielleicht auch schon mal gesehen. Da versuchen Leute, so wie ihre Hunde auszusehen, und die besten Paare erhalten einen Preis. Wie dem auch sei. Plötzlich sagte sie: ›Ich würde gerne wissen, wie er aussieht und ob er mir ähnlich ist.‹ Als ich sie fragte, was sie damit meine, hat sie mir die ganze Geschichte erzählt.«

Hyacinthe nahm ihren Cognacschwenker vom Salontisch und nahm einen Schluck, dann räusperte sie sich.

»Claire hat 1938 nicht nur Ignacio zur Welt gebracht, sondern auch ein Mädchen. Sie hat damals Zwillinge bekommen.«

87

»Zwillinge?«, hauchte Amélie verstört.

Ihre Mutter nickte. »Das scheint in der Familie zu liegen. Die Söhne meines Bruders sind der lebende Beweis dafür.«

»Moment mal«, unterbrach Matthieu sie. »Sie behaupten, dass mein Großvater noch eine Schwester hat?«

Hyacinthe warf ihm einen vernichtenden Blick zu. »Hatte. Diese Schwester war meine Mutter: Antoinette Ferry-Bellec.«

Matthieu sah sie zweifelnd an. »Und das soll ich Ihnen glauben?«

Sie zuckte mit den Achseln. »Es ist mir ganz egal, ob Sie mir glauben oder nicht. Aber es ist so.«

Fabrice räusperte sich. »Es entspricht den Tatsachen. Ich habe ein wenig nachgeforscht. Claire hat am 21. September 1938 Zwillinge zur Welt gebracht. Einen Jungen und ein Mädchen. Beide wurden jedoch als Totgeburten gemeldet.«

»Ach ja?« Matthieus Stimme triefte vor Hohn. »Und plötzlich sind die beiden wundersamerweise wiederauferstanden?«

Fabrice schüttelte den Kopf.

»Natürlich nicht. Nachdem Hyacinthe mir die ganze Geschichte erzählt hat, haben wir aus den Erzählungen ihrer Mutter die Zusammenhänge rekonstruiert und die Wissenslücken mit etwas Spekulation geschlossen. Bei deinem Großvater, Matthieu, weiß man ja, dass es eine Lüge gewesen ist.

Und wir nehmen an, bei dem Mädchen war es nicht anders. Quentins Schwester, Laeticia Bellec, hat das Mädchen bei sich aufgenommen und es als ihre eigene Tochter ausgegeben. Deine Großmutter, Amélie, war genauso blond wie du. Wie viele Tanguys übrigens auch. Das hätte also niemand bezweifelt. Angeblich sei Laeticia zu dem Zeitpunkt, als ihre Schwägerin sich das Leben nahm, mit ihrem Ehemann für ein paar Monate zu einer entfernten Verwandten nach Paris gefahren. Und – oh Wunder! – aus ihrem Exil mit einer Tochter zurückgekehrt. Die Leute waren darüber sicher erstaunt, und vermutlich wurde auch das ein und andere hinter vorgehaltener Hand gemunkelt. Aber schließlich ging es um die Tanguys, die reichste Familie am Ort und der wichtigste Arbeitgeber. Da hat sich wohl jeder genau überlegt, mit welchen Gerüchten er hausieren geht.«

»Du kannst dich übrigens von der Familienähnlichkeit überzeugen, Amélie«, warf Hyacinthe ein. »Irgendwo auf dem Dachboden müssen noch Fotos von Claire herumliegen. Trotz allem habe ich es nicht übers Herz gebracht, sie wegzuwerfen. Sie war ja schließlich meine Großmutter. Auch wenn sie tief gefallen ist.«

Matthieu warf Amélie einen schnellen Blick zu, und sie errötete. Sie hatte ihm nie gebeichtet, dass sie Claires Fotos ohne das Wissen ihrer Mutter aus dem Pastorenhaus entwendet hatte.

»Wie schön für das hübsche blonde Mädchen.« Matthieus Augen waren schmal geworden. »Der dunkelhäutige Bastard hatte aber weniger Glück. War das auch die Idee Ihrer Familie, ihn in ein Kinderheim zu stecken?«

Hyacinthe schwieg, ein leichtes Lächeln lag jedoch auf ihren Lippen, und Amélie verstand plötzlich, wie schnell der Wunsch aufkommen konnte, jemandem ins Gesicht zu schlagen. Dass es sich dabei um ihre eigene Mutter handelte, entsetzte sie zutiefst.

»Und weshalb wusste meine Großmutter, dass sie Claires Kind wahr?«

Hyacinthe neigte den Kopf. »Das hat sie mir nicht gesagt. Vielleicht hat es ihr jemand erzählt. Es gibt ja immer Leute, die ihr Maul nicht halten können. Oder sie hat es selbst herausgefunden. Claires beste Freundin, Isabelle Sallin, die wir immer Tante Belle nannten, fand die Tote. Möglicherweise ahnte auch sie, was wirklich geschehen ist.«

Amélie wandte sich an Matthieu. »Daher durfte sie sie nach der Geburt auch nicht besuchen. Claire hätte ihr von den Zwillingen erzählt.«

Er nickte. »Langsam fügt sich alles zusammen.«

Matthieu wirkte sichtlich schockiert. Kein Wunder. Was für eine Eröffnung! Und wenn man genau darüber nachdachte, war Amélie jetzt seine Großcousine. Himmel, sie hatte also mit einem Verwandten geschlafen! Ob das strafbar war? Auch Amélie schluckte. Dann griff sie nach dem Tagebuch, das noch immer auf dem Salontisch lag.

»Wieso wusstest du, dass es sich bei dem Tagebuch um dasjenige von Claire handelt?«

»Ich habe es nur vermutet«, gab ihre Mutter zu. »Tante Belle hat mal davon gesprochen, dass ihre beste Freundin Tagebuch geführt hat. Zu dem Zeitpunkt kannte ich die Geschichte schon, war aber davon überzeugt, dass dieses vermaledeite Ding längst nicht mehr existiert und es daher auch keine Beweise mehr für diese Schande gibt. Als dann Fabrice davon sprach, dass du ein Tagebuch aus dem letzten Jahrhundert von einem Unbekannten erhalten hast, wurde mir der Zusammenhang schlagartig klar. Deshalb bat ich ihn, es zu vernichten. Hätte er mir diesen Wunsch erfüllt, säßen wir nicht hier.«

Sie warf ihm einen giftigen Blick zu, und er verzog den Mund.

»So, nun wissen Sie alles«, wandte sie sich an Matthieu.

»Und jetzt haben Sie es in der Hand, den Ruf unserer Familie in den Schmutz zu ziehen. Womöglich können Sie sich auch noch die Konservenfabrik unter den Nagel reißen. Schließlich hat der Zweig Ihrer Familie gewisse Erbansprüche.«

Fabrice räusperte sich. »Das wäre zwar schwer zu beweisen. Aber …«

»Ich will Ihr verfluchtes Geld nicht!« Matthieu riss Amélie das Tagebuch aus der Hand, stand auf und stürzte aus dem Zimmer.

88

Er drehte sich nicht um, als er hörte, wie die Haustür ins Schloss fiel. Das musste er auch nicht, um zu wissen, dass es sich um Amélie handelte. Zorro hatte sie erkannt und winselte freudig. Matthieu lehnte mit verschränkten Armen an seinem Wagen, sah aufs Meer hinaus und versuchte sich zu entscheiden, wohin er jetzt fahren sollte. Nach Hause? Oder zu seinem Großvater?

»Alles okay?«, fragte sie und strich ihm über den Arm.

Er wandte den Kopf. »Tut mir leid, das fragen zu müssen: Aber was hat deinen Vater dazu gebracht, diese Frau zu heiraten?«

Amélie verzog den Mund. »Das habe ich mich auch immer gefragt. Weißt du, sie ist sicher kein schlechter Mensch, nur gefangen in ihrem Stolz und ihren überzogenen Moralvorstellungen. Vielleicht hat sie sich deshalb einen Pfarrer als Mann ausgesucht.«

»Wir sind verwandt«, fügte er dann leise hinzu. »Das ist verrückt!«

»Wirst du es Nonno erzählen?«

Er hob die Achseln. »Wozu? Seine Schwester ist tot. Und das Unrecht, das man ihm zugefügt hat, wird auch die Wahrheit nicht mehr rückgängig machen können. Er ist gerade so glücklich. Sein Trick mit dem Tagebuch hat uns zusammengeführt, und du hast ihm die Fotos von seiner Mutter gegeben. Ich glaube kaum, dass ihm die Aussicht auf ein zerfallenes Schloss und der Anteil an einer Konservenfabrik mehr bedeuten könnte.« Er runzelte die Stirn. »Wir sind doch noch zusammen, oder?«

Amélie schlang ihre Arme um seinen Hals. »Hast du denn daran gezweifelt?« Sie küsste ihn zärtlich. »Lass uns nach Hause fahren. Zorro hat sicher Hunger … und ich auch.«

Die Sonne stand schon tief über den Baumwipfeln, als sie die Mühle erreichten. Amélie konnte kaum noch die Augen offen halten. Sie fühlte sich ausgelaugt, als hätte sie den ganzen Tag in einem Bergwerk geschuftet. Was für ein Tag!

Auf ihrem Schoß lag Claires angekohltes Tagebuch. Sie würde es in einer ruhigen Minute zu Ende lesen, wenn sie die Ereignisse verarbeitet hatte. Obwohl sich jetzt das Geflecht aus Lügen und Intrigen um Claires Schicksal entwirrt hatte, wussten sie immer noch nicht, weshalb ihre Vorfahrin den Freitod gewählt hatte. Das würde für immer ihr Geheimnis bleiben. Doch Amélie ahnte, dass ihre Urgroßmutter nicht so schwach gewesen war, wie es den Anschein hatte. Sie musste trotz allem eine starke Frau gewesen sein. Eine Träumerin zwar, wie ihre Freundin Belle geschrieben hatte, aber das eine schloss das andere ja nicht aus. Und wenn sie, Amélie, ihr wirklich ähnlich sah, dann hatte Claire um ihr Glück bestimmt gekämpft, aber offensichtlich verloren.

»Ich bin todmüde«, stöhnte sie, als Matthieu die Haustür öffnete. In diesem Moment klingelte sein Handy.

»Kaldera«, meldete er sich und blieb stehen. »Tut mir leid, wir waren unterwegs.« Er lauschte einen Moment. »Was? Wirklich jetzt?« Über sein Gesicht lief ein Strahlen. »Verstehe. Ja, kein Problem. Sie wissen nicht, welcher Stein mir gerade vom Herzen fällt. Vielen Dank!«

Er beendete den Anruf und schüttelte den Kopf.

»Was ist denn?«, fragte Amélie.

»Das war Julien, mein Anwalt. Du wirst es nicht glauben, aber die Anzeige wegen Gewässerverschmutzung wurde zurückgezogen.«

Sie hob die Augenbrauen. »Geht das denn so einfach?«

»Anscheinend ja. Ich muss zwar noch die Pläne vom Umbau vorlegen, damit diese geprüft werden können. Aber das sei nur eine Formsache, meint er.«

»Großartig, noch ein Grund zum Feiern! Weiß man denn jetzt, wer dich angeschwärzt hat?«

»Nein. Das heißt, natürlich kennt das Gericht den Namen. Aber mir wird man ihn nicht verraten. Ich habe jedoch eine Vermutung, wer es sein könnte.« Er schüttelte wieder den Kopf. »Egal. Was zählt, ist, dass ich die Mühle behalten kann. Und jetzt wird gegessen!«

»Aber bitte kein großes Kochgelage, sondern eine Tiefkühlpizza, eine warme Dusche und ein weiches Bett, einverstanden?«

Er grinste übermütig. »In meiner Gefriertruhe gibt es keine Tiefkühlpizzen, Chérie. Die anderen Lebensmittel würden diese womöglich angreifen. Aber ich mache uns zwei Omeletts mit Schinken. Das geht schnell.«

»Kochende Männer sind der größte Segen auf Erden!«, rief sie theatralisch. »Ich springe kurz unter die Brause. Dann kommen wir uns nicht in die Quere.«

Nach der Dusche fühlte sie sich besser, als hätte der duftende Schaum auch eine große Last von ihren Schultern gespült. Alles wendete sich letztlich zum Guten. Sie wickelte sich ein Frottiertuch um die nassen Haare und schlüpfte in Matthieus Bademantel. Er roch nach ihm und seinem Rasierwasser, und sie vergrub die Nase darin. Als sie in die Küche trat, verquirlte Matthieu eben Eier in einer Schüssel, dabei pfiff er fröhlich vor sich hin. Zorro saß an seiner Seite und beäugte aufmerksam jeden seiner Handgriffe.

»Nichts da, Junge. Du hast eben gehabt. Sei nicht so verfressen.« Matthieu drehte sich um und lächelte sie an. »Schon fertig?«

»Wollen wir tauschen? Du gehst unter die Dusche, und ich mache die Pfannkuchen.« Er riss in gespieltem Entsetzen die Augen auf, und sie lachte. »Dann halt nicht.«

Auf dem Küchentisch lagen immer noch Belles Briefe. Amélie packte sie sorgfältig wieder in die Schachtel und stellte diese auf einen Stuhl. Sie würden sie ihrer Tante bald zurückbringen.

»Idiot!« Matthieu ließ den Schneebesen sinken und schlug sich mit der flachen Hand an die Stirn. »Das habe ich doch beinahe vergessen.« Er schob die Schüssel weit genug weg, damit Zorro sie in einem Anfall von Heißhunger nicht erreichen konnte, wenn er sich auf die Hinterbeine stellte, und nahm Amélies Hand. »Ich wollte dir ja noch etwas zeigen.«

Er zog sie durch die Küche, öffnete die Tür in den Garten und betrachtete dann stirnrunzelnd ihre bloßen Füße. Kurzerhand hob er sie in die Höhe und warf sie sich wie einen Sack Mehl über die Schulter.

»Hey, was soll denn das?« Sie strampelte und kicherte in einem.

»Sacrebleu, bist du schwer!« Er gab ihr einen Klaps auf den Po. »Halt still, sonst fällst du noch runter.«

Vor dem Malatelier ließ er sie sanft zu Boden gleiten, öffnete die Tür und gab ihr einen leichten Schubs.

Amélie mochte den Duft nach Farben, Leinöl und Terpentin, der ihr entgegenschlug. Die Dämmerung hatte mittlerweile eingesetzt, und die Gegenstände im Atelier warfen bläuliche Schatten auf Boden und Wände.

»Was willst du mir denn zeigen?«

»Moment.«

Er holte eine Stehlampe aus der Ecke und stellte sie vor ein mit einem Tuch verhülltes Bild auf einer Staffelei.

»Ich habe es vor allem nachts gemalt, wenn du geschnarcht hast.« Amélie schnaubte beleidigt. »Und jetzt sollst du es sehen.«

Er schaltete die Lampe ein, und ein warmer Lichtkegel fiel auf das dunkle Tuch. Er justierte die Lichtquelle so, dass sie einen Kreis in der Mitte bildete, dann trat er vor die Staffelei.

»Bereit?« Sie nickte erwartungsvoll. Er fasste die Zipfel des Tuches an beiden Enden und warf es dann vorsichtig über die Oberkante. »Et voilà!«

Amélie starrte das Gemälde mit offenem Mund an. Es zeigte: sie! Aber nicht die Amélie, die ihr aus dem Spiegel entgegensah, sondern eine andere Frau, obwohl sie ihr doch verblüffend ähnlich sah. Die Bild-Amélie lag nackt auf einer Chaiselongue, Scham und Brüste züchtig unter einem fließenden Stoff verborgen, der die dunklen Stellen jedoch durchschimmern ließ. Das lange blonde Haar fiel in Kaskaden zu Boden, als würde goldenes Wasser dem Meer entgegenströmen.

»Gefällt's dir?« Matthieu trat hinter sie, legte seine Arme um ihre Taille und stützte sein Kinn auf ihre Achsel.

»Es ist unglaublich!«, entfuhr es ihr. »Du … ich.« Sie brach ab und lachte. »Ich finde keine Worte. Das bin ich, nicht wahr?«

Er nickte. »Ja, die Frau, die ich liebe.«

Epilog
1938

»Wo sind meine Kinder?«

Claire versuchte aufzustehen, doch ein jäher Schmerz in ihrem Unterleib ließ sie stöhnend aufs Bett zurückfallen.

»Versorgt«, zischte Quentin. Sein Gesicht war eine eisige Maske. Er rieb sich bei den Worten seine Faust. Sie war rot und geschwollen.

»Was hast du getan?«, flüsterte sie und erbleichte.

»Ich?«, schrie er. »Du fragst tatsächlich, was *ich* getan habe?«

Im ersten Moment sah es danach aus, als würde er sich auf sie stürzen wollen, doch dann wandte er sich ab und sah zum Fenster hinaus. Die Nacht brach herein, seine Silhouette spiegelte sich in der Fensterscheibe.

»Meine Mutter hat mir erzählt, dass ich keine Kinder zeugen kann«, begann er tonlos. »Als Jugendlicher hatte ich die Masern. Ich wäre daran fast gestorben. Schon damals hat sie vermutet, dass ich später nicht mehr zeugungsfähig sein würde. Ich habe es ihr nicht geglaubt. Und als du schwanger wurdest, schalt ich sie eine Närrin. Doch als diese Bastarde aus dir herausgekrochen sind …« Er brach ab und drehte sich um. »Wie konntest du mir das antun? Und dann noch mit so einem?«

»Wo sind meine Babys«, flüsterte Claire, und ihre Augen füllten sich mit Tränen. »Und wo ist Vincent?«

»Meine Schwester wird das Mädchen aufziehen. Es ist blond wie du und ich. Und Laeticia wünscht sich schon lange ein Kind. Also soll sie es meinetwegen haben. Den Jungen hat meine Mutter weggebracht. Ich will gar nicht wissen, wohin. Er sieht aus wie dein verfluchter Stecher. Niemand würde uns glauben, dass der von uns ist. Und was dieses dreckige Subjekt angeht«, er lachte höhnisch auf, »dem haben wir gezeigt, wer der Herr und Meister ist. Wenn er noch nicht tot ist, wird er es bald sein. Das überlebt keiner!«

Claire schluchzte. »Bitte, Quentin, lass mich gehen. Ich muss zu meinen Babys.«

»Du wirst nirgendwo hingehen, Schätzchen. Diese Kinder wurden als tot geboren gemeldet. Niemand wird sie vermissen. Und wenn du versuchst, von hier abzuhauen … dann … ich schwöre bei Gott, werde ich sie wirklich töten.«

Die Leiter schien bis in die Unendlichkeit zu gehen. War sie immer so hoch gewesen? Sie musste sich beeilen, bald würden sie merken, dass sie nicht in ihrem Zimmer war.

Claire stieg langsam höher, Sprosse für Sprosse. Einen Moment hielt sie inne, um zu verschnaufen. Sie blickte nach oben. Es würde enden, wo es begonnen hatte. Über dem Pferdestall. Es gab keinen Grund mehr für sie weiterzuleben. Vincent war tot, ihre Babys hatte man ihr weggenommen. Sie würden ohne sie aufwachsen, nicht wissend, wer ihre leiblichen Eltern gewesen waren und dass sie sich so geliebt hatten. Und plötzlich hörte sie Vincents Stimme: *Es ist Zeit, mein Herz. Lass mich nicht länger warten.*

»Ich komme, Liebster«, flüsterte sie. »Ich komme.«

16319818R00220

Printed in Poland
by Amazon Fulfillment
Poland Sp. z o.o., Wrocław